Starters

Starters

Lissa Price

Vertaald door Mariëtte van Gelder

Van Holkema & Warendorf

Voor Dennis, die er altijd in heeft geloofd

Tweede druk augustus 2012

ISBN 978 90 00 30988 7
NUR 285
© 2012 Van Holkema & Warendorf
Uitgeverij Unieboek | Het Spectrum bv,
Postbus 97, 3990 DB Houten

www.unieboekspectrum.nl
www.lissaprice.com

Oorspronkelijke titel: Starters
Oorspronkelijke uitgave: © 2012 Lissa Price
Uitgegeven in overeenstemming met de auteur, c/o BAROR INTERNATIONAL,
INC., Armonk, New York, USA.

Tekst: Lissa Price
Vertaling: Mariëtte van Gelder
Omslagontwerp: Ontwerpstudio Bosgra BNO, Baarn
Zetwerk binnenwerk: ZetSpiegel, Best

I

IK GRIEZEL van Enders. De portier die me bij de *bodybank* bin-
nenliet, lachte routineus zijn tanden bloot. Hij was niet zo gek
oud, een jaar of honderdtien, maar toch liepen de rillingen me
over de rug. Zoals de meeste Enders had hij zilvergrijs haar,
een nepperig ereteken van zijn leeftijd. De ultramoderne, hoge
ruimte binnen maakte dat ik me heel klein voelde. Ik liep door
de ontvangsthal alsof ik door een droom gleed, op voeten die de
marmeren vloer amper aanraakten.

De portier bracht me naar de receptioniste, die wit haar had.
Toen ze naar me glimlachte, plakte haar matrode lippenstift aan
haar voortanden. Ze moesten wel aardig tegen me doen, hier in
de bodybank, maar op straat zouden ze dwars door me heen kijken. Het maakte niet uit dat ik de beste van de klas was geweest
toen er nog scholen waren. Ik was zestien. Een baby, in hun
ogen.

De receptioniste bracht me op hakken waarvan het getik weer-
kaatste in de kale ruimte naar een wachtkamertje dat leeg was op
de zilverbrokaten stoelen in de hoeken na. Ze deden antiek aan,
maar de chemische geur in de lucht was afkomstig van verse verf
en synthetische materialen. De zogenaamde natuurgeluiden

5

met bosvogels waren al net zo nep. Ik keek naar mijn rafelige sweatshirt en afgetrapte schoenen. Ik had ze zo goed mogelijk gepoetst, maar ik kreeg de vlekken er niet uit. En doordat ik helemaal door de motregen naar Beverly Hills was gesjouwd, zag ik er ook nog eens uit als een verzopen kat.

Mijn voeten deden zeer. Ik wilde niets liever dan op een stoel ploffen, maar was bang dat ik een natte kontafdruk op de zitting zou achterlaten. Mijn beleefdheidsdilemma werd verstoord door de komst van een lange Ender.

'Callie Woodland?' Hij keek op zijn horloge. 'Wat ben je laat.'

'Sorry. De regen...'

'Geeft niet. Je bent er nu toch?' Hij reikte me de hand.

Zijn zilverwitte haar leek nog witter door het contrast met zijn kunstmatig bruine huid. Hoe breder zijn glimlach werd, hoe verder hij zijn ogen opensperde, wat me nog nerveuzer maakte dan anders met Enders. Ze verdienden het niet senioren genoemd te worden, zoals ze graag wilden, die hebberige ouwe sokken op het randje van de dood. Ik dwong mezelf zijn gerimpelde hand te schudden.

'Ik ben meneer Tinnenbaum. Welkom bij TopBestemmingen.' Hij legde zijn andere hand op de mijne.

'Ik kom alleen kijken...' Ik keek om me heen alsof ik was gekomen om de inrichting te inspecteren.

'... hoe het allemaal werkt? Natuurlijk. Kijken kost niets.' Hij grinnikte en liet mijn hand eindelijk los. 'Loop je met me mee?' Hij wenkte alsof ik zelf de deur niet zou kunnen vinden. Zijn tanden waren zo spierwit dat ik in elkaar kromp als hij glimlachte. We liepen door een korte gang naar zijn kantoor.

'Treed binnen, Callie. Ga maar aan het bureau zitten.' Hij deed de deur achter zich dicht.

Toen ik de krankzinnige luxe in de kamer zag, moest ik op mijn tong bijten om niet naar adem te snakken. Langs een van de wanden klaterde het heldere, schone water eindeloos uit een enorme koperen fontein naar beneden alsof het niets kostte.

In het midden van de kamer stond een groot, glazen bureau met ledlichtjes in het blad. Een halve meter erboven zweefde een luchtscherm waarop een meisje van mijn leeftijd te zien was, met lang rood haar en een sportbroekje aan. Ze glimlachte, maar doordat ze frontaal was gefotografeerd leek het net een arrestatiefoto. Ze keek lief. Hoopvol.

Ik ging op een moderne metalen stoel zitten en meneer Tinnenbaum posteerde zich achter het bureau en wees naar het luchtscherm. 'Een van onze nieuwste leden. Ze had via een kennis van ons gehoord, net als jij. Haar huurders waren heel tevreden.' Hij raakte een hoek van het scherm aan en er verscheen een foto van een jongen van mijn leeftijd in een wedstrijdzwembroek met een superstrak wasbordje. 'Ze was doorverwezen door deze jongen, Adam. Hij kan snowboarden, skiën en bergbeklimmen. Hij is populair onder buitenmannen die dergelijke sporten al tientallen jaren niet meer hebben kunnen beoefenen.'

Zijn woorden maakten het allemaal veel te echt. Enge oude Enders met stramme ledematen die het lichaam van deze tiener een week overnamen, letterlijk in zijn huid kropen. Mijn maag keerde zich bijna om. Ik wilde het op een rennen zetten, maar iets hield me tegen.

Tyler.

Ik omklemde de zitting van mijn stoel met beide handen. Mijn maag knorde. Tinnenbaum hield me een tinnen schaaltje met supertruffels in papieren cupjes voor. Mijn ouders hadden net zo'n schaaltje gehad, ooit.

'Wil je er een?' vroeg hij.

Ik pakte zwijgend een bovenmaatse truffel. Toen dacht ik aan mijn goede manieren van vroeger. 'Dank u wel.'

'Tast toe.' Hij zwaaide met het schaaltje om me te verleiden.

Ik nam een tweede en een derde truffel, aangezien het schaaltje bij mijn hand bleef zweven. Ik vouwde de papieren cupjes dicht en stopte ze in de zak van mijn sweatshirt. Het leek Tinnenbaum teleur te stellen dat hij me niet kon zien eten, alsof ik zijn vermaak van die dag was. De fontein achter me borrelde en klaterde plagerig. Als hij me niet snel iets te drinken aanbood, zou hij me met mijn hoofd onder die fontein te zien kunnen krijgen, slurpend als een hond.

'Zou ik een glaasje water mogen? Alstublieft?'

'Maar natuurlijk.' Hij knipte met zijn vingers. 'Glas water voor de jongedame,' zei hij met stemverheffing, alsof hij het tegen een verborgen microfoon had.

Even later kwam er een vrouwelijke Ender met een modellenfiguur binnen met een glas water op een dienblad. Er was een linnen servet omheen gewikkeld. Ik pakte het glas en zag blokjes die schitterden als diamanten. IJs. Ze zette het blad bij me neer en ging weg.

Ik legde mijn hoofd in mijn nek en sloeg het heerlijke water in één teug achterover. Ik voelde de koude vloeistof door mijn keel stromen, deed mijn ogen dicht en genoot van het schoonste water dat ik had geproefd sinds het eind van de oorlog. Toen ik klaar was, liet ik een ijsblokje in mijn mond vallen. Het knarste terwijl ik erin beet. Toen ik mijn ogen weer opende, zag ik Tinnenbaum naar me kijken.

'Wil je nog een glas?' vroeg hij.

Dat wilde ik, maar zijn ogen zeiden me dat hij het niet meende.

Ik schudde mijn hoofd en slikte de rest van het ijsblokje door. Mijn nagels leken nog smeriger tegen het glas toen ik het weer op het dienblad zette. Het smeltende ijs in het glas herinnerde me aan de laatste keer dat ik ijswater had gedronken. Het leek een eeuwigheid geleden, maar het was maar een jaar, de laatste dag in ons huis voordat de politie was gekomen.

'Wil je weten hoe het allemaal werkt?' vroeg meneer Tinnenbaum. 'Hier bij TopBestemmingen?'

Ik hield mijn gezicht met moeite in de plooi. Enders. Wat zou ik hier anders komen doen? Ik glimlachte scheef en knikte.

Tinnenbaum tikte tegen een hoek van het luchtscherm om het te legen en toen nog een keer om holoanimaties op te roepen. Op de eerste lag een senior op een soort relaxfauteuil. Uit een kapje op haar achterhoofd kwamen gekleurde snoertjes die naar een computer liepen.

'De huurder wordt aangesloten op een BCI, een Body Computer Interface, in een kamer met ervaren verpleegkundigen,' legde hij uit. 'Dan krijgt ze een roesje.'

'Zoals bij de tandarts?'

'Juist. Haar ademhaling, hartslag, temperatuur en bloeddruk worden gedurende de hele reis bewaakt.' Aan de andere kant van het scherm lag een tienermeisje op een lange gecapitonneerde stoel. 'Jij wordt onder narcose gebracht. Het is volkomen pijnloos en ongevaarlijk. Een week later word je wakker, een beetje suf, maar een stuk rijker.' Hij lachte die tanden weer bloot.

Ik kromp bijna in elkaar, maar bedwong me. 'Wat gebeurt er in die week?'

'Zij mag jou zijn.' Hij stak zijn handen op en draaide ze vanuit de polsen. 'Ken je die computergestuurde hulpmiddelen waarmee mensen kunsthanden kunnen bewegen? Ze hoeven er maar aan te denken of ze bewegen. Daar heeft het veel van weg.'

'Dus zij stelt zich voor dat ze mij is en als ze iets wil pakken, denkt ze eraan en mijn hand gehoorzaamt?'

'Alsof ze echt in je lichaam zit. Ze gebruikt haar geest om je lichaam hier weg te laten lopen, en dan is ze weer jong.' Hij zette zijn ene elleboog in zijn andere hand. 'Voor eventjes.'

'Maar hoe...'

Hij knikte naar de andere kant van het scherm. 'De donor, dat ben jij dus, wordt hier in een andere kamer via een draadloze BCI aan de computer gekoppeld.'

'Draadloos?'

'We implanteren een minuscule neurochip in je achterhoofd. Je voelt er niets van. Absoluut pijnloos. Zo kunnen we je op elk moment aan de computer koppelen. Vervolgens sluiten we jouw hersengolven aan op de computer, en de computer verbindt jullie tweeën.'

'Verbindt.' Ik probeerde me voor te stellen hoe twee geesten op die manier verbonden kunnen zijn en fronste mijn voorhoofd. BCI. Neurochip. Implanteren. Het werd met de minuut griezeliger. De drang om het op een lopen te zetten diende zich weer sterk aan, maar tegelijkertijd wilde ik ook meer weten.

'Ik weet het, het is allemaal nieuw voor je.' Hij lachte neerbuigend naar me. 'We brengen je in een diepe slaap. De geest van de huurder neemt jouw lichaam over. Ze beantwoordt een reeks vragen van het team om vast te stellen of alles naar behoren functioneert en dan mag ze van haar huurlichaam gaan genieten.'

Er verschenen beelden van het gehuurde lichaam dat golfte, tenniste en dook.

'Het motorische geheugen van het lichaam blijft intact, dus zij kan alle sporten beoefenen die jij deed. Als de tijd erop zit, brengt de huurder het lichaam terug naar ons. De verbinding wordt in de juiste volgorde verbroken. De huurder wordt uit haar roes gewekt. Ze wordt medisch onderzocht en kan gaan. Jij, de donor, krijgt al je hersenfuncties terug via de computer. Je wordt in je lichaam wakker alsof je dagen hebt geslapen.'

'Maar als er dan iets met me gebeurt terwijl zij mijn lichaam heeft? Als ze gaat snowboarden en skydiven? Stel dat ik gewond raak?'

'Zoiets is hier nog nooit voorgekomen. Onze huurders tekenen een contract waarmee ze zich financieel aansprakelijk stellen en geloof me, iedereen wil zijn borgsom terug.'

Hij liet het klinken alsof ik een huurauto was. Er trok een rilling door mijn lijf, alsof iemand met een ijsklontje over mijn rug streek. Ik dacht weer aan Tyler, mijn enige reden om hier te blijven.

'En die chip?' vroeg ik.

'Die wordt na de derde huurtermijn verwijderd.' Hij reikte me een vel papier aan. 'Hier. Misschien kan dit je geruststellen.'

Reglement voor huurders bij TopBestemmingen
1. Het is niet toegestaan het uiterlijk van uw huurlichaam op welke wijze dan ook te veranderen, door middel van, maar niet uitsluitend, piercings, tatoeages, haren knippen of verven, cosmetische contactlenzen of chirurgische ingrepen, waaronder vergrotingen.
2. Veranderingen aan het gebit, waaronder vullingen, extracties en het plaatsen van edelstenen, zijn niet toegestaan.
3. De huurder dient binnen een straal van tachtig kilometer rond TopBestemmingen te blijven. Er zijn kaarten beschikbaar.
4. Elke poging om de chip te saboteren leidt tot onmiddellijke opzegging zonder restitutie, met oplegging van een boete.

5. Bij problemen met uw huurlichaam dient u dit zo spoedig mogelijk terug te brengen naar TopBestemmingen. Behandel uw huurlichaam alstublieft met zorg en vergeet nooit dat het om een echt jong mens gaat.

We wijzen u erop dat de neurochip huurders belet zich in te laten met illegale activiteiten.

De regels stelden me niet gerust. Ze riepen problemen op waar ik nog niet eens aan had gedacht.

'Hoe zit het met... andere dingen?' vroeg ik.

'Zoals?'

'Ik weet niet...' Ik wilde niet dat hij me dwong het hardop te zeggen, maar ik had geen keus. 'Seks?'

'Wat is daarmee?'

'Er staat niets over in het reglement.'

Ik wilde echt niet dat ik er de eerste keer zelf niet bij zou zijn.

Hij schudde zijn hoofd. 'Dat wordt de huurders heel duidelijk gemaakt. Het is verboden.'

Ja, vast. Maar goed, ik kon in elk geval niet zwanger worden. Iedereen wist dat onvruchtbaarheid een – hopelijk tijdelijke – bijwerking was van de vaccinatie.

Mijn maag verkrampte. Ik schudde mijn haar uit mijn ogen en stond op.

'Dank u voor uw tijd, meneer Tinnenbaum. En de uitleg.'

Zijn bovenlip trok. Hij probeerde het te maskeren met een halve glimlach. 'Als je vandaag tekent, krijg je een bonus.' Hij pakte een formulier uit een la, schreef er iets op en schoof het over het bureau naar me toe. 'Dat is voor drie keer verhuur.' Hij deed de dop op zijn pen.

Ik pakte het formulier. Er stond een bedrag op waarvan ik een huis en genoeg eten voor een jaar kon kopen. Ik ging weer zitten en haalde diep adem.

Hij hield me de pen voor. Ik nam hem aan.

'Drie keer?' vroeg ik.

'Ja. En na de derde keer krijg je je geld.'

Het papier bewoog en ik besefte dat mijn hand beefde.

'Het is een heel gul aanbod,' zei Tinnenbaum. 'Dat is inclusief bonus als je vandaag tekent.'

Ik had dat geld nodig. Tyler had het nodig.

Toen ik de pen aannam, werd het geklater van de fontein luider in mijn hoofd. Ik staarde naar het papier, maar zag in mijn gedachten flitsen matrode lippenstift, de ogen van de portier en de onechte tanden van meneer Tinnenbaum voorbijtrekken. Ik haalde de dop van de pen en zette hem op het papier, maar voordat ik tekende keek ik op naar Tinnenbaum. Misschien wilde ik een laatste geruststelling. Hij knikte en glimlachte. Zijn pak was smetteloos, op een wit pluisje op zijn revers na. Het had de vorm van een vraagteken.

Wat was hij belust op mijn handtekening. Ik legde zonder erbij na te denken de pen neer. Hij kneep zijn ogen tot spleetjes. 'Is er iets?'

'Ik dacht aan iets wat mijn moeder altijd zei.'

'Wat dan?'

'Ze zei dat je altijd een nachtje moest slapen over een belangrijke beslissing. Ik wil erover nadenken.'

Zijn blik werd kil. 'Ik kan je niet beloven dat dit aanbod blijft staan.'

'Ik zal het erop moeten wagen.' Ik vouwde het contract op, stopte het in mijn zak en stond op. Ik glimlachte gekunsteld.

'Kun je je dat wel permitteren?' Hij kwam voor me staan.

'Vast niet, maar ik moet erover nadenken.' Ik liep om hem heen naar de deur.

'Bel maar als je nog vragen hebt,' riep hij me iets te luid na.

Ik haastte me langs de receptioniste, die het verontrustend leek te vinden dat ik nu al wegging. Terwijl ze me met haar ogen volgde drukte ze een knop in. Een alarmknop, vermoedde ik, maar ik liep door. De portier keek door de glazen deur naar me voordat hij hem opendeed.

'Ga je nu al weg?' Hij had de holle blik van een zombie.

Ik stormde langs hem heen.

Buiten sloeg de frisse herfstlucht me in het gezicht. Ik ademde diep in terwijl ik me een weg baande door de massa Enders op de stoep. Ik moest de enige zijn die Tinnenbaum ooit nee had verkocht, die niet was gevallen voor zijn verkooppraatje, maar ik had geleerd dat Enders niet te vertrouwen waren.

Ik liep door Beverly Hills en keek hoofdschuddend naar de welvaart die hier nog was, meer dan een jaar na de oorlog. Hier stond maar een derde van de winkels leeg. Ik zag designkleding, visuele elektronica en robo's in de etalages; alles om de rijke, shopverslaafde Enders tevreden te stellen. Je vond hier veel als je de straten afschuimde. Als er iets kapotging moesten ze het weggooien, want er was niemand die het kon repareren en er waren geen onderdelen te krijgen.

Ik probeerde niet op te vallen. Hoewel ik niets illegaals deed, kon ik als ik werd aangehouden niet de benodigde papieren laten zien die opgeëiste minderjarigen wel hadden.

Toen ik voor een voetgangerslicht stond te wachten stopte er een vrachtwagen. In de laadbak zat een stel mistroostige Starters, vuil en gehavend, rond een stapel houwelen en spaden. Een meisje met een verbonden hoofd staarde me met doodse ogen aan.

Ik zag de jaloezie in haar ogen flakkeren, alsof mijn leven beter was dan het hare. Toen de vrachtauto wegreed, sloeg het meisje haar armen om zichzelf heen in een soort omhelzing. Hoe beroerd mijn leven ook was, zij had het inderdaad slechter getroffen. Er moest een manier zijn om uit deze waanzin te ontsnappen. Een andere manier dan die enge bodybank of legale slavernij.

Ik nam zijstraten om Wilshire Boulevard te mijden, want dat was een politiemagneet. Twee Enders, zakenmannen in zwarte regenjassen, liepen me tegemoet. Ik boog mijn hoofd en stopte mijn handen in mijn zakken. In de linker zat het contract. In de rechter zaten de truffels.

Bitter en zoet.

Hoe verder ik Beverly Hills achter me liet, hoe ruiger de buurten werden. Ik omzeilde bergen afval die wachtten op vuilniswagens die veel eerder hadden moeten komen. Ik keek op en zag dat ik langs een in rood tentdoek verpakt gebouw liep. Besmet. De laatste sporenraketten waren meer dan een jaar geleden afgevuurd, maar de schoonmaakploegen waren er nog niet aan toegekomen dit gebouw te zuiveren. Of ze wilden het niet. Ik hield mijn mouw voor mijn neus en mond, zoals ik van mijn vader had geleerd, en liep er snel voorbij.

Het begon te schemeren, zodat ik me iets vrijer kon bewegen. Ik pakte mijn handlamp en bond hem om mijn linkerhand, maar deed hem niet aan. We hadden de straatverlichting hier kapotgemaakt. We hadden de bescherming van de schaduw nodig, zodat de instanties ons niet konden oppakken met een van hun slappe smoezen. Ze wilden ons maar al te graag in een inrichting opsluiten. Ik had er nog nooit een vanbinnen gezien, maar ik had erover gehoord. Een van de ergste, Inrichting 37, was maar een paar kilometer hiervandaan. Ik had andere Starters erover horen smiespelen.

Tegen de tijd dat ik in de buurt van onze straat kwam was het pikdonker. Ik knipte mijn handlamp aan. Kort daarop zag ik de lichtbundels van twee handlampen die verschillende kanten op wezen vanaf de andere kant van de straat naderen. Omdat de dragers de lampen aan lieten dacht ik dat het welgezinden waren, maar terwijl ik het dacht floepten beide lampen uit. Vogelvrijen.

Mijn maag verkrampte en mijn hart bonsde in mijn keel. Ik zette het op een rennen. Ik had geen tijd om na te denken. Mijn instinct dreef me naar mijn gebouw. Een van de twee, een lange meid met stelten van benen, zette de achtervolging in. Ze was vlak achter me en stak haar hand uit om me bij mijn sweatshirt te pakken.

Ik rende nog harder. De zijdeur van mijn gebouw was vlakbij. Mijn achtervolgster probeerde het nog eens en nu kreeg ze mijn capuchon te pakken.

Ze gaf er een ruk aan en ik viel hard op de stoep. Mijn rug deed pijn en het stak in mijn hoofd. Ze ging op me zitten en wilde in mijn zakken voelen. Haar vriend, een kleinere jongen, knipte zijn handlamp weer aan en scheen ermee in mijn ogen.

'Ik heb geen geld.' Ik kneep mijn ogen dicht tegen het felle schijnsel en probeerde de handen van de lange meid weg te slaan.

Ze gaf me links en rechts een harde draai om mijn oren. Een gemene straattruc die je laat suizebollen van de pijn.

'Geen geld voor mij?' zei ze. Haar gedempte woorden dreunden in mijn hoofd. 'Dan ben je nog niet jarig.'

Een adrenalinestoot gaf mijn arm kracht en ik stompte haar

tegen haar kin. Ze viel achterover, maar richtte zich weer op voordat ik me onder haar uit kon wurmen.

'Nou ben je er geweest, schat.'

Ik kronkelde en spartelde, maar ze klemde me stevig tussen haar stalen dijen. Ze haalde haar vuist naar achteren en stompte me met al haar kracht. Ik draaide op het laatste moment mijn hoofd weg en haar vuist raakte de stoep. Ze schreeuwde het uit. Haar kreet spoorde me aan me onder haar uit te worstelen terwijl zij haar gewonde hand omklemde. Mijn hart bonsde alsof het uit mijn borstkas wilde springen. De jongen kwam met een steen op me af. Ik hees me hijgend overeind.

Er viel iets uit mijn zak. We keken er allemaal naar.

Het was een kostelijke supertruffel.

'Eten!' riep de jongen, en hij richtte zijn lamp erop.

Het meisje kroop ernaartoe, haar verbrijzelde hand tegen haar borst gedrukt. Haar maat dook naar beneden en griste de truffel weg. Ze graaide naar zijn hand, brak een stuk truffel af en schrokte het naar binnen. Hij verslond de rest. Ik zag mijn kans schoon en rende naar de zijdeur van mijn gebouw. Ik duwde de deur open, mijn deur, en glipte naar binnen.

Ik hoopte uit alle macht dat ze niet achter me aan zouden komen. Ik moest er maar op vertrouwen dat ze te bang waren voor mijn vrienden en alle vallen die ik zou kunnen hebben gezet. Ik richtte mijn handlamp op het trappenhuis. Veilig. Ik nam de trap naar de tweede verdieping en gluurde door een groezelig raam. De vogelvrije dieven beneden vluchtten als ongedierte. Ik maakte snel de balans op. Mijn achterhoofd deed nog pijn van de val op de stoep, maar ik had geen diepe wonden of gebroken botten opgelopen. Ik legde mijn hand op mijn borst en probeerde mijn ademhaling in bedwang te krijgen.

Ik richtte mijn aandacht op mijn omgeving en voerde mijn vaste controles uit. Ik luisterde zo goed als ik kon, maar mijn oren tuitten nog van de vechtpartij. Ik schudde mijn hoofd in een poging me van het geluid te bevrijden.

Geen nieuwe geluiden. Geen nieuwe bewoners. Geen gevaar. Het kantoor aan het eind van de gang wenkte me als een baken met de belofte van slaap. Onze barricade van bureaus begrensde een hoek van de spelonkachtige kale ruimte en bood de illusie van comfort. Tyler sliep waarschijnlijk al. Ik voelde aan de overgebleven supertruffels in mijn zak. Misschien moest ik hem er de volgende ochtend mee verrassen.

Maar ik kon niet wachten.

'Hé, wakker worden. Ik heb iets voor je.' Ik liep om de bureaus heen en zag niets. Geen dekens, geen broertje. Niets. De weinige bezittingen die we nog hadden waren weg.

'Tyler?' riep ik.

Mijn keel werd dichtgeknepen en ik hield mijn adem in. Ik rende naar de deur, maar net toen ik daar aankwam dook er een gezicht voor me op.

'Michael!'

Michael schudde zijn woeste blonde haar uit zijn gezicht. 'Callie.' Hij hield zijn handlamp onder zijn kin en trok een angstaanjagend gezicht. Hij kon het niet volhouden en barstte in lachen uit.

Als hij lachte kon er niets met Tyler zijn. Ik gaf hem een vriendschappelijke zet.

'Waar is Tyler?' vroeg ik.

'Ik heb jullie naar mijn kamer moeten verhuizen. Het dak begon hier te lekken.' Hij richtte zijn lamp op een donkere plek op het plafond. 'Dat is toch wel goed?'

'Weet niet. Hangt ervan af hoe je het hebt ingericht.'

Ik liep met hem mee naar een kamer aan de andere kant van de gang. Binnen waren met bureaus twee knusse, beschermde hoekjes afgezet. Ik liep om de bureaus in de verste hoek heen en zag dat Michael onze spullen precies zo had gerangschikt als in onze eigen kamer. Tyler zat met een deken om zijn benen tegen de muur. Hij zag er te klein uit voor een joch van zeven. Misschien kwam het doordat ik even bang was geweest dat ik hem kwijt was, of doordat ik de hele dag weg was geweest, maar het was alsof ik hem met andere ogen zag. Hij was afgevallen sinds we op straat woonden. Zijn haar moest geknipt worden. Hij had donkere kringen onder zijn ogen.

'Waar ben je geweest, Apenkop?' Tylers stem klonk hees.

Ik moest moeite doen om niet bezorgd te kijken. 'Weg.'

'Je bent heel lang weggeweest.'

'Maar Michael was er toch?' Ik knielde naast hem. 'En ik heb er lang over gedaan om iets lekkers voor je te vinden.'

Ik zag het begin van een glimlach. 'Wat dan?'

Ik pakte een van de met vitamines verrijkte truffels en haalde het papier eraf. Hij was zo groot als een cakeje. Tyler zette grote ogen op.

'Een supertruffel?' Hij keek naar Michael, die naast me stond. 'Wauw.'

'Ik heb er nog een.' Ik liet de andere truffel zien. 'Je mag ze allebei hebben.'

Hij schudde zijn hoofd. 'Jij moet er ook een nemen.'

'Je hebt de vitamines nodig,' zei ik.

'Heb je vandaag iets gegeten?' vroeg hij.

Ik nam hem op. Kon ik wegkomen met een leugentje? Nee, hij kende me te goed.

'Delen jullie hem maar,' zei hij.

Michael haalde zijn schouders op en zijn haar viel over zijn ene oog op die mooie, moeiteloze manier die zijn handelsmerk was. 'Daar kan ik geen nee tegen zeggen.'

Tyler glimlachte en pakte mijn hand. 'Dank je wel, Callie.'

We aten de supertruffels op aan een bureau midden in de kamer dat dienstdeed als onze eettafel, met Michaels handlamp in de kaarslichtstand midden op het blad. We sneden de truffels in kleine stukjes en grapten dat het eerste stukje het voorafje was, het tweede het hoofdgerecht en het derde het dessert. Het was hemels, die zoete, smeuïge chocola, een kruising tussen cake en toffee, kostelijk en rokerig op onze tong. Het was te snel op.

Na het eten fleurde Tyler op. Hij zong een liedje in zichzelf terwijl Michel zijn kin in zijn hand liet rusten en vanaf zijn kant van het bureau naar me keek. Ik wist dat hij popelde om me naar de bodybank te vragen. En misschien meer. Ik zag zijn ogen over mijn nieuwe schrammen en sneden glijden.

'Ik heb dorst gekregen van die truffels,' zei ik.

'Ik ook,' zei Tyler.

Michael stond op. 'Laat ik de waterflessen dan maar gaan vullen.' Hij pakte onze flessen, die aan banden aan de deur hingen, samen met onze wasemmer. Toen ging hij weg.

Tyler legde zijn hoofd op het bureau. De opwinding om de truffels eiste zijn tol. Ik streelde zijn donzig zachte haar, zijn nek. Zijn sweatshirt was van zijn ene schouder gezakt, zodat zijn vaccinatielitteken zichtbaar was. Ik streek er met mijn vinger over, dankbaar voor dat kleine merkteken. Als dat er niet was geweest, zouden we allemaal dood zijn, net als onze ouders. Zoals iedereen tussen de twintig en de zestig. Wij waren het kwetsbaarst, samen met de bejaarde Enders, dus wij waren het eerst ingeënt tegen de genocidesporen. Nu waren alleen wij nog over. Kon het ironischer?

Na een paar minuten kwam Michael terug met de volle waterflessen. Ik ging naar de wc, waar hij de emmer had neergezet. De eerste week dat we hier woonden, hadden we nog stromend water gehad in het gebouw. Ik zuchtte bij de herinnering aan die luxe. Het was een stuk makkelijker dan onopgemerkt water uit leidingen buiten stelen.

Het koude water was verkwikkend, al was het november en was er geen verwarming in het gebouw. Ik spatte het op de sneden in mijn armen en mijn gezicht.

Toen ik terugkwam had Tyler zich in onze hoek genesteld. Michael lag in zijn fort in de hoek ertegenover, dat een spiegelbeeld was van het onze. Ik voelde me veiliger nu we allemaal bij elkaar waren. Als er iemand binnendrong, kon een van ons hem in de rug aanvallen. Michael had een loden pijp. Ik had een mini-ZipTaser die van mijn vader was geweest. Hij gaf niet zulke harde schokken als die van de politie, maar ik vertrouwde erop. Triest dat dit mijn nieuwe knuffelbeest was geworden.

Ik ging op mijn slaapzak zitten en deed mijn schoenen uit. Ik trok mijn sweatshirt uit en kroop in mijn slaapzak alsof ik ging slapen. Ik voegde een pyjama toe aan het lijstje in mijn hoofd van dingen die ik miste. Flanel, warm uit de droogtrommel. Ik was het zat om altijd aangekleed te zijn, klaar om te vluchten of te vechten. Ik smachtte naar een zachte pyjama en een diepe slaap die me de hele wereld liet vergeten.

'Michael heeft onze spullen verhuisd.' Tyler richtte zijn handlamp op onze boeken en schatten op de bureaus rondom ons.

'Ik weet het. Dat was lief van hem.'

Hij richtte zijn lamp op een speelgoedhond. 'Net als vroeger.'
Ik dacht eerst dat hij bedoelde zoals bij ons thuis, maar besefte toen dat hij op de vorige kamer doelde. Michael had al onze bezittingen heel precies weer net zo neergezet als ze stonden, want hij wist hoe dierbaar ze ons waren.

Tyler pakte onze hololijst. Dat deed hij om de paar dagen, wanneer hij zich uitgesproken verdrietig voelde. Hij legde hem in zijn handpalm en bladerde door de holo's: het hele gezin aan het strand, wij tweeën spelend in het zand, mijn vader op de schietbaan, onze ouders op hun trouwdag. Mijn broertje stopte op dezelfde plek als altijd: een holo van onze vader en moeder op cruise, drie jaar geleden gemaakt, vlak voor de gevechten in de Pacific begonnen. Het was moeilijk voor me geweest om hun stemmen te horen. 'Tyler, we missen je. Callie, we houden van je. Pas goed op je broertje.' De eerste maand had ik telkens gehuild bij het horen van hun stemmen. Daarna was ik ermee opgehouden. Ze klonken nu hol, als anonieme acteurs.

Tyler huilde nooit. Hij bleef de woorden in zich opnemen. Dit waren nu zijn vader en moeder voor hem.

'Oké, zo kan-ie wel weer. Bedtijd.' Ik reikte naar de lijst.

'Nee. Ik wil het onthouden.' Zijn ogen keken me smekend aan.

'Ben je bang dat je het vergeet?'

'Misschien.'

Ik tikte op de handlamp om zijn pols. 'Weet je nog wie die heeft uitgevonden?'

Tyler knikte plechtig, met zijn onderlip naar voren gestoken. 'Pap.'

'Dat klopt. Met een paar andere uitvinders. Dus telkens als je dat licht ziet, kun je denken dat pappie over je waakt.'

'Doe jij dat ook?'

'Elke dag.' Ik aaide hem over zijn hoofd. 'Niet bang zijn. Ik garandeer je dat we ze echt nooit zullen vergeten.'

Ik ruilde het lijstje voor zijn lievelingsspeelgoed, het enige speelgoed dat hij nog had, een kleine robohond. Toen hij de hond onder zijn arm klemde, sprong die in de zachte stand en ging liggen, net als een echte hond. Afgezien van die lichtgevende groene ogen dan.

Ik zette het lijstje op het bureau boven ons. Tyler hoestte. Ik trok zijn slaapzak op tot aan zijn nek. Telkens wanneer hij hoestte, vocht ik tegen de woorden van de arts in de kliniek die in mijn hoofd weerkaatsten: 'Zeldzame longziekte... Kan genezen, soms niet.' Ik zag zijn borst rijzen en dalen en hoorde de amechtige ademhaling van de slaap komen. Ik kroop uit mijn slaapzak en gluurde om de bureaus heen.

Michaels handlamp wierp zijn gloed op de muur. Ik sloeg mijn sweatshirt om mijn schouders en liep op mijn blote voeten naar hem toe.

'Michael?' fluisterde ik.

'Kom erbij,' zei hij zacht.

Ik betrad zijn vesting. Ik voelde me er op mijn gemak, omringd door zijn tekeningen in potlood en houtskool, zijn tekenbenodigdheden die elk hoekje vulden. Hij tekende stadsgezichten, interpretaties van ons landschap van verlaten gebouwen, welgezinden en vogelvrijen, compleet met handlampen, lagen haveloze kleren en waterflessen aan riemen om magere lijven.

Hij legde zijn boek neer, ging met zijn rug tegen de muur zitten en klopte uitnodigend op zijn legerdeken. 'Zo, wat is er met je gezicht gebeurd?'

Ik voelde aan mijn wang. Die gloeide. 'Ziet het er akelig uit?'

'Tyler heeft niets gezien.'

'Alleen omdat het zo donker is.' Ik ging in kleermakerszit tegenover hem zitten.

'Vogelvrijen?'

Ik knikte. 'Ja. Ik heb verder niets.'

'Hoe was het daar?'

'Bizar.'

Hij zweeg en liet zijn hoofd hangen.

'Wat is er?' vroeg ik.

Hij keek op. 'Ik was bang dat je niet terug zou komen.'

'Ik had het toch beloofd?'

Hij knikte. 'Ja, maar ik dacht... Stel dat je niet terug kón komen?'

Ik had er niet van terug. We zaten even zwijgend naast elkaar tot
hij de stilte ten slotte verbrak. 'Nou, wat vond je ervan?'

'Wist je dat ze hier een neurochip implanteren?' Ik wees naar
mijn achterhoofd.

'Waar? Laat zien.' Hij voelde aan mijn haar.

'Ik had toch gezegd dat ik alleen ging kijken?'

Ik zag de bezorgdheid op zijn gezicht, zijn zachte, vriendelijke
ogen. Gek, maar toen hij nog bij ons in de straat woonde, was hij
me nooit zo opgevallen. Vreemd dat de Oorlogen van de Sporen
ervoor nodig waren geweest om ons bij elkaar te brengen.

Ik stopte mijn handen in mijn zakken en voelde iets. Een stuk
papier. Ik trok het uit mijn zak.

'Wat is dat?' vroeg Michael.

'Dat heb ik van die man van de bodybank gekregen. Het is een
contract.'

Michael leunde opzij. 'Willen ze je dat betalen?' Hij griste het
formulier uit mijn vingers.

'Geef terug.'

Hij las hardop: '... voor drie verhuurtermijnen.'

'Ik doe het niet.'

'Gelukkig maar.' Hij zweeg even. 'Maar waarom niet? Ik ken jou. Je bent niet bang.'

'Zoveel betalen ze nooit. Dat kan niet. Dat maakte me achterdochtig.'

'Hoe omzeilen ze de wet eigenlijk? Hoe kunnen ze Starters huren?'

Ik haalde mijn schouders op. 'Ze moeten een maas in de wet hebben gevonden.'

'Ze werken bijna ondergronds. Je ziet er nooit reclame voor.'

Daar had hij een goed punt. 'Ik heb er alleen van gehoord van die jongen die beneden woonde.'

'Hij krijgt waarschijnlijk geld voor elke Starter die hij aandraagt.'

'Voor mij krijgt hij niets.' Ik ging op mijn zij liggen en liet mijn hoofd in mijn hand steunen. 'Ik vertrouw het niet.'

'Je zult wel moe zijn,' zei Michael. 'Dat was een lange wandeling.'

'Ik ben meer dan moe.'

'Laten we morgen naar de haven gaan, zien of we fruit te pakken kunnen krijgen.'

Zijn woorden stierven weg en mijn oogleden werden zwaar. Ik weet niet hoeveel tijd er was verstreken toen ik mijn ogen opendeed en hem naar me zag glimlachen.

'Cal,' zei hij vriendelijk, 'ga naar bed.'

Ik knikte, stopte het contract weer in mijn zak en ging terug naar Tyler. Mijn lichaam versmolt met de slaapzak.

Ik zette mijn handlamp in de slaapstand, zodat hij een zachte gloed verspreidde.

In het zuiden van Californië zijn de winters niet streng, maar het zou te koud worden voor Tyler. Ik moest hem naar een warme plek zien te krijgen, een echt huis, maar hoe? Dit was mijn gebruikelijke gepieker voor het slapengaan. Ik had gehoopt dat de bodybank uitkomst zou bieden, maar dat was tegengevallen. Ik soesde in slaap en mijn handlamp schakelde zichzelf uit.

Ik werd door het snerpende geluid van de brandmelders uit mijn slaap gescheurd. De bittere geur van rook vulde mijn neusgaten. Ik voelde dat Tyler naast me rechtop ging zitten en hoorde hem kuchen.

'Michael?' riep ik.

'Brand!' riep hij vanuit de andere hoek van de kamer.

Volgens de klok op mijn handband was het vijf uur 's nachts. Ik tastte naar mijn waterfles en maakte hem open. Ik reikte naar de la boven me, trok er een T-shirt uit en spatte er water overheen.

'Druk dit tegen je neus,' zei ik tegen Tyler.

Ik zag het schemerige licht van Michaels handlamp. 'Kom op! Weg!' riep hij.

Ik gaf mijn broertje een arm en we kropen met zijn drieën naar de deur bij het licht van onze handlampen, die weinig zicht boden door de rook.

Michael leidde me met zijn hand op mijn rug naar het trappenhuis, dat ook vol rook hing. Het leek een eeuwigheid te duren, maar we haalden de begane grond. Tegen de tijd dat we buiten kwamen leken mijn benen van rubber.

We stapten bij het gebouw vandaan, bang voor vlammen en vallend puin. In het donker van de vroege ochtend zagen we andere welgezinden naar buiten komen, twee die we kenden en drie anderen die op lagere verdiepingen moesten hebben gezeten.

Ze keken ontzet naar het gebouw. Ik draaide me om.

'Waar zijn de vlammen?' vroeg ik.

'Waar is het vuur?' vroeg Michael.

'Is iedereen buiten?' gilde een man.

'Ja.' Ik zag een Ender van rond de honderd naderen. Hij droeg een smetteloos pak.

'Zeker weten?' De Ender keek naar de welgezinden, die knikten.

'Gelukkig.' De man stak zijn hand op en er kwamen nog drie Enders naar voren. Ze droegen werkkleding.

Een van de bouwvakkers trok de tape voor het slot op de zijdeur los. Een tweede gebruikte een stuk handgereedschap om een mededeling op de deur te bevestigen. De Ender in pak gaf ons er een kopie van.

Michael las hardop: 'Verboden toegang wegens nieuwe eigenaar.'

'Ze hebben ons uitgerookt,' zei een van de welgezinden.

'Jullie moeten dit gebied nu verlaten,' zei de Ender in pak kalm maar dwingend.

Toen er niemand in beweging kwam, voegde hij eraan toe: 'Jullie hebben een minuut de tijd.'

'Maar onze spullen...' Ik zette een stap in de richting van het gebouw.

'Ik kan jullie niet meer naar binnen laten. Dat staat de verzekering niet toe,' zei de Ender in pak.

'Jullie kunnen onze bezittingen niet afpakken,' zei Michael.

'Kraken is huisvredebreuk,' zei de Ender. 'Ik waarschuw jullie voor je eigen bestwil. Nog dertig seconden.'

De moed zonk me in de schoenen. 'Alles wat we nog hebben ligt binnen. Als wij niet naar binnen mogen, wilt u dan alstublieft onze spullen naar buiten brengen?'

Hij schudde zijn hoofd. 'Geen tijd. Jullie moeten weg. De politie komt zo.'

Dat maakte dat de andere welgezinden het op een rennen zetten.

Ik sloeg mijn arm om Tyler heen en wilde weglopen, maar iets hield me tegen. De man in pak had ons zijn rug al toegekeerd, maar een van de bouwvakkers zag ons en knikte naar hem. Hij draaide zich om.

'Alstublieft? Onze ouders zijn dood.' Mijn ogen brandden van de tranen. 'De laatste holo's die we van ze hebben liggen binnen. Op de tweede verdieping, aan het eind van de gang. Zou iemand ons gewoon de lijst kunnen geven? Of hem desnoods uit het raam willen gooien?'

De man zweeg even alsof hij nadacht. Toen prevelde hij kortaf 'sorry'. Hij nam niet eens de moeite me aan te kijken voordat hij zich weer afwendde. Ik had me nog nooit zo leeg gevoeld vanbinnen. Het had geen zin om met hem in discussie te gaan. We werden gescheiden door een kloof van meer dan honderd jaar; hij zou nooit kunnen begrijpen wat we hadden doorstaan.

'Callie, het geeft niet.' Tyler trok aan mijn hand. 'We kunnen ze zonder de holo's ook wel in onze gedachten houden. We vergeten ze echt niet.'

Er loeiden sirenes.

'Daar komt de politie,' zei Michael. 'Rennen!'

We hadden geen keus. We maakten rechtsomkeert en renden het donker van de vroege ochtend in, de laatste tastbare herinneringen aan onze ouders achter ons latend. De laatste herinneringen aan ons leven samen van nog maar een jaar geleden.

2

WE RENDEN de straat in, weg van de politiesirenes. Ik keek net lang genoeg over mijn schouder om de staalgrijze uniformen met zilvergrijs haar erboven uit hun auto te zien komen. Michael tilde Tyler op en we zetten het op een lopen. We doken een smalle steeg tussen ons gebouw en een ander verlaten kantoorpand in.

We hoorden onze achtervolgers, maar we waren de steeg uit voordat zij de ingang bereikten, dus ze konden niet zien welke kant we op gingen. Zij hadden vuurwapens en meer dan honderd jaar ervaring, maar wij hadden jonge benen.

We verstopten ons in een lange rij struiken tussen de gebouwen. Ze waren op sterven na dood en ze prikten, maar ze waren nog vol genoeg om ons te verbergen in de schemering. Gelukkig hadden we voordat we in het gebouw trokken vluchtroutes uitgezet. Ik duwde takken opzij, Michael zette Tyler neer en we kropen tegen elkaar aan.

De politie dook uit de steeg op. Ik gluurde door een opening tussen de takken. Een van de mannen ging naar links, de andere kwam recht op ons af.

Tyler maakte een geluid, dat piepende gehijg dat altijd werd gevolgd door een kuch. Ik voelde dat ik kippenvel op mijn armen kreeg. Michael drukte zijn hand op Tylers mond.

De politieman kwam dichterbij. Zag hij ons? Hij liep gebukt naar ons toe, met zijn wapen getrokken. Het bloed bonsde in mijn oren. Ik pakte Michaels shirt en drukte mijn wang tegen zijn schouder.

De politieman pakte de bladeren vlak voor mijn gezicht. Hij was zo dichtbij dat ik de vettige geur van zijn handschoenen kon ruiken. Ik hield mijn adem in.

'Hij is hier!' riep de andere politieman.

Toen klonk het geluid waarvan de rillingen ons over de rug liepen, dat elektronische, vonkende geknetter.

Een ZipTaser.

Het geknetter werd gevolgd door gefolterde kreten, die ons door merg en been gingen. De bladeren schudden en onze politieman rende weg.

Ik duwde mijn gezicht tussen de takken door om te zien wat er gebeurde. Op de grond lag een jongen, op zijn buik. Zijn kreten gingen over in gekreun.

Een van de politiemannen sloeg hem in de boeien en draaide hem om. Ik zag dat hij een van de nieuwere bewoners van ons gebouw was. Hij had een zwarte schroeiplek van de ZipTaser in zijn nek. Dat kreeg je wanneer ze de taser te dichtbij hielden of te hoog zetten. Ze deden het opzettelijk, om ons te brandmerken.

Toen de politiemannen een riem om zijn boeien en over zijn borst trokken, smeekte de jongen hen om hem met rust te laten. Ze luisterden niet, maar tilden hem half op en trokken de band over hun schouders om hem mee te slepen. De hakken van de jongen schraapten over de grond en bij elke hobbel slaakte hij weer een kreet.

Het was alsof ze een dier hadden gestrikt.

Het waren lafaards, met hun overvallen in het holst van de nacht, onzichtbaar voor teerhartige Enders die tussenbeide zouden kunnen komen.

We kropen dicht tegen elkaar aan en omarmden elkaar in de veilige beschutting van de bladeren. Zo hielden we Tyler warm, we voorkwamen dat hij moest hoesten en we maakten zelf ook geen geluid. Bij elke kreet krompen we in elkaar. Als we een paar meer welgezinden bij ons hadden gehad, hadden we ons op de politiemannen kunnen storten. We hadden kunnen bijten, stompen en krabben tot ze die jongen wel moesten loslaten.

De kreten stierven weg toen ze de steeg in liepen. Toen hoorden we de auto starten. Ze vertrokken, tevreden met die ene gevangene. Ze hadden hun prijs in de wacht gesleept en hun quotum van die dag gehaald, maar ze zouden de volgende dag terugkomen.

Tyler liet eindelijk zijn ingehouden hoest ontsnappen, en die leidde tot meer piepen en kuchen. We kropen uit de struiken om hem van de koude, natte grond te krijgen. Michael trok zijn sweatshirt uit en sloeg het om Tyler heen, zodat hij een dubbele beschermlaag had. Ze kropen tegen elkaar aan op een lage, betonnen plantenbak en ik begon te ijsberen.

'Wat nu?' vroeg Michael. 'We zijn onze slaapzakken kwijt.'

'En mijn ZipTaser.' Ik slikte iets weg bij de herinnering aan het wapen van de politieman. 'En onze waterflessen,' vervolgde ik. 'En alles wat we verder bij elkaar hadden gespaard, gebietst en gebouwd.'

Mijn woorden bleven maar al te definitief in de koude nachtlucht hangen. Toen deed Tyler zijn duit in het zakje.

'Mijn robohond,' zei hij.

Zijn onderlip stak naar voren en trilde toen hij probeerde hem in te trekken. Het was niet zomaar een speeltje, of zijn laatste speeltje – het was het laatste stuk speelgoed dat onze moeder hem had gegeven. Als ik een beter mens was geweest, had ik bekend dat ik het begreep, dat ik er kapot van was dat we de holo's van onze ouders kwijt waren. Ze hadden onze herinneringen tot leven gewekt, en ze waren nu voorgoed weg. Ons oude leven, dat van nog maar een jaar geleden, was nu geschiedenis – onopgetekende geschiedenis. De laatste draad was doorgeknipt.

Maar ik hield het voor me. Instorten was geen optie.

'Wat gaan we nu doen?' vroeg Tyler. 'Waar moeten we naartoe?' Hij kreeg een verschrikkelijke hoestbui.

'Hier kunnen we niet blijven,' zei ik zacht. 'Ze hebben hier gescoord, dus morgen komen ze met meer mensen terug.'

'Ik weet een ander gebouw,' zei Michael. 'Niet ver weg, een minuut of twintig.'

Weer een gebouw. Weer een koude, harde vloer. Weer een tijdelijk onderkomen. Er knapte iets in me.

'Teken maar een kaart voor me.' Ik viste het contract uit de zak van mijn sweatshirt en scheurde er een stuk af.

'Waarom?' vroeg Michael.

'Ik kom later.' Ik gaf Michael het stuk papier en hij begon te tekenen.

'Waar ga je naartoe?' vroeg Tyler schor.

'Ik ga een paar dagen weg.' Ik keek Michael aan. 'Ik weet hoe ik aan geld kan komen.'

Michael keek op van zijn kaart. Zijn ogen vonden de mijne. 'Cal. Weet je het zeker?'

Ik keek naar Tylers vermoeide gezicht, zijn ingevallen wangen, de wallen onder zijn ogen. De rook had zijn toestand verslechterd.

Als hij nog zieker werd en het niet overleefde, zou ik het mezelf nooit vergeven.

'Nee. Maar ik ga toch.'

Tegen de tijd dat ik in Beverly Hills aankwam, was het kwart voor negen 's ochtends. De winkels waren nog dicht. Ik liep langs een groepje te dik opgemaakte Enders met veel sieraden. De moderne geneeskunde kon het leven van de Enders makkelijk tot hun tweehonderdste rekken, maar hun geen gevoel voor mode bijbrengen. De vlezige Enders openden de deur van een restaurant en de geur van eieren met spek drong plagerig mijn neus binnen. Mijn maag knorde.

Die rijke Enders deden alsof ze niet eens meer wisten dat het oorlog was geweest. Ik wilde ze door elkaar rammelen en vragen: weten jullie het dan niet meer? Niemand won de zeegevechten in de Pacific, dus stuurden ze hun sporenkopraketten op ons af! En we gebruikten ons EMP-wapen dat hun computers, hun vliegtuigen en hun effectenbeurzen vernietigde!

Het was een oorlog, mensen. Niemand won. Niet wij en niet de landen van de Pacific Rim. In minder dan een jaar veranderde Amerika in een zee van zilverharige Enders, bemiddeld, weldoorvoed en zich van geen kwaad bewust, met her en der een Starter zoals ik ertussen.

Ze waren niet allemaal rijk, maar ze waren geen van allen zo arm als wij, want wij mochten niet werken of stemmen. Dat geniepige beleid werd al voor de oorlog gehanteerd, dankzij de verouderende bevolking, maar erna werd het nog strakker aangehaald. Ik schudde mijn hoofd. Ik haatte het om aan de oorlog te denken.

Ik liep langs een pizzeria. Dicht. Het hologram in de etalage zag er heel echt uit, compleet met borrelende kaas. De wolken nepgeur tartten me. Ik herinnerde me de smaak, de hete, plakkerige mozzarella, de pittige tomatensaus. Ik leefde nu een jaar op straat en had dus altijd honger, maar ik miste vooral het warme eten.

Toen ik bij TopBestemmingen aankwam aarzelde ik. Het was een vrijstaand gebouw van vier verdiepingen, bekleed met zilverkleurige spiegelpanelen. Ik keek naar mezelf. Gehavende kleren, groezelig gezicht. Lang slierterig haar, als touwen met knopen erin. Was ikzelf nog ergens te vinden onder die buitenkant? Mijn spiegelbeeld verdween toen de bewaker de deur opendeed. 'Welkom terug.' Hij grijnsde zelfvoldaan.

Terwijl ik bij de balie op Tinnenbaum wachtte, zag ik twee mannen in een vergaderzaal naast de lobby ruziën. Ik herkende Tinnenbaum, die met zijn gezicht naar de open deur stond. Van de andere man zag ik alleen zijn rug. Hij was langer en droeg een elegante, zwarte kamgaren jas. Er piepte maar een stukje van zijn zilvergrijze haar onder zijn gleufhoed uit. Hij sloeg een paar keer met zijn handschoenen in zijn open hand en toen op het tafelblad.

Tinnenbaum kromp in elkaar en stapte naar links, mijn gezichtsveld uit. De lange man keek kwaad naar een glazen vitrine met elektronische apparatuur. Ik kon de reflectie van zijn gezicht niet goed onderscheiden, maar ik kreeg het gevoel dat hij naar mij keek, alsof hij mij beter kon zien dan ik hem. Mijn huid tintelde en mijn nekhaar ging overeind staan. Hij leek me in te schatten.

Waarom?

Tinnenbaum liep de kamer uit en sloot de deur achter zich. Hij liep op me af en begroette me met de griezelige grijns waar hij het patent op leek te hebben.

'Callie. Ik hoopte al je terug te zien.' Hij gaf me een hand. 'Neem me niet kwalijk dat ik je heb laten wachten, maar dat was mijn baas.' Hij knikte naar de vergaderkamer.

'Het geeft niet. Hij zal wel belangrijk zijn.'

'Je zou kunnen zeggen dat hij Mister TopBestemmingen in eigen persoon is.' Hij maakte een weids armgebaar. 'Dit is allemaal zijn kindje.'

Ik liep achter hem aan naar zijn kantoor en ging tegenover hem aan zijn bureau zitten terwijl hij op zijn luchtscherm tikte. Rechts van me stond een spiegel in een lijst. Een observatielens, vermoedde ik.

'Goed, wie had je verwezen, zei je?' vroeg Tinnenbaum.

'Dennis Lynch.'

'En waar ken je hem van?'

'Ik zat bij hem in de klas. Voor de oorlog.' Tinnenbaum bleef me aankijken, alsof hij meer verwachtte. 'Na de oorlog kwam ik hem een keer op straat tegen. Hij vertelde me over dit bedrijf.'

Ik wilde niet toegeven dat ik Dennis in een kraakpand had ontmoet. Tinnenbaum wist dat ik kraker was, maar ik was niet van plan het hardop toe te geven.

Hij leek er genoegen mee te nemen. 'En in welke sporten ben je goed?'

'Boogschieten. Schermen, zwemmen, schieten.'

Hij trok een wenkbrauw op. 'Schieten?'

'Mijn vader wist veel van vuurwapens. Hij zat in het Wetenschapscorps. Hij heeft het me geleerd.'

'Hij leeft niet meer, neem ik aan?'

'Nee. Mijn moeder ook niet.'

Hij liet zijn blik over mijn kleren glijden. 'Je hebt geen levende familieleden meer, vermoed ik?'

Natuurlijk niet, oen. Zou ik op straat wonen als ik nog groot-ouders had? 'Nee.'

Hij knikte en sloeg op zijn bureau. 'Nou, laten we dan maar eens kijken hoe goed je bent.'

Ik kwam niet in beweging.

'Of heb je nog vragen?' zei hij.

Ik moest het wel vragen. 'Hoe weet ik dat ik niet word gepakt? Wegens werken?'

Hij glimlachte. 'Hoor eens, we geven je geen baan. Je verleent ons een dienst, geen arbeid. Je kunt toch niet werken terwijl je slaapt?' Hij lachte. 'De gulle beloning die we je geven is dan ook een beurs, geen salaris.' Hij schoof zijn stoel achteruit en ging staan. 'Maak je geen zorgen. Deze situatie is voor beide partijen winstgevend. Wij hebben jou net zo hard nodig als jij ons. Laten we nu maar eens gaan kijken wat je kunt.'

Meneer Tinnenbaum stelde me voor aan Doris, de Ender die als mijn persoonlijke mentor was aangesteld. Ze had het zilvergrijze haar van een Ender, maar het lichaam van een ballerina. Ze kleedde zich als een echte Ender, in retrokleding met moderne accenten. Haar mantelpak stamde uit de jaren veertig van de twintigste eeuw, maar een brede riem snoerde haar wespen-taille nog verder in. Ze had onmiskenbaar haar onderste ribben laten verwijderen. Ze bracht me naar de sportzaal, waar ze me gymnastiekoefeningen liet doen en mijn vaardigheden op het gebied van schermen en boogschieten testte, evenals mijn kracht en uithoudingsvermogen in het algemeen. Ze konden me niet op mijn woord geloven, want een Ender zou haar zinnen erop kunnen hebben gezet een schermwedstrijd te winnen.

Vervolgens moest ik alleen nog schietoefeningen doen. Daar

was TopBestemmingen niet op berekend, dus we moesten naar een schietbaan. Tinnenbaum en ik stapten achter in een limo en reden een minuut of twintig. Opgesloten in de kleine ruimte kuchte hij, trok zijn neus op en hield zijn zakdoek ertegen. Hij moest mijn parfum van het straatleven ruiken. We stonden quitte, want ik vond de nepgeur van zijn eau de cologne niet te harden. Hij keek me niet eens aan; in plaats daarvan keek hij de hele rit naar zijn mini-luchtscherm.

Ik wist zijn aandacht echter wel te trekken toen we eenmaal op de schietbaan waren en de baanmeester me een geweer in mijn handen stopte. Het gebaar bracht me terug naar drie jaar geleden, toen ik dertien was en mijn vader hetzelfde had gedaan.

Ik had geprotesteerd dat het wapen te groot en te zwaar voor me was, want ik wilde niet toegeven dat ik bang was en liever met hem was gaan vissen of wandelen.

'Calliekind, goed luisteren,' had mijn vader gezegd. Wanneer hij zijn speciale naam voor mij op een ernstige manier gebruikte lette ik altijd goed op.

'Het is oorlog,' vervolgde hij. 'Je moet leren jezelf te verdedigen. En Tyler.'

'Maar het is hier geen oorlog, pap,' zei ik.

Destijds werd de oorlog vooral in de Pacific uitgevochten, maar het antwoord van mijn vader maakte duidelijk dat hij wist wat ons te wachten stond.

'Nog niet, Calliekind,' zei hij. 'Maar dat komt nog wel.'

Twee jaar later zouden de Oorlogen van de Sporen ons allemaal veranderen.

Onder Tinnenbaums sceptische blik rechtte ik mijn rug en bracht het geweer in positie. Ik kneep een oog dicht en gebruikte het andere om het digitale vizier op het doelwit te richten, het silhouet van een man. Toen kneep ik beide ogen dicht en deed ze snel weer open. Ik had het doelwit nog midden in het vizier. Ik ademde in en haalde de trekker over.

De kogel doorboorde de rode cirkel midden op het voorhoofd. De baanmeester zei niets, maar knikte ten teken dat ik nog eens mocht schieten. Mijn volgende kogel ging door het gat van de eerste. Tinnenbaum stond roerloos naar het doel te staren alsof het een soort goocheltruc moest zijn. Andere schutters, allemaal Enders, lieten hun wapen zakken om te zien hoe ik keer op keer dezelfde plek raakte.

Ik werd met verschillende wapens op mijn vaardigheid getest, dus ik maakte ook indruk met het aantal vuurwapens dat ik kon hanteren. Dank je, pap.

Tijdens de terugrit trok Tinnenbaum zijn neus niet meer zo hoog op, en hij hield zijn luchtschermpje zo dat ik het kon zien. Mijn contract stond erop.

Ik sprong meteen naar de belangrijkste punten: drie verhuurtermijnen en het honorarium. Het geld zou voldoende zijn om een paar jaar een appartement te kunnen betalen. En om een volwassene om te kopen zodat hij het huurcontract voor ons wilde tekenen.

'Dat bedrag. Het is hetzelfde als voordat u me testte.'

'Dat klopt.'

'Zou ik door mijn vaardigheden niet op een hogere beloning moeten uitkomen?' Wie niet waagt, die niet wint, dacht ik.

Zijn glimlach verflauwde. 'Je onderhandelt scherp. Voor een minderjarige.' Hij zuchtte en tikte een hoger bedrag in. 'Wat dacht je daarvan?'

Er schoot me iets te binnen. Mijn vader had me geleerd het te vragen. 'Wat zijn de risico's?' vroeg ik. 'Wat kan er fout gaan?'

'Geen enkele procedure is zonder risico's, maar we hebben alle mogelijke voorzorgsmaatregelen genomen om onze kostbare aanwinsten te beschermen.'

'Mij, bedoelt u.'

Hij knikte. 'Ik kan je verzekeren dat we in de twaalf maanden dat we in bedrijf zijn nog geen enkel probleem hebben gehad.'

Dat was niet zo lang, maar ik had meer behoefte aan het geld dan aan een beter antwoord. Wat zou mijn vader daarvan hebben gezegd? Ik verdrong het.

'Het moeilijke gedeelte is achter de rug,' zei Tinnenbaum. 'De rest is zo makkelijk als in slaap soezen.'

Mijn broertje zou het elke nacht warm kunnen hebben. In een echt huis. En dat zouden we na drie verhuurperiodes al hebben. Ik raakte het luchtscherm aan en mijn vingerafdruk werd zichtbaar op het contract, als bezegeling van de deal. Tinnenbaum keek door het raam van de limo alsof het hem niets deed, maar ik zag zijn been nerveus trekken.

Toen we weer terug waren bij de bodybank, vroeg ik me af of meneer Tinnenbaum me zou voorstellen aan de lange man die ik eerder had gezien, maar die vertoonde zich niet. Ik werd aan Doris overgedragen.

'Wacht maar tot je ziet wat Doris voor je in petto heeft.' Tinnenbaum grinnikte en liep weg, de gang in.

'Het is tijd voor je make-over.' Doris draaide met haar hand alsof ze met een toverstokje zwaaide.

'Make-over?'

Doris nam me van top tot teen op. Mijn hand vloog in een reflex naar de punten van mijn slierterige haar, alsof ik wilde voorkomen dat ze het zou afknippen.

'Je denkt toch niet dat we je zo gaan presenteren?'

Ik trok mijn mouw over mijn hand en veegde over mijn gezicht.

Doris reikte naar mijn arm.

'Je boft maar. Je krijgt een gratis make-over, van top tot teen.'

Ze inspecteerde mijn hand. Haar nagels glansden van een soort stralende, iriserende lak die me aan het parelmoer van een schelp deed denken. Mijn nagels zagen eruit alsof ik aan het strand in teer had zitten wroeten.

'We hebben een hoop werk te doen,' zei Doris.

Ze loodste me met haar hand op mijn rug naar een dubbele deur.

'Als wij met je klaar zijn, ken je jezelf niet meer terug.'

'Daar ben ik juist zo bang voor.'

De eerste stap was een wasstraat voor mensen. Ik stond naakt en met een beschermbrilletje op op een draaiende verhoging, me vasthoudend aan een stang boven mijn hoofd, terwijl mijn hele lichaam werd gezandstraald door bitter ruikende chemicaliën. Het *fisheye*-perspectief van de beschermbril maakte alles nog onwezenlijker dan het toch al was, ook Doris, die door een observatieraam naar me keek. Schuimsponzen op gebogen panelen die nog groter waren dan mijn hoofd kwamen op me af tot ik bang werd dat ze me zouden smoren, maar ik hield mijn adem in en het verende materiaal voegde zich naar mijn lijf en schrobde me van top tot teen schoon. Toen trokken ze zich terug voor de laatste stap, een krachtige waterstraal die me vanuit alle richtingen afspoelde en stak als naaldenprikken.

Ik kwam door een blauwverlicht kamertje uit in een hete, droge ruimte. In de laatste kamer, die eruitzag als de praktijkruimte van een dokter, werd ik door twee Enders in beschermoveralls gecontroleerd op bacteriën. Ze stelden vast dat ik een schoon palet was en stuurden me door voor een reeks schoonheidsbehandelingen. Ik werd om te beginnen gelaserd. Dit team Enders zei dat het alleen was om mijn sproeten en puistjes te verwijderen, maar het duurde erg lang. Ik mocht niet zien hoe het was geworden, maar ze verzekerden me dat ik er blij mee zou zijn. Ik zag dat de wonden op mijn handen van het vechten helemaal waren geheeld.

Vervolgens kreeg ik een manicure en een pedicure, en alsof ik nog niet schoon genoeg was, werd mijn hele lichaam gescrubd alsof er niet één oorspronkelijke huidcel mocht achterblijven. Ik gaf de pijn een elf, op een schaal van één tot tien. Toen bracht Doris me naar een kleine kamer en stelde me aan de kapster van het bedrijf voor. Ze was de eerste Ender die ik ooit had gezien die geen wit of zilvergrijs haar had; er zaten paarse strepen in en het stond recht overeind, in pieken.

Ik probeerde onder de knipbeurt uit te komen.

'Doe niet zo gek.' Doris leunde op een werkblad en trommelde steeds sneller met haar nagels op het harde materiaal. 'Ze scheert je niet kaal, hoor. Je houdt je mooie lange haar, maar dan beter geknipt. Met wat laagjes erin.'

Ik liet de Ender met de pieken een cape om mijn schouders slaan, maar dat ze weigerde me in een spiegel te laten kijken was niet bepaald vertrouwenwekkend.

Toen ze klaar was lag er genoeg haar op de vloer om een kat van te maken. Ik popelde om te zien hoe het was geworden, maar dat leek niemand te boeien. Mijn laatste beul was een visagiste, Clara, die meer dan twee uur bezig was elke centimeter van mijn gezicht vol kleurtjes te kwasten en te wrijven. Ze laserde mijn wenkbrauwen en gaf me nieuwe wimpers. Doris zocht een stel kleren voor me uit die ik aantrok in een kamertje zonder spiegel.

Voordat ik mezelf had kunnen bekijken, werd ik naar een andere ruimte gedreven waar ik tegen een muur moest poseren.

Ik probeerde net zo te glimlachen als het meisje met het rode haar van het hologram dat Tinnenbaum me had laten zien. Ik geloof niet dat het me lukte.

Toen ik uit de holostudio kwam was ik murw. Ik voelde me niet opgeknapt, maar afgepeigerd.

'Zijn we klaar?' vroeg ik aan Doris.

'Voorlopig.'

'Hoe laat is het?'

'Laat.'

Ze zag er net zo moe uit als ik me voelde. 'Ik zal je je kamer wijzen,' zei ze.

'Hier?'

'Je kunt niet om elf uur 's avonds zó naar huis lopen.' Ze leunde tegen de muur en trommelde weer met haar nagels.

Ik bracht een hand naar mijn gezicht. Zag ik er zo anders uit?

'Ken je de verhalen niet over rijke mannen die knappe meisjes ontvoeren?' zei Doris.

Ik kende ze. 'Zijn ze dan waar?'

'O, reken maar dat ze waar zijn. Hier ben je veilig. En dan voel je je morgen weer fris.'

Ze draaide zich om. Ik liep achter haar tikkende hakken aan door de gang.

'Ik weet niet eens hoe ik eruitzie,' zei ik binnensmonds.

Even later lag ik in een echt bed. Met lakens. En een wolk van een gewatteerde deken. Ik was vergeten hoe luxueus een echt bed was, hoe lakens over je huid glijden. Het was alsof ik in de hemel zweefde.

Ik kon me er niet van weerhouden telkens aan mijn gezicht te voelen. Mijn nieuwe huid was zo zacht dat ik moest denken aan Tyler toen hij nog een baby was en ik hem over zijn roze appelwangetjes aaide. Mijn moeder had gezegd dat ik er niets van overliet.

Tyler.

Ik vroeg me af wat hij nu deed. Was de nieuwe plek die Michael had gevonden wel veilig? Hadden ze dekens om zich warm te houden?

Ik voelde me schuldig in dat weelderige bed met al die kussens. De kamer was gewoon een deel van de grote bedrijfsruimte, maar zag eruit als een logeerkamer, met een volle karaf water bij het bed, naast een vaas met margrieten. Het herinnerde me aan onze logeerkamer vroeger, die mijn moeder met zo veel liefde had ingericht.

Ik keek naar het eten dat ze bij mijn bed hadden gezet: aardappelsoep, kaas en verschillende pakjes crackers. Ik was bijna te moe om te eten. Bijna. Ik at de soep en de kaas op, maar bewaarde de crackers voor Michael en Tyler, later, wanneer ik eindelijk weer vrij zou zijn.

Pas de volgende ochtend bij het ontwaken besefte ik dat er maar één ding ontbrak aan deze imitatielogeerkamer: een raam. Toen ik de bonte gordijnen boven mijn bed optrok, zag ik alleen maar muur.

Ik liep naar de deur en drukte mijn oor ertegen. Ik hoorde alleen het gonzen van een kantoorgebouw. Ik wilde om het hoekje gluren, maar de deur zat op slot. Bij het idee dat ik opgesloten zat sloeg mijn hart op hol. Ik haalde een paar keer diep adem en hield mezelf voor dat de deur was afgesloten om me te beschermen.

Ik had de witte pyjama aan die de vorige avond op het bed had gelegen. Ik keek zoekend naar kleren in de kast, maar zag alleen mezelf in een passpiegel aan de binnenkant van de deur. Ik snakte naar adem.

Ik was beeldschoon.

Het was nog steeds mijn eigen gezicht, met de ogen van mijn moeder en de kaaklijn van mijn vader, maar dan stukken beter. Mijn huid had een onberispelijke gloed. Mijn jukbeenderen waren geprononceerder. Dit was wat je met geld kon bereiken. Dit was hoe ieder meisje eruit kon zien als geld geen rol speelde. Ik ging dichter bij de spiegel staan en keek in mijn ogen, die nog zwart omrand waren van de make-up van de vorige dag.

Ik had al een jaar geen make-up meer gebruikt. Wat zou Michael zeggen als hij me zo zag?

Mijn aandacht werd weer naar de kast getrokken. Er hing een enkel kledingstuk in. Een ziekenhuispon.

Doris maakte mijn deur open en kwam binnen in een broekpak met een ceintuur en met een te zonnige glimlach op haar gezicht.

'Goedemorgen, Callie.' Ze keek naar mijn gezicht. 'Heb je goed geslapen?'

'Heerlijk.'

'Ze hebben je heel mooi gemaakt.' Ze inspecteerde mijn huid en leunde tegen de muur. Ze trommelde weer met haar nagels op die manier waar ik zo langzamerhand gek van begon te worden. 'Zit maar niet in over je make-up. We doen het nog wel over. Kom je mee?'

Mijn maag knorde. Ik zag dat het dienblad met eten van de vorige avond weg was. Wanneer was dat verdwenen?

'Doris?'

Ze bleef staan. 'Ja, kindje?'

'Gaan we nog ontbijten?' vroeg ik.

'O, lieverd, je krijgt een feestmaal. Met al je lievelingshapjes.' Ze streelde mijn haar.

Dat had niemand meer gedaan sinds de dood van mijn moeder. Het maakte iets in me los en ik voelde dat mijn ogen vochtig werden en er een brok in mijn keel schoot.

Doris boog zich naar me toe en glimlachte. 'Alleen moet je nuchter zijn voor je operatie.'

Ik keek naar het plafond terwijl ze me op een brancard door een eindeloze gang reden. Ik had niet aan de operatie willen denken, maar nu was het zover. Ik haatte naalden en scalpels, en ik haatte het om onder narcose gebracht te worden en geen zeggenschap meer te hebben. Misschien wisten ze dat, want ze hadden me al een kalmeringsmiddel gegeven. Het patroon op het plafond vervaagde en werd een waas.

Tinnenbaum had het laten klinken alsof de ingreep niets voorstelde, maar ik had de chirurgen tijdens de voorbereidingen gehoord. Het zou gecompliceerd worden. Ik was te versuft om me er meer van te herinneren.

De broeder die mijn brancard duwde, een goedverzorgde, aantrekkelijke Ender, glimlachte op me neer. Had hij eyeliner op?

Dit was krankzinnig. Ik was een watje dat al zweethandjes kreeg in de wachtkamer voor een inenting, en nu onderging ik vrijwillig chirurgie.

Hersenchirurgie, maar liefst.

Mijn hersenen zouden wel eens mijn favoriete lichaamsdeel kunnen zijn. Niemand klaagde ooit over een dik brein. Niemand verweet zijn brein ooit dat het te klein of te groot was, te breed of te smal. Of lelijk. Het deed het of het deed het niet, en het mijne deed het prima.

Ik hoopte uit alle macht dat het dat na de operatie ook nog zou doen.

We stopten. Ik was in de operatiekamer, waar het snikheet was onder de felle lampen. De broeder – TERRY, stond er op zijn naamplaatje – gaf een klopje op mijn arm. 'Wees maar niet bang, snoezepoes. Denk maar aan het chippen van honden of katten. Klik, klak en het zit er al in voordat je het weet.'

Snoezepoes? Wie was die gast? En ik wist al dat dit meer inhield dan chippen. Handen redderden om me heen. Iemand drukte een kapje op mijn mond en zei dat ik moest terugtellen van tien naar nul.

'Tien. Negen. Acht.'

Dat was het.

Het leek alsof ik maar een paar seconden weg was geweest toen ik wakker werd. Ik lag in een bed. Terry, de broeder, keek op me neer. 'Hoe gaat het, snoezepoes?'

Het was alsof ik watten in mijn hoofd had; alles was pluizig en onbegrensd. 'Is het gebeurd?'

'Ja. De chirurg zei dat het een mooi staaltje was.'

'Hoe lang ben ik buiten westen geweest?' Ik zocht naar een klok en voelde dat ik langzaam bewoog. Ik zag alleen een witte waas.

'Niet zo lang.' Hij controleerde mijn hartslag en bloeddruk. 'Heb je ergens pijn?'

'Ik voel helemaal niets.'

'Dat trekt wel bij. Ik zal je even overeind helpen.'

Hij liet het hoofdeind van mijn bed omhoogkomen en ik begon

me iets helderder te voelen. Ik zag weer scherp. Ik kende deze kamer nog niet. 'Waar ben ik?'

'Je uitwisselingskamer. Wen er maar aan. Van hieruit ga je vertrekken en je entree maken.'

Het was een kleine kamer met maar één raam, en dat keek uit op een gang. Links van me zat een spiegel waardoor ik vermoedelijk geobserveerd kon worden. Er hingen twee zilverkleurige camera's aan de wanden en een aan het plafond. Rechts van me zat een grote Ender met een zwart brilmontuur en lang wit haar aan een computer.

'Dat is Trax,' zei Terry. 'We zijn nu in zijn domein, dus hij is de baas.'

Trax stak een hand op. Een enorme inspanning. Hij mocht dan een Ender zijn, maar eens een nerd, altijd een nerd. 'Hoi, Callie.'

Ik stak ook een hand op en zag dat er een plastic ziekenhuis-armbandje om mijn pols zat. 'Hoi.'

Trax wees naar een paar icoontjes op zijn luchtscherm. 'Zo, Callie, wat wil je eten?'

Die vraag was me al een jaar niet meer gesteld. Ik nam in gedachten mijn lievelingshapjes door: kreeft, biefstuk, nou ja, zelfs een pizza had me blij gemaakt. Zou ik te ver gaan als ik om karamelcheesecake vroeg?

Voordat ik een woord kon zeggen grinnikte Trax al. 'Zullen we dan maar beginnen met kreeftensoep, gevolgd door een biefstukpizza? Met karamelcheesecake toe.'

Mijn mond viel open. 'Hoe...'

'Wees maar niet bang, we kunnen geen gedachten lezen. Wat iemand wil eten is makkelijk te achterhalen. We hebben je herseninput door een kleine database gehaald en dit waren de treffers.'

'Ik weet niet of ik dat wel prettig vind.'

47

'Het geeft niet. Wat je brein wil doet er niet echt toe. Je slaapt toch. We moeten alleen een goede verbinding tussen jouw brein en dat van de huurder hebben. Dit bewijst dat we een verbinding hebben tussen jou en de computer. Je neurochip werkt. Joepie.' Hij draaide met zijn wijsvinger.

'Werken ze wel eens niet?' vroeg ik.

'Weigeren computers ooit dienst?' Trax lachte.

Terry klopte op mijn schouder. Ik zag dat zijn nagels zwart waren gelakt. 'Je moet niet zo piekeren, snoezepoes. Geniet er gewoon van.'

Terug in mijn logeerkamertje ging ik in een ochtendjas aan een tafel zitten. Ik at de lunch die ze voor me hadden besteld. Het was ondraaglijk dat ik dit feestmaal niet kon delen met Michael en Tyler. Toen ik de cheesecake bijna op had kwam Doris binnen.

'Zie je nou? Ik had toch gezegd dat je een feestmaal zou krijgen? Is het genoeg?'

'Ik knap bijna.'

'We kunnen geen huurlichaam zonder volle tank op pad sturen.' Ik vroeg me af of ik niet iets verdrietigs in haar ogen zag. Als het zo was schudde ze het af. Ze maakte de kast open en wees naar een hanger met een roze topje en een witte spijkerbroek. Er hing ook ondergoed aan: een zedige beha met stipjes en een grotere onderbroek dan ik gewend was.

'Trek dit maar aan als je klaar bent met eten. Alles uitdoen, ook dat.' Ze wees naar mijn handlamp.

'Is dat wel veilig?' Ik legde mijn andere hand op de lamp.

'Je bezittingen worden achter slot en grendel bewaard.'

'Wie heeft die kleren uitgezocht?' Ik hield mijn stem neutraal voor het geval het Doris was.

'De huurder kiest de kleding altijd. Clara komt je make-up doen en je haar borstelen en dan ben je klaar voor je eerste verhuurtermijn.'

'Nu al?'

Ze knikte. 'Het is maar voor een dag. Zo doen we het altijd, een soort proefritje. Om er zeker van te kunnen zijn dat alles volgens plan verloopt.'

'Wie is het?'

Ze sloeg haar armen over elkaar en trok een gezicht alsof ze in haar geheugen naar een verhaal zocht dat ze vaker had afgedraaid. 'Dat is strikt vertrouwelijk. Beter voor de huurders, voor jou en voor ons. Het is zuiverder. We screenen onze huurders zorgvuldig, dus je kunt er rustig van uitgaan dat het een schat van een vrouw is.'

'Als het zo'n schat is, kun je ons toch aan elkaar voorstellen?'

'Wees maar niet bang. De huurders tekenen ook een contract. Ze kunnen niets met je lichaam doen wat verboden is. Geen sporten die niet op de lijst van toegestane activiteiten staan, zoals autoracen en skydiven, niets van dat alles.' Ze sloeg een arm om me heen. 'We hebben jouw welzijn voor ogen. Jij hoeft je alleen maar te ontspannen en aan het eind je geld te incasseren. Je zult zien hoe makkelijk het is. Ik heb hier heel blije meisjes langs zien komen. Soms komen ze me nog eens opzoeken. En jij wordt een van die meisjes.'

'Nog één vraag. Ik zag Tinnenbaum met een man praten die ik nog niet ken.'

'Wanneer?'

'Op de dag dat ik werd getest. Lang, met een lange jas aan en een hoed op.'

Doris knikte en zei zacht: 'Dat is de grote baas. De CEO van Top-Bestemmingen.'

'Hoe heet hij?' vroeg ik.

'We noemen hem liefkozend de Ouweheer, maar zeg dat nooit hardop. En nu ophouden met al dat gepieker en blij zijn.'

Zij had makkelijk praten. Ik was al heel lang niet meer blij geweest. Het leven had al heel lang niet meer bestaan uit lipgloss, muziek en giechelvriendinnen. De tijd dat mijn grootste zorg een proefwerk was, of het vergeten van mijn huiswerk, lag ver achter me. Ik was nu al tevreden als ik me in leven wist te houden, liefst in vrijheid en veilig.

3

DE SFEER in de uitwisselingskamer was zo geladen dat je het hoorde knetteren. Trax zat aan de computer en Doris en Terry bogen zich over me heen. Ik durfde te wedden dat Tinnenbaum via een van de camera's meekeek.

Ik zat perfect opgemaakt en gekapt in de stoel, klaar voor vertrek. Doris bevestigde een armband om mijn pols. Hij was van zilver, met sportbedeltjes eraan.

'Een kleinigheidje dat ik aan al mijn meisjes geef,' zei ze.

De bedeltjes fonkelden: een tennisracket, luchtski's, schaatsen.

'Raak maar eens aan,' zei ze.

Ze reikte over me heen en legde haar wijsvinger licht op de schaatsen, waarmee ze een holoprojectie van op ijs tollende schaatsen in gang zette.

'Wauw.' Ik raakte het tennisracket aan en er zeilde een tennisbal door de lucht. 'Fantastisch. Dank je wel.'

Het leek haar verlegen te maken.

'Als ze iets is, is het wel attent,' jubelde Terry.

Hij trok me een schort aan dat mijn kleding moest beschermen. Was hij bang dat ik ging kwijlen?

'Niets aan de hand, leun maar achterover,' zei hij op gedempte toon.

'Je haar raakt niet in de war.' Doris klopte op het kussen. 'Het is zijde.'

Mijn stoel stond rechtop. Als alles goed ging, zou ik – of eigenlijk mijn lichaam – hier niet lang meer blijven.

Ergens in dit gebouw was mijn huurder. Ze zat in net zo'n stoel als ik. Straks zou zij mijn lichaam besturen, alsof ze mij was.

Ik huiverde bij het idee.

'Heb je het koud?' vroeg Doris.

Terry stond al klaar om me een deken te geven.

'Niets aan de hand,' zei Trax. Onze ogen vonden elkaar. Voor hem kon ik niets verborgen houden.

Terry rolde de anesthesietrolley met het kapje naar mijn stoel. Nog even, dan zou ik helemaal van de wereld zijn. Nog even, dan zou mijn lichaam aan een ander toebehoren.

Ik droomde. En ik wist dat ik droomde. Ze hadden me niet verteld dat het kon gebeuren, maar het was zo, ik droomde. Ik zag Tyler, die een huis aan een meer uit huppelde. Hij had een brede glimlach op zijn gezicht. Hij rende door het gras en raapte een hengel op.

Hij zag er gezond uit. Ik wilde het aan Michael vertellen, maar ik zag hem niet. Ik rende het huis in, een grote houten blokhut. Hij was nergens. Ten slotte vond ik hem op het terras met uitzicht op het meer, maar toen ik me naar hem toe haastte, draaide hij zich om en was hij Michael niet.

Ik hoorde stemmen in de verte. Gemurmel.

Ik herkende ze. De stem van een vrouw. Mijn moeder?

'Haar oogleden trilden,' zei de vrouw.

Mam?

'Callie? Snoezepoes?' zei een mannenstem.

'Noem haar niet zo.'

Ik deed mijn ogen open.

'Hoe voel je je?' Het was een vrouw, maar niet mijn moeder. Het was een Ender.

'Callie?' Een man met eyeliner op boog zich over me heen. 'Hoe gaat het, meisje?'

'Waar ben ik?'

De vrouw keek bezorgd. 'Je bent bij TopBestemmingen. Je hebt net je eerste huurperiode achter de rug.'

Ik herinnerde me die vrouw. 'Doris?'

Een opgeluchte glimlach verzachtte haar gezicht. 'Ja, Callie.'

'Hoe is het gegaan?'

Ze klopte op mijn schouder. 'Je was een daverend succes.'

Ik was razend nieuwsgierig waar mijn lichaam was geweest. Wat voor sporten had ik beoefend? Ik had niet echt spierpijn in mijn armen. Ook niet in mijn benen. Het voelde zo bizar om niet te weten waar je lichaam een volle dag lang was geweest en wat het had uitgespookt. Wie ik had ontmoet, wie ik aardig vond en wie niet. Stel dat mijn huurder iemand kwaad had gemaakt? Had ik er dan een vijand bij?

Ik keek naar mijn lichaam. Alles deed het nog. Eén gedaan, nog twee te gaan. Ik was een derde van de weg dichter bij mijn doel. Trax werkte een vragenlijst met me af, een soort evaluatie. Er viel weinig te zeggen, want ik kon me niets anders herinneren dan mijn droom. Hij was erin geïnteresseerd en legde hem vast. Het was kennelijk niet gebruikelijk dat je droomde. Hij wilde weten of ik me uitgerust en verkwikt voelde, en ik moest toegeven dat dat het geval was.

Terry controleerde mijn bloeddruk en temperatuur en knikte naar Trax.

'Alles in orde, dametje,' zei hij. 'Je bent klaar voor je volgende huurder.'

'Krijg ik geen pauze?'

'Waarom? Je huurder heeft gegeten en in al je andere lichamelijke behoeften voorzien,' zei Trax.

'Niet zo'n soort pauze,' zei ik. 'Ik moet iets doen.'

Hij zette grote ogen op, leunde naar voren en riep: 'Doris!'

Een paar seconden later tikten Doris' hakken de kamer in. 'Callie, wat is er?'

'Mag ik even weg voordat ik weer word verhuurd?'

'Weg? Waarom?'

Ik sloeg mijn ogen neer. Misschien kon ik beter niet aandringen. Doris legde haar hand op mijn rug. 'Waarom zet je niet gewoon even door? Het is voorbij voordat je het weet. Er is zo veel werk in je geïnvesteerd. Waarom zou je je beloning op het spel zetten? Je zou een verwonding kunnen oplopen daarbuiten.' Ze fladderde met haar hand en trok een gezicht alsof de buitenwereld de hel was.

Ze had deels gelijk, maar het was uiteindelijk wél de plek waar ik woonde.

'Als je niet voldoet aan de voorwaarden van je contract – het leveren van een gezond, fit lichaam – krijg je je geld niet.'

'Zit er al een nieuwe huurder te wachten?' vroeg ik.

'Ja. En het is...'

'...een schat van een vrouw?' Ik keek vertwijfeld omhoog. 'Oké, vooruit dan maar.'

'Goed zo. Deze heeft drie dagen geboekt.'

De tweede verhuurperiode vloog voorbij, net als de eerste. Als ik iets leerde, was het wel dat de tijd niet telt wanneer je van de wereld bent. Ik had weer vreemde dromen, maar kon ze me niet herinneren. Wel viel me iets vreemds op toen ik bijkwam: ik had een jaap van een centimeter of tien in mijn rechteronderarm. Het deed geen pijn, ze moesten een verdovende spray hebben gebruikt, maar het zag er afgrijselijk uit. Doris bracht me naar de laserkamer. Daar genazen ze de wond zonder dat er littekens achterbleven, maar ik wilde weten hoe ik eraan was gekomen. Ze wilden het me niet vertellen. Misschien wisten ze het niet.

Doris nam me mee terug naar haar kantoor, dat was ingericht in tinten wit en goud, in een soort neobarokstijl. Ze bood me een stoel aan en vertelde me dat mijn derde en laatste huurder me voor een volle maand had geboekt.

'Een maand?' Ik omklemde de leuningen van de stoel. 'Ik kan geen hele maand wegblijven.'

'Dit is normaal. We beginnen met kortere periodes om ons ervan te verzekeren dat alles in orde is voordat we overstappen op een langere huurtermijn.'

'Niemand heeft me verteld dat het voor zo lang zou zijn. Ik moet naar mijn broertje toe.'

'Je broertje?' Ze streek een lok haar uit haar oog. 'Je hebt nooit gezegd dat je een broertje had.'

'Nou en?'

'Toen je je bij ons aanmeldde, hebben ze je expliciet gevraagd of je nog levende familieleden had.'

'Ik dacht dat jullie ouders en grootouders en zo bedoelden. Hij is pas zeven.'

De spanning trok uit haar schouders. 'Zeven.' Ze staarde in het niets. 'Juist. Goed, maar ze laten je toch niet gaan. Ze kunnen het risico niet nemen.'

'Wat kan me gebeuren? Zijn ze bang dat ik in mezelf snij?' Ik ging staan en gebaarde naar de arm waar de snee in had gezeten. 'Ik pas beter op mezelf dan jullie schatten van huurders.'

Doris schudde haar hoofd. 'Sorry, Callie, ze doen het gewoon niet.'

'Ik wil meneer Tinnenbaum spreken.'

'Weet je dat wel zeker?'

'Heel zeker.'

Doris richtte zich tot de verborgen microfoon. 'Meneer Tinnenbaum, alstublieft.'

Ze trok haar rok recht en streek haar haar glad. Toen begon ze weer met dat afgrijselijke getrommel met haar nagels op een werkblad. Even later beende meneer Tinnenbaum de kamer in.

'Callie vraagt verlof om haar... broer op te zoeken.' Doris legde extra nadruk op het woord 'broer'.

Tinnenbaum schudde zijn hoofd. 'Geen denken aan.'

'Geen mens heeft me verteld dat ik een hele maand weg zou zijn,' zei ik. 'Had dat niet duidelijk moeten zijn voordat ik hieraan begon?'

'Je hebt er niet naar gevraagd. En jij hebt ons niet verteld dat je een broer had,' zei hij. Hij verplaatste zijn gewicht naar zijn andere been. 'En wat het schema betreft, de afspraken dienen zich vaak pas aan als we al in het proces zitten. Zo is het nu ook gegaan.'

'Maar u wist dat het kon gebeuren. Ik wist niet eens dat het kon, een hele maand.'

'Het staat in het contract,' zei hij.

'In de kleine lettertjes?' Ik keek Doris aan. 'Iets zo belangrijks had me verteld moeten worden.'

'Zoals jij ons had moeten vertellen dat je een broer hebt,' pareerde Tinnenbaum.

Doris keek naar de vloer.

'Ik moet hem echt zien voordat ik ga, om hem te laten weten hoe lang het gaat duren. Hij is pas zeven en ik ben alles wat hij heeft.'

'Misschien kunnen we iemand naar hem toe sturen?' Doris keek vragend naar meneer Tinnenbaum.

Die schudde bijna onmerkbaar van nee.

'Ik wil niet moeilijk doen.' Ik zorgde dat ik me zo lang mogelijk maakte. 'Ik snap dat het proces veel soepeler verloopt als de donor meewerkt, maar als ik mijn broertje niet eerst mag spreken, heb ik niet veel zin om mee te werken.'

Tinnenbaum tikte nerveus met de neus van zijn schoen op de vloer, alsof hij dan beter kon denken. 'Hoe laat is haar uitwisseling morgen?' vroeg hij aan Doris.

'Om acht uur 's ochtends,' zei ze.

Hij snoof als een paard. 'Ik geef je drie uur en een bodyguard die je geen seconde uit het oog verliest. Doe geen domme dingen, want we kunnen je volgen via die chip in je hoofd.' Hij wees naar me. 'Zorg dat dat lichaam exact zo blijft als het nu is, want het is nog steeds van ons.'

Ik kreeg zijn tanden niet te zien. Hij was zeker door zijn glimlachjes heen.

Ik liep met Doris mee door de gang. 'Ik zal je schone kleren moeten geven,' zei ze. 'Ik zie je in je logeerkamer.'

Ze dook een deur door, en ik vervolgde mijn weg naar wat ik me herinnerde als mijn logeerkamer. Toen ik de deur opendeed stond er echter een ander meisje. Ze was van mijn leeftijd en ze had kort zwart haar. Ze was zich aan het omkleden en ze had al een gebloemde broek aan, maar hield een topje voor haar lichaam om haar beha te bedekken.

'Sorry,' zei ik. 'Ik geloof dat ik me in de kamer heb vergist.'

Toen zag ik dat haar kamer precies zo was ingericht als de mijne, maar dan in tinten groen. Ik deed de deur dicht. De deur ernaast was van mijn eigen kamer. In het roze.

Doris kwam een minuut later binnen met een witte broek en een topje. 'Je zult wel willen douchen. En hier zijn schone kleren voor je. Je hebt die al te lang aan.'

'Waar zijn mijn eigen kleren?'

'Lieverd, die hebben we verbrand zodra je ze had uitgetrokken. Je mag deze houden.'

'En mijn handlamp?'

Doris trok een la open en pakte de handlamp eruit alsof ze er vies van was, zorgvuldig tussen haar duim en wijsvinger. 'Rodney brengt je thuis. Je hoeft niet te eten onderweg. Het duurt nog uren voordat je weer honger krijgt.'

'O? Hoezo?'

'Je hebt al gegeten.'

Het is bizar als anderen meer van je lichaam weten dan jijzelf.

Doris bracht me naar een ondergrondse parkeergarage die uitkwam op de achterkant van TopBestemmingen. Daar stond Rodney bij een limo. Hij had gemillimeterd zilvergrijs haar en zijn biceps waren zo enorm dat zijn pak op knappen leek te staan. Hij zag dat ik mijn handlamp bij me had. 'Die heb je niet nodig,' zei hij. 'Ik heb een megazaklantaarn.'

Ik deed hem toch om. Hij voelde lekker en vertrouwd om mijn pols.

'Ze is jouw verantwoordelijkheid,' zei Doris tegen hem. 'Zorg dat ze voor tien uur vanavond terug is.'

'Ja, mevrouw.' Hij hield het achterportier voor me open en ik stapte in.

Rodney schoof achter het stuur. Doris keek ons na.

Ik zag een bakje op de stoel naast me staan.

'Dat is eten voor je broer,' zei Rodney over zijn schouder wijzend. 'Van Doris.'

Het rook heerlijk. 'Jummie.'

Rodney zwenkte het verkeer van Beverly Hills in. 'Doris is een schat. Ik ken haar al meer dan zestig jaar. We zaten samen in de reisbranche, toen je nog kon reizen. Tegenwoordig kun je Amerika niet meer uit omdat het buitenland zo paranoïde doet over die verdomde sporen. En niemand wil hierheen. Mexico, je gelooft toch niet dat ze die muur hebben gebouwd om Amerikanen tegen te houden?'

Ik liet Rodney maar praten. Ik had wel iets anders aan mijn hoofd dan verhalen over Enders. Ze duurden altijd een eeuwigheid omdat ze tientallen jaren besloegen. Het enige waar ik aan kon denken, was het weerzien met de twee mensen die me het dierbaarst waren van de hele wereld.

Ik haalde Michaels kaart uit het vakje van mijn handlamp en gebruikte hem om het nieuwe onderkomen te vinden. Toen we de straat bereikten, zag ik een paar verlaten gebouwen. Het eerste was maar half afgebouwd, een skelet dat nooit tot leven was gekomen. Het gebouw waar Michael en Tyler in zaten was het vierde in de rij. Rodney zette de limo ervoor.

Hij liep voor me uit met zijn grote zaklamp. Ik had nog nooit een bodyguard gehad. Het gaf me een beetje het gevoel dat ik de dochter van de president was. Rodney hield de grote glazen deur voor me open.

'Welke verdieping?' Hij scheen met de zaklamp door de hal.

'De tweede.'

'Je houdt wel van trappen, hè?'

'Boven voelt het veiliger. Meer tijd om weg te komen.' Ik knipte mijn handlamp aan. 'Als we beneden geschreeuw horen, hebben we nog even. Dan kunnen we de brandtrap misschien nog halen.'

We namen de grote open trap naar de tweede verdieping. Rodney ging voor en scheen met zijn zaklamp in elke lege kantoorruimte die we passeerden. Aan het eind van de gang kwam iemand naar buiten, gewapend met een grote metalen staaf. Het was Michael.

'Blijf staan!' zei hij.

Ik richtte mijn handlamp op mijn gezicht. 'Michael, ik ben het.'

Rodney stak zijn arm uit om me tegen te houden. 'Achter mij blijven.'

Ik dook onder zijn arm door. 'Hij is mijn vriend.' Ik rende door de gang. Michael hield zijn wapen geheven tot ik vlak bij hem was.

'Callie?' De buis viel uit zijn handen en kletterde op de vloer.

Ik stortte me in zijn armen en omhelsde hem. Rodney liep naar ons toe en bleef op een paar passen afstand staan.

'Dit is Rodney,' zei ik. 'Hij werkt bij TopBestemmingen.'

Rodney knikte en Michael nam hem wantrouwig op.

'Dus je bent nog niet klaar?' vroeg hij aan mij.

Ik schudde mijn hoofd. 'Ik kan maar een paar uur blijven. Hoe is het met Tyler?'

'Hij mist je vreselijk.' Michael richtte zijn handlamp op mijn haar, stak zijn arm uit en voelde eraan. 'Ik herkende je niet. Je ziet er zo anders uit.'

'In gunstige of in ongunstige zin?' vroeg ik terwijl ik met hem meeliep.

'Maak je een geintje? Je ziet er fantastisch uit,' zei hij.

Hij nam me mee naar een ruimte aan het eind van de gang waar vloerbedekking lag, een kleine compensatie voor de slaapzakken die we kwijt waren. Tyler zat in een hoek met een donkergroene deken over zijn benen.

'Ik wacht hier,' zei Rodney bedaard, en hij knikte naar een stoel bij de deur. Hij legde zijn zaklamp zo neer dat zijn deel van de ruimte werd verlicht.

Ik liep naar Tyler toe en knielde bij hem neer, maar toen ik mijn armen naar hem uitstak, duwde hij me weg.

'Wat is er met je haar gebeurd?' Hij richtte zijn handlamp op me en trok een grimas.

'Vind je het niet mooi?'

Zijn ogen tastten mijn gelaatstrekken af. 'Wat hebben ze met je gezicht gedaan?' Hij trok aan mijn nieuwe bungelende oorringen. 'Die zijn gevaarlijk.'

'Op die plek waar ik werk hebben ze me opgetut en nieuwe kleren gegeven. Vind je het niet mooi?'

'Je wordt toch weer vies.' Hij keek me aan alsof ik stom was. 'En wie is dat?' Hij wees naar Rodney.

'Iemand van mijn werk. Hij heeft me een lift gegeven.' Ik liet Tyler het bakje zien. 'En hij heeft me dit lekkere eten voor jou gegeven. Het is nog warm. Ruik eens?'

'Het stinkt.' Hij wendde zijn gezicht af.

Ik schoof met hem mee. 'Tyler, ik weet dat je boos op me bent omdat ik ben weggegaan.'

'Je bent een week weggeweest.' Hij was rood aangelopen en stond op het punt in tranen uit te barsten.

'Ik weet het, het spijt me ontzettend.'

'Zeven hele dagen.' Een week zonder robohond, zonder beelden van onze ouders, in een vreemde omgeving en zonder zus.

'Heeft Michael dan niet goed voor je gezorgd? Hij heeft je die deken toch gegeven? En die waterfles? Zo te zien hebben jullie goed gegeten.'

Ik keek op naar Michael, die tegen een archiefkast geleund stond die deel uitmaakte van het nieuwe fort. Hij stak zijn handen in de zakken van zijn spijkerbroek en knikte.

'Ik ga toevallig net nu water voor ons allemaal regelen.' Hij gaf me een knipoog.

Toen hij weg was keek Tyler me aan. 'Callie?'

'Ja?'

'Ik ben blij dat je er weer bent,' zei hij zacht. Hij stak zijn hand uit en ik legde de mijne erin. 'Ook al heb je gek haar.'

'Dank je.' Ik boog me naar hem toe tot onze voorhoofden elkaar raakten. Ik wilde niets liever dan dit moment, deze met veel moeite veroverde wapenstilstand vasthouden, maar ik moest hem de waarheid vertellen. 'Ik zou graag blijven, maar ik heb maar een paar uur en dan moet ik weer aan het werk.'

Hij liet mijn hand los. 'Waarom?' De tranen sprongen hem in de ogen.

'Omdat ik nog niet klaar ben.' Ik sloeg mijn armen om hem heen en drukte hem stevig tegen me aan. 'Je moet dapper zijn. Doe het voor mij. Als dit voorbij is, krijgen we weer een echt huis.'

Hij klampte zich aan me vast. 'Meen je dat?' fluisterde hij schor. 'Beloofd?'

Het was hartverscheurend.

'Ik beloof het.'

We gingen op de grond zitten, rond een krat dat we als tafel gebruikten. Michaels handlamp flakkerde in de kaarslichtstand terwijl Tyler en hij de gefrituurde kip en aardappelsalade van Doris opaten. Rodney was met zijn stoel naar de gang verhuisd, maar hij kon ons nog wel zien. Hij had oordopjes in en bewoog zijn hoofd op een ritme dat wij niet konden horen.

'Is het lekker?' Ik wees naar de kip.

'Ja, hoor,' zei Tyler op een botje sabbelend. 'We hebben op pudding en fruithapjes geleefd.'

'Die kerk bij het vliegveld deelde ze uit,' zei Michael. 'Twaalf uur lopen, heen en weer.'

'Waar haal je water?' vroeg ik.

'Huizen in de buurt. Ik ga nooit twee keer naar hetzelfde adres.'

'Stel je voor,' zei ik tegen Tyler. 'Over een poosje hebben we een keuken en water uit een kraan.'

'Waar gaan we wonen?' vroeg Tyler. 'Als je al dat geld hebt gekregen?'

'Waar we maar willen,' antwoordde ik.

Tyler stak zijn armen op. 'In de bergen.'

'Waarom daar?' vroeg Michael.

'Dan kunnen we vissen,' zei Tyler.

Michael lachte. 'Vissen? Waarom?'

'Onze vader had beloofd dat hij met Tyler zou gaan vissen,' zei ik. 'Toen werd het oorlog.'

Michael gaf Tyler een schouderklopje. Gesprekken over de oorlog zetten altijd een domper op de sfeer.

'En jij, Cal?' vroeg Michael. 'Ben jij een vissersvrouw?'

'Niet echt.' Ik dacht terug aan die keer toen ik acht was. Pap had me geholpen mijn eerste vis te vangen. Een katvis. Maar ik kon het niet opbrengen hem schoon te maken. Pap werd niet boos of gefrustreerd, maar glimlachte en nam het van me over.

'Ik ben nog nooit in de bergen geweest,' zei Michael. 'Hoe is het daar?'

'Schoon. Fris.'

'En er is vis,' zei Tyler.

'Die niet besmet is, zoals in zee,' zei ik.

'Klopt,' zei Michael. 'Maar je moet dapper zijn om te vissen. Weet je waarom?'

'Nou?' vroeg Tyler.

'Omdat je aan slijmerige, glibberige wormen moet zitten.' Hij kriebelde Tyler op zijn buik. 'Oeps, ik geloof dat er een is ontsnapt. Hij kruipt je shirt in.'

Tyler giechelde alsof hij weer vijf was.

Toen Tyler was uitgelachen, sloeg de vermoeidheid na de lange dag toe. Binnen de kortste keren viel hij met zijn hoofd op mijn schoot in slaap.

'Zo, vertel. Hoe was het?' Michael keek me aan.

'Ongelooflijk makkelijk. Het is net alsof je slaapt.'

'Echt?'

'Ja.' We praatten zachtjes om Tyler niet wakker te maken. 'En daar krijg ik voor betaald. Hallo, huisgeld.'

'Weer een echt huis. Hij zal het geweldig vinden.' Michael keek naar Tyler.

'Jij ook,' zei ik.

Hij schudde zijn hoofd. 'Ik kan niet van jou profiteren.'

Ik wilde hem tegenspreken, maar hield me in. Misschien was het voor hem te veel en te snel.

Hij boog zijn hoofd en ving mijn blik. 'Als ik ook naar de body-bank ga, kunnen we ons geld misschien bij elkaar leggen. Dan kunnen we misschien gewoon iets kopen.'

Ik glimlachte. Het idee was hartverwarmend. Niet meer vluchten. Nog drie jaar, dan zouden we meerderjarig zijn en alles kunnen doen wat we wilden. Een echte baan zoeken.

Michael stond op en kwam naast me zitten. Hij sloeg een arm om mijn schouder en snuffelde aan mijn haar.

'Het ruikt naar... kersen,' zei hij.

'Is dat goed?'

'Wat denk je?' Hij glimlachte. 'Het is alsof je een auto was, een mooie auto, die een jaar niet was gewassen,' zei hij. 'En toen werd je gewassen en in de was gezet, met alles erop en eraan.' Hij knipte met zijn vingers tegen een van mijn bungelende oorbellen. 'Je fonkelt nu, maar je bent nog steeds dezelfde fantastische auto.'

Ik keerde hem mijn gezicht toe en leunde tegen hem aan. Zijn ogen tastten mijn gezicht af alsof hij toestemming vroeg. Ik knikte en likte zonder erbij na te denken langs mijn onderlip.

Hij bracht zijn gezicht naar het mijne, maar net op dat moment klopte Rodney op de muur.

'Callie? Sorry, maar je moet terug.'

Michael deed zijn ogen even dicht. Slechte timing, wisten we allebei.

'Oké, Rodney. Ik kom zo.'

We hoorden hem de gang weer in lopen. Tyler werd wakker, ging rechtop zitten en wreef over zijn gezicht. Ik legde mijn hand op zijn arm.

'Tyler, ik moet weer weg, dus luister goed naar me, alsjeblieft. Michael en jij zijn nu een team, oké?'

'Een team,' zei hij met een stem die nog traag was van de slaap. 'Ik zal aan je denken. Ik blijf lang weg, een hele maand, maar dan kom ik voorgoed terug. Ik ga niet meer weg. En dan wordt alles beter. Afgesproken?'

Hij knikte. Hij keek zo plechtig dat mijn hart ervan brak.

'Jij bent nu de man in huis.'

Zijn lodderogen straalden.

'Dapper zijn,' zei ik. Ik pakte zijn hand en trok hem tegen me aan.

'Kom gauw terug,' fluisterde hij. Ik voelde zijn warme adem op mijn schouder.

Toen ik hem losliet, zag ik dat hij tranen in zijn ogen had.

'Sterk zijn,' zei ik.

'Snel zijn,' kaatste hij terug.

Michael liep met me mee door de gang. Rodney ging ons voor. Net toen we bij de trap aankwamen, zagen we een lang meisje naar boven komen. Rodney richtte zijn krachtige zaklamp op haar en ze hief haar hand om haar ogen te beschermen.

'Moet dat?' zei ze.

'Het is in orde,' zei Michael tegen Rodney. 'Ze is een welgezinde.'

Rodney liet zijn lamp zakken, zodat hij niet meer in haar ogen scheen, maar haar lichaam in het licht zette. Ze had een hand-lamp om en ze had kort, donker haar. Ze was mager, zoals wij allemaal, maar ze had toch nog rondingen.

'Hé, Michael. Ik heb iets voor je.' Ze stak haar hand in een stof-fen tas en haalde er twee sinaasappels uit. 'Van een Ender ge-kregen, een tuinman.'

'Dank je.' Michael nam de sinaasappels aan, die waarschijnlijk gestolen waren.

Ze glimlachte half en boog half. 'Ik moet weg. Ik zie je nog wel.'

'Wie is dat?' vroeg ik.

Michael keek me aan terwijl het meisje in het duister verdween.

'Gewoon, een vriendin.'

'Hoe heet ze?'

'Florina.'

'Mooi.'

Ik was blij dat er nog een welgezinde in het gebouw was. Rodney, die blijkbaar aanvoelde dat we even alleen wilden zijn, liep de trap half af en wachtte met zijn rug naar ons toe.

Michael nam me in zijn armen en hield me lang en stevig tegen zich aangedrukt. Onze lichamen voelden hetzelfde aan, vel over been, maar de aanraking voelde goed.

'Ik zal je missen,' fluisterde hij in mijn haar.

'Ik jou ook.' Ik had eeuwig zo kunnen blijven staan, maar ik moest me van hem losmaken. 'Tot over een maand.'

Hij gaf me een opgevouwen vel papier.

'Wat is dat?' vroeg ik.

'Kijk er later maar naar.'

Ik wilde meer weten, maar er was geen tijd voor. Ik stopte het in mijn beha, mijn beste verstopplek. Toen glimlachte ik naar Michael in de hoop dat hij me zich zo zou herinneren. 'Braaf zijn.'

'Voorzichtig zijn,' zei hij.

Tijdens de terugrit liet Rodney me alleen met mijn gedachten. De auto wiegde me als een kind en de nachtelijke stad zoefde langs mijn raam voorbij. Tussen de dichtgetimmerde gebouwen ging het leven door, zodat het uitzicht deed denken aan een derdewereldland met provisorische etenskraampjes en rook uit oliedrums waarboven werd gekookt. Het deed me denken aan de zware periode die Tyler en ik achter de rug hadden.

Er flitste even een lichtstraal in mijn ogen, net als de lichten van de politie toen ze ons kwamen oppakken.

'Ren naar je rugzak,' had ik naar Tyler gefluisterd.

We hadden ons in het donker naar de keuken gehaast terwijl de politie op de deur bonsde. Tyler pakte zijn rugzak en waterfles, ik de mijne. Het pistool zat in mijn rugzak.

We renden de nacht in voor de politiemannen de achtertuin hadden bereikt.

Ik hielp Tyler onder schuttingen door kruipen en door kale achtertuinen rennen. Ik was blij dat onze vader een ontsnappingsplan voor ons had gemaakt voordat hij in quarantaine was gezet. Tyler en ik waren zo lang mogelijk thuis blijven wonen, zoals de meeste kinderen die geen familie meer hadden. We redden ons wel, maar we wisten dat de instanties ons huis uiteindelijk onbewoonbaar zouden verklaren, zoals in de rest van de straat al was gebeurd. We hadden in een leuke, nette buurt gewoond, maar het begon een spookstad te worden. De gezonde volwassenen die er nog waren, wierpen zich op als verzorgers voor alle kinderen – tot ook zij ten prooi vielen aan de ziekte.

Nog maar een week tevoren waren de kinderen van de overkant schreeuwend meegenomen door de politie. Wij hadden meer geluk. Wij wisten wanneer het tijd was om te gaan, want onze vader had ons een zepbericht gestuurd. Ik wist dat dat het ergste betekende.

Voordat hij in quarantaine was gezet, had pap me laten beloven dat ik, als deze dag ooit zou komen, niet aan hem moest denken en niet moest rouwen, maar sterk moest zijn en mijn broertje moest beschermen omdat ik dan het enige zou zijn wat hij nog had.

Niets was me ooit zwaarder gevallen.

Pap. Weg. Beelden trokken aan mijn geestesoog voorbij. Handen die me overeind hielden, begeleiding en steun. Zijn armen om me heen.

Ik beet op mijn tong om niet te huilen. Niet aan hem denken. Voor Tyler zorgen.

Sterk zijn.

We hadden de oude bibliotheek aan de rand van het park weten te bereiken. Het was pikdonker, maar onze handlampen lichtten ons bij. We lieten ons door een kapotte ruit aan de achterkant in de kelder zakken.

De muffe geur van boeken drong in mijn neusgaten. En de stank van ongewassen lijven. In het donker achter de stapels boeken lag een stel kinderen op een kluitje te slapen. Ze werden wakker en een van hen herkende me.

'Ze is oké.'

Ik vond een plekje voor ons tegen de muur en zette onze rugzakken naast ons neer.

'Zijn we al veilig?' vroeg Tyler amechtig ademend.

'Sst. Het komt wel goed,' fluisterde ik.

De volgende ochtend maakte een of andere idioot een vuurtje om op te koken en de politie kwam op de rook af. We gristen onze rugzakken van de vloer en zetten het op een lopen. Pas toen we bij de volgende halte op paps kaart waren, merkte ik dat mijn pistool uit mijn rugzak was gestolen. Verder was er niets weg. Al die schietoefeningen en geen pistool. Mijn maag verkrampte.

Geen pistool. Mijn vader zou het verschrikkelijk hebben gevonden, maar hij hoefde het niet te weten. Hij was dood.

Ik leunde met mijn hoofd tegen het zijraam van de auto en dacht aan alle plekken die we het afgelopen jaar hadden moeten ontvluchten. Rodney zoefde door de uitgestorven straten en ik staarde naar de lichtjes van de stad tot het wazige watten-bolletjes kleur werden.

De bodybank zou een eind aan het vluchten moeten maken.

Terug bij TopBestemmingen ontstond er commotie: mijn huur-der bleek die nacht weg te willen. Ik stond in de kamer van Doris, die met haar vingers door haar haar harkte.

'Het lukt wel,' zei ze. 'Ik reken altijd wat extra tijd. Maar nu wordt het echt haasten. Trek die maar aan.' Ze wees naar een set zwarte kleren aan een hanger achter me. 'Neem mijn badkamer maar.'

Ik deed wat ze had gezegd en kwam terug in een zwarte broek met een zwarte coltrui erboven.

'Uitstekend. Laten we je op pad sturen.'

'Geen maaltijd deze keer?' vroeg ik. 'Ik heb best honger.'

Doris legde haar hand op mijn rug. 'Zo heeft deze huurder je graag.' Ze haalde haar schouders op. 'Misschien heeft ze een tafel in een viersterrenrestaurant gereserveerd.'

We liepen snel naar de uitwisselingskamer, dezelfde die voor mijn vorige twee uitstapjes was gebruikt. Trax en Terry zaten al op me te wachten.

'Zwart staat je goed.' Terry gaf me een schouderklopje toen ik in de stoel ging zitten. 'Bijna zo goed als mij.'

Trax controleerde een paar dingen op zijn computer en keek toen naar mij.

'Alles is hetzelfde als de vorige keren. Ontspan je maar,' zei hij. 'Ik zie je hier over een maand terug, Callie.'

Het kapje kwam op mijn gezicht af. Ik wuifde ten afscheid naar mijn kleine team.

Deze keer waren mijn dromen heel vreemd. Tyler had de kop van een jong vogeltje. Ik vond het niet gek; het was gewoon zo. Ik zocht vogelzaad om aan Tyler te voeren, maar ik vond het niet. Ik riep Michael, maar hij was nergens te bekennen. We woonden op een verlaten boerderij. Ik rende naar de schuur om hem te zoeken en klom de ladder naar de hooizolder op. Toen ik boven kwam zag ik Michael daar met een meisje. Het was Florina. Ze lagen samen in het hooi, te midden van honderden sinaasappels.

4

BOEM, BOEM, *boem*. Het ritme dreunde door mijn lijf en mijn hoofd bonkte mee. Een weeïge, zoete geur belaagde mijn neusgaten. *Waar ben ik?*

Ik deed mijn ogen open. Het was vrij donker en de wereld leek over te hellen. Ik lag op mijn zij op de vloer. Ik legde mijn hand erop om me overeind te hijsen en voelde iets weerzinwekkend kleverigs. Ik rook aan mijn hand – ananas.

Bundels laserlicht doorkruisten het donker. In de lichtflitsen ving ik af en toe een glimp op van mensen die zwaaiend met hun geheven handen probeerden weg te komen, maar telkens terug werden getrokken. Toen besefte ik dat ze gewoon dansten op muziek.

Een paar glimmende lakleren schoenen met stilettohakken kwam op me af. Mijn oren voelden elke stap door de vloer vibreren.

De eigenares van de stiletto's knielde naast me. 'Gaat het?' riep ze.

'Ik weet het niet.' Ik had nog geen tijd gehad om de inventaris op te maken, afgezien van mijn bonzende hoofd.

'Hè?'

'Ik weet het niet!' riep ik weer. Het gillen deed pijn in mijn hoofd.

Ze haakte haar arm door de mijne. 'Opstaan, jij.'

Ze was van mijn leeftijd en ze had een asymmetrische blonde bob met een lok voor haar ene oog. Haar glitterjurk was zo kort dat het meer een tuniek leek. Misschien was het dat ook wel. Ze loodste me naar de rand van de zaal, waar de muziek minder hard was.

'Waar ben ik?' vroeg ik. Ik drukte mijn hand tegen mijn slaap. Ik voelde me verdwaasd.

'Club Rune.' Ze keek me verwonderd aan. 'Weet je dat niet meer?' Ik schudde mijn hoofd. 'Hoe ben ik hier terechtgekomen?'

Ze giechelde. 'O, je bent echt dronken. Laat ik je maar snel cafeïne geven.'

'Nee, niet weggaan.' Was ik dronken, of was het iets anders? Paniek klemde mijn keel dicht en ik omklemde haar arm alsof het een reddingsboei was. 'Alsjeblieft, ik...'

'Je kunt beter gaan zitten.'

Ik strompelde leunend op het meisje door de zaal op mijn hoge hakken. Toen ik naar beneden keek, zag ik dat ik ook een jurk aanhad, een korte, metalige hemdjurk die koel aanvoelde op mijn huid. Aan een band om mijn schouder hing een avondtasje. En mijn schoenen, die ook stilettohakken hadden, kende ik alleen van de sterren in de bladen.

Het meisje bleef staan bij een fluwelen tweezitsbankje en liet me erop zakken. Zacht. Ik had al zo lang niet meer lekker gezeten dat ik was vergeten hoe het voelde.

De muziek verstomde. Ik had wel clubs in holo's gezien, toen mijn ouders nog leefden, maar ik was er zelf nooit geweest. Ik wist niet eens dat ze nog bestonden, laat staan clubs voor tieners. Was dit waar de bevoorrechte Starters zich mochten vermaken?

'Je ziet er al iets beter uit.' Het meisje glimlachte naar me.

Het blauwe neonlicht van de bar bescheen ook ons. Zelfs in dat onflatteuze licht was het meisje adembenemend mooi.

'Dit is nieuw voor je, hè?' vroeg ze.

'Wat?'

'Sorry, ik heb me niet voorgesteld. Ik ben Madison.'

'Callie.'

'Leuke naam. Vind je hem mooi?'

'Ach, ja,' zei ik schouderophalend.

'Ik vind mijn naam ook mooi. Aangenaam, Callie.' Ze reikte me de hand. Bizar, maar ik nam hem aan. 'Goed, zoals ik al zei, dit is je eerste keer, hè?'

Ik knikte. 'Mijn eerste keer hier.'

Het laatste wat ik me herinnerde, was dat ik in de operatiekamer onder narcose was gebracht. Wat kon er gebeurd zijn? Ik was op het randje van een paniekaanval, maar ik herinnerde me nog wel dat ik niet over de bodybank mocht praten. Ik moest doen alsof ik hier hoorde.

'Je ziet er snoezig uit,' zei Madison, die aan de stof van mijn jurk voelde. 'Wat fijn dat we weer van die korte dingetjes kunnen dragen, hè? En dat we naar dit soort gelegenheden kunnen. Een stuk beter dan op zaterdagavond met een haakwerkje in een schommelstoel naar herhalingen kijken.' Ze knipoogde en gaf me een porretje. 'Of speelde jij mahjong? Of bridge?'

'Ja.' Ik zette een glimlach op en keek om me heen. Ik had geen idee waar ze het over had.

'Callie, schat, tegen mij kun je eerlijk zijn.'

Ik knipperde verbaasd met mijn ogen.

'Soort zoekt soort, meisje. Je voldoet aan alle kenmerken.' Madison telde op haar vingers af. 'Geen tatoeages, geen piercings, geen neonkleuren in je haar...' Vervolgens wees ze de andere punten op me aan. 'Dure kleren, uitgelezen sieraden, goede manieren en onberispelijk mooi.'

Ik? Had ze het over mij?

'O, en we weten heel veel, natuurlijk.' Ze gaf een klopje op mijn arm. 'Omdat we het zelf hebben meegemaakt.'

Ik was nog wazig, maar het begon me te dagen.

'Kom op, Callie, je bent een cliënt van TopBestemmingen. Je bent een huurder. Net als ik.' Ze boog zich naar me toe en ik rook gardenia's.

'Ben jij...'

'Ben ik geen toonbeeld?' Ze gebaarde met haar hand langs haar eigen lichaam. 'Het is echt onberispelijk mooi, dit lijfje, vind je ook niet?'

Ik stond met mijn mond vol tanden. Ze was een huurder. Als ze erachter kwam dat ik een donor was die op de een of andere manier niet goed functioneerde, zou ze me kunnen aangeven. Dan werd ik misschien ontslagen en zou ik nooit het geld krijgen dat ik nodig had om Tyler te helpen.

'Het is fantastisch.'

'Oké, ik geef toe dat we wel in Club Rune zijn.' Ze gebaarde om zich heen. 'Hier komen er veel zoals wij, dus ik pikte je er zó uit.'

'Zijn er hier meer... zoals wij? Waar?'

Madison keek de zaal in. 'Daar. Die gast daar, die op een filmster lijkt? Huurder. En daar, die rooie?'

'Huurder?'

'Kijk maar.' Madison zette een overdreven accent op. 'Kan het perfecter?'

'Maar de anderen zijn echte tieners?'

'Zeker weten.'

'En hij?' Ik knikte naar een jongen aan de andere kant van de zaal die mijn aandacht had getrokken. Hij had een glas fris in zijn hand en praatte met twee andere jongens. Hij had beslist iets bijzonders. 'Die met dat blauwe overhemd en een zwart jasje? Dat moet een huurder zijn.'

'Hij?' Madison sloeg haar armen over elkaar. 'O, het is best een lekker ding, maar ik heb hem gesproken. Op en top een tiener, vanbinnen en vanbuiten.'

Ik kon niet zo goed raden. Wat mij betrof zag hij er net zo lekker uit als de huurders die Madison had aangewezen. Misschien wel lekkerder. Hij draaide zijn hoofd en keek ons recht aan. Ik wendde mijn blik af.

'Er zijn hier genoeg gewone, stinkend rijke tieners,' vervolgde Madison. 'Je kunt ze herkennen doordat hun provinciaalse grootouders het niet goedvinden dat ze aan zich laten sleutelen.'

'Sleutelen?'

'Chirurgie. Ze zijn dus minder mooi dan wij. En je kunt ze altijd testen door naar het leven voor de oorlog te vragen. Ze weten zo goed als niets.' Ze lachte. 'Ze zullen wel geen geschiedenis krijgen op hun particuliere Zype-scholen.'

Ik voelde het bonzen van mijn hart. Het was allemaal totaal de omgekeerde wereld. Ik moest mezelf er telkens op wijzen dat die oogverblindende Madison in feite een vrouw van over de honderd was.

En dat zij dat ook van mij dacht was pas echt gestoord.

'Voel je je al wat beter, Callie? Ik moet echt iets drinken. Iets met een lange, ondeugende naam.'

'Geven ze jou drank?'

'Dit is een besloten club, schat. Alles in het geniep, net als de bodybank.' Ze klopte op mijn arm. 'Wees maar niet bang, schattebout, ik ben vlakbij.'

Ze gleed van het bankje. Ik zette mijn ellebogen op mijn knieën en liet mijn voorhoofd in mijn handen rusten. Ik wilde dat de wereld eens ophield met tollen, maar hoe harder ik probeerde het allemaal op een rijtje te krijgen, hoe erger het werd. Mijn hoofd bonkte. Waarom was ik wakker geworden in een club en niet in de bodybank? Wat was er gebeurd?

De vorige keren was het allemaal zo soepel verlopen. Ik zou mijn geld krijgen en zorgen dat Tyler een warme plek kreeg om te slapen, een echt huis. En nu dit.

Toen hoorde ik een stem.

Hallo?

Ik hief mijn hoofd. Het was niet Madison. Die stond verderop in de zaal bij de bar. Ik keek achter me. Er stond niemand.

Had ik het me verbeeld?

Kun je... horen?

Nee, het was echt, die stem kwam...

Uit. Mijn. Hoofd.

Hallucineerde ik? Mijn hart sloeg op hol. Misschien had Madison gelijk en was ik echt dronken. Of misschien had ik mijn hoofd gestoten bij een val. Er was iets ontzettend mis. Ik begon te hyperventileren.

De stem leek van een vrouw afkomstig te zijn. Ik hield mijn adem in om tot bedaren te komen en het beter te kunnen horen.

De geluiden van de club dempten het geluid in mijn hoofd. Ik stopte mijn vingers in mijn oren en probeerde te luisteren, maar ik hoorde alleen mijn eigen hartslag. De schok van het op die manier een stem horen was moeilijk af te schudden.

Waar was de uitgang? Ik moest naar buiten. Ik moest frisse lucht hebben.

De volgende stem die ik hoorde was jong, uitgesproken mannelijk en afkomstig van iemand die recht voor me stond.

'Gaat het?' Hij was het. De jongen met het blauwe overhemd, op
en top tiener, zoals Madison het had genoemd. Hij keek me bezorgd aan.

Wat had hij ook alweer gezegd? Hij vroeg of het wel goed met
me ging. Ik vocht om mezelf in bedwang te houden, om niet panisch over te komen.

'Ja. Goed.' Ik trok aan mijn jurk in een zwakke poging mijn
benen te bedekken.

Van dichtbij was hij nog knapper, compleet met kuiltjes in zijn
wangen, maar ik kon die afleiding nu niet gebruiken. Ik moest
opletten of die stem terugkwam. De jongen keek me zwijgend
aan terwijl ik luisterde.

Het was stil in mijn hoofd. Kon het dan toch mijn verbeelding
zijn geweest? Kwam het doordat ik gedesoriënteerd was, doordat ik zo plotseling in mijn eigen lichaam terug was geslingerd?
Of had die jongen de Stem misschien verjaagd?

De jongen met de kuiltjes had een duur uitziend zwart jasje aan.
Ik dacht aan Madisons vonnis dat hij een echte tiener was. Ik
stond op en werkte de checklist af.

Geen tatoeages, piercings of vreemde haarkleur: check. Dure
kleren, check, sieraden (wat was dat voor merk horloge om zijn
pols?), check, goede manieren, check, en onberispelijk mooi,
check. Huurder.

Aha. Hij draaide zijn gezicht naar het licht van de bar en ik was
dicht genoeg bij hem om een littekentje van een paar centimeter
bij zijn kin op te merken. Dat had Doris nooit kunnen ontgaan.

'Ik zag je vallen.' Hij hield me een gastendoekje voor. 'Ik heb een
handdoekje voor je uit de toiletten gepakt.'

'Dank je.' Ik drukte het tegen mijn voorhoofd en zag een glimlach over zijn gezicht trekken. 'Wat valt er te lachen?'

'Het is niet voor je hoofd.' Hij nam me de handdoek behoedzaam af en veegde ermee over mijn arm, die vies was van de vloer.

'Ik ben uitgegleden,' zei ik. 'Iemand had drank gemorst. En op die hakken...'

'Geweldige hakken.' Hij wierp er een blik op en glimlachte die kuiltjes weer in zijn wangen.

Het werd me teveel om zijn onverdeelde aandacht te hebben. Ik moest mijn blik afwenden. Een jongen zoals hij, rijk en aantrekkelijk... geïnteresseerd in mij, een straatkind? Toen zag ik mezelf in een spiegelende zuil en was met een klap weer terug in de nieuwe werkelijkheid. Ik was vergeten dat ik eruitzag als een megaster.

Toen ik me weer omdraaide, zag ik dat Madison nog aan de bar stond en verwoede pogingen deed om de aandacht te trekken van de barkeeper, een Ender die hardhorend leek te zijn.

De jongen met de kuiltjes volgde mijn blik en liet de handdoek op een tafeltje vallen.

'Is dat je vriendin?' vroeg hij.

'Zoiets.'

Hij stak een vinger op alsof hij zich iets probeerde te herinneren.

'Ze heet Madison, toch?'

Ik knikte.

'Ik heb haar eerder op de avond gesproken,' zei hij. 'Ze is een beetje vreemd.'

'Hoezo?'

'Ze overlaadde me met vragen.'

'Wat voor vragen?'

'Geschiedenis, geloof het of niet. Dingen van twintig, dertig jaar geleden. Ik bedoel maar, weet jij welke holo tien jaar geleden tien Oscars heeft gewonnen?'

Ik kneep mijn ogen tot spleetjes en probeerde me te herinneren of mijn vader het er ooit over had gehad. Hij had het wel geweten. Ik haalde mijn schouders op.

'Zie je wel, jij weet het ook niet,' zei de jongen. 'Het was wel duidelijk dat Madison me testte, en ik ben gezakt. Toen ze merkte dat ik de antwoorden niet wist, draaide ze zich gewoon om en liep weg. Ik ben hier om te dansen, niet om auditie te doen voor een quiz.' Hij keek naar zijn voeten en toen naar mij. 'Wil jij soms...'

'Ik?' Het drong tot me door dat de muziek weer was begonnen, maar zachter, langzamer. 'Nee. Ik kan het niet.'

'Tuurlijk wel.'

Ik dacht aan Michael, daarginds, die in mijn plaats voor Tyler zorgde. Het voelde niet goed. Ik had niets te zoeken op een dansvloer. Ik had nog steeds geen idee wat er was gebeurd, of waar ik was, of hoe ik hier was gekomen, en ik was niet helemaal mezelf.

'Ik ben te aangeschoten.'

'Later misschien?' vroeg hij hoopvol. Hij trok zijn wenkbrauwen op.

'Sorry, maar ik moet zo weg.' Ik wist dat het bot was, maar het had geen zin om hem valse hoop te geven.

Hij verborg het goed, maar zijn ogen weerspiegelden de teleurstelling die ik voelde. Hij leek een nieuwe zet te willen doen, maar net op dat moment kwam Madison terug, met een beker in haar ene hand en een cocktail in de andere.

'Hier, de koffie is voor jou. Ik hoop dat je het zwart lust.' Ze reikte me de beker aan en toen viel haar oog op de jongen. 'O, Blake, was het niet? Hoi, hoi.'

Blake knikte, maar zonder zijn blik van me af te wenden. We deelden een glimlach, een geheim moment, ten koste van Madison. Zo'n 'ze weet het niet, maar we hadden het net over haar'-ervaring die mensen dichter bij elkaar brengt. Ze leek het niet te merken, druk als ze was met het bevrijden van een schijf ananas die op een zwaardje in haar cocktail was gespietst.

'Ik moest maar eens terug naar mijn vrienden,' zei de jongen.

Madison slikte de ananas door en glimlachte beleefd. 'Leuk je weer te zien, Blake.'

'Dag, Madison.' Hij glimlachte naar mij. 'Tot ziens, Callie.' Hij hield zijn hoofd schuin en draaide zich op zijn ene hak om in een soort dansbeweging.

Ik had hem niet verteld hoe ik heette. Hij was er op de een of andere manier zelf achter gekomen.

Ik zag hem weglopen, met zijn handen in zijn zakken. Ik voelde me iets beter.

Luister... Alsjeblieft...

Er liep een rilling over mijn rug. Nee. Die Stem weer. In mijn hoofd. Als ik het me verbeeldde kon ik dat ontzettend goed, want het klonk heel echt. Dit was helemaal verkeerd. Ik moest hier weg.

Waar de Stem ook vandaan kwam – uit mijn geest of van iemand anders – de volgende woorden staken me als naalden.

Luister... Belangrijk... Callie... Niet teruggaan naar... TopBestemmingen.

5

IK STOND als verstijfd in de club. Was dit een of andere reactie op de narcose die ik bij TopBestemmingen had gekregen? Het zou ook iets met de chip te maken kunnen hebben.

Ik keek naar Madison.

Niets tegen haar zeggen...

Madison pakte mijn arm. 'Denk om de regels met betrekking tot jongens.' Ze benadrukte haar woorden door vermanend haar wijsvinger op te steken.

Het riep me terug naar de werkelijkheid. Madison zag eruit als een popster, maar ze gedroeg zich als een omaatje.

'Let op,' zei ze, en haar schuin aflopende pony viel weer voor haar ene oog. 'Dit is belangrijk.'

'Over welke regels hebben we het?' vroeg ik op neutrale toon.

'Dat weet je best.' Ze vervolgde zachter: 'Geen s-e-k-s.' Ze trok haar wenkbrauwen op. 'En al helemaal niet met echte tieners.'

'Hoe bedoel je, "al helemaal niet"? Het is verboden of het is niet verboden.'

'Je begrijpt me best.' Ze wierp me een vertwijfelde blik toe. 'Zet die jongen nou maar uit je hoofd.'

Ik had wel iets belangrijkers aan mijn hoofd, zoals die stem.

'Welke jongen?' vroeg ik.

Daar moest ze om lachen.

Blake hing met zijn vrienden aan de andere kant van de zaal. 'Hij weet dus niet dat we huurders zijn?' vroeg ik.

'Heb je je contract niet gelezen, juffertje? Natuurlijk weet hij dat niet! We mogen het niet aan buitenstaanders vertellen.'

'Wie leest er nog contracten?' zei ik schouderophalend. Blake keek naar me vanaf zijn kant van de club, me naar zich toe trekkend met zijn ogen.

Madison sloeg haar armen over elkaar, die schitterden van het glitterstof. 'Drink je koffie nou maar op.'

Ik dronk mijn beker leeg. De bittere smaak maakte dat ik een grimas trok. Misschien zou mijn hoofd er helder van worden. Misschien zou de Stem erdoor verjaagd worden.

'Wat is er, lust je geen zwarte koffie?' vroeg Madison.

Ik grimaste. 'Nee. Nooit.' Ik had alleen koffie gedronken met veel suiker, melk en slagroom, voor de oorlog.

'Zie het maar als een noodzakelijk medicijn.' Madison keek op haar horloge. 'Mijn hemel, wat is het laat. Ik moet weg.' Ze maakte haar minuscule tasje open en haalde er iets uit. 'Hier, Callie, schat. Mijn kaartje.'

Ze reikte het me aan. Voordat ik er ook maar naar kon kijken, vroeg ze: 'Waar is het jouwe?'

Ik maakte mijn tasje open, maar zag geen kaartjes. Wel een bonnetje van de parkeerservice, een universeel identiteitsbewijs, een telefoon en een bundel bankbiljetten. Ik probeerde niet naar adem te snakken bij de aanblik van al dat geld.

'Ik zal er wel doorheen zijn,' zei ik.

'Geeft niet, stuur me maar een zepbericht. Nou, ik ga. Ik heb een belangrijke dag morgen. Loop je even met me mee naar de uitgang?'

Ze gaf me een arm. Toen we langs Blake liepen voelde ik zijn ogen. Ik keek niet terug. Ik concentreerde me op Madison en zag hoe ze liep, met lange, zelfverzekerde passen, en hoe ze de bewonderende blikken van zich liet afketsen alsof ze een krachtveld om zich heen had.

Twee portiers, Enders, hielden de hoge metallic deuren voor ons open en we stapten de kille nachtlucht in, waar een groep tieners op hun auto's stonden te wachten. Madison gaf de parkeerbediende haar bonnetje en wendde zich tot mij.

'Een goede raad van iemand die het weten kan.' Ze sloeg haar armen om zichzelf heen en deinde heen en weer op haar hoge hakken. 'Doe het kalm aan, de eerste keer. Doe geen al te wilde dingen. Zorg dat er niets met dat lichaam gebeurt, want de boetes zijn gewoon afgrijselijk.'

Ze hoefde mij niet te vertellen dat ik mijn lichaam moest beschermen, maar ik hield me koest in de wetenschap dat we op het punt stonden elkaar gedag te zeggen en dat ik haar nooit meer zou zien.

Ze hield haar hoofd schuin. Haar oorringen bewogen mee. 'Ik herinner me mijn eerste huurlichaam nog, nu negen maanden geleden.'

'Hoeveel heb je er al gehad?'

'Honnepon, wie houdt dat nou bij?' Ze glimlachte. 'Al die verschillende lichamen die je kunt uitproberen... Ik ben tegenwoordig vaker jong dan oud.'

De parkeerbediende kwam aanrijden in een opzichtige rode cabrio, een en al rondingen en groeven. De Ender keek naar Madison en wuifde.

'Is die van jou?'

'Dat is gewoon mijn "tienerauto".' Ze knipoogde.

Ik liep met haar mee naar haar auto en bewonderde de glanzende dimensionale lak. De illusie van gelaagdheid was zo levensecht dat je het gevoel kreeg in een afgrond te kijken. 'Metaflex,' zei ik met een knikje naar de auto.

Ze fronste haar wenkbrauwen. 'Callie, weet je wel zeker dat dit je eerste keer is?'

'Hoezo?' vroeg ik, opeens tot het uiterste gespannen.

'Omdat je echte tienertaal gebruikt. Ik moet nog steeds nadenken over wat ik moet zeggen om voor echt door te gaan.'

Voor echt doorgaan – dat was precies wat ik ook probeerde, maar dan andersom. Ik wilde haar ervan overtuigen dat ik een huurder was, net als zij. Wat kon ik doen? Maar natuurlijk. Andersom doen alsof.

Ik boog me naar haar toe en legde mijn hand op haar arm zoals zij dat eerder bij mij had gedaan. Ik zette een iets zwaardere stem op en zei langzaam en welbewust: 'Ik heb erg mijn best gedaan op het bestuderen van stemmen voordat ik ging huren. Bovendien ben ik echt nog jong... pas vijfennegentig!' Ik knipoogde.

'Ik haat jou.' Ze gaf de parkeerbediende een fooi. 'Geintje. Je moet me je trucjes maar een keer leren.'

Er stopte een auto achter de hare. 'Ik moet ervandoor. Leuk je gezien te hebben, Callie. Morgen ga ik parasurfen!' Ze stak haar armen op. 'Veel plezier met je nieuwe lichaam.'

Madison stapte in haar auto, gaf plankgas en reed met brullende motor weg. Haar rijstijl had niets bejaards.

'Mevrouw?' De bediende stak zijn hand naar me uit. 'Uw bonnetje?'

Ik pakte het uit mijn tasje. Ik had gewacht tot Madison weg was voor het geval ik moeite zou hebben met rijden. Hoe ging ik dat aanpakken? Het zweet stond me in de handen. De laatste keer dat ik had gereden, was twee jaar geleden, toen pap me op het parkeerterrein van een school had laten oefenen. Wat had hij ook alweer gezegd? Leg je handen op tien voor twee op het stuur. Vaart minderen voordat je remt. Nooit zeppen onder het rijden.

Er kwamen een paar jongens uit de club die me met hun ogen leken uit te kleden. Echte tieners, te oordelen naar hun puistenkoppen. Ik wendde me af. Ze mochten niet ontdekken wie ik echt was. Ik wilde alleen nog maar weg.

Het viel me in dat ik de Stem niet meer had gehoord. Niemand zei iets tegen me en de Stem had zich niet meer laten horen. Dat was gunstig.

Ik moest me alles herinneren wat ik wist over autorijden, maar hoe harder ik het probeerde, hoe sneller mijn hart ging slaan. Alsjeblieft, bad ik, laat die auto makkelijk bestuurbaar zijn.

Toen kwam de bediende aangereden in een gele supersportauto die eruitzag als een ruimteschip.

Nee. Niet die.

En ja, hoor, de bediende stopte bij mij. De auto was twee keer zo groot als die van Madison. Het dak was open. Zelfs hier, tussen de verwende rijkeluiskinderen, klonk er geroezemoes op.

Ik voelde dat iedereen naar me keek toen ik naar de bestuurderskant liep. Ik gaf de Ender een fooi, zoals ik Madison had zien doen, schoof op de luxueuze leren stoel en zag meer metertjes en knoppen dan in de cockpit van een straaljager. De bediende sloot mijn portier en wilde weglopen, maar ik stak mijn hand op.

'Wacht even,' fluisterde ik. 'Waar zijn we?'

'Waar?' Hij keek me bevreemd aan.

'In welke stad?' Ik bleef zacht praten.

'In het centrum. U bent in het centrum van Los Angeles.' Voordat hij zich naar de volgende auto haastte, wees hij nog iets aan op mijn dashboard.

Ik zag dat hij naar het navigatiesysteem had gewezen en drukte op de toets om het aan te zetten. Het luchtscherm lichtte op in de ruimte tussen mijn gezicht en de voorruit. Ik zag het woord 'huis' zweven en raakte het aan.

Naar huis. Dat wilde ik. Ik wist dan misschien niet waar ik woonde, de auto wist het wel.

Ik haalde de auto van de handrem en schakelde. In tegenstelling tot Madison maakte ik mijn grandioze aftocht in de schildpadversnelling. Toen ik wegkroop hoorde ik iemand dag zeggen.

Ik keek in de achteruitkijkspiegel en zag Blake staan, met een hand in zijn zak en met de andere naar me wuivend.

Op een paar straten van de club, waar ik niet meer kon worden gezien, stopte ik langs de stoeprand bij een kantoorgebouw. Mijn hart bonkte en mijn knieën knikten, maar ik had de auto tenminste niet total loss gereden. Nog niet. Ik kon niet dronken zijn geweest, hooguit gedesoriënteerd, want mijn hoofd werd met de minuut helderder. Ik moest uitzoeken wat er aan de hand was. Hoe kon ik stemmen in mijn hoofd horen?

De straten waren leeg en stil op dit uur. Als die Stem wilde terugkeren, was dit het moment. Ik luisterde met ingehouden adem, bang voor wat ik zou kunnen horen.

Stilte. Goddank. De raadselachtige stem was weg.

Wat had TopBestemmingen met mijn hoofd gedaan? Misschien was er tijdens het implanteren van de chip iets in mijn hersenen gebeurd. Kon het aan de chip zelf liggen? Ik had die lui mijn lichaam nooit moeten toevertrouwen.

Ik moest me vermannen. Ik keek naar de wijzertjes op het dashboard. Terwijl de auto bleef snorren als een tijger, pakte ik mijn tasje van de stoel naast me en haalde het universele legitimatiebewijs eruit. Mijn holo stond erop, en hij draaide naar mijn profiel. Ik herkende de hologrammen – ze waren door de bodybank gemaakt. Maar de naam op het bewijs was Callie Winterhill, niet Callie Woodland. Het adres kwam overeen met dat op het luchtscherm van de gps.

De bodybank maakte waarschijnlijk altijd een legitimatiebewijs voor huurders. Mijn unieke gegevens zouden in het kaartje versleuteld zitten: mijn DNA, mijn vingerafdrukken. De huurder had vermoedelijk de achternaam 'Winterhill'. Op die manier kon ze zich voor een familielid uitgeven als ze door de politie werd aangehouden. Ze kon doen alsof ze haar eigen achternichtje of kleindochter was.

Nu had ik dus een waanzinnige auto die me overal naartoe kon brengen. Ik wilde het liefst naar mijn broertje, maar ik herinnerde me dat Tinnenbaum had gezegd dat ik via de chip te traceren was, en ze wisten waar Tyler woonde. Rodney had me erheen gebracht. Als ze mijn chip daarheen zagen gaan, zouden ze weten dat niet mijn huurder in mijn lichaam zat, maar ikzelf. En dan konden ze me beschuldigen van contractbreuk.

Ik kon teruggaan naar de bodybank – was dat niet wat ze van me wilden? Alleen had die stem – *Niet teruggaan naar TopBestemmingen* – heel onheilspellend geklonken. Ik huiverde. Wat zou me te wachten staan als ik toch terugging?

In de club was het zo rumoerig geweest dat ik de Stem niet goed had kunnen horen, maar hoe langer ik erover nadacht, hoe meer ik begon te geloven dat het een Ender was. Kon het iemand van de bodybank zijn die op de een of andere manier via de chip tegen me kon praten? Doris misschien? Maar waarom zou ze tegen me zeggen dat ik niet terug moest gaan? Wilde ze dat ik in de buitenwereld bleef omdat het probleempje snel opgelost zou zijn? Er kon ook een andere reden zijn om niet terug te gaan naar de bodybank.

Als ik me door de auto naar het huis van mijn huurder liet brengen, zou ik daar misschien antwoorden kunnen vinden. Als mijn huurperiode om een of andere reden was afgebroken, zou mijn huurder daar misschien zijn. Ik keek op mijn horloge – nou ja, mevrouw Winterhills super de luxe, met diamanten bezette uurwerk. Het was na middernacht, zag ik.

Ik zag ook dat het veertien november was. Mijn huurperiode was een week geleden ingegaan. Ik moest nog drie hele weken vol zien te maken.

Wat was er gebeurd?

Net toen ik me dat afvroeg, zag ik een flits voorbijtrekken in de achteruitkijkspiegel. Zachte voetstappen haastten zich naar me toe, sportschoenen op stoeptegels.

Vogelvrijen die zich op mijn auto wilden storten.

Vijf, met kettingen, loden pijpen en boze ogen.

Het bloed stolde in mijn aderen. Ik keek naar het dashboard. Starten. Waar zit de startknop?

Een van de griezels sprong op de achterkant van de cabrio. Hij had een kaalgeschoren kop vol tatoeages.

Ik vond de startknop, gaf er een harde klap op en trapte het gaspedaal in. Mijn belager werd van de auto af geslingerd.

Ik zag in de spiegel dat hij overeind kwam. Zijn maten staken hun middelvinger naar me op. Ik bibberde.

Dit was een heel nieuw spel voor me. Dat ik een auto had, wilde niet zeggen dat ik niet meer op mijn hoede hoefde te zijn. Nu ik rijk was moest ik juist extra waakzaam zijn.

Ik ademde diep in en blies met een zucht uit.

Vanaf dat moment was de navigator mijn enige gezelschap. Hij had een Australisch accent en zijn stem klonk zo relaxed dat het geluid me hielp te kalmeren. Hij loodste me naar de snelweg. Daar was het een stuk makkelijker rijden, zonder bochten, en op dit uur kwam ik maar weinig andere auto's tegen. Ik reed langs een paar ploegen van het arbeidskorps, groepen van een stuk of twintig Starters die wegwerkzaamheden verrichtten. Toen ik erlangs zoefde in die dure auto, met mijn merkkleding en horloge met diamanten, werd ik overspoeld door schuldgevoel. Ik wilde schreeuwen dat het allemaal niet echt van mij was, maar ze waren al tot stipjes gekrompen in mijn achteruitkijkspiegel.

Na een halfuur rijden bracht de navigator me naar Bel Air. Ik herinnerde me dat daar voor de oorlog veel beroemdheden hadden gewoond. Ik reed langs een particuliere beveiligingsman die me nakeek. Ik passeerde droomvilla's, soms met bewakers. Toen zei de navigator dat ik mijn bestemming had bereikt.

Hij had me niet gewaarschuwd dat het een megavilla zou zijn.

Voor zover ik het kon zien was er geen bewaker, maar er waren wel hoge smeedijzeren hekken. Ik reed erheen en remde zo hard in mijn poging om te stoppen dat ik eerst achteroversloeg en toen naar voren klapte. Ik richtte me weer op en keek of ik een afstandsbediening had. In de bekerhouder lag een klein zwart schijfje. Ik drukte erop en de hekken openden zich als de poorten van de hemel.

Ik reed over de klinkers van de oprijlaan en de hekken sloten zich achter me. Ik kon links afslaan naar de voordeur van de villa en rechts naar een aanbouwgarage voor vijf auto's. De deuren van de garage waren samen met de hekken opengegaan, zodat er drie auto's zichtbaar werden: een SUV, een limo en een blauw sportwagentje. Ik zette de auto op een van de twee lege plekken en schakelde de motor uit.

Ik voelde me slap na alle spanning. Ik had niets geraakt. Ik had de kostbare auto van mevrouw Winterhill veilig teruggezet waar hij hoorde. Ik hoopte van harte dat ze het zou waarderen.

Wat nu? Het drong tot me door dat er een paar vreemde mogelijkheden waren. Ik hoopte dat mevrouw Winterhill thuis was en me kon uitleggen wat er was gebeurd. Misschien konden we alles rechtzetten en opnieuw beginnen. Als ik geluk had, zouden de dagen die ik er al op had zitten worden meegeteld.

Een deur in de garage bood toegang tot het huis. Ik klopte erop. Er kwam geen reactie. Het liep tegen enen. Ik keek naar het paneeltje naast de deur, maar had geen idee van de code.

De garage had ook een achterdeur. Ik liep op mijn tikkende stiletto's over een klinkerpad naar de voorkant van het huis, dat werd omringd door een schitterende tuin met glooiende grasvelden, bloeiende struiken en statige bomen. Mevrouw Winterhill moest een gigantisch hoge waterrekening hebben.

Ik nam de twee leistenen treden naar de enorme dubbele voordeur. De belsensor detecteerde me en ik hoorde geklingel binnen. Een minuutje later hoorde ik voetstappen. De deur ging open.

Een schriele, slaperige Ender die met een hand haar ochtendjas dichthield stapte opzij om me binnen te laten. 'Zo, dus u besloot maar eens naar huis te gaan?'

6

TOEN IK de imposante hal van de Winterhills binnen kwam, werd mijn mond kurkdroog. Het leek wel iets uit een oude film. Antieke meubelen, een plafond tot in de wolken en een statige trap om je erheen te brengen.

De Ender duwde de deur dicht.

Ze keek me een pijnlijk moment lang kwaad aan. Als ze wachtte tot ik doorliep, kon ze lang wachten.

Toen zei ze eindelijk iets.

'Ik hoop dat u zich hebt vermaakt, mevrouw Winterhill?' Ze trok de ceintuur van haar ochtendjas aan alsof het een strop was.

Bij het horen van die vraag wist ik dat ik er niet op hoefde te hopen de echte mevrouw Winterhill thuis aan te treffen. Als ik deze strenge Ender de waarheid vertelde, zou ik óf het huis uit worden gezet, óf terug worden gebracht naar de bodybank. Misschien zou ik problemen krijgen. Misschien zouden ze me ontslaan en zou ik het geld voor ons huis nooit krijgen.

Ik was niet in staat een snelle beslissing te nemen. Ik moest eerst slapen.

'Ja,' zei ik dus maar. 'Super.'

Ze nam me kritisch op. Of misschien was ik gewoon paranoïde.

'Was u de sleutel weer eens vergeten?'

Ik knikte.

'Die ligt vast nog in de auto. Kan ik nog iets voor u doen?' vroeg ze. 'Ik heb uw lievelingskoekjes gebakken.'

Ik wilde zo min mogelijk contact met haar. Mijn hersenen waren overwerkt door het liegen de hele avond.

'U zult wel net zo moe zijn als ik,' zei ik. 'Doe geen moeite. Ga naar bed.'

'Goed. Welterusten, mevrouw Winterhill.'

Ze liep naar de gang rechts, maar bleef staan.

'Dat was ik bijna vergeten,' zei ze. 'Redmond heeft gebeld.'

'Dank u.' Ik had geen idee over wie ze het had.

De Ender liep door de gang naar haar kamer en ik keek haar na. Toen keek ik om me heen in de weelderige hal. Mijn oude huis, waar ik met mijn ouders had gewoond, was best leuk geweest, een bescheiden bungalow in de Valley, maar de villa van mevrouw Winterhill was adembenemend. Het was alsof je terug in de tijd ging, of door een museum liep. Midden in de hal stond een antieke marmeren tafel met daarop een gigantisch boeket witte bloemen dat mijn moeder prachtig zou hebben gevonden. De geur versterkte mijn zweverige, roezige gevoel.

Ik keek langs de voorname, mahoniehouten trap omhoog. Daar moest mevrouw Winterhill ergens slapen. Ik legde mijn hand op de botergladde leuning en liep naar boven.

Halverwege de trap was een overloop met portretten aan de muur, allemaal van dezelfde vrouw, ongetwijfeld mevrouw Winterhill, in verschillende levensfasen. Ze was in elke periode even mooi, met geprononceerde jukbeenderen en een krachtige neus en kaaklijn. Haar ogen leken me te volgen.

Op de eerste verdieping aangekomen sloeg ik rechtsaf een gang in die schemerig werd verlicht door wandlampjes. Alle deuren links en rechts waren dicht. Woonden er meer mensen hier? Ik vermoedde dat ik daar snel achter zou komen.

Ik maakte de eerste deur rechts open en wuifde met mijn hand langs de plek waar de verlichtingssensor moest zitten. De lampen floepten aan.

Ik leek in een logeerkamer te zijn, want ik zag nergens iets persoonlijks. Ik wuifde het licht uit en ging naar de volgende deur, die toegang bleek te bieden tot een naaikamer. De kamer ernaast was ingericht als tienerslaapkamer. Ik wist niet of het de fantasietienerkamer van mevrouw Winterhill was of de kamer van een echte tiener. Tot mijn opluchting was er niemand.

De eerste deur aan de andere kant van de gang zat op slot. Een deur verderop vond ik wat ik zocht: de grote slaapkamer. In het midden stond een ebbenhouten hemelbed met gedraaide stijlen op klauwbolpoten. De hemel was van goudkleurige stof en viel in precieze plooien naar beneden. Aan de vier punten van de goud met groen gestreepte sprei hingen kwasten. Het hoofdeind van het bed was bedekt met een berg kussens.

Het beste van het bed was nog wel dat er geen meneer Winterhill in lag.

Hoe uitnodigend het bed er ook uitzag, mijn aandacht werd getrokken door het deel van de kamer links ervan, een zitgedeelte met een chaise longue en een antiek bureautje. Op het bureautje stond een plat houten kistje met inlegwerk.

Ik maakte het open en vond een computer.

Ik schopte mijn stiletto's uit, rende naar de deur, deed hem op slot, rende terug naar de computer en ging zitten. Ik zag een geel lichtje op het paneel en wuifde er met mijn hand langs. Het luchtscherm verscheen erboven.

Als Beverly Hills was getroffen door stroomuitval, kon dat misschien verklaren waarom ik mijn verbinding met mijn huurder was kwijtgeraakt. Ik zocht in de Gids.

Ik vond er niets over in het nieuws. Ik las door, maar er was weinig gebeurd.

Vervolgens zocht ik op de namen van mijn ouders in de hoop dat er ergens nog foto's van hen bestonden. Ik vond er een die op een feest was genomen en keek er lang naar, elk detail van hun gezichten in me opnemend als een spons.

Ik zakte onderuit in de stoel en voelde mijn ogen zwaar worden. Het was twee uur 's nachts.

Naast de computer stond een hololijstje met een afbeelding van mevrouw Winterhill. Haar naam stond in de rand gegraveerd: HELENA WINTERHILL. Ze had dezelfde trekken als op de portretten aan de muur, maar dit hologram was recenter. Hoewel ze rond de honderd leek te zijn, had ze nog een fantastisch figuur, en ze was elegant en straalde iets krachtigs uit.

'Helena Winterhill, waar ben je?'

Ze glimlachte zwijgend terug.

Ik stond op, trok de uitgaansjurk uit, hing hem over de stoel en kroop in mijn ondergoed in bed. Ik dacht aan Tyler en Michael, al in diepe rust in hun fort.

Toen ik de volgende ochtend mijn ogen opendeed, zag ik de gouden hemel boven me. Onder me voelde ik gladde zijden lakens. Mijn hoofd zweefde op het zachtste kussen van de wereld en de verfijnde geur van cederhout vermengde zich met die van kamperfoelie, wat ongelooflijk ontspannen werkte. Dit was onmiskenbaar het domein van een prinses.

Ik klom uit bed en pakte de mobiele telefoon van mijn huurder.

Geen bericht van TopBestemmingen. Was het te optimistisch van me om te hopen dat er nog iets te redden viel?

Het was negen uur. Michael zou nu ongeveer waswater voor Tyler aan het halen zijn.

Ik liep naar Helena's badkamer, een grote, open ruimte met marmer. Zodra ik er dicht genoeg bij was, begon er een waterval uit het plafond te klateren. Er waren twee sensoren om de temperatuur te regelen. Ik wuifde langs de rode om het water warmer te maken, trok mijn zijden beha en slip uit en stapte onder de waterval.

Heel even voelde ik me schuldig om al die verkwisting van water. Heel even maar. Het was te verkwikkend om mijn ogen dicht te doen en water over mijn hoofd te voelen stromen. Ik werd er een nieuw mens door.

Ik wikkelde een dikke, verwarmde handdoek om me heen en wriemelde met mijn tenen in het donzige kleed terwijl warme luchtstralen me droogden. Toen ik me bukte om mijn beha op te rapen, dacht ik aan het vel papier dat Michael me had gegeven toen we afscheid namen. Ik had het in mijn beha gestopt.

Alleen was dat een week geleden en was het een andere beha geweest.

Ik ging naar de ladekast in Helena's slaapkamer. Ik wilde in de ondergoedla kijken, maar zag dat het papier op de kast lag.

Er zaten vouwen in het vel. Het was een tekening van mij. Mijn gezicht. Ik herinnerde me niet dat ik ervoor had geposeerd, maar het was beslist Michaels stijl. Dit moest het papier zijn dat hij me had gegeven voordat ik met Rodney was weggegaan.

Helena moest het hebben gevonden in mijn – onze – beha, waarin ik het had verstopt.

Ik keek als gehypnotiseerd naar de tekening. Hij was mooi. Vredig. Etherisch. En een beetje angstaanjagend.

Het was niet zozeer een exacte gelijkenis. Hij had zich artistieke vrijheden veroorloofd; zo had hij me twee verschillende kleuren ogen gegeven. Maar ik zag het als een goed getroffen weergave van mijn persoonlijkheid, zodat ik me afvroeg: is Michael echt zo'n begenadigd kunstenaar, of hebben we zo'n sterke band?

Ik wist het antwoord niet, maar ik was ontroerd. Ik legde de tekening terug op de ladekast.

De donkere houten lambrisering van de slaapkamer onttrok twee kasten aan het oog. Ik maakte de eerste open en bekeek de Ender-kleding: donkere mantelpakken en jurken, allemaal veel te groot voor mij. In de tweede kast vond ik kleding voor mij. In exact mijn maat.

Ik pakte een spijkerbroek en een tricot topje en trok ze aan. Perfect. Op de ladekast lag een ketting met een medaillon die er goed bij paste, dus deed ik hem om. Toen ik hem vastmaakte voelde ik dat mijn haar nog vochtig was. Waarschijnlijk had ik langer voor de luchtstralen moeten blijven staan. Ik klopte op mijn achterhoofd en voelde iets vreemds: de incisie van het inbrengen van de chip. Hij was ovaal van vorm en nog gevoelig.

Het horloge dat ik de vorige avond had gedragen, lag ook op de ladekast. Ik kon er alleen maar naar raden hoeveel het had gekost. Waarschijnlijk zou een gezin er een jaar van kunnen eten. Ik trok een la open en borg het op. Ik moest er niet aan denken dat het werd gestolen of beschadigd raakte terwijl ik het omhad. Ik hield het tasje van de vorige avond op. Te gekleed. Ik vond een coole leren schoudertas in de kast – precies goed – en stopte het rijbewijs en de mobiele telefoon erin. Ik haalde de bundel bankbiljetten uit het avondtasje en waaierde ze uit. Het geld was eigenlijk niet van mij, maar ik had het nu nodig, voor benzine en eten, terwijl ik probeerde uit te zoeken wat er gaande was.

Ik besloot dat ik mijn uitgaven zou bijhouden en mevrouw Winterhill zou terugbetalen wanneer ik mijn honorarium had gekregen. Ik telde het geld en stopte het in de schoudertas.

Er zat nog iets in het avondtasje. Madisons kaartje. Rhiannon Huffington, stond erop. Op de holo stond Madison zoals ze echt was, een gezette vrouw van honderdvijfentwintig jaar in een zijden kaftan, die veel tanden bloot lachte. Ze had haar lippen getuit en knipoogde uitdagend. Dit was de grote vrouw in de kleine tiener Madison. Rhiannon mocht dan onnozel overkomen, ik moest haar nageven dat ze wel wist hoe ze zich moest vermaken. Ik stopte het kaartje in mijn schoudertas.

Ik borg de kleren van de vorige avond op en maakte het bed op. Toen besefte ik dat mevrouw Winterhill waarschijnlijk nooit haar eigen bed opmaakte. Daar had ze die huishoudster voor. Ik haalde het dus weer overhoop. Net toen ik weg wilde gaan, zag ik dat ik het kistje van de computer open had laten staan.

Ik ging zitten en sloot het kistje. Misschien was er hier nog iets wat me meer over mevrouw Winterhill kon vertellen. Ik trok de bovenste la van het bureau open en zag alleen pennen en papier, maar in de middelste la zat een zilveren doosje met visitekaartjes.

Op de kaartjes stond de naam Helena Winterhill, met daarbij de hologramfoto die ook op het bureau stond. Ik pakte een paar kaartjes en stopte ze in mijn tas.

Helena's telefoon zoemde. Ik keek ernaar. Iemand had haar een zep gestuurd.

Ik las: *Ik weet wat je van plan bent. NIET DOEN. Doe het niet.*

Ik keek op. Wie was de afzender? Een vriendin van Helena die haar huuruitstapje had ontdekt? Enders stonden vaak snel met hun oordeel klaar.

Of had het bericht iets te maken met de Stem?

Ik liet het toestel in mijn tas vallen. Ik wilde weg, en wel zonder de huishoudster tegen het lijf te lopen. Ik maakte de slaapkamerdeur open en gluurde de gang in. Er was geen mens te bekennen. Ik trok de slaapkamerdeur zo geluidloos mogelijk achter me dicht en liep de trap af.

Toen ik de draai naar de overloop maakte, zag ik de huishoudster onder aan de trap staan. Ze had een gieter in haar hand. Toen ze me zag, zette ze hem op de vloer bij de tafel met de bloemen.

'Goedemorgen, mevrouw Winterhill.' Ze veegde haar handen af aan haar schort, Verder droeg ze een simpele zwarte broek en een zwarte blouse.

'Goedemorgen.'

Ik probeerde uit te knobbelen welke deur naar de garage leidde. Ik wist het niet.

'Het ontbijt staat klaar,' zei de huishoudster.

'Ik heb geen trek. Ik ga weg.'

'Geen trek?' Ze trok haar hoofd naar achteren alsof mevrouw Winterhill nog nooit zoiets had gezegd. 'Bent u ziek? Zal ik de dokter bellen?'

'Nee, nee. Ik voel me goed.'

'Neem dan tenminste koffie en sap. Om uw vitamines mee weg te spoelen.'

Ze draaide zich om en liep de gang in, en ik volgde haar naar de professionele keuken. Net als de badkamers was hij niet in antieke stijl ingericht, maar voorzien van de nieuwste snufjes. De geur van kaneel die in de keuken hing bezorgde me heimwee. Ik werd erdoor herinnerd aan de vrolijke weekendbrunches die pap, mam, Tyler en ik hadden gehad toen we nog een gezin waren. De huishoudster had voor me gedekt aan het grote eiland midden in de keuken. Er stond een enorme zilveren schaal met partjes fruit, ook van mijn lievelingsvrucht, papaja's. Ik voelde dat het water me in de mond liep.

Ik ging zitten en drapeerde mijn servet over mijn schoot. De huishoudster stond met haar rug naar me toe aan het fornuis te redderen. Ik keek naar rechts en zag een gangetje dat uitkwam op een deur. Zat de garage daarachter? De huishoudster kwam met een koekenpan naar me toe en legde een geroosterde boterham op mijn bord. Ik wist niet wanneer ik voor het laatst geroosterd brood had gezien. Ze pakte een strooier en bestoof het brood met poedersuiker, precies zoals mijn moeder vroeger had gedaan.

Ik verging van de honger. Ik had geen idee wanneer mevrouw Winterhill voor het laatst had gegeten, maar het voelde als dagen geleden. De huishoudster had iets over vitamines gezegd. Gek dat mijn huurder een lichaam dat ze maar tijdelijk had zo goed wilde verzorgen.

Alles smaakte overheerlijk en heel vers. Het sap was als een godendrank, een mengeling van tropische smaken. Ik was blij dat ik een karaf zag staan, want ik voelde me uitgedroogd. Ik keek naar de overdaad aan fruit en vroeg me af of ik op de een of andere manier iets naar Tyler en Michael kon smokkelen.

Toen ik klaar was met eten bracht de huishoudster me een bakje vitaminepillen. Ze hadden verschillende kleuren, waar ik uit afleidde dat het de bedoeling was dat ik ze allemaal slikte.

'U moet voor dat lichaam zorgen,' zei ze, 'ook al is het niet van u.'

Ik knikte met mijn mond vol pillen en nam een slokje vruchtensap. Toen legde ik mijn servet op het eiland en stond op. 'Dank u wel. Dat was heerlijk.'

De huishoudster wierp me een vreemde blik toe. Ik vroeg me af of ik iets verkeerds had gezegd. Ik liep naar de deur die me hopelijk naar de garage zou brengen.

Ik legde mijn hand op de knop en trok de deur open. De voorraadkast.

'Wat zoekt u?' vroeg de huishoudster.

Ik keek naar de planken en pakte snel een supertruffel. 'Hebbes.' Ik sloot de voorraadkast en zag een zijgang met nog een deur. Dat moest hem zijn. Net toen ik de gang in wilde lopen schrok ik van een geluid.

Het was de bel van de voordeur.

De huishoudster liep erheen om open te doen. Ik liep het zijgangetje in en maakte de deur open. Ik glimlachte bij het zien van het gele ruimteschip en de andere auto's die als mijn trouwe rossen op me stonden te wachten.

Ik hoorde de huishoudster naar me roepen terwijl ze zich naar de keuken terug haastte.

'Wat is er?' vroeg ik.

'Er is hier een... jongen voor u,' fluisterde ze. Ze was wit weggetrokken.

'Een jongen?'

Ze bracht een gerimpelde hand naar haar mond en knikte. Haar gezicht stond vertrokken, alsof ze me het slechtst mogelijke nieuws moest brengen. Ze liet haar hand vallen en klauwde naar haar schort.

'Hij zegt dat u met hem hebt afgesproken.'

7

IK RENDE met de huishoudster op mijn hielen naar de voordeur. Het was die jongen uit de club, Blake, in een spijkerbroek en een leren jack. Wat kwam hij hier doen?

'Hé, Callie.'

'Blake.' Ik liep naar de marmeren tafel om wat steun te hebben. Bij daglicht waren Blakes ogen nog indringender.

'Ben je een beetje opgeknapt?' vroeg hij.

'Ja, dank je.' Was hij helemaal hierheen gekomen om te kijken hoe het met me was?

'Zoals ik al tegen Eugenia zei...' – hij knikte naar de huishoudster, die achter me stond – '... hadden we om twaalf uur afgesproken.' Hij keek van haar naar mij. 'Je was het toch niet vergeten, hè?'

Hoe wist hij waar ik woonde? Ik stamelde iets onsamenhangends.

'Dus wel,' verzuchtte hij.

Ik keek vragend naar Eugenia. Ik wist nu tenminste hoe ze heette. 'Wilt u... Alstublieft?'

Ze zette koers naar de keuken. Ik wendde me weer tot Blake. 'Wanneer heb je gevraagd of ik met je uit wilde?' Mijn gedachten sloegen op hol. Beelden van de vorige avond liepen in elkaar over. 'En wanneer heb ik ja gezegd?'

Hij kwam iets dichter bij me staan. 'Gisteravond, toen ik je in Club Rune aan de bar zag zitten, weet je nog? De barkeeper zag je niet. Ik heb voor je besteld.'

'Aan de bar?'

'We hebben wat gepraat en gelachen. Je zei dat je van paarden houdt.'

Ik was wel in Club Rune geweest, maar ik had niet aan de bar gezeten. Hij moest met Helena hebben gepraat, voordat ik in mijn eigen lichaam was teruggekeerd. Zo was hij aan mijn naam gekomen. Zijn blik was zo vurig dat ik bang was te smelten. Ik streek met mijn vingers over het koele marmer van de tafel. De overweldigende geur van de bloemen hielp niet echt.

'Ik voelde me niet helemaal mezelf gisteravond,' zei ik.

Hij liet zijn hoofd zakken om mijn blik te vangen. 'Liever een andere keer?'

Ik moest hem afwijzen, want in theorie was ik aan het werk, maar de bodybank had nog geen contact met me opgenomen. Ze wisten me te vinden via mijn chip en als ze me wilden bereiken, konden ze naar Helena's huis bellen. Tot nu toe had ik niets verkeerds gedaan. Ik wachtte alleen maar af.

En de herinnering aan de Stem in mijn hoofd overtuigde me ervan dat ik niet terug naar *daar* moest gaan.

'Nee,' zei ik.

Hij keek me vragend aan. 'Nee, als in: nee?' vroeg hij. 'Als in: ga weg en val me nooit meer lastig?'

Ik glimlachte. 'Nee.' Het was leuk om hem te plagen. 'Nee als in: niet liever een andere keer. Ik kom zo, goed?'

Ik rende de trap op naar Helena's slaapkamer. Ik maakte mezelf wijs dat het afspraakje gerechtvaardigd was omdat Blake me een grote gunst moest verlenen. Dit was mijn kans om een echte tiener te leren kennen, niet gewoon een Ender die zich voor een tiener uitgaf. Een tiener met een auto en de vrijheid en de mogelijkheid overal naartoe te gaan waar hij wilde. Hij zou me die gunst kunnen verlenen en Tyler en Michael zouden ervan profiteren. Ik zou het geschikte moment afwachten en het hem dan vragen.

Ik pakte de tekening van de ladekast, vouwde hem op, stopte hem in mijn tas en ging terug naar beneden.

Blake en ik liepen samen naar buiten. Zijn auto, een sportieve rode snelheidsduivel, stond in de bocht van de oprijlaan te wachten. Hij had een gematteerd metalen afwerking met soepele lijnen, zonder nutteloze extra's. Blake hield het portier voor me open en ging vervolgens zelf achter het stuur zitten. De gordels drukten ons gonzend in onze stoelen.

Ik zag dat het hek open was. Misschien was het die nacht open blijven staan?

Toen Blake wegreed zag ik de huishoudster, Eugenia, boven achter een raam staan. De afkeuring lag als een laagje poeder op haar gezicht. En alsof ze bang was dat ik de boodschap niet zou vatten, schudde ze haar hoofd ook nog eens meewarig.

We reden door het hek de straat op en plotseling verkrampte mijn maag.

Waar was ik mee bezig?

'Gaat het? Zit je lekker?' vroeg Blake.

Ik knikte.

Ik was een bedrieger. Hij was rijk en ik niet, en toch zat ik hier in mijn dure merkkleding te doen alsof ik in een villa woonde en zelfs een huishoudster had. Ik wist dat ik hem de waarheid moest vertellen, maar hoe zou dat klinken? Blake, raad eens? Ik ben eigenlijk een straatwees die in verlaten panden slaapt en niet meer had geleefd als ze geen eten uit de afvalbakken van restaurants had gesnaaid. Ik heb geen huis, geen kleren en geen familie. Niets. Nog erger: ik heb mijn lichaam verkocht aan een bedrijf dat TopBestemmingen heet. Twee weken geleden zag ik er heel anders uit dan nu. Ze hebben me gelaserd, gebleekt, geplukt en opgepoetst. En formeel is dit lichaam nu van een Ender die Helena Winterhill heet, want ze heeft ervoor betaald. Je zou nu met haar op stap kunnen zijn, een vrouw van over de honderd, zonder het zelf te weten. Wat zeg je me daarvan?

Ik keek opzij. Blake, die in zalige onwetendheid verkeerde, reed soepel. Hij voelde dat ik naar hem keek, glimlachte en richtte zijn aandacht weer op de weg.

Ik leunde achterover in mijn stoel en snoof de geur van nieuw leer op.

Had Assepoester overwogen haar prins de waarheid te vertellen, die avond toen ze zich vermaakte in haar schitterende baljurk? Had ze overwogen tegen hem te zeggen: 'O, trouwens, prins, die koets is niet van mij, ik ben eigenlijk een smerig slaafje op blote voeten en ik ben hier in geleende tijd'? Nee. Ze genoot er gewoon van.

En maakte zich stilletjes uit de voeten toen de klok twaalf sloeg.

Terwijl we reden maakte ik de som in mijn hoofd. Ik was dertien toen de oorlog uitbrak en ik leefde sinds mijn vijftiende op straat. Dat was best een goed excuus voor het feit dat dit mijn eerste date was. Het weinige wat ik van daten wist, had ik opgestoken van het bekijken van holo's met mijn vader, die er gek op was geweest. Ik herinnerde me dat ik met hem naar de plaatselijke Xperience ging voor die totale onderdompeling in beelden, geluiden en situaties. Ik miste de manier waarop de stoelen rommelden en bewogen, zodat je het gevoel kreeg dat je echt in de cockpit van een ruimteschip zat of met elfjes vloog. Ik had het zo fijn gevonden dat ik ervan had gedroomd er later mijn werk van te maken: bijdragen aan het creëren van Xperiences.

Voor mij waren dates iets uit musicals, waarin alles perfect ging, of uit romantische komedies, waarin alles een grap werd en uit de hand liep. Wat zou het worden?

Blake nam me mee naar een particuliere paardenranch in de heuvels ten noorden van Malibu. Die ene keer dat mijn vader met ons was gaan paardrijden bij een openbare manege was hier niet mee te vergelijken. De paarden daar waren afgestompt en vermoeid geweest, en we hadden voornamelijk over vlakke, droge paden gereden, te midden van kale struiken. Ik had het fantastisch gevonden – wat wist ik nou helemaal? Maar met Blake reed ik door grazige weiden op vurige, glanzend roodbruine Arabieren. We draafden over een pad door een dennenbos en staken borrelende stroompjes over. Alleen wij tweeën, zo ver het oog reikte, zonder andere ruiters – er waren helemaal geen andere mensen. Blake reed beter, maar hij hield zijn paard in om mijn tempo bij te houden. Ik wilde niet in galop gaan, want ik was bang te vallen en me te bezeren.

Na een paar uur liet Blake zijn paard stoppen en steeg af. 'Ben je al aan de lunch toe?'

We waren midden in het niemandsland. 'Ja, hoor. Maar ik zie hier geen flitsfoodrestaurants waar je vanuit je auto kunt bestellen.'

Hij glimlachte. 'Kom maar mee.'

Hij pakte de teugels en leidde zijn paard een bocht om. In de schaduw van een grote eik stond een tafel die beladen was met eten: verschillende soorten broodjes, druiven, vruchtenspiesen en brownies. Hij zag mijn gezicht en schoot in de lach.

'Ik had alleen maar om pindakaas en chips gevraagd,' zei hij schouderophalend.

Hij hielp me afstijgen en we bonden onze paarden aan een boom. Er stonden emmers water en hooi voor ze klaar.

Toen pakte hij zijn telefoon. 'Kom hier,' zei hij met een ondeugende glimlach.

Ik aarzelde even en liep toen naar hem toe.

Hij draaide me om, zodat ik met mijn rug naar hem toe stond, sloeg zijn arm om mijn nek en trok me naar zich toe. Zijn huid was warm van de zon en rook naar zonnebrandcrème. Ik pakte zijn arm met twee handen beet en voelde zijn kracht. Hij stak zijn vrije arm uit en richtte de camera van zijn telefoon op ons.

'Een herinnering voor later,' zei hij.

Klik.

Hij stopte de telefoon zonder te kijken weer in zijn zak.

'Verga jij niet van de honger?' vroeg hij.

We gingen aan de tafel zitten en tastten toe. Ik zag een grote picknickmand op de grond staan.

'Wie heeft dit allemaal verzorgd?' vroeg ik tussen twee happen door.

'De kaboutertjes.' Hij reikte me een blikje fris aan.

'Het is een artistiek volkje. Ze hebben zelfs bloemen neergezet.'

Ik tikte tegen een vaasje met piepkleine orchideeën.

Blake pakte er een en gaf hem aan me. 'Voor jou.'

Ik nam de bloem aan en keek er bewonderend naar. De blaadjes waren geel met donkerpaarse, luipaardachtige vlekken.

'Ik heb echt nog nooit een orchidee met zo'n tekening gezien,' zei ik, en ik hield de bloem onder mijn neus.

'Ik weet het. Ze zijn zeldzaam. Net als jij, eigenlijk.'

Ik voelde dat ik rood werd en deed alsof ik het opeens heel druk had met mijn frisdrank.

'Dus, wie ben je, Callie Winterhill, raadselachtig meisje?' vroeg Blake. 'Hoe kan het dat ik je nooit eerder heb gezien?'

'Als ik dat vertel is het geen raadsel meer.'

'Wat eet je het liefst? Niet nadenken, gewoon zeggen.'

'Cheesecake.'

'Wat is je lievelingsbloem?'

'Deze.' Ik draaide de gevlekte orchidee rond aan zijn steel.

'Holo van dit jaar?'

'Te veel om uit te kiezen.' Ik wilde niet zeggen dat ik er geen had gezien.

'Dier?'

'Walvis.'

'Daar hoefde je ook niet lang over na te denken.' Hij schudde zijn hoofd en we lachten allebei.

'En jij?' vroeg ik. 'Nu jij.'

'Kleur: blauw. Eten: chips. Instrument: gitaar,' zei hij snel. 'Goede doel: bedreigde diersoorten.'

'Dat is een goeie,' zei ik. 'Mag ik die van je overnemen?'

Hij kneep zijn ogen dicht alsof hij er diep over nadacht. 'Vooruit dan maar.'

We zaten lang in de zon te praten en leerden elkaar iets beter kennen. Ik had wel eeuwig bij hem willen blijven, maar het begon koud te worden. Ik wreef over mijn armen.

'Wat denk je, zullen we gaan?' vroeg Blake.

Ik knikte en wilde onze borden op elkaar zetten.

'Niet doen.' Hij legde zijn hand op mijn arm. 'Dat doet iemand anders wel.'

'Wie, de kaboutertjes weer? Is het niet gemeen om ze zo te laten zwoegen? Hun poezelige kabouterhandjes te laten bezeren?'

'Ze werken graag. Ze zijn dol op hun kaboutersalaris.'

'Dit is jouw ranch, hè?'

Hij perste zijn lippen op elkaar. Ik had de indruk dat hij niet wilde pochen. 'Van mijn grootmoeder.'

Ik bespeurde nog iets, een soort verdriet. De ranch moest ooit van zijn ouders zijn geweest, maar toen waren ze gestorven, zoals de ouders van alle Starters. Ik knikte. 'Dan laten we het beslist over aan de kabouterhandjes.'

We maakten de paarden los en reden terug terwijl de zon achter de bergen zonk. Het was lang geleden dat ik een dag niet had hoeven te vechten om te overleven. Bij de gedachte dat deze dag ten einde liep, kreeg ik een brok in mijn keel. Alsof Blake mijn gedachten kon lezen, bleef hij staan. We keken samen naar de zonsondergang, zij aan zij op onze paarden.

'Vond je het leuk?' vroeg hij.

Ik wilde zwijmelen, maar bedwong me. 'Het ging wel.'

Ik keek naar hem op zijn paard en wierp hem een glimlach toe. Hij glimlachte terug. Toen keek hij naar me. De ene kant van zijn gezicht leek rood door de ondergaande zon. Ik voelde een onzichtbare warmte van hem uitgaan. Als het een luchtscherm-spelletje was geweest, hadden er nu kitscherige icoontjes van harten tussen ons in gezweefd.

Opeens dacht ik aan Michael en bloosde van het schuldgevoel dat me overmande. We waren niet echt een stelletje, maar we hadden iets speciaals. En er waren meer redenen waarom ik Blake uit mijn hoofd moest zetten. Waar kon dit toe leiden? Niets. Niets, niets.

Ik haalde diep adem en gaf mezelf een mentale draai om mijn

oren. Niet analyseren, gewoon genieten van de weinige tijd die je nog met hem hebt, dacht ik terwijl het laatste sprankje zon achter de bergen glipte.

In de auto dacht ik na over een manier om hem om die gunst te vragen die hij me moest verlenen, maar hij wilde naar het huis van de moeder van zijn grootvader, die een probleem had met haar luchtscherm.

Ze woonde in een hoog flatgebouw in Westwood. In de lift vertelde Blake me dat zijn overgrootmoeder Marion heette, maar dat hij haar omie noemde. Ze wilde niet zeggen hoe oud ze was, maar hij schatte haar op tweehonderd.

Toen ze de deur opendeed, bleek ze er anders uit te zien dan ik had verwacht. Ze was petieterig, en haar haar was niet zilvergrijs of spierwit, maar zacht gebroken wit. Ze droeg een grijs kasjmieren joggingpak. De grootste verrassing was echter dat ze haar rimpels met trots droeg en had afgezien van chirurgie en behandelingen.

Ze pakte mijn hand en loodste me naar een stoel. Ze rook naar lavendel.

'Blakie, het luchtscherm wil niet aan.' Ze ging op een bankje vlak bij me zitten. 'Hij had verteld dat hij misschien een vriendin mee zou brengen. Ik ben heel blij je te zien.'

Blake kwam naast Marion zitten en prutste aan haar mini-luchtscherm, dat hij in zijn hand hield.

Marion klopte op zijn andere hand. 'Hij is zo'n lieve jongen. Ik geloof niets van al die negatieve praatjes over de jeugd. Je weet wel, die jongeren die geen goed huis hebben, zoals jullie. Iedereen zegt dat ze alleen maar vechten, stelen en dingen kapotmaken, maar dat is niet het enige wat ze doen, het is alleen het enige wat we horen. Ik ben erop tegen dat we ze in inrichtingen zetten. Het is verkeerd. Hoe kunnen ze ooit iets bijdragen aan de maatschappij als we ze er geen deel van laten uitmaken?'

Ik kon alleen maar knikken. Ze zou mijn echte verhaal eens moeten kennen.

Marion leunde naar Blake over en wees naar het luchtschermpje. 'Heb je het alweer aan de praat?'

'De batterij zat los,' zei hij.

'Heb je mijn zoon al ontmoet? De grootvader van Blake?' Marion wees naar een schilderij aan de muur.

Ik schudde mijn hoofd.

'Hij is senator, weet je,' zei ze stralend. 'Senator Clifford C. Harrison.'

'Echt waar?' Ik keek naar het schilderij, waarop een ernstige Ender was afgebeeld. 'Je lijkt op hem,' zei ik tegen Blake.

'Ja, hè?' beaamde Marion.

'Omie...' zei Blake.

'Waarom zou ik niet trots mogen zijn op mijn eigen zoon? En mijn achterkleinzoon?' Ze gaf hem een kneepje in zijn wang. 'Hij is zo goed voor me, hij belt me om de haverklap. En hij komt meteen als ik hem nodig heb. Van hoeveel kleinkinderen kun je dat zeggen?'

Blake bloosde. Schattig.

In de lift op weg naar beneden bekeek ik hem met nog meer afgunst.

'Je had me helemaal niet verteld dat je opa senator was.'

Hij stopte zijn handen in zijn zakken en haalde zijn schouders op. 'Dan weet je het nu.'

Ik vond het goed van hem dat hij het niet nodig vond erover op te scheppen.

'Ze is geweldig,' zei ik met een knikje naar boven, waar zijn over-grootmoeder woonde.

'Omie is een juweeltje. Was mijn grootmoeder ook maar zo.'

De lift stopte en we liepen het flatgebouw uit. Blake gaf de par-keerbediende zijn bonnetje.

'Ziet ze het anders dan Marion?'

Hij schudde zijn hoofd. 'Zolang zij maar kan shoppen bij Tiffany's is er geen vuiltje aan de lucht. En jij? Hoe is jouw grootmoeder?'

Ik hield mijn blik neergeslagen terwijl we op de auto wachtten. 'Net zoals de jouwe, min of meer.'

'Balen.'

Ik vroeg hem opzettelijk niet naar zijn grootvader. Het leek hem niet lekker te zitten dat het een belangrijke senator was.

Tegen de tijd dat we terugkwamen in Bel Air was het donker. Blake parkeerde de auto vlak bij het hek en schakelde de motor uit. Er viel een zachte, gulden gloed door de ramen van mevrouw Winterhills villa.

'Ik vond het heel leuk,' zei Blake.

'Ik ook.' Ik moest het hem vragen, maar ik wist niet hoe, dus flapte ik het er maar uit. 'Je moet iets voor me doen.'

Hij keek me recht aan. 'Wat je maar wilt.'

'Heb je papier? En een pen?'

Hij maakte het dashboardkastje open, haalde er een pen en een notitieblok uit en gaf ze aan me. Ik tekende de kaart zo goed mo-gelijk na uit mijn geheugen.

'Je moet daarheen.' Ik wees naar het gebouw.

Hij tuurde naar mijn tekening. 'Wat is dat voor plek?'

'Een leegstaand kantoorgebouw.'

'Maak je een geintje?'

'Alsjeblieft... Een vriend van me is in de problemen geraakt. Hij heeft dit geld nodig.' Ik haalde de bankbiljetten uit mijn tas. 'Parkeer in de zijstraat. Als je mensen ziet, stap dan niet uit de auto. Als de kust vrij is, ga dan door deze deur naar binnen en ga regelrecht naar de tweede verdieping. Roep zijn naam, Michael, zodra je daar bent en zeg dat Callie een boodschap voor hem heeft. Wacht tot hij tevoorschijn komt, ga zelf geen kamers in.'

Ik hield Blake het geld voor, maar hij nam het niet aan.

'Je maakt een grapje, toch?' Hij lachte nerveus.

'Ik meen het.' Hij deed me aan Michael denken. Kennelijk was ik gedoemd met koppige jongens om te gaan. Ik stak mijn hand verder uit, zodat het geld de zijne raakte, maar hij pakte het nog steeds niet aan. 'Zodra hij zich vertoont geef je hem dit geld. En dit.' Ik gaf hem de opgevouwen tekening. 'Als hij dit ziet gelooft hij je wel. Vraag hem of iedereen het goed maakt, hij begrijpt het wel. Als hij het geld niet wil aannemen, bel je mij maar, dan praat ik met hem.'

'Wil je niet mee?'

'Ik zou niets liever willen.' Het zou fantastisch zijn om Tyler te zien. 'Maar het kan niet.' Niet zonder dat TopBestemmingen zou weten dat ik erheen was gegaan.

'Het klinkt een beetje louche, Callie.'

'Het is er niet bepaald veilig, dus ga zo snel mogelijk weer weg.' Hij nam het geld en het papier met onwillige vingers aan. 'Ik ben er in een wip weer weg.'

'Dank je wel, Blake. Dat je dit wilt doen.'

'Hé, het is belangrijk voor je.' Hij keek me in de ogen. 'Dus is het ook belangrijk voor mij.'

Hij had heel veel voor me over. Ik was aan zulke plekken gewend, maar hij niet. Ze zouden meteen zien dat hij een buitenstaander was.

Maar Michael kon eten en vitamines voor Tyler kopen van het geld.

'En bedankt dat je geen vragen stelt.' Ik stapte uit de auto. Voordat ik het portier sloot, boog Blake zich naar me toe.

'Maar ik kan je niet garanderen dat ik ze in de toekomst niet zal stellen,' zei hij. 'Vragen.'

Ik glimlachte. Het voelde goed om dat woord te horen... 'toekomst'. Toen voelde ik me schuldig omdat die arme Blake niet wist dat we geen toekomst hadden, de prins en het arme eenvoudige meisje. Het verdween echter allemaal naar de achtergrond toen er iets maar al te echts met me begon te gebeuren.

Mijn handen werden ijskoud.

Gevoelloos.

Ik werd overmand door duizeligheid, alsof iemand me tien keer in het rond had gedraaid. Als Alice die achter het konijn aangaat, viel ik in een diep, zwart gat.

8

TOEN IK bijkwam had ik een pistool in mijn handen.

Hè?

Een pistool?

Waarom?

Moest ik me verdedigen? Het zweet parelde op mijn voorhoofd. Mijn hart bonkte zo hard dat ik durfde te zweren dat ik het kon horen.

Door wie werd ik belaagd? Ik omklemde het pistool met twee handen en haakte mijn vinger om de trekker.

Mijn gejaagde ademhaling echode in mijn oren. Ik stond op het punt te vuren.

Alleen was er niemand.

Ik stond alleen in het midden van een slaapkamer. Groot, weelderig. Net een museum. Toen wist ik het weer.

Helena. Het was Helena's slaapkamer.

Wat was er gebeurd?

Beelden stuiterden door mijn hoofd. Gezichten, auto's, glimlachjes, flitsend als springende vissen. Zodra ik probeerde een beeld vast te houden schoot het weg.

Ik keek naar het pistool in mijn handen. Het was een Glock 85.

Ik had er wel eens mee geschoten, maar dit wapen was aangepast.

Het had een geluiddemper.

Ik keek in de cilinder. De Glock was niet geladen. Ik liep naar de ladekast en legde het wapen erop. Ik had het nog niet gedaan of ik klapte dubbel van de pijn. Spanning trok van mijn hals naar mijn voorhoofd, alsof mijn schedel kon uitbarsten als een vulkaan.

Ik drukte mijn vingers tegen mijn slapen om het bonzen te laten ophouden. Ik zakte op mijn knieën en wiegde heen en weer. De pijn bleef me in golven overspoelen. Telkens als het gevoel wegebde en ik dacht dat het bijna over was – bam – begon het opnieuw.

Na een paar minuten die een eeuwigheid leken te duren hield het op. Ik wachtte, bang dat het gewoon een langere pauze tussen twee golven door was, maar het was echt voorbij, alsof er een schakelaar was omgehaald. Ik zat in elkaar gedoken op de vloer, met klamme handen en doordrenkt van het zweet.

De stilte in de kamer overweldigde me. Al mijn zintuigen stonden op scherp.

Ik kwam overeind, leunde op de ladekast en dacht als een razende na.

Waarom had Helena een Glock in haar slaapkamer? Zelfbescherming? De Glock was groter en zwaarder dan gebruikelijk voor een zelfverdedigingswapen voor op het nachtkastje. Een vrouwelijke Ender zou het moeilijk kunnen hanteren.

En waarom die geluiddemper? Dat was geen goed teken.

Ik zag dat een van de deuren van Helena's kast openstond. Op de vloer ervoor lag een open koffertje. Ik liep erheen en stelde vast dat het een wapenkoffer was. Ik pakte het pistool en legde het in de uitsparing, waar het precies in paste.

De vloerbedekking in de kast was weggetrokken, zodat er een geheime bergplaats onder de vloer zichtbaar was, net groot genoeg voor de wapenkoffer. Ik klikte hem dicht, legde hem in de bergplaats en trok de vloerbedekking er weer overheen.

Dat ik het pistool niet meer zag, gaf me al een beter gevoel.

Toen probeerde ik te achterhalen wat er was gebeurd. Wat had ik gedaan voordat ik buiten westen raakte?

Blake. Ik had afscheid genomen van Blake. Ik had hem het geld voor Tyler gegeven en was uit zijn auto gestapt. Het was laat geweest. Nu scheen de zon fel door de ramen. Volgens de wekker was het drie uur.

Waar was de leren schoudertas die ik bij me had gehad? Ik draaide me om en zag hem op het bureau liggen. Ik maakte hem open en pakte de mobiele telefoon om de datum te controleren.

Het was... de volgende dag. Ik was dus achttien uur bewusteloos geweest. En toen was ik om de een of andere reden bijgekomen.

Ik veronderstelde dat datgene wat me in de nachtclub had laten bijkomen, me nu ook had laten terugkomen. Ik zat vol vragen. Was er iemand die dit regelde of gebeurde het lukraak? Was er misschien iets mis met mijn neurochip? Overkwam dit andere donors ook of was ik een uitzondering?

Zo makkelijk als in slaap vallen. Ja, vast.

De kans was groot dat mijn huurder de macht over mijn lichaam had overgenomen. Helena was al in het bezit geweest van dat pistool; dat bleek uit de geheime bergplaats in haar kamer. En toen ik bijkwam was ik in die kamer geweest, met dat pistool in mijn handen. Als mijn theorie klopte, had Helena de macht over mijn lichaam gekregen nadat ik afscheid had genomen van Blake. Had ze nog iets tegen hem gezegd of was ze gewoon naar binnen gegaan? Had ze iets tegen Eugenia gezegd?

Ik wist niet goed wat ik moest doen. Wat ik moest zeggen en wat niet. Het was eng om niet te weten wat je lichaam buiten jou om had uitgevoerd.

En hoe zat het met Tyler? Had Blake hem gevonden? Ik omklemde de telefoon en stuurde Blake een zep. Hij gaf geen antwoord.

Een pistool. Niet zomaar een pistool. Een Glock met een geluiddemper. Dit was niet zomaar op de schietbaan oefenen, dit was veel meer dan ik had verwacht.

Ik moest terug naar TopBestemmingen.

In de garage liep ik langs Helena's gele raket naar het blauwe sportwagentje aan het eind van de rij. Dat schreeuwde niet 'kijk naar mij', zoals de raket. Ik zag van buitenaf een donzige groene alien aan de binnenspiegel bungelen. Niet echt Helena's stijl. Waarschijnlijk was de auto van een kleindochter van haar.

De sleutel hing aan een rek aan de muur, aan een ketting waar ook een alien aan bungelde, maar dan veel kleiner. Ik stapte in de auto en startte de navigator, die de stem van een tekenfilmfiguurtje van vroeger bleek te hebben.

'Waar naartoe?' vroeg ze met die opgewekte stem van haar.

'TopBestemmingen, Beverly Hills.'

Er gingen een paar seconden voorbij en toen zei ze: 'Bestemming onvindbaar.'

Maar natuurlijk. TopBestemmingen was niet opgenomen in het systeem.

'Nieuw adres,' zei ik, en ik maakte aanstalten om het adres in te voeren.

Net toen ik het adres oplas kwam de Stem terug.

Callie... niet... teruggaan... TopBestemmingen. Gevaarlijk... Hoor je? Mag niet terug... Gevaarlijk...

Ik kreeg kippenvel op mijn armen. 'Gevaarlijk', had de Stem gezegd, net als de eerste keer. Ze was consequent. Het was overduidelijk dat ze me waarschuwde niet terug te gaan naar Top-Bestemmingen.

'Waarom niet?' vroeg ik aan de Stem. 'Kun je me vertellen waarom niet?'

Stilte.

'Wie ben jij?' vroeg ik. 'Helena?'

Geen antwoord.

Wapens. Waarschuwingen. Gevaar. Ik vond het niet leuk om bij te komen met een pistool in mijn hand, maar daar kon ik tenminste mee omgaan. Ik wist niet wat me bij TopBestemmingen te wachten stond.

Ik zette de motor af en ging terug het huis in.

Ik zette Helena's computer aan om meer over haar aan de weet te komen. Als zij telkens wanneer ik een black-out kreeg mijn lichaam overnam, moest ik zo veel mogelijk informatie hebben. Waarom dat pistool? Misschien had iemand het op haar gemunt en was ik nu het mikpunt van zijn woede.

Hoeveel van haar vriendinnen wisten dat ze huurde? Afgezien van de afzender van die zep die het er niet mee eens was. Als dat een vriendin was.

Ik nam Helena's computerbestanden door. Meer dan honderd jaar herinneringen, werk, brieven en foto's. Ik ploos ze door en ontdekte dat haar zoon en zijn vrouw in de oorlog waren omgekomen, zoals de meeste mensen van hun leeftijd. Ze hadden een dochter gehad van mijn leeftijd, Emma. Dat moest de kleindochter zijn die bij Helena woonde.

Ik ging naar de CamGids, de toegang tot alles wat mensen wilden delen van hun leven. Mensen die echt volledig in zichzelf opgingen, legden hun hele dag vast en speelden die gewoon via het luchtscherm of in holomodus af. Echt wilde tieners zetten de camera's nooit uit.

Helena had geen pagina, maar dat was niets bijzonders. Veel Enders wisten hun pagina wanneer ze de honderd passeerden. Ze vonden zichzelf waarschijnlijk te volwassen voor die onzin.

Wat wel vreemd was, was dat Emma's pagina ook was gewist. Ik zocht op haar naam en vond een overlijdensbericht. Twee maanden geleden. Er stond niets in over de doodsoorzaak.

Ik herinnerde me de tienerkamer die ik de eerste avond had gezien toen ik op verkenning uit was. Ik stond op en liep door de gang naar Emma's kamer.

Het verdriet daalde over me neer als een mist. Zonlicht viel naar binnen, gezeefd door broos-dunne witte gordijnen, bewegingloos in de windstilte. Het was meer een schrijn dan een slaapkamer. Ik zag iets bewegen vanuit mijn ooghoek en keek naar het nachtkastje. Daar stond een hololijst die dag en nacht herinneringen afdraaide voor niemand.

Ik ging op de rand van het bed zitten om de holo's van dichtbij te bekijken. Ik voelde een pijnscheut vanbinnen toen ik aan onze eigen hololijst dacht, die voorgoed verloren was. De inscriptie op de drager van deze lijst luidde: EMMA. Ze leek op haar grootmoeder: dezelfde krachtige kaaklijn en koppige gezichtsuitdrukking. Ze was niet echt huurmooi, maar ze had de zelfverzekerde, zorgeloze uitstraling van een rijkeluiskind. Haar huid had een gezonde gloed, maar haar fiere neus was net iets te lang. De holo's waren een ophemeling van een weelderig, bevoorrecht bestaan: ik zag haar tennissen, operapremières bezoeken en vakantie vieren in Griekenland, met haar armen om haar ouders heen.

Mijn blik zocht de kamer af. Emma was pas een paar maanden dood. Zo te zien hield Helena alles zoals het was geweest. Ik had hetzelfde gedaan voor mijn ouders, als ik de luxe had gehad in ons huis te mogen blijven.

Toch ontbrak er iets: ik zag geen computer.

Ik liep naar de kast om te zien of Emma geheimen had gehad. De meeste mensen verborgen die in een kast. Ik zag een hoge plank met hoeden en opbergdozen van acryl. Ik trok een stoel bij, klom erop en begon aan mijn zoektocht in Emma's aandenkens.

Ik bekeek alles op die plank, en ik keek ook nog eens onder het bed en haalde alle lades leeg, zonder resultaat. Ik ging aan het bureau zitten en liet mijn kin in mijn hand rusten. Toen viel mijn oog op het enige wat ik nog niet had geïnspecteerd: het bijouteriekistje op de toilettafel. Ik verwachtte niet er aanwijzingen in te vinden, maar het was het laatste wat ik kon bekijken, afgezien van Emma's make-up.

Ik vond goud en zilver in het kistje, een mengelmoes van dure sieraden en goedkope, zoals je van een onmogelijk rijk meisje van zestien zou verwachten.

En ik vond iets wat ik nooit zou hebben verwacht: een bedelarmband.

Niet zomaar een, maar een zilveren met sportbedeltjes. Een digitaal tennisracket, luchtski's, schaatsen... Ik raakte de schaatsen aan en zag de projectie van tollende schaatsen die ik al kende.

Ik hield de armband naast de mijne, de armband die Doris van TopBestemmingen me had gegeven.

Ze waren exact hetzelfde.

Hoe kon Emma aan die armband gekomen zijn? Er was maar één antwoord mogelijk, en mijn gezicht gloeide ervan.

Emma was stinkend rijk geweest, ze woonde in een paleis, ze kon alles krijgen wat haar hartje begeerde. Waarom zou zij haar lichaam aan de bodybank verhuren?

Die avond reed ik naar Club Rune in Emma's auto, het blauwe sportwagentje, gekleed in een dure microjurk die ik in Emma's kast had gevonden, met accessoires (hoge hakken, een ketting en een tas) die ik ook van Emma had geleend. Ik had mijn haar net zo gedaan als zij op haar holo's, met een van haar diamanten spelden erin. Niemand die me van voren zag, zou me voor haar aanzien, maar in een donkere nachtclub, en zeker op de rug gezien, dacht ik wel voor haar te kunnen doorgaan. Misschien zou ik iemand uit zijn tent kunnen lokken.

Het was nog vroeg en de muziek stond nog niet zo hard dat je elkaar niet meer kon verstaan. Ik voelde me zekerder dan de vorige keer. Ik liep langzaam de club in terwijl mijn ogen aan het duister wenden. Ik probeerde Madisons loopje na te doen en iedereen die ik zag onderwierp ik aan Madisons echt-of-huurtest.

Ik wierp een blik op de astrotechbar en zag dat alle krukken bezet waren. Hetzelfde gold voor de antizwaartekrachtstoelen in de loungeruimte ernaast. Ik bleef even bij een spiegelzuil staan en zag een meisje op me af komen. Tijd voor Madisons test. Ze was adembenemend, met lang, steil rood haar, groene ogen en een porseleinen huidje dat van binnenuit verlicht leek te worden. Huurder.

'Zo.' Ze nam me op. 'Wat een lijf.'

'Dank je,' zei ik. 'Ik ben er best blij mee.'

Het meisje bracht haar gezicht dicht bij het mijne.

'Hallo, Helena, raad eens?' zei ze zacht.

Ze liet me haar telefoon zien. De hartjes boven in het scherm knipperden naast Helena's naam.

'Je kunt je niet verstoppen voor mijn Sync,' zei ze.

Ik pakte mijn/Helena's telefoon en zag dezelfde knipperende hartjes op het scherm. 'Lauren' stond ernaast.

'Dus die zep van laatst was van jou,' zei ik.

'Ja, hèhè, van wie anders?' Ze klonk geërgerd.

Deze Ender was dus niet alleen een goede vriendin van Helena, ze zou ook best eens de enige kunnen zijn die wist dat Helena huurde, afgezien van de huishoudster dan. Ik vond het vreemd dat Lauren had geprobeerd Helena het huren uit haar hoofd te praten terwijl ze zelf huurde.

'Tja, ik had mijn besluit genomen,' improviseerde ik. 'En je weet hoe ik ben.'

'Nog koppiger dan Kate in De getemde feeks.'

Ik besloot haar eerdere compliment terug te geven. 'Je ziet er fantastisch uit. Goede keus.'

'Hoe kun je dat nou zeggen?' Ze legde een hand op haar volmaakte wang. 'Moge de hemel ons samen vellen. Ik vind het verschrikkelijk om het lichaam van dat arme meisje zo te gebruiken.' Ze keek langs haar geleende romp naar beneden. Toen ze haar hoofd weer hief, glansden haar rode lokken in het neonlicht van de bar. 'Maar zoals jij altijd zegt: als ze duizenden ongelukkige tieners willen laten lijden, moeten wij er misschien maar een paar gebruiken om dat te voorkomen.'

Het klonk alsof Helena een plan had en Lauren er meer van wist.

'Wat heb je toch een goed geheugen, Lauren.'

'Noem me niet zo.' Ze boog zich naar me toe. 'Ik heet nu Reece.'

Ze trok haar wenkbrauwen op en ik knikte ten teken dat ik het begreep. 'We moeten niet te lang praten, het is te riskant. Iemand zou ons kunnen zien en één en één bij elkaar op kunnen tellen.' Ze keek om zich heen. 'Ik neem aan dat je nog geen onbezonnen dingen hebt gedaan, anders had ik het wel online gezien.'

'Nee. Ik heb nog niets gedaan.'

'Houden zo.' Ze legde een hand op mijn arm. 'Ik smeek het je. Ik begrijp je maar al te goed, maar dit is niet de manier om iets op te lossen. Het zou het alleen maar erger maken.'

Ik wilde niets liever dan haar vragen wat ik van plan was.

Ze liet me los en keek speurend om zich heen. 'Ik moet weg. Ik moet een aanwijzing natrekken.'

Ik legde een hand op haar schouder. 'Kunnen we morgen afspreken? Ergens waar we rustig kunnen praten?'

Ze zette een stap achteruit, onder mijn hand vandaan, die in de lucht bleef hangen. 'Op één voorwaarde: dat je voor rede vatbaar bent.'

'Je zou verbaasd kunnen staan.' Ik zou verbaasd kunnen staan van mezelf, dacht ik erbij.

Ze hield haar hoofd schuin alsof mijn woorden haar intrigeerden. Ze zette nog een stap achteruit, bleef staan en nam me van top tot teen op.

'Is dat geen jurk van Emma?' vroeg ze.

Aangezien ze me voor Emma's grootmoeder hield, moest het bijzonder smakeloos op haar overkomen, maar ik kon er niet om liegen. 'Ja.'

'En haar ketting?'

'En haar schoenen.' Mijn maag verkrampte. Ik was bang deze Ender kwijt te raken en ik had haar nodig, met alles wat ze wist. 'Ik dacht dat ik ze op die manier kon lokken.'

Ze knikte. 'Uitgekookt.'

Ze liet me alleen achter in de drukte. Ik speurde de gezichten af en vroeg me af of Blake er was. Ik zag nog één lege stoel in het loungegedeelte, aan een cafeïnetafel waar al drie anderen, twee jongens en een meisje, in de diepe kussens waren weggezakt. Het meisje zag me kijken en wenkte me achteloos.

'Hier is nog plaats.' Ze pakte haar tasje van de stoel en klopte op de zitting, zoals je voor een schoothondje zou doen.

Ik ging bij het groepje zitten, want het waren onmiskenbaar huurders. Ze leken zo uit een modereportage te komen. Twee knappe jongens: een donkere in een pak van Europese snit en een broeierige oosterse in zwart leer; en een meisje met een glanzende, ebbenhouten huid en lang, steil haar. Hun gezichten en lijven waren absoluut volmaakt.

Misschien zouden zij me iets over Emma kunnen vertellen, maar ik moest oppassen dat ik niet per ongeluk mijn geheim verklapte.

'Wil je iets drinken?' vroeg de jongen in het pak. Hij had het zangerige accent en de omfloerste ogen van de sterren in de oude Bollywood-musicals die ik had gezien.

'Nee, dank je.' Ik probeerde volwassen en wereldwijs te klinken.

'Ik heet Raj. Zo heet ik hier, tenminste.' Hij keek van opzij naar de andere jongen en ze lachten allebei.

Ze keken me alle drie verwachtingsvol aan. Ik zou me moeten voorstellen. 'Noem mij maar Callie.' Ik wendde vertwijfeld de blik hemelwaarts. 'Ik kan er maar niet aan wennen.'

'En ik kan maar niet aan dat accent wennen,' zei Raj, die naar zijn keel wees. Zijn vriend en hij barstten weer in lachen uit.

Het meisje knikte naar me. Ze heette Briona en ze was net een model, met haar lange benen waarop Glo-Dust flonkerde. De oosterse jongen met de hoge jukbeenderen heette Lee. Ik moest mezelf er telkens aan herinneren dat ik eigenlijk met een stel enge Enders aan een tafel zat.

'Zo, Callie, is dit je eerste keer?' vroeg Raj.

'Ben ik zo doorzichtig?' zei ik.

Ze grinnikten alle drie.

'We zien je lichaam voor het eerst,' zei Briona. 'Mooi.'

'Ja, super,' zei Lee.

'Hoe gaat het tot nu toe?' vroeg Raj.

Ik haalde mijn schouders op. 'Wel goed.'

'Wat heb je allemaal al gedaan?' vroeg hij. Hij glimlachte zelf-genoegzaam. 'Of is dit je eerste avond?'

'Niet veel. Ik heb paardgereden.'

De anderen glimlachten. 'Leuk,' zei Lee. 'Waar?'

'Op een particuliere ranch.'

'Van een huurder?' vroeg Raj.

'Nee.'

De anderen wisselden veelbetekenende blikken.

'Een echte tiener?' vroeg Raj.

Ik keek van de een naar de ander. Ze leken alle drie bezorgd te zijn. 'Is er iets?' vroeg ik.

'Nou, eh, zulke dingen worden afgekeurd,' zei Raj.

Briona legde een hand op mijn arm. 'Trek je er maar niets van aan. Je hebt betaald om plezier te maken. Hebben we het niet allemaal verdiend?'

'Over plezier gesproken, laten we het hier voor gezien houden en echt lol gaan maken,' zei Lee.

Hij leunde met een ondeugende glimlach op zijn gezicht naar voren.

Raj dronk zijn flesje water leeg en zette het met een klap op tafel. 'Goed plan.'

We stonden allemaal op. Briona gaf me een arm. 'Kom mee. We kunnen het over meidendingen hebben. Ik help graag nieuwelingen. Hou je van haken? Breien?'

Misschien kwam het gewoon doordat zij al vrienden waren en ik net kwam kijken, maar ik kreeg telkens het gevoel dat de anderen iets wisten wat ik niet wist.

Als ik me bij ze aansloot zouden ze het mij misschien ook vertellen.

We reden in Lee's cabrio. Raj zat voorin naast Lee en ik zat achterin met Briona. Mijn haar wapperde in de wind.

'Waar gaan we heen?' vroeg ik.

'Wie weet?' zei Briona. 'We gaan vast iets gevaarlijks en ontzettend stoms doen.'

'We gaan joyriden,' zei Lee.

'Is dit jouw auto niet?' vroeg ik.

Raj onderdrukte een grinnik. 'Een ander soort joyriden.'

Lee reed nonchalant hard. 'We zijn er bijna.'

Hij scheurde een scherpe bocht om en ik zag een beek met een brug erover. Er stond een aantal auto's op geparkeerd. Ik zag in een flits iets over de brug verdwijnen.

'Daar gaan ze.' Lee wees.

'Nee,' zei Raj hoofdschuddend. 'Nooit van je leven.'

'Nooit van zíjn leven zul je bedoelen.' Lee wees naar Rajs buik en prikte erin. Ze lachten allebei.

'Gaan we daarheen?' vroeg ik.

'Dit is niet grappig,' zei Briona.

'Het is niet grappig, het is leuk,' zei Lee.

Al snel stonden we bij de andere auto's op de brug.

De jongens sprongen uit de auto en renden naar een groep mensen midden op de brug. Ik pakte Briona bij haar arm.

'Wat is dit?' vroeg ik verbijsterd.

'Bandspringen. Een stel idioten dat van een brug springt. Het enige wat ervoor zorgt dat ze niet zo plat als een pannenkoek worden, is een dunne techband die intelligent genoeg schijnt te zijn om zich aan te passen aan je gewicht en snelheid.' Ze zweeg even. 'Schíjnt te zijn.'

'Klinkt gevaarlijk,' zei ik.

'Je doet het tenminste niet met je eigen lichaam,' zei ze schouderophalend.

We hielden ons vast aan de balustrade die ons scheidde van een val in een diepe kloof. Met de wind in ons haar keken we naar een jongen die van de brug sprong, het ravijn in. Ik snakte naar adem en deed mijn ogen dicht.

'Nee, blijf kijken,' spoorde Briona me aan.

De jongen viel en viel. Het scheelde maar een haartje, maar zijn techband hield hem op het laatste moment tegen, zoals Briona had gezegd. Hij veerde precies zo ver terug dat de jongens op de brug hem binnen konden halen.

Raj en Lee, die een paar meter bij ons vandaan tegen de balustrade geleund stonden, leken ruzie te hebben.

'Briona...' Ik keek haar aan. 'Ik moet je iets vragen.'

'Goed, schat, wat je maar wilt.'

'Ben jij ooit een huurder tegengekomen met het lichaam van een zekere Emma?'

Briona keek me zwijgend aan. Misschien probeerde ze het zich te herinneren.

'Ze was lang, met blonde krullen en krachtige trekken,' zei ik.

'Het komt me niet bekend voor. Heeft ze je iets aangedaan?'

'Nee, ik ben gewoon op zoek naar iemand die haar kent.'

'Sorry. Jammer dat ik je niet kan helpen, maar na een tijdje beginnen al die donors op elkaar te lijken, snap je?'

'En je vrienden? Zouden zij haar kunnen hebben gezien?'

'Het lijkt me sterk. Hoe stoer ze zich ook voordoen, ze hebben nog niet zo vaak gehuurd.' Ze keek naar Lee en Raj. Lee maakte aanstalten om te springen. 'Ongelooflijk.'

Het volgende moment was Lee's lichaam een zwarte kogel die een boog beschreef en toen als in slow motion loodrecht naar beneden viel.

Hoezo, contracten en reglementen?

9

NADAT LEE zijn krankzinnige technosprong had overleefd, bracht hij ons terug naar Club Rune. Raj en hij bleven in de stationair draaiende auto zitten. Briona stapte uit om afscheid van me te nemen. Ik streek mijn verwaaide haar glad.

'We moeten echt contact houden, Callie. We zouden zo veel plezier kunnen hebben samen. Kun je bridgen? Hoor mij nou, ik denk alleen aan spelletjes voor ouwe vrijsters. Niks bridgen. We kunnen gaan shoppen. Of dansen. Of z-skaten.'

Ze omhelsde me. Toen we ons ten slotte van elkaar losmaakten, pakte ik mijn portefeuille om haar mijn kaartje te geven. Tot mijn verbazing vond ik alleen een bundel bankbiljetten. Ik had al mijn geld de vorige dag aan Blake meegegeven, voor Michael.

'Wat doe je?' vroeg Briona.

'Een kaartje voor je pakken.'

'Dat hoeft helemaal niet, gekkie. Dat is iets voor ouwe Enders.'

Ze knipoogde naar me.

Ik had nog nooit een Ender zichzelf oud horen noemen, maar Briona was natuurlijk in haar zogenaamde-tienermodus.

Ze hield haar telefoon op. 'Ik heb je nummer gepakt en je het mijne gegeven. Als je een keer in bent voor iets leuks...'

'Of iets gevaarlijks,' onderbrak Lee haar. Hij zat schuin achter het stuur, met zijn hand op de rugleuning van zijn stoel.

'...bel je maar,' maakte Briona haar zin af. 'Je mag me altijd bellen. Ik wil je graag vaker zien. Ik heb het gevoel dat we nu al oude vriendinnen zijn.'

Oud ben je zeker, dacht ik.

Briona stapte weer in de auto, die wegreed, en wuifde naar me met haar mooie beringde hand.

Het enige waar ik aan kon denken, was het geld in mijn tas. Zodra ik veilig in mijn auto zat en de portieren had vergrendeld, maar voordat ik de bescherming van de parkeerplaats achter me liet, telde ik de bankbiljetten in mijn tas. Het was exact het bedrag dat ik aan Blake had meegegeven.

De volgende ochtend reed ik een paar straten door en zette de auto toen langs de stoep. Ik belde Blake, maar kreeg zijn voicezep.

'Hallo, met Blake. Je weet hoe het werkt.'

'Hoi, Blake, met Callie. Wil je me alsjeblieft bellen?'

Toen ik de verbinding had verbroken, vond ik het jammer dat ik niet meer had gezegd, maar ik was niet van plan nog eens te bellen. Sinds onze date had ik niets meer van hem gehoord. Als mijn broertje er niet was geweest, had ik hem helemaal niet gebeld.

Ik trof Lauren in het Thaise restaurant dat zij had uitgekozen. Het was in de Valley, diep weggestopt in een hoekje van een winkelcentrum met veel te veel uithangborden. Niet echt een plek voor een rijke Ender als Lauren, maar ik wist dat ze het had uitgezocht omdat de kans dat we daar bekenden zouden tegenkomen zo goed als nihil was. Niet dat we herkenbaar waren, maar we wilden niet dat iemand ons hoorde praten. We zaten aan een afgeschermde tafel achterin. Een Ender bracht ons water en nam ons op. De werkende Enders hadden er geen idee van dat er zelfs maar zoiets als een bodybank bestond; daar was hij te exclusief voor. Ze wisten niet dat die lekkere jonge 'Reece' eigenlijk Lauren van in de honderd was, of dat mijn adembenemende uiterlijk niet te danken was aan Moedertje Natuur, maar aan de meest geavanceerde technologie. Het maakte geen deel uit van hun wereld. Ze waren gewoon blij dat ze een baan hadden waarmee ze zich in hun nog oudere ouderdom konden bedruipen.

Dat de Enders alweer aan het werk waren, dankzij hun verlengde leven, had de chaotische overgangstijd na de Oorlogen van de Sporen ook iets makkelijker gemaakt.

Nadat we hadden besteld, keek Lauren om zich heen. Wanneer ze haar hoofd draaide, danste haar glanzende rode haar. Er stond een lege tafel tussen ons en de dichtstbijzijnde gasten, en de Thaise muziek overstemde hun gesprek. Ze leek erop te vertrouwen dat niemand ons kon horen.

'Helena, wil je het nog steeds doorzetten?' Ze keek me aan met die hypnotiserende groene ogen van haar.

Ik nam een slokje water. Ik moest iets zeggen zonder te verraden dat ik geen idee had wat Helena zou willen doorzetten.

Ik hield het uiteindelijk op: 'Ik weet het niet.'

Lauren rechtte haar rug en fleurde op. Mijn woorden gaven haar hoop.

'Het is verkeerd,' zei ze. 'Je weet dat het verkeerd is.'

'Het zal wel.'

'Natuurlijk is het verkeerd.' Ze vervolgde fluisterend: 'Moorden is altijd verkeerd.'

Moorden?

Ik deed mijn best om niet te laten merken dat de schok aankwam als een stomp in mijn maag van een vogelvrije. Ik zette mijn ellebogen op tafel en legde mijn voorhoofd in mijn handen om mijn verbazing te laten doorgaan voor de angst van een Ender, maar het duizelde me.

Hier moest ik meer van weten, maar ik kon er niet rechtstreeks naar vragen. Ik beet op mijn wang. Toen herinnerde ik me wat Lauren de vorige dag had gezegd.

'Maar het laten lijden van Star...' – ik betrapte mezelf net op tijd – '...tieners... is ook verkeerd, vind je niet?' vroeg ik.

'Natuurlijk is het verkeerd. Ik word elke ochtend wakker met de gedachte aan Kevin. Na de dood van mijn dochter en schoonzoon was hij het enige wat ik nog had.'

'Dat was Emma voor mij ook.'

'Maar jij hebt de moed opgegeven. Ik hoop nog steeds dat mijn kleinzoon ergens levend rondloopt. Dat is het grote verschil tussen ons.'

Ze moest eens weten.

Het was vreemd om zulke beschaafde woorden uit die pruilende tienermond te horen komen.

'Het is een afgrijselijke puzzel... Mensen traceren die hem hebben gezien, klauwen naar stukjes en beetjes informatie...'

'Ben je gisteren nog iets aan de weet gekomen?'

Ze schudde haar hoofd. 'Het was een doodlopend spoor. Ze hadden Kevin zelfs nooit gezien.'

Ons eten werd gebracht, maar we waren er geen van beiden bijzonder in geïnteresseerd.

'Het was altijd zo'n leuke jongen om te zien.' Ze keek zonder iets te zien naar haar bord *pad thai*. 'Hij had die make-over helemaal niet nodig.'

Ik keek naar haar terwijl ik als een razende nadacht. Voor mij was het een krankzinnig raadspelletje dat ik amper kon bijbenen.

Lauren sloeg een hand voor haar mond. 'O, Helena, wat spijt me dat. Je weet toch dat ik niet bedoelde dat Emma wel...'

Ik had nog niet het hele plaatje, maar ik begon een hoekje te pakken te krijgen.

'Emma was niet mooi in de conventionele zin,' waagde ik het erop. 'Dat weet ik ook wel.'

'Tot ze haar make-over kreeg,' zei Lauren zacht.

Had ze het daarom gedaan? Voor de make-over?

'Ik denk... Ik denk dat ze het echt graag wilde,' zei ik, vissend naar een bevestiging.

Lauren reikte over het tafelblad en gaf een klopje op mijn hand. 'Het is jouw schuld niet. Hoe vaak hebben we niet nee moeten zeggen als onze kleinkinderen iets wilden hebben? Net als tegen onze eigen kinderen? Wie voor een kind zorgt moet nee kunnen zeggen.'

Ik liet mijn kin in mijn hand steunen en knikte om haar aan te sporen meer te zeggen.

'We dachten allebei dat we de juiste beslissing hadden genomen,' vervolgde ze. 'Plastische titaniumchirurgie, groenelasermodellering op je zestiende? Dat konden we toch met geen mogelijkheid goedvinden?'

'Maar Emma heeft toch een manier gevonden om het te krijgen.'

'Net als mijn Kevin.' Ze trok haar hand terug en leunde achterover. 'Wie wist dat jongens net zo ijdel kunnen zijn als meisjes?' Ze haalde haar schouders op.

Ik had het dus bij het verkeerde eind gehad. Emma en Kevin mochten dan een luxeleventje hebben geleid, ze hadden niet álles wat hun hartje begeerde. Ze wilden uiterlijk perfect zijn. En de enige manier om dat te bereiken was via de bodybank.

'Ze moeten dus gelogen hebben,' zei ik.

'Natuurlijk. TopBestemmingen had ze nooit genomen als ze hadden gezegd dat ze nog familie hadden. Ze willen daar tieners die geen banden hebben, niet belemmerd worden, helemaal vrij zijn. Kinderen zonder familieleden die op zoek kunnen gaan als ze niet thuiskomen. TopBestemmingen laat sommige tieners vrij om nieuwe donors te werven, maar onze kleinkinderen behoorden niet tot de gelukkigen.'

Ik had durven zweren dat ik iets van haar bejaarde matheid achter haar groene ogen zag schemeren.

De puzzelstukjes begonnen in elkaar te vallen. Rijke, verwende tieners logen tegen de bodybank, gaven een valse achternaam op en deden alsof ze arme wezen waren. Het ging ze niet om het geld. Het ging ze om de gratis lasermake-over waar ze van hun grootouders geen toestemming voor kregen. Ze kwamen nooit meer thuis.

'Lauren...'

Ze onderbrak me. 'Leer alsjeblieft me Reece te noemen, oké?'

'Reece, over dat moorden. Het zit me dwars.' Ik sloeg mijn ogen neer. Ik hoefde mijn angst niet meer te veinzen. 'Ik heb eens nagedacht... Het is verkeerd.'

'Echt?'

'Maar TopBestemmingen...' Ik moest haar zover krijgen dat ze me vertelde wie ik wilde vermoorden. Ik hield het op iemand van de bodybank. 'Ik neem het ze wel kwalijk...'

'Je bent de enige niet.'

'Nee, jij, en ik...' Ik hoopte dat zij mijn zin voor me zou afmaken.

'...en de Colemans, de Messians en de Posts,' telde ze op haar vingers af. 'De andere grootouders die we hebben gevonden die TopBestemmingen de schuld geven. Maar ze hebben het geen van allen over iemand doodschieten.'

Nu was het mijn beurt om om me heen te kijken. Ik zag een serveerster twee tafels verderop naar ons staren.

'Wees maar niet bang, ik heb me aan mijn belofte gehouden,' zei Lauren. 'Ik heb het aan niemand verteld. Nog niet.'

'Het hoofd van TopBestemmingen...' Hij moest het zijn.

'Begin nou niet weer. De Ouweheer is met geen mogelijkheid te vinden.'

Ik herinnerde me die keer dat ik hem bij TopBestemmingen op de rug had gezien. 'Hij is lang. En hij heeft een hoed op,' zei ik. 'En hij draagt een lange jas...'

'Dat hebben we gehoord, ja. Maar ik heb hem nooit met eigen ogen gezien.'

Ik had hem wel gezien. Ruziënd met Tinnenbaum bij TopBestemmingen. Lauren leek echter zeker te weten dat Helena het niet op hem had gemunt. Als het hoofd van TopBestemmingen niet de man was die ze wilde vermoorden, wie dan wel?

Lauren boog zich naar me toe en keek me recht aan. 'Zeg het nou maar, Helena. Wie is het? Wie wil je vermoorden?'

Ze wist het niet.

'Dat kan ik niet zeggen.' Ik wendde mijn blik af. Het was mogelijk het enige wat ik had gezegd dat waar was.

'Dat doelwit van jou is niet de enige die zal omkomen. Dat arme kind waar je in zit, dat heerlijke jonge lichaam?' Lauren stak haar hand uit en raakte mijn haar even aan. 'Dat meisje wordt ter plekke doodgeschoten.'

Het werd zwart voor mijn ogen.

Dat ben ik! wilde ik schreeuwen. *Mijn lichaam! Ik!* Maar de woorden bleven ergens achter in mijn keel steken. De penetrante geuren van citroengras en vissaus maakten me misselijk. Ik kon alleen maar naar mijn bord met gele curry kijken, het eerste voedsel in een jaar waar ik geen trek in had.

Wat een fantastische eetlustremmer, de ontdekking dat je huurder een aanslag wil plegen. Waarbij jij waarschijnlijk ook zult omkomen.

Ik reed zo snel als ik kon zonder een boete te krijgen over de snelweg. Helena wilde dus niet surfen of van bruggen springen; ze wilde me gebruiken om iemand te vermoorden. Doden en gedood worden. Daarom moest ze hebben geëist dat haar donor kon schieten.

Ik zag mijn telefoon knipperen. Blake had me een zep gestuurd terwijl ik in het restaurant zat.

Wat valt er nog te zeggen? las ik.

Vreemd. Ik drukte de beltoets in de auto in en kreeg Blake aan de lijn.

'Blake, kun je over een halfuur in Beverly Glen Park zijn? Dan leg ik je alles uit.'

'Tot over een halfuur,' zei hij met vlakke stem.

Ik liep door het park, langs lummelende Enders op tuinstoelen en zondoorstoofde banken. Ik zag er twee die zachtjes heen en weer wiegden op schommels. Sinds de oorlog waren kinderen buiten een zeldzaamheid. Veel Enders die geen kleinkinderen hadden, verdroegen geen kleine kinderen om zich heen, mogelijk omdat ze hun volwassen kinderen hadden verloren, en de mensen waren ziekelijk bang voor resten van sporen in de lucht, inentingen of geen inentingen.

Een particuliere bewaker met een zonnebril op en haar handen in haar zij hield de wacht. Ik kromp in elkaar toen ik haar pistool zag, dat me aan de Glock deed denken. Ik zag een Ender-koppel, allebei met wit haar op schouderlengte, bekvechtend onder een boom. De vrouw prikte herhaaldelijk met haar wijsvinger in de borst van de man.

Het herinnerde me aan mijn ouders, die zomer van anderhalf jaar geleden. We hadden net gegeten en Tyler en ik zaten naar het luchtscherm te kijken. Het programma werd onderbroken voor het laatste nieuws over de oorlog. De verbeten kijkende nieuwslezer zei dat de strijd was geëscaleerd tot de aanvallen met sporenkopraketten waar al geruchten over gingen. De aanvallen waren gericht op het noordwesten. Ik rende naar de keuken om het aan mijn ouders te vertellen, maar zo te horen wisten ze het al. Toen ik ze hoorde ruziën bleef ik vlak naast de open deur staan.

Mijn moeder stond met een theedoek in haar hand bij het aanrecht. 'Waarom kun je het niet voor ons krijgen? Met al je connecties bij de overheid?'

Mijn vader veegde met zijn hand over zijn gezicht. 'Dat weet je best. De protocollen.'

'We moeten dat vaccin hebben, Ray. Het gaat om je gezin. Je kinderen.'

Hij leunde op het aanrecht. 'Die protocollen zijn er om iedereen te beschermen.'

'Beroemdheden worden ingeënt. Politici worden ingeënt.'

'Dat maakt het nog niet goed.'

Ze liet de theedoek knallen als een zweep en smeet hem op het aanrecht. Mijn vader kromp in elkaar. 'Is het dan wel goed om onze kinderen wees laten worden, zonder dat iemand ze kan beschermen? Ze verdoemen tot de hongerdood, moord of nog erger?'

Ze prikte bij elke vraag met haar wijsvinger in mijn vaders borst om haar woorden kracht bij te zetten. Tranen van woede welden op in haar ogen.

Mijn vader pakte haar bij de schouders en hield haar even vast om haar kalm te krijgen. Toen trok hij haar in zijn armen. Ze drukte zich tegen hem aan en legde haar hoofd op zijn schouder. Toen kreeg ze mij in het oog.

Ze had er heel bang uitgezien.

Ik verdrong het beeld van haar angstige gezicht en keek weer naar het Ender-koppel, dat net wegliep.

Waar was Blake? Ik ontdekte hem op een betonnen picknicktafel. Ik liep erheen en ging naast hem zitten.

Hij had net als de bewaker een zonnebril op, die een barrière tussen ons opwierp.

'Wat is er?' vroeg hij ijzig.

'Heb je mijn vriend gezien?' Ik vond het pijnlijk om hem naar Michael te vragen, maar ik moest het weten.

'Nee,' zei hij op vermoeide toon, alsof ik het antwoord al had moeten weten. 'Je zei dat ik niet moest gaan.'

Mijn huid tintelde. 'Echt?'

'Ja. Weet je nog? Toen je woest werd en je geld terugwilde?'

Ik was er al bang voor geweest. Helena. 'Wat nog meer?'

Hij schudde zijn hoofd. 'Dwing me niet het allemaal te herhalen. Je weet zelf wel wat je hebt gezegd.'

'Toevallig niet. Ik weet dat het vreemd klinkt, maar vertel het me, alsjeblieft.'

Hij stopte zijn handen in zijn zakken. 'Ik mocht je niet bellen, niet zeppen. Je wilde me nooit meer zien.'

Ik zuchtte. Dat had Helena gezegd.

'Het spijt me ontzettend.' Ik legde mijn hand op zijn arm, die warm aanvoelde. 'Het is een misverstand. Echt waar.'

'Ik dacht... Ik dacht dat we het leuk hadden gehad.' Ik zag aan zijn ogen hoe gekwetst hij was. Hij reageerde niet op mijn aanraking, maar hij trok zijn arm tenminste niet weg.

'Het was een heerlijke dag.' Ik voelde me beurs vanbinnen. 'Een van de beste van mijn leven.'

Hij keek naar de schommelende Enders. 'Waarom heb je dan...'

'Ik was mezelf niet. Dat heb ik soms.' Ik maakte mijn tas open en haalde het geld eruit. 'Heb jij nooit een rotdag gehad? Heb jij nooit iets terug willen draaien? Mag ik een herkansing? Alsjeblieft?'

Ik reikte hem het geld aan. Hij aarzelde. 'Weet je nu zeker dat je wilt dat ik het aan je vriend geef?'

'Ja. Ik zou niet zekerder kunnen zijn.'

'En je wilt het echt niet zelf doen? Of met me meegaan?'

En de bodybank laten zien dat ik naar huis ging? 'Ik wil heel graag mee, maar het kan niet. En hij heeft het geld dringend nodig.' Ik stak mijn arm zo ver uit dat het geld zijn shirt raakte. 'Alsjeblieft, Blake,' zei ik.

Hij nam het geld aan en sloot zijn hand eromheen. Toen keek hij me eindelijk aan. 'We hebben allemaal wel eens een slechte dag, hè?'

Toen schoot de tekening me te binnen. Die was niet in mijn tas opgedoken, zoals het geld.

'Weet je nog, dat papier dat ik je had gegeven?' vroeg ik.

'Dit, bedoel je?' Hij haalde het uit zijn zak, nog opgevouwen.

Ik hoopte maar dat hij het nu niet open zou vouwen. Ik wilde geen vragen. 'Ja. Geef het hem maar gewoon. Met het geld.'

Hij stopte het geld en de tekening in zijn portefeuille. Ik probeerde niet te laten merken hoe opgelucht ik was.

'Hij heeft echt talent,' zei Blake. 'Die vriend van jou.'

Hij had dus toch gekeken. Ik bespeurde een miniem vleugje jaloezie in de manier waarop hij het woord 'vriend' uitsprak, en ik moest bekennen dat ik ervan genoot.

10

IK REED weg met een bocht die Emma's donzige groene alien liet opspringen aan de binnenspiegel. Terwijl hij heen en weer zwaaide, dacht ik na over mijn opties. Als ik niet zo dringend om het geld verlegen had gezeten, had ik in de verleiding kunnen komen het bijltje erbij neer te gooien, maar dat ging niet zomaar. Ik had een chip in mijn hoofd. Ik kon niet gewoon weglopen. Als ik terugging naar TopBestemmingen, was het mijn woord tegen dat van een rijke huurder. Wie zouden ze geloven? Ik zag al voor me hoe ik in een ruzie verzeild raakte die erop uitdraaide dat ik in een inrichting werd gezet. Mijn jaar op straat had me geleerd van dag tot dag te overleven. Ik zou dit op dezelfde manier aanpakken.

Terug in Bel Air zette ik de auto in de garage en glipte ongezien het huis in. Ik ging naar Helena's slaapkamer en deed de deur op slot.

Ik liep naar de kast, trok de vloerbedekking weg en maakte het verborgen luik open. Ik pakte het koffertje eruit en keek naar de Glock.

Hoe kon ik hem dumpen? Hoe graag ik ook weer een wapen wilde hebben, ik kon het pistool niet houden. Ik moest ervoor zorgen dat Helena het niet kon pakken, de volgende keer dat ze mijn lichaam overnam. Het ergens in de villa verstoppen was niet afdoende, want Eugenia zou me kunnen zien en het aan Helena verklappen wanneer die ernaar vroeg. Helena zou kunnen proberen een nieuw vuurwapen te bemachtigen, maar elke vorm van uitstel zou een moord kunnen voorkomen. Ze zou de wachtperiode van een week moeten uitzitten (een nieuwe wet van na de oorlog) of het op de zwarte markt moeten zoeken, wat tijd en geld kostte. Helena leek me niet het type voor het onderwereldcircuit, al was ze een geschenktasje vol verrassingen gebleken.

Waar loosden mensen wapens? vroeg ik me af. De kust was nog verwoest door de oorlog en verboden terrein. Als ik het pistool aan iemand anders gaf, kon ik vragen verwachten waarop ik geen antwoord kon geven. Ik had het pistool graag naar Michael gesmokkeld, maar dat kon ik Blake niet vragen. Toch wilde ik echt niet dat Helena het zou kunnen traceren wanneer ze weer in mijn lichaam zat.

Ik ging naar de badkamer en bevochtigde een handdoek met make-upremover. Ik boende de Glock en de geluiddemper ermee om DNA-resten te verwijderen, zoals ik in de holo's had gezien. Toen legde ik het pistool weer in het koffertje en stopte het in een bruine papieren tas van Bloomingdale's uit Helena's kast.

Ik reed naar een megamarkt en verkende het grote parkeerterrein. De bewaker van de winkel surveilleerde bij de ingang. Ik reed langs de parkeerplaatsen recht tegenover de winkel en koos een plekje in het midden. Ik pakte de tas en sloeg de bovenrand om, zodat de inhoud onzichtbaar was. Gedraag je alsof er niets aan de hand is, droeg ik mezelf op.

Ik stapte uit. Een Ender die op een bankje voor de winkel lucht-yoghurt zat te eten, volgde me met haar blik.

Er stonden twee grote afvalcontainers. Ik koos de meest rechtse en tilde het deksel op, dat zwaarder was dan ik dacht. Ik had er twee handen voor nodig, en voordat ik het wist liet ik de tas op de grond vallen.

Het koffertje gleed er half uit.

Ik griste de tas van de grond, tilde het deksel van de container weer op en smeet de tas erin, die met een harde, weerkaatsende dreun op de metalen bodem landde. Dat had ik weer: de container moest pas geleegd zijn.

Ik draaide me om en liep terug naar de auto. De Ender keek naar me alsof ze wist dat ik iets verkeerds deed. Enders wantrouwden alle Starters, of ze nu rijk of arm waren. Ze stond op en wuifde naar de bewaker, die een eind verderop stond.

Tegen de tijd dat ze bij de Ender was reed ik het parkeerterrein al af.

Nu ik het pistool kwijt was, kon ik me concentreren op de vraag wie Helena wilde vermoorden. Ik parkeerde de auto voor een gemakswinkel en keek in haar telefoon. Haar zepberichten boden geen aanknopingspunten. Ik vond niets wat eruit sprong, geen enkele verwijzing die me op het spoor van haar doelwit kon zetten.

Haar telefoonagenda. Tot ze naar de bodybank was gegaan, had ze elke dag afspraken gehad. Bij de datum van de lichaams-verwisseling stond 'TB', met nog een paar afspraken.

Voordat ik verder kon zoeken schrok ik van een geluid. Ik keek op en zag een groepje straatkinderen, vogelvrijen, naar mijn auto rennen. Deze keer zat ik tenminste niet in een cabrio. Ik gaf plankgas en spoot weg, de kinderen achter me latend. De stenen die ze gooiden sloegen vermoedelijk een paar deuken in de auto. Ik grinnikte. De vorige keer dat dit me was overkomen, was ik doodsbang geweest, maar de ontdekking dat je een aanslag beraamt, laat je de betrekkelijkheid van al het andere inzien.

Ongeveer een halve kilometer verderop moest ik stoppen voor een verkeerslicht. Terwijl ik op het groene licht wachtte, keek ik weer in de telefoonkalender. Bij 19 november stond om acht uur 's avonds een vinkje. Daarna stond er niets meer in de agenda. Het tijdstip van de aanslag.

Als het waar was, had ik nog drie dagen de tijd om uit te zoeken hoe het zat. Minder dan drie dagen, in feite. Ik had het wat en wanneer al. Nu nog het wie en waar. En een manier om het tegen te houden.

Het licht versprong en ik reed de snelweg op en voegde in. Ik was niet meer bang om hard te rijden. Mijn rijstijl werd steeds zelfverzekerder. Ik omklemde het stuur en zwenkte naar de snelste baan. Mijn handen tintelden. Ik bewoog mijn vingers, maar het hielp niet.

Toen werd ik duizelig.

Nee.

Dat rotgevoel kwam over me. En het was aan de winnende hand. Ik reed honderdtien en ik kreeg een black-out.

Toen ik bijkwam had ik een bonzend hoofd, maar het was lang niet zo erg als de eerste keer. Ik leunde met mijn rug tegen de muur. Ik was in de hal van een kantoorgebouw dat nog in gebruik was. Zwartmarmeren muren, zilveren lijstwerk. Ik herkende het niet. De Ender achter de balie aan de andere kant van de hal las een automagazine op zijn luchtscherm. De kleuren vielen op zijn gezicht.

Ik keek op en zag op een wandklok dat het tegen halfvijf liep. Ik had nog dezelfde kleren aan als toen ik de black-out kreeg. Er was maar een uur verstreken.

Mijn telefoon ging. Ik pakte hem uit mijn tas en zag 'Memo Return' op het scherm staan. Ik drukte de memotoets in en luisterde naar de blikkerige vrouwenstem.

'U hebt een memo aan uzelf, ingesteld op zestien uur dertig.'

De stem die volgde was niet de mijne. Ik hoorde een Ender. Een vrouw.

'Callie, ik ben Helena Winterhill. Je huurder.'

Mijn hart bonkte. Ik herkende haar. Zij was de Stem. Ik zette het geluid harder.

'Ik heb heel veel te zeggen, maar ik heb geen idee hoe lang ik heb voordat ik weer in mijn eigen lichaam terugkom. Je hebt misschien al door dat we geen constante verbinding hebben. Er zitten haperingen in het systeem. Ik hoop dat het snel wordt verholpen. Neem tot het zover is onder geen beding contact op met TopBestemmingen. Ik hoop dat dat duidelijk is.'

Ik drukte mijn vrije hand tegen mijn andere oor om geen woord te missen. Ik ving een nerveuze toon op achter de krachtige stem.

'Intussen vraag ik je geen kleren van mijn kleindochter te dragen. Als ik opeens terugkom in je lichaam en zie dat ik haar kleren aanheb, breekt mijn hart.' Haar stem sloeg over. 'Maar dat is niet de reden waarom ik je dit bericht stuur. Ik wil je ervan verzekeren dat als je ons contract naleeft, wat er ook gebeurt, je na afloop een bonus zult krijgen. Een uiterst royale bonus, mits je maar op alle fronten meewerkt.'

Het bericht was afgelopen.

Ik stond perplex. Kennelijk had ze er geen idee van dat ik op de hoogte was van haar moorddadige plan. Ze wist natuurlijk alleen maar wat ze had opgevangen in de korte perioden dat ze in mijn lichaam verbleef. Ze wist niets van mijn gesprek met Lauren.

Een royale bonus, had ze gezegd, maar de kans was groot dat ik de huurtermijn niet zou overleven. Het is een koud kunstje om een bonus te beloven aan een meisje dat hem niet meer in ontvangst kan nemen.

Ik was maar een uur weggeweest, dus Helena kon geen kans hebben gezien naar huis te gaan. Ze wist niet dat ik haar pistool had weggegooid. Dat was gunstig. Wat ongunstig was, was dat ik verstrikt was in haar plan.

Ik keek op en zag de bewaker achter de balie naar me kijken. Ik stond er al te lang. Ik draaide me om naar de wegwijzer. De bewaker schoof zijn stoel op piepende wieltjes naar achteren om op te staan.

Voor wie was Helena hier gekomen? Ze was nog maar net binnen, want toen ik bijkwam had ik voor in de hal gestaan.

Ik liet mijn blik over de gealfabetiseerde lijst namen glijden. Het waren voornamelijk juristen en een paar accountants. Op ongeveer een derde van de lijst zag ik een naam die eruit sprong.

SENATOR CLIFFORD C. HARRISON.

De grootvader van Blake.

11

DE BEWAKER kwam op me af, maar ik bleef naar de naam staren. Kende Helena Blakes grootvader? Dit kon geen toeval zijn. Blake kon niet hebben geweten van de connectie, anders had hij toch wel gezegd dat zijn grootvader 'mijn' grootmoeder kende?

'Kan ik iets voor je doen?' vroeg de bewaker.

Ik hoorde aan zijn toon dat hij op het punt stond me eruit te schoppen. Ik keek naar de andere namen, maar verder was er niet één die me iets zei.

'Ik heb het tegen jou,' zei de bewaker zo streng alsof hij me nog een laatste kans gaf. 'Minderjarige.'

Hij zette de gevreesde M-kaart in waar tien seconden later de definitieve P-kaart op kon volgen: politie. Ik draaide me naar hem om.

'Ik ben op weg naar de vijftiende verdieping. Naar senator Harrison.'

'Heb je een afspraak?'

'Nee. Ik wil alleen zijn assistent even spreken.'

Ik weet niet of het door de opstandigheid in mijn stem kwam of door de adembenemende make-overmagie van TopBestemmingen, maar de bewaker knikte. Toen wees hij naar het ingebouwde elektronische gastenboek in de balie. 'Daar tekenen. En een afdruk.'

Ik tekende en zette mijn duimafdruk ernaast. De liftdeuren gingen met een *ping* open en ik stapte in. Ik hoopte erachter te komen wat mijn huurder en Blakes grootvader met elkaar te maken hadden, want er klopte iets niet.

Toen ik op de vijftiende verdieping uitstapte, werd ik begroet door een paar dubbele deuren waarop stond met gelaserde metalen letters: DISTRICTSKANTOOR SENATOR HARRISON.

Aan de receptiebalie binnen zat een Ender die opkeek met een glimlach om zijn lippen en minachting in zijn ogen.

'Is senator Harrison aanwezig?'

'Sorry, hij is naar een inzamelingsgala. Kan ik je ergens mee helpen?'

Ik keek om me heen in de gang, waar een aantal deuren op uitkwam. Die van Harrisons kantoor zat waarschijnlijk achterin.

'Wanneer komt hij terug?'

'Hij ontvangt kiezers alleen op afspraak.' Hij nam me op. 'Ben jij niet een beetje te jong om te stemmen?'

Hij grinnikte alsof het een geweldige grap was. Ze konden Enders op alle mogelijke medische manieren oplappen, maar tegen hun gebrekkige gevoel voor humor was geen kruid gewassen.

'Misschien ben ik ouder dan u denkt,' zei ik.

Zijn grijns sloeg om in verwondering, maar hij herstelde zich snel. 'Weet je wat je kunt doen?' Hij gaf me een kaartje. 'Dit is zijn website. Je kunt via de site contact met hem opnemen.'

Ik nam het kaartje aan in de wetenschap dat mijn zepmail alleen door een robot gelezen zou worden. 'Ik had het moeten uitleggen. Ik werk aan een essay voor mijn privédocent en ik hoopte op een citaat van de senator. Zou ik hem heel even mogen spreken? Ik heb aan een paar minuten genoeg.'

De Ender was vertederd. 'De senator is een drukbezet man,' zei hij. 'Hij hoopt herkozen te worden, begrijp je?'

Een strenge Ender stormde door de dichtstbijzijnde deur de gang in en stelde zich achter de receptionist op.

'Jij weer.' Ze keek me woedend aan. 'Had ik je niet gezegd hier nooit meer terug te komen?'

'Ik?' zei ik. 'Ik ben hier nog nooit geweest.'

'Ik wist niet...' zei de receptionist, die afwerend zijn handen opstak.

'Jij was die dag ziek,' zei de vrouw tegen hem. Ze bleef naar mij kijken, maar richtte zich tot hem. 'Bel de bewaking. Deze keer houden we haar vast voor de politie.'

De receptionist pakte de telefoon.

Dit was dus niet de eerste keer dat Helena hier was geweest. Mijn lichaam was hier geweest, met Helena erin. 'Wanneer was ik hier dan?'

'Dit is een belediging van mijn intelligentie.' De vrouw beende op me af en ik deinsde achteruit.

Mijn rug raakte de dubbele deuren. Ik draaide me om, deed ze open en rende de hal in. Ik wuifde met mijn hand langs de liftsensor, maar de lift was op een andere verdieping. Ik keerde me om naar de deur van het trappenhuis, duwde hem open en haastte me de trap af. Spinnenwebben plakten aan mijn gezicht, mijn haar en mijn mond. Ik vervloekte de Enders die weigerden de trap te nemen. Ik vroeg me af of ik de bewaker in de hal beneden te slim af kon zijn. Ik stelde me voor dat hij me met handboeien stond op te wachten.

Beneden aangekomen bleef ik even staan om uit te hijgen. Toen gluurde ik door de deur. De bewaker stond me bij de lift op te wachten. Ik rende naar de hoofdingang. Tegen de tijd dat de bewaker omkeek, kon hij me niet meer inhalen; zijn oude benen konden het niet opnemen tegen mijn jonge. Ik was al halverwege de straat voordat hij naar buiten kwam.

'Helena, wat heb je met mijn leven gedaan?'

Maar als we al een verbinding hadden, gaf ze geen antwoord.

Ik zat achter de computer in Helena's slaapkamer verwoed in de Gids naar informatie over senator Harrison te zoeken. We hadden het wel over míjn leven. Wat had Helena tegen de senator gezegd? Ze had het in mijn lichaam gezegd, dus het kon hooguit een paar dagen geleden zijn. Het zou helpen als ik zoveel mogelijk wist, voor het geval de stafmedewerkers van de senator de politie hadden ingeschakeld.

Ik werkte zo snel als ik kon. Harrison was in zijn functie van senator betrokken bij veel programma's die zich op Starters richtten, maar iets wat de Jongerenbond heette leek zijn oogappeltje te zijn. Zou het iets te maken kunnen hebben met Helena's kleindochter? Had Helena geprobeerd zijn hulp in te roepen na Emma's verdwijning?

Misschien had hij geweigerd zich ermee in te laten. Helena kon naar de senator zijn gegaan om te vragen of hij haar wilde helpen, mogelijk om de bodybank een halt toe te roepen, en hij had haar afgewezen. Vervolgens had ze hem misschien de schuld gegeven van de dood van haar kleindochter.

Was dat genoeg om hem te willen vermoorden?

Ik twijfelde aan mijn theorie, maar toen vond ik een cruciale datum in de Gids. Harrison zou een van de eregasten zijn bij de uitreiking van de onderscheidingen van de Jongerenbond op de

negentiende, de laatste datum in Helena's agenda met een aan-
tekening. Het was al over een paar dagen, en de avond begon op
het tijdstip dat Helena had aangevinkt: acht uur.
Ik wist wie me het meest over de senator kon vertellen. Ik belde
Blake.

Toen ik bij het panoramapunt aan Mulholland Drive aankwam
schemerde het al. Alleen Blakes rode sportwagen stond op het
parkeerterrein. Ik zette mijn auto ernaast.
Blake, die een zonnebril op had, zat op het hek naar de zonsondergang achter de bergen te kijken. 'Hoi.'
Hij gaf me een hand en trok me naast zich op het hek. Ik haakte
mijn voeten achter de laagste dwarsspijl en hield me vast aan de
bovenste. De heuvel was steil.
'Ik heb je vriend gezien,' zei Blake, die naar het uitzicht bleef
kijken. 'Ik heb hem het geld gegeven.'
Ik voelde de spanning uit mijn schouders trekken. 'Wat zei hij?'
'Hij wilde weten wie ik was. Ik heb gezegd dat ik een vriend van
jou was.'
'Heb je verder nog iemand gezien?'
Hij schudde zijn hoofd. 'Toen vroeg hij waarom hij me nooit
eerder had gezien.'
'Wat heb je gezegd?'
'De waarheid. Dat ik je pas een paar dagen kende.' Hij keek naar
beneden. 'Dat geloof je toch niet? Voor mijn gevoel kennen we
elkaar al veel langer.' Hij zette zijn zonnebril af en stopte hem in
zijn zak. 'Maar goed, de waarheid werkt meestal het best. Toch?'
Ik slikte iets weg en keek onderzoekend naar zijn gezicht. Hoeveel wist hij? 'Wat zei hij toen je vroeg hoe het met iedereen
ging?'

'Hij zei dat iedereen het goed maakte.' Hij tuurde de diepte in. 'Hoe zit het nou eigenlijk met die gast?' vroeg hij.

Mijn keel werd dichtgeknepen alsof een vogelvrije zijn smerige handen eromheen had geklemd. 'Hij heeft gewoon pech gehad. Zijn ouders zijn omgekomen in de oorlog en zijn grootouders waren al dood.'

Ik keek naar beneden. Het hek wiebelde. Ik voelde me duizelig. Bomen, rotsen en zand draaiden voor mijn ogen toen ik voorover zakte. Blake hield me tegen, met een hand op mijn buik en de andere op mijn rug.

'Voorzichtig,' zei hij. 'Gaat het wel?'

Mijn hart bonkte. Zijn aanraking voelde zorgzaam. Beschermend. 'Ik weet het niet.'

'Je kunt er maar beter af komen.' Hij hield mijn schouder vast terwijl hij van het hek sprong om te zorgen dat ik niet zou vallen. Toen pakte hij me bij mijn middel en hielp me eraf.

'Zullen we in mijn auto gaan zitten?' bood hij aan.

Ik knikte. Terwijl we naar zijn auto liepen, parkeerde er een stelletje Enders dat uitstapte om het uitzicht te bewonderen. Blake sloeg zijn arm losjes om mijn schouder om me steun te bieden. Het was een prettig gevoel.

Eenmaal in de auto knapte ik iets op. Ik voelde me veilig. De wereld draaide niet meer.

Ik stond in dubio. Moest ik hem over zijn grootvader vertellen? Kon het iets goeds opleveren? Als ik Blake wilde uitleggen dat zijn grootvader in gevaar zou kunnen verkeren, moest ik eerst vertellen over het bestaan van de bodybank, want daar kon hij niet van op de hoogte zijn. En als ik hem daarover vertelde, zou ik moeten opbiechten wie ik in werkelijkheid was. De kans was groot dat hij me niet zou geloven en me voor gek zou verklaren.

Ik was begonnen met een leugen, en nu was het vrijwel onmogelijk om erop terug te komen zonder brokken te maken.

Blake keek in de verte, naar de stad in de diepte. 'Ik geloof dat je iets voor me verborgen houdt, Callie.' Hij keerde me zijn gezicht toe. 'Iets belangrijks.'

Ik voelde dat ik mijn mond opendeed, maar er kwam niets uit.

'Het is waar, hè?' Zijn ogen tastten mijn gezicht af. 'Ik zie het aan je.'

Mijn hart was als een in mijn borst opgesloten kolibrie.

'Je bent ziek, hè?'

Ik knipperde verbaasd met mijn ogen. 'Wat zeg je?'

'Het geeft niet, je hoeft me niet alles te vertellen, maar het is duidelijk dat er iets met je is. Je wordt steeds duizelig, je krijgt een black-out en dan lijk je heel iemand anders.' Hij zweeg even. 'Maar je hoeft niet bang te zijn, ik zal het niet uit je trekken. Maar wil je iets voor me doen?'

'Wat dan?'

'Beloof me dat je iets zegt, de volgende keer dat het gebeurt. Dan kan ik voorkomen dat je in ravijnen valt en zo.'

Hij streek het haar uit mijn gezicht; toen aaide hij over mijn achterhoofd. Ik kromp in elkaar.

'Wat is er?'

'Nee, niks.' Hij mocht de operatiewond niet voelen. Ik pakte zijn hand en hield hem vast. Hij was warm, sterk en glad. Daar was hij dan, zo bezorgd om mij, en nu gelukkig omdat ik zijn hand vasthield. En daar was ik, die hem maar wat voorloog.

Ik haalde diep adem. 'Blake?'

'Ja?'

'Je zei dat je niet zo'n hechte band had met je grootmoeder.'

'Klopt.'

'En je grootvader?'

Hij kneep zijn ogen even dicht en keek weer in de verte. 'Die kan er wel mee door. Hij heeft het druk. Vaak weg.' Hij keek me aan. 'Maar ik denk dat hij zijn best doet. Hij is nooit over het verlies van mijn vader heen gekomen, dus hij probeert een band met mij te krijgen. Ik maak het hem niet altijd even makkelijk.'

Ik keek naar onze handen, die elkaar nog vasthielden. We maakten geen van beiden aanstalten los te laten.

'Hoe is het voor hem, als senator? Heeft hij veel vijanden?'

'O, zeker. Dreigbrieven. Verdachte pakketjes. Alles wat we niet hebben besteld, gaat regelrecht naar de politie. Er lopen geflipte senioren rond, met bizarre ideeën.'

'Dat zal best.' Ik trok een vertwijfeld gezicht. Toen keek ik hem aan. 'Ik zou hem graag eens willen zien.'

Hij keek ervan op. 'Echt?'

Ik knikte.

'Ik weet niet of we een gaatje kunnen vinden. Hij heeft zijn agenda vol afspraken gepropt voordat hij de president in Washington gaat opzoeken.'

'De president?'

'Ja, hij wil dat ik meega,' zei Blake. 'Hij zegt dat het een gelegenheid is om me voor te bereiden op het leiderschap.'

Ik streek met mijn vrije hand het haar uit mijn gezicht. 'Doet je grootvader de negentiende ook iets bijzonders?'

Blake hield zijn hoofd schuin. 'Hoe weet je dat? Op de negentiende laat hij zich voor het laatst zien voordat hij vertrekt. Bij de uitreiking van de onderscheidingen van de Jongerenbond in het Dorothy Chandler Paviljoen in het Muziekcentrum.'

'Midden in Los Angeles.' De laatste datum waar Helena in haar agenda iets bij had genoteerd. Alles duidde erop dat de senator haar doelwit was. 'Laat me raden, begint het om acht uur?'

'Ja. Ik moet erbij zijn om een onderscheiding uit te reiken. Hoe wist je dat?'

Ik moest iets bedenken om er een stokje voor te steken. 'Sorry, ik moet weg.'

'Wacht even.' Hij trok me met de hand die de mijne vasthield naar zich toe tot onze gezichten zo dicht bij elkaar waren dat ik zijn adem op mijn wang voelde. 'Ik wil je iets vertellen.'

Van zo dichtbij lieten zijn ogen de hele wereld verdwijnen. Hij rook schoon. Als de zomers van vóór de oorlog. Als een veilige haven.

'Wat dan?' vroeg ik.

'Callie.' Zijn ogen verkenden mijn wangen, mijn ogen en mijn lippen, mijn hele gezicht. 'Ik weet niet waarom en ik kan het niet verklaren, maar ik voel een klik tussen ons.'

'Ik weet het. Ik voel het ook.'

'Maar weet jij waarom?' vroeg hij.

Ik wist het niet. Ik voelde het gewoon. 'Ik denk dat er niet altijd een reden is voor alles.'

'Iets is gewoon zo.'

'Het is gewoon zo.' Mijn hart ging zo tekeer dat hij het moest kunnen horen.

Hij legde zijn warme, gladde hand op mijn wang.

'Je bent echt heel bijzonder,' zei hij. Toen kuste hij me op mijn lippen.

Aarzelend.

Teder.

Hij maakte zich van me los en glimlachte jongensachtig, als een kleuter die net een robogoudvis heeft gewonnen op de kermis.

12

IK REED naar huis en glipte Helena's slaapkamer in. Ik wist dat aan Blake denken een luxe was en dat het me afleidde, maar ik voelde me tot hem aangetrokken. Hij had de manier van doen en de ongedwongenheid van iemand die nooit de straten had hoeven afschuimen. Eerst dacht ik dat het daardoor kwam: in zekere zin voerde hij me terug naar het beschaafde leventje dat ik had gehad. Niet dat we ooit rijk waren geweest, maar we hadden structuur gehad. Stabiliteit.

Ik weigerde echter te geloven dat ik zó oppervlakkig was. Ik was op Blake gesteld omdat hij vriendelijk en attent was, goed voor mij en voor omie, zijn overgrootmoeder. Mijn moeder zei altijd dat je aan de manier waarop een jongen zijn moeder behandelde kon zien hoe hij jou later zou behandelen. Ik nam aan dat ik net zo goed kon kijken hoe hij zijn overgrootmoeder behandelde.

Ik vond het echt heel jammer dat Blakes grootvader bij de situatie betrokken was, maar het was tenminste niet mijn schuld. Helena moest eerst in haar eigen lichaam naar hem toe zijn gegaan, om zijn hulp in te roepen toen Emma vermist was geraakt, een paar maanden geleden.

Ik ging naar Helena's bureau op zoek naar iets wat erop duidde dat Helena wist dat senator Harrison naar de uitreiking in het Muziekcentrum zou gaan. Ik vond niets in haar computer, maar in een la trof ik een map aan met een envelop erin. Ik haalde er twee kaartjes uit voor de uitreiking van de onderscheidingen van de Jongerenbond, op negentien november om acht uur 's avonds in het Dorothy Chandler Paviljoen van het Muziekcentrum.

Dat bevestigde mijn vermoeden. Ik hield de kaartjes met twee handen vast. Als ik tegen die tijd nog de baas was over mijn eigen lichaam, was er niets aan de hand, maar als ik een blackout kreeg zou Helena proberen haar plan om de senator te vermoorden ten uitvoer te brengen.

Blakes grootvader.

Ik scheurde de kaartjes doormidden en in vieren. Ik rende naar de badkamer terwijl ik ze versnipperde en gooide ze in de wc.

Met een enkele aanraking spoelde ik Helena's kans om de senator te doden weg.

Ik wilde niet thuiszitten wanneer de onderscheidingen werden uitgereikt, over twee dagen. Dan zou ik het Helena te makkelijk maken, mocht ze mijn lichaam weten over te nemen. Ik moest een plan maken.

Ik ging naar de kast en pakte het chique tasje dat ik in de nachtclub bij me had gehad. Het kaartje van Madison, of eigenlijk Rhiannon, zat er nog in. Dat lekkere, leuke meisje dat eigenlijk een tuttige, leuke Ender was.

Ik was blij dat Rhiannon het lichaam van Madison nog huurde, want zo kon ik haar de volgende ochtend goed herkennen. Ik ging naar de plek waar we hadden afgesproken, een superschaatsbaan.

Het was berekoud binnen, met al dat ijs. Alleen de allerrijkste tieners en een paar dappere Enders waren aan het schaatsen, allemaal in hypermoderne schaatspakken die erop ontworpen waren de hoogste snelheden te halen en het lichaam goed te beschermen. Niet dat dat nodig was. Superschaatsen, las ik op een bord, waren voorzien van minuscule lasertjes vlak boven het ijs die je met toetsen in je handschoenen kon bedienen. Ze smolten het ijs iets, waardoor je hogere snelheden kon bereiken, maar de jetstraaltoetsen waren pas echt leuk: ze stootten een luchtstraal uit waardoor je even boven het ijs zweefde. Ze werkten maar een paar seconden en tilden je maar een paar centimeter op, maar je kreeg het gevoel dat je vloog.

Wat je allemaal niet kon doen als je rijk was. Met het bedrag dat je moest neertellen voor één dagje schaatsen kon je tien welgezinden een week te eten geven.

Ik zag Madison in het midden van de baan pirouettes draaien. Toen ze tot stilstand kwam wuifde ik naar haar. Ze zwaaide terug en gleed naar de rand van de baan.

'Callie, dit is zó leuk. Ik voel me zo lenig als wat. Trek een paar schaatsen aan en probeer het ook.'

'Een andere keer, Madison. Ik moet je om een gunst vragen.'

'Zeg het maar.' Ze bracht haar gezicht naar het mijne. 'Wij huurders moeten het voor elkaar opnemen.' Ze rechtte haar rug en lachte. 'Wat kan ik voor je doen?'

'Jij woont toch alleen, hè?'

'Honnepon, wie zou er bij mij willen intrekken?' Ze lachte weer. 'Mijn huishoudster woont zelfstandig.'

'Kan ik morgen naar je toe komen? En blijven slapen?'

'Bij mij thuis?'

Ik knikte.

Ze klapte in haar handen. 'Pyjamafeestje!'

'Fantastisch, dank je wel.'

Ze grinnikte. 'Zijn we nu dan, eh, hartsvriendinnen, zeg maar?' Ze stak haar pink uit.

Ik voelde me net een klein kind, maar ik haakte mijn pink door de hare om de vriendschap te bezegelen.

Ik zat in de rij te wachten op mijn flitsmaal. Er stonden nog twee auto's voor me. Madison was de perfecte keus als ik morgen beziggehouden wilde worden. Ze was onnozel genoeg om niet te merken dat er iets niet in orde was met mijn huurlichaam. Ik vond haar aardig, maar vriendschap sluiten met iemand van honderdvijftig stond niet boven aan mijn prioriteitenlijstje. Ik wilde gewoon de resterende twee weken van mijn contract volmaken zonder problemen, zoals een moordaanslag.

De bestuurder voor me reed weg met zijn bestelling en ik reed langzaam naar het luik en wilde geld uit mijn tas pakken. Toen voelde ik het.

De draaierigheid. Het flauwvallen.

Het was weer zover.

Toen ik bijkwam stond ik met een geweer tegen mijn wang gedrukt door het vizier te kijken. Mijn vinger begon net langzaam de trekker over te halen. Ik stond tegen een muur geleund, bij een open raam, en ik richtte op een groep mensen beneden.

Nee. *Nee, nee, nee!*

De adem stokte in mijn keel. Ik ontspande mijn vinger en liet de trekker langzaam terugkeren naar de neutrale positie. De wereld en alle geluiden waren een verstard moment lang weg. Toen hoorde ik iets als een duivels gehamer. Het was het bonzen van mijn hart.

Een enkele zweetdruppel rolde over mijn voorhoofd en bleef hangen in mijn wenkbrauw.

Ik dacht als een razende na. Wat kon er gebeurd zijn? Was ik te laat teruggekomen?

Ik stond in een hotelkamer. Buiten, een stuk of tien verdiepingen onder me, stond een menigte op een plein met aan een kant een leeg podium.

Mijn hart ging nog sneller staan. Was de senator al dood?

Nee, alsjeblieft...

Ik inspecteerde het geweer. Het was geladen. Met een vol magazijn. De loop voelde koel aan. De menigte in de diepte was kalm. Ik liet mijn ingehouden adem ontsnappen. Ik had niemand neergeschoten.

Waar was ik? De hoge gebouwen wezen erop dat ik in het centrum moest zijn. Het plein onder me kon Pershing Square zijn.

Op het bureau lag een leren map waarop in goudkleurige letters THE MILLENNIUM BILTMORE HOTEL stond. Helena had een mooie plek uitgezocht om iemand te vermoorden. Ik tilde het geweer op om het magazijn eraf te halen.

Callie. Niet doen, alsjeblieft.

Ik hoorde haar stem duidelijker dan ooit.

Niet ontladen.

'Helena?'

Ja.

'Hoor je me?' vroeg ik.

Nu wel. De verbinding is beter.

'Hoe is dit mogelijk?' Ik rilde alsof ik haar uit me wilde schudden. 'Wat heb je me op de hals gehaald?'

Ik maakte het magazijn los en legde het op het bureau.

Wil je het geweer alsjeblieft weer laden? We hebben niet veel tijd.

'Nee, ik wil het geweer niet herladen!' riep ik. 'Je zou niet eens een wapen mogen hebben!' Ik gooide het geweer op het bed. 'Hoe ben je eraan gekomen?'

Als je het vernietigt, net als mijn pistool, koop ik gewoon een nieuwe.

'Ik heb je pistool niet vernietigd, ik heb het weggegooid.' Ik liep naar het raam en keek naar beneden.

Senator Harrison was net aangekomen. Hij beklom het podium en richtte zich tot de menigte.

'Ik ga niemand voor je neerschieten, en ik laat jou mijn lichaam niet gebruiken om te moorden.' Ik reikte naar het raam en sloeg het met een klap dicht.

Luister, Callie. Ik wil een misdaad voorkomen. Een misdaad waar tienduizenden jongeren zoals jij de dupe van kunnen worden.

Ik schudde mijn hoofd. 'Je hebt me al te vaak voorgelogen.'

Ik besloot dat het slim zou zijn om het geweer en mijn gevaarlijke positie zo ver mogelijk achter me te laten, voor je weet het maar nooit, en stormde naar de deur.

Callie, wacht.

Ik sloeg de deur achter me dicht en rende de gang in. 'Wie beraamt er nou zo'n plan?'

Niet rennen. Je bent net geopereerd.

Ik vertraagde mijn pas. Was het een verzinsel van haar? Om me onder de duim te houden?

Je chip.

Ik voelde aan mijn achterhoofd. Het deed pijn. Meer pijn dan toen Blake het had aangeraakt.

'Wat heb je met me gedaan?'

Een paar Enders kwamen uit hun kamer en gaapten me aan. In hun ogen was ik een geschift meisje dat in een lege gang liep te schreeuwen. Ik rende naar de liften. Er stond er een klaar en ik glipte erin. Toen de messing deuren zich sloten zag ik mezelf erin weerspiegeld. Ik had een zwarte jumpsuit aan en mijn haar was strak naar achteren gekamd in een paardenstaart. Wat was de look die Helena had beoogd, die van een chique ninja?

We hebben de chip aangepast.

Ik omklemde de balustrade in de lift. 'Heb je me door iemand laten opereren?'

Door een expert op het gebied van neurochips. Een chirurg. We moesten de stop-moordschakeling omzetten.

'De wát?' De lift stopte en er stapte een Ender in. Ik had geen andere keus dan mijn mond houden en naar Helena luisteren.

De schakeling voorkomt dat huurders een moord plegen. Mijn vriend heeft hem aangepast toen ik aan mijn huurtermijn begon, maar er waren problemen: soms een black-out, ik werd uit het – jouw – lichaam geduwd, we stuiterden heen en weer. Toen heb ik hem gevraagd het op te lossen. Het beste wat hij kon doen was de chip zo instellen dat we met elkaar konden communiceren.

Ik keek naar de Ender in de lift. Hij leek mijn outfit wel mooi te vinden. Joepie. Toen de lift op de begane grond stopte, liet ik hem eerst uitstappen en wachtte tot hij buiten gehoorsafstand was.

'Nou, ik wil niet dat je met mijn hoofd knoeit. En ik wil jou niet ín mijn hoofd,' zei ik tegen Helena. 'Zo hadden we het niet afgesproken.' Ik voelde mijn wangen gloeien.

In de lobby krioelde het van de mensen. Ze verdrongen zich bij de ramen om een glimp op te vangen van de senator op het plein.

'Waar staat de auto?' vroeg ik aan Helena.

Ga alsjeblieft niet weg.

Ik voelde in mijn zakken en vond een parkeerbonnetje. Toen ik het hotel uit liep gaf ik het aan de portier.

163

De senator praatte in een microfoon en ik kon hem horen vanaf de plek waar ik stond. Ik keek toe terwijl hij de menigte vanaf het podium toesprak.

'Onze jeugd zou een bijdrage kunnen leveren aan de maatschappij,' zei hij.

Wat een leugenaar.

'Alle politici liegen,' zei ik. 'Dat is een functievereiste.'

Zijn leugens zijn groot. Ze kunnen kinderen het leven kosten.

Tijdens de autorit stond Helena erop me te vertellen hoe ze over de senator dacht. In het begin had ze geloofd dat hij het voor de jongeren opnam, dat hij ze betere leefomstandigheden en een betere gezondheidszorg wilde bieden, met name de tieners in gestichten, maar het afgelopen halfjaar was ze erachter gekomen dat hij een geheim plan had.

Hij is betrokken bij TopBestemmingen.

'Hoe?' Ik passeerde andere automobilisten die met stemmen in hun hoofd praatten, maar die van hen kwamen tenminste uit een oortje.

Hij heeft financiële belangen bij het bedrijf. Hij gaat naar Washington om de president over te halen vóór de volgende verkiezingen een overeenkomst te sluiten met TopBestemmingen. Om tieners voor de overheid in te zetten.

'Als wat precies?' Helena's vergezochte speculaties ergerden me.

Daar kan ik alleen maar naar raden. Waar het om gaat is dat die tieners geen vrijwilligers zullen zijn. Volgens mijn bronnen zullen ze in het gunstigste geval worden gerekruteerd, en in het ongunstigste ontvoerd.

Het ging me allemaal te snel. Ik begreep niet waar ze het over had. Het leek alsof de woede om het verlies van Emma haar verblindde. Stel dat er géén grote samenzwering was? Emma kon toch ook gewoon weggelopen zijn? En Kevin, de kleinzoon van Lauren, kon toch met haar mee zijn gegaan?

Toch moest ik het vragen. 'Wat denk je dat ze van plan zijn?'

Alles waarvoor het handig is om een Ender met meer dan honderd jaar levenservaring en wijsheid in het sterke, jeugdige lichaam van een tiener te hebben. Ik denk aan spionage, maar dat is waarschijnlijk nog maar het begin.

'En dat heb jij allemaal ontdekt doordat je kleindochter vermist raakte?'

Ze is vermoord. De bodybank heeft haar vermoord.

De woede in haar stem liet het bloed in mijn aderen stollen. 'Kun je dat bewijzen? Je hebt het lichaam nooit gezien.'

Ik heb meer dan genoeg bewijs. Denk je dat ik over één nacht ijs ben gegaan? Ik heb hier het afgelopen halfjaar aan gewerkt. En er zijn andere slachtoffers, andere grootouders.

'Ze hebben niet allemaal dezelfde conclusies getrokken als jij.'

Helena zweeg even. Je hebt Lauren dus gesproken. Ze is naïef. Ze kan niet geloven dat een bedrijf jonge mensen zou vermoorden.

'Zoals jij mij wilde laten vermoorden? Door de politie, nadat ik senator Harrison had vermoord?'

Haar lange stilte sprak boekdelen. Uiteindelijk zei ze weer iets.

Je bent snel. Sterk. Je zou kunnen ontsnappen.

'Ik ben niet sneller dan een kogel.'

De toon van haar stem veranderde. Ze kreeg iets kinderlijks.

Waar gaan we naartoe?

'Niet we, ík! Het is mijn lichaam. Jij lift alleen maar mee.' Ik dacht terug aan hoe ze bij TopBestemmingen in die stoel vastgegespt had gezeten.

Niet naar TopBestemmingen, dat kun je niet doen.

'Dat is precies waar ik naartoe ga.'

Waarom zou je daarheen willen? Als je je contract niet uitzit, krijg je je geld niet.

'De kans dat ik mijn geld krijg, wordt volgens mij met de minuut kleiner. Als jouw plan was gelukt, was ik dood geweest voordat ik recht had op mijn geld.' Ik zwenkte de snelweg af. 'Misschien kan ik de helft krijgen.'

Denk je dat je TopBestemmingen een aannemelijke verklaring kunt geven? Je pleegt contractbreuk, de rest interesseert ze niet.

'Ik kan ze over jou vertellen. Dat je met mijn chip hebt geknoeid. Ze kunnen het probleem oplossen.'

Als je laat doorschemeren dat je ook maar iets weet over de donors die zijn omgekomen, of over senator Harrisons plan, vermoorden ze je.

'Je ziet één kleinigheidje over het hoofd, Helena: ik geloof je niet. Ik geloof geen woord van wat je zegt.'

Maar je moet wel. De aangepaste chip. De black-outs. Het feit dat ik met je kan communiceren bewijst op zich al dat ik de waarheid spreek.

Ik omklemde het stuur. Wat ze over de chip had gezegd moest wel waar zijn, maar wilde dat zeggen dat de rest ook waar was? Mijn slapen begonnen te bonzen. Ik remde.

We waren op een paar honderd meter van TopBestemmingen.

'Ik wil je uit mijn hoofd hebben. Nu.'

Ga niet terug naar die plek. Alsjeblieft. Ik smeek het je.

Ze klonk zo angstig dat ik in elkaar kromp. 'Geef me één goede reden.'

Als je teruggaat zijn we er allebei geweest.

13

IK STOND met draaiende motor bij een koffietentje, gespitst op vogelvrijen.

'Helena, ik heb meer bewijs nodig.'

Zij geloofde dat de bodybank haar zou vermoorden als ik terugging, en mij ook.

Om me ervan te weerhouden terug te gaan naar TopBestemmingen had ze aangeboden me te vertellen waar ik de chip kon laten verwijderen. Waarschijnlijk bij die nerd die hem had aangepast. Hoe kon ik hem vertrouwen? Hij was degene die de stop-moordschakeling onschadelijk had gemaakt, zodat ik Helena's persoonlijke moordmachine was geworden.

Ze zweeg.

Ze had zich vaker koest gehouden, maar deze stilte was anders. Leeg. Zoals wanneer er niemand meer aan de andere kant van een telefoonlijn is. In een zielige poging Helena's 'signaal' terug te krijgen, drukte ik op de chip onder de hechtingen in mijn achterhoofd, maar het leverde me alleen een snijdende pijn op.

'Au.'

Zelfs daar reageerde ze niet op. Het was duidelijk dat ze was weggegaan, opzettelijk of niet.

Voordat Helena's stem in mijn hoofd was opgedoken, had ik gedacht dat de aanslag in het Muziekcentrum zou plaatsvinden, maar toen had Helena me verrast door het op Pershing Square te proberen. Ze had haar plan naar voren geschoven toen ze inzag dat ik een te groot probleem begon te worden, doordat ik haar pistool had afgepakt en zo. Daar hebben moordenaars echt een bloedhekel aan.

Aangezien het waarschijnlijk was dat Helena haar oorspronkelijke plan door zou zetten, besloot ik hetzelfde te doen.

De volgende dag ging ik naar Madison. Ik snakte ernaar haar in vertrouwen te nemen. Ik wilde haar alles vertellen wat ik aan de weet was gekomen, hoe Helena's stem in mijn hoofd kon klinken terwijl ik de macht over mijn lichaam had.

Alleen zou Madison dan flippen. Als ze wist dat ik vanbinnen geen Ender was, net als zij, zoals ik het had doen voorkomen, zou ze me niet meer vertrouwen. Ze zou me bij TopBestemmingen kunnen aangeven. Op dit moment kon ik niet bij haar aankloppen voor een beetje medeleven.

De inrichting van Madisons huis was blijven steken in een stijl die twintig jaar eerder misschien modern was geweest: alien chic. Zinderig groene stoelen die in de lucht zweefden, vreemde hologramkroonluchters en driedimensionale alien landschappen aan de wanden.

Terwijl ze me voorging door de gang vertelde ze me dat ze bepaalde kamers graag gebruikte wanneer ze 'in haar rol was', waarmee ze 'als huurder' bedoelde. Het huis was groot, dus ze had het voor het kiezen.

We gingen naar de speelkamer, een droomplek die me mijn problemen liet vergeten. Ze liet me de buffettafel langs de muur zien en gaf me een schaal. Rijen van de lekkerste snacks in plexi-kokers riepen ons, en we laadden onze schaal allebei vol met snoep, bonbons en zoutjes. Aan het eind van de tafel stond een verbijsterende frisdrankfontein die ze zo kon programmeren dat de vloeistof grappige gekleurde vormen aannam in de glazen.

We gingen met onze buit naar een immense, fluwelige bank en maakten het ons gemakkelijk. Midden in de kamer zweefde een Invisascreen van 200 bij 350 inch dat holo's kon projecteren. Ik had er nog nooit zo eentje bij iemand thuis gezien. Afgezien van holo's en programma's had het ook spelletjes als super-voetbal, luchttennis of golf die we met de kampioenen konden spelen.

We konden meespelen in series die alleen abonnees met wie Madison bevriend was konden zien. Dit hadden onze ouders zich op geen stukken na kunnen permitteren, maar voor idolate fans die zo rijk waren als Madison waren de mogelijkheden vrij-wel onbegrensd.

'Ik was vroeger productiemanager, dus ik heb bedrijfskorting gekregen,' vertelde ze met een knipoog.

Zelfs de rijken hielden van koopjes, veronderstelde ik.

Madison bestelde het laatste deel van een populaire holoserie. De personages werden levensgroot in de ruimte geprojecteerd. Ze van zo dichtbij zien, op die schaal, was anders dan een Xperience zien. Na een paar minuten stond Madison op en liep de ruimte in. Er speelde een scène tussen twee acteurs, en de langste wendde zich tot haar.

'Hallo, Madison,' zei hij. 'Leuk dat je erbij komt.'

'Wauw. Hoe doe je dat?' vroeg ik gefascineerd.

'Je moet hier gaan staan...' – Madison wees naar een rechthoek midden in de kamer – '... anders werkt het niet.'

Zodra ik de rechthoek in stapte richtte de andere acteur, die kleiner was en felle ogen had, zich tot mij.

'Hallo, Callie,' zei hij. En ik voelde me alsof ik smolt.

Hij kwam dichter bij me staan. Ik kon hem ruiken, een houtachtige geur, als ceder. Hij zag er niet helemaal echt uit, meer zoals een goed hologram je op het eerste gezicht fopt. Als je nog eens goed keek, zag je de verraderlijke flakkering langs de randen, maar het was toch verbijsterend.

'Hoe doen ze dat?' Ik wilde naar hem blijven kijken, maar ik vroeg het aan Madison, die opging in haar gesprek met haar eigen acteur.

Mijn acteur legde zijn hand op mijn arm om mijn aandacht terug naar hem te leiden.

'Vraag je maar niet af hoe. Vraag je alleen af wie.' Hij glimlachte naar me.

Ik voelde zijn aanraking. Die was niet helemaal echt, maar subtieler, als een briesje over mijn huid. Ik kreeg kippenvel op mijn arm.

Er ging een telefoon.

Iedereen sloeg zijn armen over elkaar en wachtte tot ik het geluid het zwijgen had opgelegd.

'Callie.' Madison sloeg een hand tegen haar voorhoofd. 'Dat verstoort de illusie.'

'Sorry.'

Ik stapte de rechthoek uit en liep naar de bank. Op het scherm van mijn telefoon zag ik de naam die ik op dat moment het minst graag wilde zien.

Ik nam op. 'Blake?'

'Callie. Hoe is het?'

Ik keek om en zag Madison glimlachend naar haar acteur kijken, die met haar haar speelde. De mijne stond met zijn handen in zijn zakken te wachten.

'Hoor eens, Callie, ik weet dat het kort dag is, maar ik heb net toestemming gekregen van mijn grootvader. Heb je zin om met me naar de uitreiking van de onderscheidingen van de Jongerenbond te gaan?'

'Vanavond, bedoel je?'

'Ja.'

'Ik... Ik kan eigenlijk niet.'

'Het is belangrijk. Ik wil je er graag bij hebben. En je had gezegd dat je mijn grootvader wilde leren kennen.'

'Hij zal het toch wel te druk hebben,' zei ik.

'Er is een receptie na afloop. Iedereen die iets voorstelt is erbij, zelfs de burgemeester. Het wordt vast leuk.'

Het was de laatste plek op aarde waar ik zou moeten zijn. Ik beet op mijn onderlip om geen ja te zeggen. Ik wilde graag bij Blake zijn, maar dit was nu precies wat ik wilde vermijden: in één ruimte zijn met de senator. Stel dat ik een black-out kreeg en Helena mijn lichaam overnam?

'Ik wil graag met je mee, Blake, echt, maar ik heb Madison beloofd vannacht bij haar te logeren. Het zou gewoon niet netjes van me zijn.'

We namen afscheid en verbraken de verbinding, en ik voelde zijn teleurstelling. Die was net zo diep als de mijne.

Toen ik mijn telefoon in mijn tas stopte keek Madison mijn kant op. 'Alles goed?'

'Ja, prima.' Ik zakte onderuit op de bank.

'Kom erbij.' Ze wenkte me. De acteurs praatten nu allebei tegen haar.

Ik schudde mijn hoofd. 'Ik kijk wel.'

Madison haalde haar schouders op. Ze gaf beide acteurs een hand en wendde zich af, en het drietal liep een jungle in. Het viel me in dat Helena mijn lichaam al een tijdje niet meer had overgenomen. En ze had al een tijd niets meer tegen me gezegd...

Ik snakte naar adem. Stel dat ze niet meer bij de bodybank was? Zou ze de huurtermijn kunnen hebben afgebroken omdat onze verbinding niet naar behoren was? Als ze had geconcludeerd dat ik haar toch niet wilde helpen, was ze misschien uit de bodybank weggegaan om de senator zelf te vermoorden. Tijdens de uitreiking, volgens plan. Volgens haar oorspronkelijke plan had ze het niet zelf willen doen, maar ik had duidelijk gemaakt dat ik hem onder geen beding wilde neerschieten. Misschien was het een wanhoopsdaad van haar.

Als ik naar de uitreiking ging zou ik Blakes grootvader te spreken krijgen. Ik kon proberen het hem uit te leggen, hem te waarschuwen. En ik had geen wapen meer. Als Helena mijn lichaam weer overnam, zou ze kostbare tijd moeten spenderen aan het vinden van een nieuw wapen.

Het was stom van me geweest om Blakes aanbod af te wijzen. Ik verontschuldigde me en ging met mijn telefoon naar Madisons gastenbadkamer.

Blake, die het geweldig vond dat ik me had bedacht, reed met me naar de ondergrondse parkeergarage van een gebouw in het centrum. Ik zei nog eens tegen hem dat ik me er erg op verheugde zijn grootvader te ontmoeten. Misschien zou ik zelfs de kans krijgen hem even onder vier ogen te spreken? Blake zei dat hij zijn best voor me zou doen. Hij vroeg niet eens waarom ik het wilde. Waren alle jongens maar zo aardig.

Blake liet een speciale sleutel zien en de ondergrondse portier bracht ons naar een privélift met zwart- en goudkleurig tapijt. We stapten in. De portier stak zijn eigen sleutel in een sleutelgat en tikte tegen zijn pet toen de deuren zich tussen hem en ons sloten.

'Dit is het Muziekcentrum niet,' zei ik.

'Nee?' zei Blake. 'O, nee toch, ik heb de verkeerde afslag genomen.'

Ik lachte smalend en hij grinnikte terug. De lift stopte toen het lampje naar de 'P' van 'Penthouse' versprong.

De liftdeuren kwamen uit op een kort gangetje met een deur aan het eind. Blake maakte hem met zijn sleutel open. Ik zag donker hout en gedempt licht. Rechts was een ronde bar, compleet met een Ender erachter die een glas opwreef.

'Welkom, Blake.'

'Hallo, Henry.'

Blake liep langs de leren stoelen in het vertrek naar een glazen schuifdeur. Hij haalde zijn hand langs een sensor op de muur en de deur gleed open. We stapten een groot dakterras op.

In het midden stond een moderne, vierkante fontein. Het rustgevende geborrel overstemde de geluiden van het drukke stadshart. Ik liep naar de rand van het terras en gluurde tussen de palmen langs de balustrade door. Het was wel duidelijk waarom de palmen er stonden: de oase stond te midden van dichtgetimmerde, afbrokkelende gebouwen. Sommige waren met de grond gelijkgemaakt, alsof een reusachtig monster ze had verpletterd.

Ik keerde het uitzicht de rug toe.

'Dus dit is van je familie?' vroeg ik aan Blake.

Hij knikte. 'Ja. We gebruiken het als we naar de opera gaan, of naar recepties in het concertgebouw, maar het personeel vindt het niet prettig om me te bedienen wanneer mijn grootvader er niet is. In hun ogen ben ik nog maar een kind.'

'Ik zou blij zijn dat ik hier was, hoe ze me ook behandelden.'

Blake loodste me naar een tweezitsbankje en we gingen zitten.

'Moeten we niet naar de uitreiking?' vroeg ik.

'Het is nog vroeg.'

De barkeeper kwam ons frisdrank brengen. Hij zette de glazen op een bijzettafel en liep weer weg.

'Zo, Callie, hoe voel je je?'

Ik keek op naar de schapenwolkjes aan de blauwe lucht. Ik had zin om hem alles te vertellen.

'Goed.'

Hij sloeg zijn arm om mijn schouder en aaide me over mijn kruin. Hij wilde zijn hand over mijn achterhoofd laten glijden, maar ik hield hem tegen.

'Wat is er?' vroeg hij.

'Niets,' zei ik, en ik liet zijn hand los.

'Kom op, Callie.' Hij bracht zijn gezicht naar het mijne. 'Wat is er?' Hij keek naar mijn hoofd.

'Je moet me daar gewoon niet aanraken,' zei ik.

'Waarom niet?' Hij leek het bijna grappig te vinden. Hij hield zijn hand boven mijn hoofd alsof het een spelletje was, en ik pakte hem.

Wat kon ik zeggen? Ik hield het op de waarheid. 'Ik heb een operatie gehad.'

Zijn glimlach verflauwde. 'Wat voor soort?'

Ik probeerde een geloofwaardige leugen te verzinnen, maar er wilde me niets te binnen schieten. 'Ik wil het er niet over hebben.'

Ik keek naar hem en zag zijn bezorgdheid.

'Het is… iets persoonlijks,' zei ik.

Hij pakte mijn hand. 'Ik weet dat we elkaar nog niet zo lang kennen, maar ik dacht dat je me vertrouwde.'

'Daar gaat het niet om, maar het is nu net zo goed tussen ons.'

'En je bent bang dat ik je niet meer leuk vind als je me vertelt wat voor operatie je hebt gehad? Denk je dat ik zo oppervlakkig ben?'

Mijn onderlip trilde. 'Nee, natuurlijk niet.'

Hij gaf een kneepje in mijn hand. 'Wat je me ook vertelt, het kan niets aan mijn gevoelens voor jou afdoen. Ik wil je leren kennen. Ik wil alles van je weten.'

Hij had geen idee hoe ver bezijden de waarheid het was. 'Dwing me alsjeblieft niet erover te praten, oké?' Ik keek hem smekend aan. 'Soms doe je gewoon dingen waar je later spijt van hebt.'

'Ik denk dat niemand dat kan ontkennen. Je bent de enige niet.' Hij streelde met zijn duim over mijn hand.

Hij deed zijn best om aardig te zijn en drong niet aan. Was het maar niet zo ingewikkeld. Was ik maar nooit naar die bodybank gegaan, maar als ik het niet had gedaan, had ik hem nooit ontmoet.

De zon zonk achter de gebouwen van de stad. 'Moeten we niet eens weg?' vroeg ik.

Blake pakte mijn beide handen en trok me overeind. 'Kom maar mee.'

Hij ging me voor naar binnen, liep een gang in en deed een deur open. De kamer erachter was een meisjeszone, een en al zachte tinten roze.

'Beschouw dit maar als je persoonlijke boetiek.' Hij trok de kastdeuren open en ik zag jurken in alle kleuren van de regenboog, van lange avondjaponnen tot kleine cocktailjurkjes.

'Van wie zijn al die kleren?' vroeg ik.

'Van mijn zus. Ze is dol op shoppen.' Hij zette een vertwijfeld gezicht op.

Veel jurken waren gemaakt van het allernieuwste op het gebied van textieltechnologie, vederlichte, wetenschappelijke wondertjes die van kleur verschoten, maar er waren ook retro jurken, geïnspireerd door oude films uit de vorige eeuw. Op de planken erboven stonden doorzichtige dozen met glitterschoenen met hoge hakken en tasjes.

Blake haalde zijn hand langs een sensor en de planken draaiden, zodat er meer dozen zichtbaar werden.

'Ik wist niet dat je een zus had.'

'Ze zit in het noorden, bij mijn oudtante.'

Ik streek met mijn hand over de stoffen. 'Wat doet ze daar?'

'Shoppen.'

Hij leunde tegen de muur, vlak naast mijn schouder, en keek me recht in de ogen. Ik zag aan hem dat hij verder wilde gaan waar hij zonet was opgehouden.

Zijn gezicht was vlak bij het mijne. 'Wees maar niet bang.' Hij stak een hand op en bewoog zijn vingers voordat hij hem achter zijn rug verborg. 'Zonder handen, deze keer.'

Ik moest wel glimlachen. Hij boog zijn hoofd, heel langzaam, en kuste me. En kuste me. Ik wilde dat er geen eind aan zou komen, het mocht nooit ophouden. Net toen ik dacht dat het niet lekkerder kon worden, werd het dat toch. Ik sloeg mijn armen om zijn nek en liet niet los.

Toen gebruikte hij zijn handen toch – hij omvatte mijn middel. Ik drukte mijn rug tegen de muur en trok hem naar me toe, duizelig en buiten adem. Ik drukte mijn voorhoofd tegen het zijne. 'We kunnen maar beter gaan,' fluisterde ik. 'Anders komen we te laat.'

Hij knikte. We lieten elkaar los en hij stapte langzaam achteruit de kamer uit. 'Geef maar een gil als je zover bent.'

Toen hij weg was voelde ik aan mijn lippen. Ze waren warm en gezwollen.

Ik haalde mijn hand langs de fantastische kleren. Hoe kon ik een keus maken? Het was als maar één smaak ijs mogen kiezen. Er was echter geen tijd te verliezen, en ik trok een mouwloze blauwe jurk met een bijpassende omslagdoek aan. De jurk reikte tot aan de vloer, maar woog minder dan een zakdoek. Hij was mooi en gepast decent. Ik wilde geloofwaardig op de senator overkomen. Ik herinnerde me dat ik ooit had gehoord dat blauw een vertrouwenwekkende kleur was.

Na een paar minuten klopte Blake op de deur.

'Binnen.'

Blake had een smoking aan. Hij zag er waanzinnig goed uit. Toen hij mij zag zette hij grote ogen op, maar hij schakelde snel om naar zijn coole modus. Hij pakte een metalen stokje dat in de kast hing en haalde het langs mijn jurk.

'We hebben geen tijd om te spelen,' zei ik.

'Wacht maar.'

Er floepte een luchtscherm in de kast aan. Er verscheen een driedimensionaal beeld van de blauwe jurk, dat ronddraaide. Er werden ook schoenen, een tas, oorbellen en een armband zichtbaar. De planken met transparante opbergdozen draaiden tot de pumps van het luchtscherm zichtbaar werden. Ik pakte ze uit de doos – hoge hakken, met op allebei de schoenen een zilveren walvisje.

'Walvissen. Je lievelingsdieren,' zei Blake.

'Wauw.' Ik schoof mijn voeten in de schoenen. 'We hebben dezelfde maat. Ze zitten als gegoten.'

Blake reikte me het tasje aan en hield toen een prachtige antieke

armband op, filigrein met blauwe stenen, en bijpassende oorhangers.

'Weet je zeker dat ze het niet erg vindt dat ik haar spullen leen?'

'Kijk dan hoeveel ze heeft. We kunnen de helft weggooien zonder dat ze het merkt.'

'Ja, maar de computer onthoudt het wel.'

Hij reikte naar mijn pols en zag de bedelarmband. 'Mooi.'

Ik bood hem mijn andere pols aan en hij bevestigde de armband
erom.

Ik keek in de spiegel om de oorhangers in te doen. Toen ik Blakes
blik ving trok hij een gezicht dat de moeite van het onthouden
waard was. Eerst krulde zijn linkermondhoek langzaam op. Toen
verschenen er fijne rimpeltjes rond zijn ogen, die opeens straalden, en zijn andere mondhoek krulde ook op.

'Je ziet er zo adembenemend uit dat niemand oog zal hebben
voor mijn grootvader.'

14

TOEN WE die avond naar het Muziekcentrum liepen, voelde ik me als een prinses die haar entree maakt op een koninklijk bal. Het plein voor het gebouw leek op iets uit een droom, met kleine lichtjes die flonkerden in de bomen, grotere lichten die de gebouwen beschenen en schijnwerpers die de sculpturale waterval uitlichtten die op het midden van het plein danste.

We betraden het Dorothy Chandler Paviljoen, waar kroonluchters ter grootte van kleine auto's boven onze hoofden schitterden. We beklommen de statige trap naar de eerste verdieping, waar het feest voorafgaand aan de uitreiking in volle gang was. Enderkelners met dienbladen vol champagne en punch baanden zich een weg tussen de glamoureuze massa door. Er waren voornamelijk bemiddelde Enders, maar hier en daar zag ik rijke tieners zoals Blake.

En dan was ik er nog.

'Waar is je grootvader?'

Blake reikte me een glas punch aan. 'Ik zal hem gaan zoeken. Red jij je wel?'

'Prima,' zei ik met een blik op het buffet.

Blake keek reikhalzend over de zee zilvergrijze hoofden heen en ging op in het gewemel. Ik liep naar de buffettafel, die zwaar beladen was met garnalen, krab en kreeft. Tylers ogen zouden ervan hebben uitgepuild.

Net toen ik in de verleiding kwam om iets te proeven schrok ik van een stem.

Callie. Je bent er toch.

De Stem zat in mijn hoofd. Helena. Ze was dus nog bij de bodybank.

'Daar ben je weer,' zei ik zacht. 'Ik zal een exorcist moeten zoeken.'

Iedereen om me heen had het te druk met elkaar of met de hapjes om te zien dat ik in mezelf praatte. Ik wist niet of het een reden tot boosheid of tot opluchting was.

Ik ben blij dat je tot inkeer bent gekomen.

'Juich maar niet te vroeg. Ik ben hier niet om iemand te vermoorden.'

De senator is een monster. Als je hem laat ontkomen, stapt hij morgen op het vliegtuig naar Washington en dan is het lot van duizenden tieners bezegeld.

Haar dramatische gedoe had geen effect op me. 'Dat weet je niet.'

Zeg mij wie uw vrienden zijn, en ik zal u zeggen wie u bent, zeggen ze. Nou, de senator speelt onder een hoedje met de man die aan het hoofd staat van TopBestemmingen, de Ouweheer. Hij is de slechtste mens van het heelal.

'Kan ik die dan niet beter vermoorden?' zei ik met een stem die droop van het sarcasme.

Eigenlijk wel, maar hij wordt te goed beschermd. De senator is nu onze grootste zorg.

Zo te horen werd haar moordlijstje langer.

Door de senator ervan te weerhouden vanavond dat vliegtuig te nemen, kunnen we voorkomen dat dit tot een uitbarsting komt. Ik geef je vijf keer zoveel als TopBestemmingen je heeft beloofd. En ik geef je een huis.

Ik reageerde welbewust niet. Ik liep naar het balkon en passeerde de rode gloed van de sigaren van Enders die niet meer bang waren voor een vroege dood. Toen ik aan het eind was bleef ik staan en keek naar de stad. Voorbij de begrenzing van onze luxueuze omgeving stonden met graffiti bekladde, afgedankte gebouwen. Het was een schril contrast.

Helena's aanbod was niet mis. Ik vond het verschrikkelijk dat ik er zelfs maar over nadacht.

'Zelfs al zou ik willen doen wat je van me vraagt, dan heb ik nog geen geweer.'

Toch wel. Ik heb er eerder een verstopt. Dit was mijn oorspronkelijke plan, weet je nog?

Ik werd misselijk. Ze had het wel over Blakes grootvader.

Ik zal je zeggen waar het is.

'Niet doen, ik wil het niet weten.' Ik wilde mijn vingers in mijn oren stoppen en lalalala zingen, maar het zou haar niet buitensluiten.

Ik hoorde voetstappen achter me, keek om en zag Blake.

'Hier is ze,' zei hij. 'Grootvader, dit is Callie.'

Senator Harrison.

Dit was mijn kans om hem te waarschuwen, maar ik kon hem er niet mee overvallen. Hij zou me voor een krankzinnige aanzien.

'We hebben je overal gezocht, jongedame,' zei de senator, die me zijn hand aanbood.

Niet de beste kennismaking, als ze je eerst moesten zoeken. Ik gaf hem een hand en zag zijn gezicht. Dat stond bijna gekweld, alsof hij medelijden met me had.

'Zo, hoe ken je mijn kleinzoon?'

'Uit een nachtclub,' zei ik.

De senator keek naar Blake. 'Een nachtclub? Wat voor nachtclub?'

'Grootvader...' zei Blake.

'Club Rune,' zei ik, waarschijnlijk iets te snel.

'Club Rune.' Het gezicht van de senator verstrakte.

Ik nam aan dat hij het niet goedkeurde. Ik had Blake moeten laten antwoorden. Ik wierp een blik op hem, maar zijn gezicht verried niets.

Blake keek me aan. 'Heb je het niet ijskoud hier?'

Ik schudde mijn hoofd. Toen nam ik hem nog eens op. Had hij me een teken gegeven om naar binnen te gaan?

De senator schraapte zijn keel. 'Beeldige jurk heb je aan.'

'Dank u.' Ik keek naar beneden en streek de stof glad.

'En die oorhangers. Die armband? Erfstukken? Ze komen me zo bekend voor.'

'Uw kleinzoon heeft ze voor me uitgezocht.'

De senator wierp Blake een nijdige blik toe. 'Op zo'n manier. Pas goed op die sieraden vanavond. Ze zijn al generaties in de familie.'

Er kwam een assistent naar de senator toe die iets in zijn oor fluisterde.

'We moeten ons achter de coulissen vervoegen. De ceremonie begint over een halfuur,' zei de senator tegen Blake.

'Ik kom zo,' zei Blake.

De senator snoof afkeurend. 'De schijn ophouden, Blake. De schijn ophouden.'

'Ik kom zo.'

De senator draaide zich op zijn hakken om en liep weg zonder gedag te zeggen.

'Ik geloof niet dat hij me aardig vond,' zei ik tegen Blake.

'Nee, joh, dat was zijn "ik ben dolenthousiast over haar"-gezicht. Kon je dat niet zien?'

Hij gaf een kneepje in mijn hand.

Ik moest wel glimlachen.

'Je hebt je kaartje. Ik zie je na de uitreiking, op de receptie in de balzaal.' Blake liet zijn tong uit zijn mondhoek hangen en wreef over zijn buik voordat hij zich weg haastte.

Nu weet je hoe de senator eruitziet. Laat je niet in de luren leggen door zijn charme. Hij is een politicus; die versieren je zelfs nog terwijl ze slapen.

'Ben je er de hele tijd bij geweest?' vroeg ik aan Helena. Ik griezelde bij het idee. Ik had nul privacy.

Luister goed. Het wapen ligt in de laatste cabine rechts van de dames-wc's op de eerste verdieping.

En daar blijft het, dacht ik, maar ik zei het niet tegen Helena. Ze kon wel ziet dat ik er niet naartoe liep.

Je moet het wapen pakken, Callie.

'Ik ben niet van plan het te gebruiken.'

Je kunt het daar niet laten liggen.

'Waarom niet?'

Omdat jouw vingerafdrukken erop staan.

Ik stond in de rij voor de dames-wc's op de eerste verdieping. Elegant geklede Enders stonden te tutten voor de spiegelwanden terwijl ze deden alsof ze hun buik niet hoefden in te houden. Aan het eind van de gang links waren twee rijen cabines, allebei met hun eigen rij wachtenden.

Neem de rij rechts.

Ik stapte over naar de andere rij en wachtte. Ik telde vier cabines, waarvan de laatste geschikt was voor gehandicapten.

De cabine ernaast kwam het eerst vrij.

Nee. Je moet de laatste hebben.

Ik liet een Ender voorgaan. Toen de laatste cabine vrijkwam stapte ik erin, deed de deur op slot en keek om me heen.

'Ik zie niets,' fluisterde ik naar Helena.

Kijk onder het afvalbakje.

Daar hing het, laag aan de muur. Ik zakte door mijn knieën en probeerde te voorkomen dat mijn schitterende jurk door de wc-pot sleepte. Ik tastte onder het afvalbakje en voelde iets bultigs. Ze had een klein pistool aan de onderkant getapet.

Daar.

Ik pulkte het plakband los. Er klingelden bellen ten teken dat de uitreiking ging beginnen. Ik kreeg het pistool eindelijk los en stopte het in mijn tas.

Toen ik me de wc-ruimte uit haastte, besefte ik dat ik de kogels niet uit het pistool had gehaald. De zaalwachten begonnen de deuren te sluiten. Net toen ik de zaal in glipte, stak ik mijn hand in mijn tas en vergrendelde het pistool.

Dat is niet nodig.

'Veiligheid voor alles,' fluisterde ik.

Ik zat de toespraken uit. De senator werd aangekondigd als een gerespecteerd staatsman. Hij vertelde dat zijn missie eruit bestond jonge mensen uit de problemen te houden door ze bezigheden te geven. Helena gaf doorlopend commentaar, waarbij ze elke zin omkeerde om de werkelijke, boosaardige bedoelingen van de senator aan het licht te brengen.

Ze was niet van plan het op te geven.

Je hebt het pistool. Schiet hem dood.

Als ik iets terug had kunnen zeggen, had ik gezegd dat ze haar mond moest houden. De minuten leken een eeuwigheid te duren en het pistool in de tas op mijn schoot voelde aan alsof het vijftig kilo woog.

Zodra de ceremonie achter de rug was liet ik me door de stroom meevoeren de zaal uit.

'Ik heb een vraag voor je, Helena,' prevelde ik. 'Waarom hier?'

Hoe groter de opschudding, hoe beter we de bodybank aan de kaak kunnen stellen.

Ik drentelde door de balzaal, wachtend op Blake. Helena zweeg, wat me even respijt gunde. Ik bewonderde de hoog opgetaste desserts op de buffettafel, maar ik had geen trek en ik leek iedereen in de weg te lopen, dus ging ik aan de zijkant staan, bij de grote ramen.

Toen ik er een paar minuten stond werd ik op mijn rug getikt. Ik draaide me om en zag de senator staan. Alleen.

'Callie, hè? Vermaak je je een beetje?'

Dit was mijn kans om hem te waarschuwen. 'Hm, niet echt. Ik... Ik wilde u spreken.'

Hij kneep zijn ogen tot spleetjes. 'Je bent echt beeldschoon.'

Uit zijn mond klonk het op de een of andere manier als een belediging. Het was niet alleen dat hij het zo plompverloren zei; zijn toon maakte me ook gespannen. Hij kwam dichter bij me staan, veel te dichtbij, en inspecteerde mijn gezicht alsof hij arts was. Ik voelde me net een insect onder een microscoop.

'Is er iets?' vroeg ik.

'Nee, je bent juist zo goed als volmaakt.' Hij omvatte mijn gezicht met zijn hand en draaide het opzij.

Mijn hart bonsde. Ik wilde naar het midden van de zaal lopen, waar meer mensen waren.

'Je bent echt volmaakt.' Hij pakte mijn beide handen en inspecteerde ze. 'Geen enkel littekentje, moedervlekje of wondje.' Hij keek weer naar mijn gezicht. 'Nog geen herinnering aan een puistje.' Hij krulde zijn bovenlip op en bracht zijn gezicht zo dicht bij het mijne dat ik een restje bittere sigarenrook in zijn adem kon ruiken.

'Ik weet wat jij bent.' Hij pakte me bij mijn arm.

Ik probeerde me los te trekken, maar hij hield me stevig vast.

'Wat kom je hier doen? Heeft Tinnenbaum je gestuurd?'

'Nee.' Ik worstelde om me te bevrijden.

'Wie zijn er nog meer?'

'Niemand, alleen ik.'

'Ik wil dat je hier weggaat, nu meteen. En blijf uit de buurt van mijn kleinzoon.' Hij schudde aan mijn arm. 'Wat ben jij voor vrouw?'

'U begrijpt het niet. Ik moet u iets belangrijks vertellen.'

'Je kunt me niets vertellen wat ook maar iets zou veranderen.' De adertjes in zijn slapen kronkelden als wormen onder zijn huid.

We stonden in een hoek waar we maar door een paar mensen gezien konden worden. Een Ender-vrouw werkte zich doelbewust door de drukte onze kant op. Haar gezicht kwam me bekend voor.

'Senator Harrison, dat is dat meisje dat u op kantoor wilde spreken,' zei ze.

Daar kende ik haar van. Joepie.

Ze had een elegante Ender bij zich, de grootmoeder van Blake, vermoedde ik. De grootmoeder die hij niet mocht.

'Clifford,' zei de grootmoeder met een waarschuwende blik, 'niet doen.' Ze pakte zijn arm en trok eraan.

De senator liet me los, pakte de vrouw uit zijn kantoor bij de arm en liep met haar weg.

'Neem ons niet kwalijk,' zei Blakes grootmoeder.

De muren van de zaal leken op me af te komen. Ik keek naar alle ogen en wreef over mijn zere arm. Mijn hart klopte in mijn keel.

Zie je nou? Zie je hoe opvliegend hij is? Je bent gek als je hem vertrouwt.

Ik zag het. En ik voelde het. Maar ik voelde ook een ander paar handen aan mijn armen trekken. Ik wist zeker dat ze van een bewaker waren.

'Laat me los.' Ik probeerde me te bevrijden.

'Relax, Callie. Ik ben het maar, Briona.'

Ik draaide me om en zag de drie huurders uit Club Rune met wie ik naar de brug was gegaan: Briona, Lee en Raj. De jongens droegen allebei een smoking. Ze probeerden me gedrieën naar de uitgang te krijgen, maar ik kon nog niet weg. Nog niet.

'Niet doen,' zei ik.

Enders gaapten ons aan. Briona en de jongens lieten me los, maar ze gingen in een kring om me heen staan, me in het nauw drijvend als een afgedwaald kalf.

'Schat, je kunt hier niet blijven,' zei Raj zacht.

'Senator Harrison heeft je door,' voegde Lee eraan toe.

'Hij weet dat je huurt,' fluisterde Briona in mijn oor.

'We moeten hier allemaal weg,' zei Raj. 'Hij staat nu met de beveiliging te praten.'

'Maar Blake zoekt me.' Ik maakte de antieke armband los.

'Wat doe je?' beet Briona me toe. 'We moeten hier weg.'

'Ik moet mijn sieraden teruggeven aan Blake.' Ik deed de oorhangers af.

'Dat doe ik wel,' zei Lee, en hij nam alles van me over.

'Er is geen tijd voor,' zei Briona tegen hem.

'De senator mag haar niet betrappen met zijn kleinzoon – dan gaat hij over de neutronen. Ik zal het snel doen.' Lee stopte de sieraden in zijn zak.

'Wees alsjeblieft voorzichtig,' zei ik. 'Het zijn erfstukken.'

'Hebben wij senioren iets anders dan erfstukken?' merkte Raj op.

'Maak je niet druk,' stelde Lee me gerust. 'Tot veertig jaar geleden was ik bankier. Ik ben goed met waardevolle spullen.'

Hij draaide zich om en liep de menigte in. Briona gaf me een arm. 'Kom op, snoes, wegwezen.'

Raj pakte mijn andere arm. Ik zag een paar bewakers smiespelen en naar ons kijken.

'Kom op,' zei Briona.

We namen een van de vele uitgangen, sloegen linksaf en haastten ons naar de statige trap, die uitzicht bood op een spiegelwand. Er gingen meer mensen weg en we gingen op in de massa. Mijn linkerhak bleef in de haast steken en ik verloor mijn schoen.

'Mijn schoen.' Ik draaide me om en zag hem liggen.

Ik viel bijna, maar Raj ving me op. 'Doorlopen.'

Ik volgde Briona's blik en zag bewakers over de balustrade boven ons leunen. Ze keken naar ons.

'Rennen!' zei Briona.

We renden door de marmeren foyer, ik hinkend op mijn ene hak. De laatste deur was te smal om ons alle drie tegelijk door te laten. Briona ging voorop, gevolgd door mij. Raj, die de achterhoede vormde, duwde me naar buiten. Zodra we op het plein stonden trok ik mijn overgebleven schoen uit. Briona pakte mijn hand en we holden langs de fontein naar de straat.

'Waar gaan we heen?' riep ik.

'Daar!' Briona wees naar een zilverkleurige suv die langs de stoep stond te wachten. 'Blijf rennen.'

Ik keek over mijn schouder en zag dat we werden achtervolgd door bewakers. Briona en ik sprongen achter in de auto; Raj dook voorin. Lee zat al achter het stuur.

'Hoe kan het dat je er al bent?' vroeg Briona.

'Ik heb een zijdeur genomen.'

Terwijl mijn gordel op zijn plaats zoemde, keek ik door het getinte glas en zag een paar geüniformeerde bewakers en mensen in burger hun pas inhouden in het besef dat ze te laat waren. En toen zag ik hem – Blake – in zijn eentje naar ons toe rennen.

Ik wilde het raampje laten zakken om hem te roepen, maar Briona stak haar arm uit om me tegen te houden.

'Nee.'

Lee drukte de vergrendelingsknop op het dashboard in en de ramen en portieren klikten op slot.

Ik wilde iets zeggen, of tenminste wuiven, maar Blake kon me niet zien door de donkere ruiten. Ik moest machteloos toezien hoe hij zoekend naar het glas keek, zonder iets te vinden. Een diepe teleurstelling trok over zijn gezicht toen onze auto startte.

Pas toen we reden zag ik dat hij iets in zijn hand hield.

Mijn schoen.

15

IK DRUKTE mijn handen tegen het raam en keek naar Blake tot hij een stipje in de verte was. Raj en Briona blaften naar Lee dat hij harder moest rijden, maar de bewakers van de senator volgden ons niet, dus voor wie waren we op de vlucht? De politie? Waren huurders net zo bang voor de politie als niet-opgeëiste minderjarigen? Ik nam aan dat huren formeel verboden was, maar ik had altijd gedacht dat grote bedragen in de juiste handen alles konden oplossen.

Kennelijk had ik het mis, anders waren Briona, Lee en Raj niet zo snel uit het Muziekcentrum weggerend.

Briona, die naast me zat, hield mijn hand stevig vast. Ik vermoedde dat het iets was wat Enders altijd deden.

'Hoe voel je je, Callie?' Haar mokkakleurige ogen tastten mijn gezicht af.

'Wel goed.' Ik trok behoedzaam mijn hand uit de hare.

Raj legde zijn arm op de rugleuning van Lee's stoel en draaide zich naar me om.

'Weet je het zeker? Je ziet een beetje bleek,' zei hij.

'Ja, ze ziet bleek,' zei Lee, 'vergeleken bij ons.' Hij glimlachte naar me in de binnenspiegel.

Ik kon het niet opbrengen terug te glimlachen. Ik keek weer door het raam, in gedachten nog steeds bij Blake.

Toen we eenmaal op de snelweg reden en geen sirenes hoorden, slaakten we een collectieve zucht van verlichting en leunden achterover.

'Waar gaan we nu heen?' vroeg Raj.

Vraag die mensen naar Emma.

Het was Helena. Ik wist dat ze kwaad was omdat ik Harrison niet had gedood. Misschien kon ik haar helpen iets aan de weet te komen over haar kleindochter.

'Raj, heb jij ooit een huurder ontmoet die Emma heette?'

'Heette haar donor zo?'

'Ja.'

'Ik dacht het niet.'

'Weet je nog?' Briona richtte zich tot mij, maar praatte zo hard dat de jongens het ook konden horen. 'Je hebt het mij ook gevraagd, en toen heb ik gezegd dat de jongens het niet zouden weten.'

'Weet je het zeker?' vroeg ik aan Raj. 'Blond, lang. Hier, ik heb een foto van haar.' Ik pakte mijn telefoon en hield hem op.

'Ik had haar graag ontmoet,' zei Raj, 'maar helaas.'

'En jij, Lee?' Ik hield de telefoon in de lucht.

Hij keek in de binnenspiegel en schudde zijn hoofd.

'Nou ja, ik heb het toch geprobeerd,' zei ik, voornamelijk voor Helena's plezier.

Dank je.

Ze klonk oprecht, maar teleurgesteld.

We reden een tijdje om de stad heen. Ik vond het vreemd dat ze niet vroegen waarom ik naar Emma informeerde.

Briona drukte haar vingers tegen haar slapen en kreunde.

'Wat is er?' vroeg ik.

'Ik heb de laatste tijd van die verschrikkelijke aanvallen van hoofdpijn. Ik heb er nooit eerder last van gehad. Ik denk dat ze door de geïmplanteerde chip van de donor komen.' Ze hield op met wrijven en legde haar hoofd in haar nek. 'Heb jij dat nooit?' vroeg ze.

'Nee,' loog ik. 'Ik heb nergens last van.'

Toen de avond erop zat vroeg ik Lee of hij me in Madisons straat wilde afzetten.

'Welterusten.' Ik stapte uit en de suv reed weg.

Ik keek op naar Madisons huis. Ik was te afgepeigerd om naar binnen te gaan en haar onder ogen te komen. Toen ik was weggegaan, na mijn telefoongesprek met Blake, was ik door een zijdeur naar buiten geglipt. Het was niet echt aardig, maar ik had haast gehad.

Ik draaide me om en liep naar mijn auto.

Thuis aangekomen kroop ik in Helena's bed. Ik keek naar de zijden hemel boven me en dacht na over de ellende die ik me op de hals had gehaald. Blake zat nu in het vliegtuig naar Washington, en zijn grootvader had hem vast al verteld dat ik eigenlijk een oud vrouwtje was dat een jong lichaam had gehuurd.

Hij zou me nooit meer willen zien, en wie kon het hem kwalijk nemen? En zelfs al kende hij de hele waarheid, dat ik echt in mijn eigen lichaam zat, zou hij me dan kunnen vergeven dat ik had gelogen en me had uitgegeven voor een rijkeluiskind terwijl ik eigenlijk op straat leefde?

Ik omklemde het laken met beide handen. Mijn leven was zo'n puinhoop geworden doordat ik probeerde Tyler een goed leven te bezorgen.

Tyler.

Wat kon ik voor hem doen als Helena gelijk had met betrekking tot de bodybank? In dat geval zou ik waarschijnlijk geen cent krijgen. Helena had aangeboden me meer te betalen en me een huis te geven.

Op voorwaarde dat ik Harrison vermoordde.

Ik hield van mijn broertje en ik wilde dat hij het warm had, gezond was en geen gevaar liep, maar moord was een woord dat ik niet eens kende, en dan was het beoogde slachtoffer ook nog eens senator en de grootvader van Blake. Ik was een Starter, geen huurmoordenaar. Ik wist niet wat ik van Helena moest denken. In hoeverre sprak ze de waarheid? Ik kon nog wel begrijpen dat het verlies van Emma haar woede had gewekt, maar er raakten tegenwoordig zo veel jongeren vermist. Soms bleken ze dood te zijn. Was dat echt de schuld van de bodybank?

Hoewel senator Harrison wel de naam Tinnenbaum had genoemd...

Ik schoot overeind. De senator was bang geweest dat Tinnenbaum me naar het Muziekcentrum had gestuurd. Als Helena gelijk had en hij de president wilde spreken over een overeenkomst tussen de bodybank en de overheid, waarom zou hij dan zo bang zijn dat Tinnenbaum me had gestuurd? Wat dacht hij dat ik kwam doen? De overeenkomst verijdelen?

Callie?

Ik schrok van Helena's stem in mijn hoofd en verstijfde. Ze had sinds onze thuiskomst niets meer tegen me gezegd. 'Wat is er?'

Waarom heb je je aangemeld bij TopBestemmingen?

'Mijn broertje is ziek.'

Wat naar voor je. Ze zweeg even. *En je hebt geen grootouders.*

'Nee.'

Dus je wilde het geld aan hem geven. Via je vriend.

'Ja, dat klopt.'

Konden we hem maar hierheen halen, maar dat zou niet verstandig zijn.

Ik kan wel iets anders voor je doen.

Ik wachtte af. Ik was benieuwd.

Ga naar mijn ladekast en maak de onderste la open.

Ik stapte uit bed en liep op mijn blote voeten naar de antieke kast. Ik trok de onderste la open.

Voel aan de onderkant van de la.

Ik voelde plakband en peuterde het los. Er zat een envelop onder.

Maak open.

De envelop zat vol geld. Mijn armen tintelden.

Breng je broertje voorlopig ergens onder. In een hotel.

'Dat mogen minderjarigen niet.'

Ik zeg je waar je naartoe moet gaan, met wie je moet praten.

'Ik kan niet naar mijn broertje toe. De bodybank heeft het adres. Als ze mijn gangen nagaan en zien dat ik daar ben geweest, zullen ze me contractbreuk verwijten.'

Daar is een oplossing voor. Maak de bovenste la open en pak het blauwe doosje. ·

Ik gehoorzaamde en maakte het doosje open. Er lag een ketting met een hanger in, een cirkel met een groene en een blauwe steen.

'Mooi.'

Het is een signaalstopper. Hij houdt de golven tegen. Hij werkt niet altijd even sterk.

Ik wilde de ketting omdoen.

Niet doen. Je mag hem niet te lang achter elkaar dragen; dan kan Top-Bestemmingen merken dat je het signaal blokkeert.

'Wie heeft hem gemaakt?'

Mijn technicus. Als ik bij TopBestemmingen weg ben, zal ik je aan hem voorstellen.

Alles heeft zijn prijs. 'Waarom doe je dit voor me?'

Ik heb je hulp nog steeds nodig. Ik wil achterhalen wat er met Emma is gebeurd. Als ik dat weet, heb ik misschien ook het bewijs dat ik nodig heb om dat afschuwelijke bedrijf te laten sluiten. En onze deal staat nog steeds.

'Hoe zouden we dat voor elkaar kunnen krijg? Zelfs al kwamen we erachter wat er met Emma is gebeurd?'

We zijn nu in het voordeel. Niemand weet dat ik met je kan praten. We zijn twee paar hersenen in één lichaam.

Ze klonk totaal anders, kalm en bedachtzaam. Nu ze haar moordplan had laten varen, was haar agitatie weg.

Probeer wat te slapen. Morgen gaan we aan de slag.

Ik legde de ketting met de hanger op de ladekast en klom weer in Helena's grote, zachte bed, maar ik had geen slaap. Ik zag beelden voor me van Tyler in een hotelkamer met een echt bed, verwarming en roomservice.

Ik deed het licht uit. De maan wierp een zilverachtige blauwe gloed door de kamer.

'Helena, wat zie je wanneer ik droom?'

Niets.

Mijn dromen en gedachten waren tenminste nog van mij alleen.

Het bleef even stil.

Callie? Vertel eens over je moeder?

Mijn moeder. Ik haalde me haar glimlachende gezicht voor de geest. Ik wist niet wat ik Helena over haar moest vertellen – het was te veel.

Leek ze op jou?

'Nee. Ze was zo iemand die door iedereen op het eerste gezicht aardig wordt gevonden.'

195

Ik wil wedden dat de mensen jou ook aardig vinden.

'Niet zo aardig als haar. Mensen behandelden haar als een lang verloren gewaand zusje. Ze kon met iedereen opschieten. Ze heeft een jaar in de olympische boogschuttersploeg gezeten.' Een herinnering uit mijn kindertijd flitste door mijn hoofd. 'Als ik ziek was, maakte ze macaroni met kaas voor me.'

Gek, wat je je soms herinnerde.

'Wat was Emma voor iemand?'

Emma was koppig en vastbesloten. Dat geldt misschien voor alle zestienjarigen, maar zij was extra opstandig. Ze wist wat ze wilde. Het was moeilijk voor me om haar opvoeding op me te nemen na de oorlog. Ik kon haar moeder of vader niet zijn, en daar was ze boos om. Wie zou het haar kunnen verwijten? Jij doet me aan haar denken, een beetje.

Helena leek niet half zo gek meer als tevoren.

Ik voelde mijn oogleden zwaar worden. Ik was uitgeput.

Welterusten, Callie.

16

IK PARKEERDE in een zijstraat vlak bij Michaels gebouw en keek zoekend naar vogelvrijen om me heen. De omgeving leek uitgestorven, maar je wist niet wie zich in een portiek verscholen hield. Ik pakte de rugzak met eten, flessen water en medicijnen die ik had meegebracht en haastte me de auto uit. Ik hoopte maar dat Helena's hanger echt kon voorkomen dat TopBestemmingen me traceerde.

Ik liep de hal in. Zouden Michael en Tyler er nog wel zijn? Als je op straat leefde moest je soms halsoverkop vluchten. Ik liep op mijn tenen naar de receptiebalie om te controleren of er niemand achter op de loer lag, klaar om aan te vallen.

Er was niemand. De kust was veilig. Ik draaide me om naar de trap midden in de hal.

Op weg naar boven in het raamloze trappenhuis besefte ik dat ik mijn handlamp niet meer had. Het was te donker om iets te zien. Hoe had ik zo snel kunnen vergeten hoe dit leven was? Ik liep op de tast de gang in. Toen schoot me te binnen dat ik Helena's telefoon bij me had. Ik pakte hem uit mijn tas en gebruikte hem om me bij te lichten. Aan het eind van de gang kon ik twee kanten op. Zaten Michael en Tyler links? Ik liep de lange gang in.

Een haveloze jongen met een ijzeren staaf dook in een deuropening op. Mijn hart sloeg over, maar toen drong het tot me door dat hij net zo was geschrokken van mijn schone verschijning als ik van zijn harige. Je ziet maar zelden schone, goedgeklede mensen in donkere kraakpanden.

'Ik ben een welgezinde,' zei ik. 'Ik kom voor Tyler en Michael.'

De jongen wees naar het eind van de gang.

'Dank je.'

De laatste keer dat ik hier was geweest, was nog geen twee weken geleden, toen Tinnenbaum me door Rodney had laten vergezellen, maar het voelde alsof er een heel leven tussen zat. Toen ik het vertrek binnen kwam, viel het me op dat het er anders uitzag. Michael en Tyler hadden de meubelen anders neergezet en meer bezittingen vergaard. Het voelde knusser. Er lag een gele lap over de tafel en er stond een glazen pot met kunstbloemen. Er waren ook lappen voor de ramen geniet, waardoor alles een gedempte, gulden gloed kreeg.

'Tyler?' riep ik.

Ik liep om de barricade heen. Daar zat hij. Een meisje boog zich over hem heen. Ik liet de rugzak vallen.

'Wat doe je daar?' vroeg ik. Mijn toon was verwijtend. Opzettelijk.

Het meisje keek naar me om. 'Ik geef hem wat water. Heb je daar problemen mee?'

Ik herkende haar. Florina. Het meisje dat Michael aan me had voorgesteld toen ik op weg was naar de bodybank. Ze zag eruit alsof ze de beker die ze in haar hand hield naar mijn hoofd wilde slingeren, maar Tyler riep mijn naam. Ik rende tussen de bureaus door, zakte door mijn knieën, sloeg mijn armen om hem heen en drukte hem tegen me aan.

'O, wat heb ik je gemist.' Ik aaide over zijn zachte haar.

'Daar ben je weer,' zei hij. 'Eindelijk.'

Ik leunde achterover om zijn gezicht te zien. 'Was het maar waar.'

'Niet weer. Dat zei je de vorige keer ook.'

'Weet ik, Ty, maar nu ben ik echt bijna klaar.'

Florina keek hem aan. 'Je kunt wel geduldig zijn, toch, maatje?'

Waar bemoeide ze zich mee?

'Dit is Florina,' zei Tyler met een knikje haar kant op.

Ik keek haar aan. 'Ik heb je gezien vlak voordat ik wegging. Waar is Michael?'

'Weet ik niet.' Ze sloeg haar ogen neer.

Ik kreeg een onbehaaglijk gevoel in mijn maag, maar werd afgeleid door Tyler, die met mijn hand speelde. 'Ik heb een verrassing voor je.'

'Wat dan?' vroeg hij.

'Als ik het verklap, is het geen verrassing meer.'

Hij kreunde.

'Hoe voel je je?' Ik streek het haar uit zijn gezicht om zijn bruine ogen te kunnen zien. Hij zag bleek, maar het was moeilijk te zien in het schemerige gele licht.

'We hebben een paar moeilijke dagen achter de rug,' zei Florina. Zij had dus een tijdje voor Tyler gezorgd. 'Gaat het nu weer?' vroeg ik hem.

Hij knikte en kneep in mijn arm. 'Je bent dik geworden.' Hij trok aan Helena's ketting om mijn hals.

'Nee, niet aankomen. Kijk, ik heb allemaal lekkers voor je meegebracht.' Ik keek met opgetrokken wenkbrauwen naar Florina. 'Hoe lang is Michael al weg?'

'Hij is gisteravond niet thuisgekomen,' zei Tyler.

Dat was niets voor Michael. Ik wilde de voor de hand liggende vraag niet stellen waar Tyler bij was, maar Florina en ik wisselden een blik. Was hij door de politie opgepakt?

'We hadden een beetje ruzie,' zei ze. 'Hij is weggestormd.'

'Dan is hij misschien ergens aan het afkoelen.' Er waren te veel mogelijkheden om op te noemen. Misschien was hij een bekende tegengekomen, misschien was hij in elkaar geslagen en lag hij in een steegje. Misschien...

'Waar hadden jullie ruzie over?'

'Niets belangrijks.'

'Waarom ben je dan niet achter hem aangegaan?' vroeg ik. 'Heb je hem eigenlijk wel gezocht?'

Ze schudde haar hoofd. Toen wierp ze een blik op Tyler. Ik begreep dat ze niet achter Michael aan had kunnen gaan omdat Tyler dan alleen was geweest en voelde me een kreng omdat ik eerder zo koel tegen haar had gedaan.

'Fijn dat je voor mijn broertje hebt gezorgd,' zei ik. 'Ik stel het zeer op prijs.'

Ze aaide hem over zijn bol. 'Natuurlijk. We zijn inmiddels dikke maatjes, hè, Tyler?'

'We doen spelletjes,' zei hij.

'Wedden dat ze van je wint?' zei ik.

'Echt niet. Ik win van haar.'

Nadat Tyler en Florina het feestmaaltje van kaas, fruit en broodjes hadden verorberd dat ik had meegebracht, gingen Florina en ik op de trap zitten voor een onderonsje. Vanaf die plek konden we zien of er iemand het gebouw in kwam, zodat we Tyler veilig achter durfden te laten. En die harige welgezinde op onze verdieping bood Tyler ook wat bescherming.

'Vorige week kreeg Tyler koorts,' vertelde Florina. 'We konden pijnstillers voor kinderen bemachtigen – Michael had nog wat geld verstopt.'

Dat moest het geld zijn dat ik door Blake had laten afgeven.

'Maar het was erg. Ik moest telkens een nieuw koud lapje op zijn voorhoofd leggen, want ze werden meteen warm.'

Ik liet mijn hoofd in mijn handen rusten. 'Ik haal hem hier weg, vanavond nog.'

Florina ging rechtop zitten. 'Echt waar? Waar ga je naartoe?'

'Naar een hotel. Jij mag ook mee.'

'Maar je zei dat je nog niet klaar was. Hoe kom je aan het geld?'

'Ik heb een voorschot gekregen.' Het was in zekere zin waar. 'Als Michael terugkomt, kan hij zich bij jullie voegen.'

Dat toverde een glimlach op haar gezicht. 'Ik zal een briefje voor hem achterlaten.'

Zo te horen waren ze niet zomaar vrienden. Ik was nu bijna drie weken weg, maar in die tijd kon er veel gebeuren – kijk maar naar Blake en mij. Ik voelde een steek. Ik was een tikje jaloers, maar wist dat ik het recht niet had.

We gingen terug naar de kamer en pakten de belangrijkste dingen in. Tyler, die was opgeknapt door het eten en mijn komst, hielp mee. Hij pakte de dingen die hij het liefst wilde meenemen en stopte ze in een weekendtas.

'Waar gaan we heen?' vroeg hij.

'Naar een fijne plek met een groot, zacht bed en een luchtscherm en zo veel warme chocolademelk als je maar wilt.'

'Echt waar?' Hij zette grote ogen op. 'Echt? Hoe lang blijven we daar?'

'Weet ik niet. Het hangt ervan af.'

'Waarvan?'

'O, hoe lief je bent.' Ik liep naar hem toe en kietelde hem tot hij dubbel klapte van het lachen en me om genade smeekte.

'Zullen we de waterflessen meenemen?' vroeg Florina.

Ik schudde mijn hoofd en ze trok haar wenkbrauwen op. 'Echt niet?'

'Toe dan maar, voor de zekerheid.'

We pakten stilletjes verder, kijkend naar onze schamele bezittingen. Florina zette haar handen in haar zij en vroeg zich ongetwijfeld af of haar herinneringen het gewicht wel waard waren. Toen pakte ze iets wat mijn aandacht trok. Het was een tekening van haar, op karton geplakt.

Ik wist wie hem had gemaakt.

Ik wendde me af voordat ze iets aan me kon zien. Er was een moment, een stilstaand moment in de tijd, maar ik trok mezelf weg bij de rand van de afgrond die zelfmedelijden heet. Ik vertikte het om erin te kijken.

We gingen naar beneden met onze bagage. Twee jonge Starters stonden tegen mijn auto geleund. Ik wuifde ze weg, keek om me heen om me ervan te verzekeren dat er verder niemand op de loer lag en maakte de kofferbak open.

'Een auto?' riep Tyler uit.

Ik hield mijn vinger bij mijn lippen. Ik wilde hier weg zien te komen zonder onwelgezinden te hoeven ontwijken. Ik was met Emma's auto gekomen, de minst opzichtige.

'Hoe kom je daaraan?' vroeg Florina.

'Kun je er echt mee rijden?' vroeg Tyler.

Ik sloeg de kofferbak dicht en dreef Tyler en Florina de auto in.

'Van mijn werk geleend,' zei ik nadat ik de portieren had vergrendeld.

'Wauw, dan moet het daar wel onwijs cool zijn,' merkte Tyler op.

Terwijl de veiligheidsgordels over hun schouders zoemden, riepen Florina en Tyler *oeh* en *aah* bij alles wat ze in de auto ontdekten. Het was Helena's minst protserige auto, maar hij was wel hypermodern. Tyler drukte vanaf de achterbank op alle knopjes waar hij bij kon.

'Waar is die voor?' vroeg hij terwijl hij een knop op het portier indrukte.

'Om het portier open te maken, maar ik heb het kinderslot erop gezet,' zei ik, hem via de binnenspiegel aankijkend, 'want het is wel duidelijk dat we een kind aan boord hebben.' Ik stak mijn tong naar hem uit en hij naar mij.

'Na-aper,' zei ik.

'Apenkop,' zei hij.

Ik startte en reed weg.

'Kijk, Apenkop rijdt!' zei Tyler.

In het hotel vergaapten Tyler en Florina zich aan de weelderige lobby met het gigantische bloemstuk. Helena had ons niet teleurgesteld: het was een schitterend hotel.

De receptionist keek ons bevreemd aan: een stelletje minderjarigen, van wie er een rijk leek te zijn, vergezeld door twee straatkinderen en hun haveloze bagage, maar toen ik naar de bedrijfsleidster had gevraagd, een kennis van Helena, verliep alles verder soepel. Ik liet haar mijn legitimatiebewijs met de naam CALLIE WINTERHILL zien en zei dat ik een achternichtje van Helena was. De vrouw nam mijn geld maar al te graag aan en gaf ons een kamer op de veertiende verdieping.

Toen ik onze kamerdeur opende viel Tylers mond open van verbazing. Hij had al heel lang niet meer zo veel luxe bij elkaar gezien. De kamer was immens, met twee grote bedden en een bank die uitgeklapt kon worden als er een derde bed nodig was. 'Michael krijgt de bank,' bedisselde Tyler, 'want hij kan geen bed inpikken.'

Florina en ik keken elkaar veelbetekenend aan. 'Als hij nog komt opdagen,' zei ze zacht.

Tyler stortte zich op een pot met nootjes op een tafel. 'Nootjes!'

'Er is nog wel meer. Kijk maar.' Ik maakte de minibar open.

'Wauw,' zei hij, en hij pakte een supertruffel.

Florina kwam ook kijken en ik gaf haar een zak chips en een cola. Ze klokte het flesje achterover en trok de zak open.

'Ik neem het bed bij het raam,' zei Tyler met zijn mond vol.

Ik hield hem tegen. 'Wacht even, maatje. Eerst in bad.'

'Met bubbels!' zei hij.

Nadat hij in bad was geweest, nam Florina een lange douche. Tyler leek zo mager in zijn ondergoed dat ik er bang van werd. Ik sloeg het schone witte dekbed open en stopte hem in.

'Het is zo zacht dat ik wegzweef,' zei hij.

'Nee, jij blijft hier,' zei ik, en ik kneep in zijn neus.

Het zien van zijn bolletje op die donzige kussens riep herinneringen op aan ons als kinderen, in onze eigen kamer, in ons eigen bed, met cowboylampen, knuffelbeesten en ouders die ons een nachtzoen kwamen geven.

Het was een wereld die ik lang geleden achter me had gelaten, maar misschien had Tyler nog een kans om ernaar terug te keren. Ik voelde een gat in mijn hart en kon mijn tranen niet bedwingen.

'Hé, Callie, dit is juist goed,' zei Tyler.

Hij pakte mijn hand. De zijne was vel over been.

'Supergoed,' zei ik.

Het afscheid viel me zwaarder dan ik had verwacht. Ik hoopte Tyler snel weer te zien. En dan nooit meer weg te gaan. Als Helena woord hield en me geld en een huis gaf, konden mijn broertje en ik samen weer een gezin vormen. Ik zou een goede arts voor hem zoeken en hij zou met de dag beter worden. Ik had me altijd voorgesteld dat Michael bij ons zou komen wonen, maar dat zat er misschien niet meer in nu hij zo'n hechte band had gekregen met Florina. Het leek niet eerlijk. Ik was weggegaan om geld te verdienen. Michael en ik hadden de kans niet gekregen om een relatie op te bouwen.

Blake wilde me waarschijnlijk nooit meer zien, wat de gedachte dat ik Michael ook nog eens zou verliezen ondraaglijk maakte.

Ik gaf Florina genoeg geld voor drie nachten in het hotel en nog een extraatje voor de roomservice. Ik stopte stiekem ook wat geld in Tylers weekendtas. Hij had me gevraagd langer te blijven, maar ik was me ervan bewust dat de klok bleef tikken en dat Helena mijn hulp nodig had. Tyler had de minibar geplunderd en viel als een blok in slaap door het vele eten, zodat ik zonder pijnlijke afscheidsscène kon vertrekken.

Toen ik buiten op mijn auto stond te wachten, kwam Helena weer in mijn hoofd om me over haar volgende zet te vertellen.

Je moet met een meisje gaan praten dat meer over Emma zou kunnen weten.

'Waar is ze?'

Ergens waar jij niet wilt zijn.

Ik stelde in gedachten een lijst op van onaangename plekken. Een ruige buurt? De buurten waren tegenwoordig allemaal ruig. En Helena zou me beslist niet naar de bodybank sturen; ze had me gesmeekt er niet naartoe te gaan.

'Ik geef het op. Waar is het?'

Inrichting 37.

De adem stokte in mijn keel en ik leunde tegen de muur.

'Mag ik ook naar de hel?'

Ik weet het. De inrichtingen zijn een verschrikking – gevangenissen, eigenlijk. Ik heb er veel vanbinnen gezien toen ik op zoek was naar Emma. Zo heb ik over dat meisje gehoord, Sara, dat meer zou kunnen weten, maar toen ik haar ging opzoeken, was ze buiten de inrichting aan het werk.

'Ik kan het niet. Ik kan daar niet naar binnen. Ik wil haar wel buiten spreken, maakt niet uit waar, maar niet in een inrichting.'

Nee, als we dat doen, krijgt ze een bewaker mee. Dan kan ze niet vrijuit praten.

Het zweet stond me in de handen. Ik veegde ze droog aan mijn broek.

Je redt het wel. We gaan eerst naar huis, kleren halen om aan de inrichting te schenken. Je gaat erheen in een mooie auto, goedgekleed en -verzorgd. Ze zullen je behandelen als een welvarende opgeëiste minderjarige.

Ze had het niet over zomaar een plek waar ik niet naartoe wilde, maar over mijn ergste nachtmerrie. Ik zuchtte.

Callie, het komt wel goed. Vergeet niet wie je bent: Callie Winterhill.

17

IK KEEK vanaf de overkant van de straat naar de poort van Inrichting 37. Ik had overal liever willen zijn dan hier, echt overal.
De gedachte dat ik nu ook bij mijn broertje en Florina in dat
chique hotel had kunnen zitten was moordend.

Callie, wat sta je daar nou?

'Weet je zeker dat het veilig is?'

*Wees eerlijk, op dit moment ben je nergens echt veilig, maar daarbinnen ben
je waarschijnlijk het veiligst, want daar kan niemand je pakken.*

'Dat is een hele geruststelling.'

Ik had de ketting bij Helena thuis laten liggen. Ze wilde hem niet
te vaak gebruiken uit angst dat ze bij de bodybank zouden merken
dat het signaal van mijn chip niet doorkwam. Ik stak de straat over
met mijn twee boodschappentassen vol dure kleren waar het prijs-
kaartje vaak nog aan hing. Ze kwamen uit Helena's kast; het waren
nieuwe kleren die ze voor Emma had gekocht, nooit gedragen.
Helena kon het niet opbrengen de kleren die haar kleindochter
had aangehad weg te geven, ook al zou ze nooit terugkomen.

Er stond een hoge, grijze muur om het terrein van de inrichting.
Ik liep naar de poort en praatte door een groezelig metalen rooster met de bewaker.

'Ik ben Callie Winterhill,' zei ik. 'Ik heb gebeld over het schenken van kleding.'

De Ender keek op een lijst en vond mijn naam. Hij drukte op een knop en de poort ging met een harde klik open. Ik verstijfde. Mijn voeten kwamen niet in beweging.

Lopen!

Het was net het zetje dat ik nodig had. Ik haalde diep adem en liep door de poort, die zich met zo'n harde dreun van metaal op metaal achter me sloot dat mijn kiezen er pijn van deden. Een weg liep regelrecht naar het administratiegebouw voor me, dat donkergrijze muren had. Voor de oorlog hadden de scholen er nooit zo dreigend uitgezien.

'Gezellig,' zei ik binnensmonds.

Ik liep over het pad langs de weg, steeds langzamer, alsof ik alle tijd van de wereld had.

Daar niet heen. Sla hier rechtsaf.

Ik gehoorzaamde Helena, opgelucht dat ik niet naar het administratiegebouw hoefde, en liep naar de gebouwen met slaapzalen. Alle ramen waren voorzien van tralies.

'Maar verwachten ze me niet? Op kantoor?' vroeg ik zacht aan Helena.

Ja, maar eerst moeten we Sara vinden. Ik heb me laten vertellen dat ze in het eerste gebouw zit. Schiet op, voordat iemand je tegenhoudt.

Ik beklom een paar treden en duwde de zware deuren open. Binnen was een hal waar twee gangen op uitkwamen. Een zure geur overweldigde me. Bladders verf van de muren lagen op de kale betonnen vloer.

'En nu?' fluisterde ik.

'Rechts afslaan.'

Ik liep de gang rechts in en keek achter de eerste deur. Zestien metalen stapelbedden stonden dicht op elkaar in een grijze ruimte. Bij elk bed stond een open houten kist met een paar schamele bezittingen erin: een versleten haarborstel, een beduimeld boek. Het deed me denken aan foto's van legerbarakken, met trieste olijfgroene dekens die over het voeteneind van elk bed hingen. Alleen was dit erger, want de kinderen hier hadden geen familieleden naar wie ze ooit terug konden keren.

Alles wat ze bezaten zat in die kistjes.

'Er is hier niemand.'

Doorlopen.

Ik liep langs een aantal slaapzalen, allemaal uitgestorven. Toen ik aan het eind van de gang kwam en het wilde opgeven, zag ik een paar voeten onder een bed uitsteken.

Ik bukte me en zag een meisje dat zich voor me wilde verstoppen. 'Hallo,' zei ik.

Het meisje schoof naar achteren, zo ver mogelijk bij me vandaan. 'Je hoeft niet bang te zijn.' Ik liep naar het bed toe. 'Ik heb mooie kleren bij me.'

Ik richtte me op en wachtte.

'Kleren?' klonk haar stem van onder het bed.

'Prachtige kleren. Broeken, rokken en truien.' Ik zette de tassen neer en pakte een trui. 'Hier heb ik er een van roze kasjmier.'

'Kasjmier?'

Het meisje kroop onder het bed uit en ging staan. Ze leek een jaar of twaalf, en ze had een knap gezicht en een spleetje tussen haar voortanden. Haar uniformkleren, een rafelige witte blouse en een zwarte broek, slobberden om haar knokige lijf. Ze was broodmager, zoals bijna alle niet-opgeëiste minderjarigen, maar zij leefde niet meer op straat. Het was wel duidelijk dat de kinderen hier niet werden vetgemest.

Vraag hoe ze heet.

Ik gaf het meisje de trui. Ze aaide hem alsof het een jong poesje was.

'Zacht.' Ze hield hem tegen haar wang.

'Je mag hem hebben.'

'Echt? Meen je dat? Echt waar?'

Ik knikte.

'O, dank je wel.' Ze trok de trui aan.

'Wat vind je ervan?' vroeg ik.

Ze antwoordde door haar rechtervuist op haar hart te leggen en haar andere hand eromheen te vouwen en ritmisch te knijpen. Ze leek een kloppend hart na te bootsen.

'Dat betekent dat ik hem heel mooi vind,' zei ze. 'Hoor maar, het klinkt ook als een hart. Probeer het maar eens.'

Ze pakte mijn handen en liet me haar nadoen. Ik voelde me belachelijk.

'Meer als een hartslag, zo,' zei ze. 'Het gaat beter als je je vuist in je hand duwt.' Ze dwong mijn handen in een pompend ritme te knijpen.

'Laat maar, ik snap het wel.' Ik hield op en wuifde haar handen weg. 'Hoe heet je?'

'Sara.'

Mijn hart begon sneller te slaan. Helena snakte naar adem, maar alleen ik kon het horen.

'Hoe lang woon je hier al?' vroeg ik.

'Bijna een jaar.'

'Waar zijn de anderen?'

'Die moeten vandaag struiken snoeien.' Ze ging op de rand van het bed zitten.

'Maar jij niet?'

Ze wees naar haar hart. 'Een zwakke klep.'

Ik wist niet wat ik moest zeggen, behalve dan een cliché om mijn medeleven te betuigen.

'Het is niet erg. Het doet geen zeer en zo kom ik onder het ergste werk uit.' Ze sloeg haar armen om zichzelf en de trui heen. 'Is die van jou geweest?'

Ik schudde mijn hoofd. 'Nee, van een vriendin. Hij staat je goed. Ze zou vast blij zijn dat jij hem nu hebt.'

Sara straalde en streelde de mouwen. 'Hij voelt heel lekker aan.' Ze klopte op het bed, dat doorzakte toen ik naast haar ging zitten. De deken voelde ruw aan en rook schimmelig.

'Toen ik binnenkwam had je je verstopt. Waarom?' vroeg ik.

Ze haalde haar schouders op. 'Je weet het maar nooit hier.' Ze sloeg haar ogen neer.

Ik maakte mijn tas open en haalde er een supertruffel uit, die ik haar aanbood. Ze trok haar wenkbrauwen op.

'Toe maar.' Ik stak mijn hand nog iets verder uit.

Ze nam de truffel met beide handen aan en beet erin. Ik vroeg me af wanneer ze voor het laatst had gegeten.

'Sara, ik heb gehoord dat jij misschien een zekere Emma hebt gekend. Ze zag er zo uit.' Ik liet haar de foto op mijn telefoonscherm zien. 'Herinner je je haar nog?'

Ze nam de telefoon met haar kleine vingers van me aan en bekeek de foto. 'Ze is hier een keer als vrijwilliger geweest, een halfjaar geleden ongeveer. Ze heeft mijn haar gedaan. Ze wilde kapster worden.' Ze gaf me mijn telefoon terug. 'Een paar weken later zag ik haar weer. Ik had mijn pols gebroken, vraag maar niet hoe, en ik moest een scan laten maken. Ik zag haar op straat, maar ze deed raar.'

'Hoezo?'

'Ze herkende me niet. Ik riep: "Emma!" Ze keek me recht aan, maar ze herkende me niet. Ze zag er iets anders uit, knapper, maar ik wist dat zij het was. Ze droeg dezelfde sieraden. Ik denk dat ze zich voor me schaamde. Niet met me gezien wilde worden.' Ze plukte aan de trui. 'Terwijl we zo'n leuke dag hadden gehad samen.'

Ik wilde Sara dolgraag vertellen dat ze het mis had. Dat ze niet de echte Emma had gezien, maar een Ender die haar lichaam had gehuurd.

'Waar was je toen je haar zag?' vroeg ik.

Ze schudde haar hoofd. 'Weet ik niet. Niet zo ver hier vandaan, hier in Beverly Hills.'

Ik stopte mijn telefoon in mijn tas. 'Het spijt me,' zei ik omwille van Helena. Ik had graag meer informatie voor haar vergaard.

'Het geeft niet,' zei Sara. Ze schoof dichter naar me toe. 'Mag ik je iets vragen?'

'Ja, hoor.'

'Vind je me knap?'

'Zeker weten. Je hebt een mooi gezicht. Hoezo?'

'We hebben vorige week ontdekt dat er een speciaal programma komt. Ze gaan een paar van ons een make-over en een goede baan geven. Met een echt salaris. Ze moeten mij kiezen. Ik wil hier echt heel graag weg. Ik zit hier al een eeuwigheid.'

'Wanneer? Wanneer gaan ze dat doen?'

'Weet ik niet. Ze zeiden dat we morgen een douche krijgen. Meestal mogen we alleen op zondag douchen.'

Haar gezicht werd angstig. Met haar blik op iets achter me gericht stond ze op. Ik keek om en zag een gemeen uitziende Ender bij de deur. Misschien was ze ooit elegant geweest, maar nu droeg ze een streng grijs pak en een ZipTaser op haar heup.

'Wat doe jij hier?' Ze liep de slaapzaal in.

Ik stond op en wees naar de tassen. 'Ik kom kleren brengen.'

Mw. BEATTY, HOOFD BEVEILIGING, las ik op haar naamplaatje.

'Alle donaties gaan via de directrice. Je kunt hier niet zomaar binnen huppelen en met cadeautjes strooien alsof het Kerstmis is.' Ze pakte de beide tassen. 'Dat zou maar tot haat en nijd leiden, en daar hebben we hier al meer dan genoeg van.'

Ik hoopte tegen beter weten in dat ze het niet zou zien, maar de trui die Sara aanhad was niet grijs of zwart, maar opvallend roze. Hij kon mevrouw Beatty maar moeilijk ontgaan.

Sara sloeg haar armen over elkaar in een vergeefse poging de trui te verbergen.

'Uit,' zei Beatty. 'Nu.'

'Hij is van mij, ze heeft hem me zelf gegeven.'

'Dat klopt.' Ik ging voor haar staan. 'Ze heeft hem gekregen.'

Callie, hou je erbuiten, waarschuwde Helena me.

'Geef me die trui, en wel nu.' Beatty liet de boodschappentassen los en stapte om me heen.

Ze trok de trui over Sara's hoofd en gaf er een ruk aan.

'U mag hem niet afpakken, hij is van mij.' Tranen sprongen in Sara's rode ogen. 'Ik weet niet eens meer wanneer ik voor het laatst iets heb gekregen.'

Niet treuzelen, Callie, weg hier.

'De directrice verdeelt alles,' zei Beatty met een knikje naar mij. 'Laten we naar haar toe gaan.'

Nee! Wat je ook doet, ga er niet heen.

Helena's stem maakte dat ik al mijn spieren spande. Beatty knikte naar me ten teken dat ik voor moest gaan en wierp een strenge blik op Sara, alsof ze wilde zeggen dat ze haar later nog zou spreken, wanneer ze mij kwijt was. Ik liep naar de deur en bleef staan. Ik draaide me in de deuropening om en ving een laatste glimp op van Sara's broze lichaampje. Er plakten plukjes roze dons aan haar witte blouse, als een trieste herinnering aan hoe het had kunnen zijn.

Ik kon niets voor haar doen.

Beatty en ik liepen door de gang. Beatty liep op hakken, geen naaldhakken, maar blokhakken die een klossend geluid maakten. Ik kwam op het vreemde idee terug te rennen en Sara in haar gezicht te stompen. Als ze een blauw oog of een gebroken neus had, zouden de mensen van de bodybank haar misschien niet willen hebben.

Het was pervers dat het zo ver had moeten komen. We liepen het gebouw uit en de treden af, maar ik kon Sara's gezicht niet uit mijn hoofd zetten. Ze was gewoon een jongere versie van mij, van wie ik het afgelopen jaar was geweest. Een radeloze, verhongerende wees, belust op restjes, overgeleverd aan de genade van een systeem dat niet-opgeëiste minderjarigen nog slechter behandelde dan zwerfhonden.

Bij de ingang van het hoofdgebouw zei Helena weer iets tegen me. *Ga naar links. Loop gewoon weg alsof je het hier voor het zeggen hebt.*

Ik deed het. Beatty's geklos verstomde.

'Dame. Het kantoor van de directrice is deze kant op.' Ze wees naar rechts. Haar stem klonk zo scherp dat het pijn deed aan mijn oren.

'Weet ik wel, maar ik voel me niet goed. Ik ga weg.'

'We hebben hier een arts. Een goede. Ik zal hem laten komen.'

'Nee, dank u.'

Beatty snoof en trok afkeurend haar mondhoeken naar beneden, maar ik liep met opgeheven hoofd en zonder om te kijken naar de poort. Ik leerde de lichaamstaal van de bevoorrechten.

Toen ik bij de poort aankwam nam de bewaker me op vanuit zijn hokje. Ik keek strak naar de poort in de verwachting die te zien opengaan, maar dat gebeurde niet.

De telefoon ging en de bewaker nam op. Het was hier een en al verouderde technologie.

Hij keek naar me, hing op en wenkte me. Ik liep naar het metalen rooster toe.

'Fijne dag nog,' zei hij. 'Tot ziens.'

De poort zwaaide open en ik moest me tot het uiterste inspannen om het niet op een rennen te zetten. Toen hij zich achter me sloot haalde ik opgelucht adem en stak de straat over. Toen keek ik om. Het gebouw met de slaapzalen piepte boven de muur uit, en iets daar trok mijn aandacht.

Het was Sara, die van achter een raam naar me zwaaide. Ze leek heel klein. Ik slikte een brok in mijn keel weg.

Nu heb je gezien hoe erg het is. Nu weet je het.

'Het is nog erger, heb je haar niet gehoord?' zei ik tegen Helena. 'De bodybank gaat de mooiste kinderen uitzoeken om te gebruiken. We moeten er een stokje voor steken.'

Hè, hè, je hebt het eindelijk door.

18

IK WAS dolblij dat ik weg was uit dat verschrikkelijke oord. Ik vroeg me af of Helena wel echt had verwacht dat Sara meer wist van Emma's dood. Misschien was het een leugentje om bestwil geweest om me een inrichting in te krijgen.

Voordat ik er langer over na kon denken ging mijn telefoon. Ik stapte in mijn auto en vergrendelde de portieren. Ik had een zep gekregen van Madison, die vroeg of ik de spullen kwam halen die ik de vorige dag bij haar had laten liggen. Helena vond het goed dat ik erlangs reed, als ik het maar kort hield. Het was maar tien minuten rijden.

Ik had amper een voet op de veranda gezet of Madison trok de deur al open.

Ze keek me met een uitgestreken gezicht aan. 'Ken ik jou?'

O-o. Zat er een andere Ender binnenin? 'Natuurlijk ken je me. We hebben elkaar een pink gegeven op de vriendschap, weet je nog?' Ik stak mijn pink op.

Ze sloeg haar armen over elkaar. 'Goh, nu je het zegt. Ik dacht echt dat jij dat meisje was dat er gisteren zomaar vandoor ging.'

'Het spijt me. Echt.'

'Ik stelde me allemaal afschuwelijke dingen voor, een en al ongelukken, bloed en krankzinnig hoge boetes voor het beschadigen van het huurlichaam.'

'Het was een noodgeval.'

'Dat dacht ik al. Een Blake-crisis. Kom binnen.'

Ik liep achter haar aan het huis in.

'Ik moest met hem mee naar een uitreiking waar zijn grootvader ook was. Het ging allemaal heel snel.' Ik keek om me heen, maar zag mijn weekendtas nergens.

'Dat zal best. Ze zitten nu in Washington, wist je dat?' Haar ogen sprankelden. 'Blake is nu op tv, samen met de senator.'

'Nu?'

'Het zesuurjournaal,' zei Madison.

De senator? snerpte Helena's stem in mijn hoofd. *Dat moet ik zien.*

Ik liep langs Madison heen naar de speelkamer.

Ze kwam achter me aan. 'Gekkie, dacht je dat ik alleen had gebeld vanwege je spullen? Ik wist wel dat je dit zou willen zien.'

Senator Harrison vulde het luchtscherm midden in Madisons speelkamer, groter dan levensgroot. Op de voorgrond, onder zijn podium, stond een groep verslaggevers, en de achtergrond werd gevormd door het Witte Huis.

'De president heeft vandaag een historisch besluit genomen,' zei Harrison in een rij microfoons. 'Zoals u weet is betaalde arbeid voor minderjarigen verboden volgens de Wet Bescherming Seniorenarbeid. De senioren kregen een langer leven en moesten de garantie hebben dat ze niet gedwongen afscheid hoefden te nemen van hun baan. Dat leidde tot het arbeidsverbod voor iedereen onder de negentien. Toen kwam de oorlog. Die ligt nu een jaar achter ons, en velen van ons vinden dat het tijd is voor veranderingen. Ik ben er trots op dat ik u de Wet Jongerenarbeid onder Speciale Omstandigheden mag presenteren, die het mogelijk maakt dat bepaalde tieners arbeid verrichten voor een selecte groep goedgekeurde bedrijven. In de eerste fase richten we ons op de opgenomen, niet-opgeëiste minderjarigen. Het eerste goedgekeurde bedrijf is TopBestemmingen, aan de westkust. Met deze wet hopen we het doelloze leven van talloze minderjarigen weer zin te geven.'

Helena had dus gelijk. We zaten diep in de nesten.

De senator besloot zijn verklaring en ging over tot het beantwoorden van vragen. De camera zwenkte en ik zag dat Blake naast hem stond. Mijn hart sloeg prompt op hol. Wat wist hij van me? Had zijn grootvader hem verteld dat ik niet degene was voor wie ik me uitgaf? En als senator Harrison zakendeed met TopBestemmingen, wist hij dan dat ik geen gewone klant was, maar een donor die geestelijk aan haar huurder was vastgeketend?

Vervloekte Blake me? Ik tuurde naar zijn gezicht alsof dat mijn vraag kon beantwoorden.

Toen zag ik het. Zijn dasspeld.

Het was het walvisje van de schoen die ik bij het Muziekcentrum was kwijtgeraakt. Dat hij het als dasspeld gebruikte wilde zeggen dat hij, wat hij ook wist – of niet wist – niet boos op me was. Hij moest me wel aardig vinden om zoiets te doen. Ik stapte in zijn holografische ruimte, maar zijn plek was al ingenomen door een verslaggever die recht in de camera keek terwijl hij het onderwerp afsloot. Het gaf niet, ik koesterde me nog in de herinnering aan zijn gezicht en zijn symbolische gebaar.

'Hoe vind je het?' zei Madison. 'TopBestemmingen als eerste bedrijf dat jongeren in dienst mag nemen. Nee maar. Het is nu tenminste officieel. Misschien hoeven we niet meer zo stiekem te doen.'

'Denk je?' Ik zag een blauw knipperend lichtje in een hoek van het luchtscherm. Eronder stond het getal 67. 'Wat is dat voor lichtje?' vroeg ik.

'SBU. Een speciale besloten uitzending. Van een van de vele zenders waarop ik ben geabonneerd. Ik kijk er later wel naar.' Ze stond op en keek naar het luchtscherm. 'Kanaal 67 – dat is TopBestemmingen.'

'De bodybank.'

'Vlak nadat Harrison het erover heeft gehad?' Ze fronste haar voorhoofd. 'Merkwaardig.'

'Dat kan geen toeval zijn. Laten we kijken.'

Madison raakte het icoontje aan. Er liep een banier over het scherm: *Wacht op speciale aankondiging van TopBestemmingen.*

Er was een leeg decor met marmeren zuilen op de achtergrond zichtbaar.

'Wie kijken hier nog meer naar?' vroeg ik.

'Alleen Titanium Premium leden van TopBestemmingen.'

'Hoeveel zijn dat er?'

Ze haalde haar schouders op en ging op de bank zitten. 'Geen idee. De meeste leden zijn gewoon Silver, net als jij, toch?'

'Ja.' Ik knikte. 'Silver.'

'Sst.' Ze trok een been onder zich en stak haar hand op. 'Het begint.'

Tinnenbaum stapte als een echte tv-presentator van links naar rechts het beeld in. Doris maakte haar entree van rechts naar links, stralend.

'Goedendag, vrienden,' zei Tinnenbaum in de camera. 'Fijn dat u ons wilt ontvangen.'

'We vinden het fantastisch dat we hier zijn,' zei Doris.

'Dit is een speciale mededeling, alleen bedoeld voor onze Ti-

tanium Premium leden, privé en vertrouwelijk,' zei Tinnenbaum.
'Dus als er meer mensen in de kamer zijn, wilt u dit misschien later zien,' zei Doris.

Madison en ik keken elkaar even aan. Het klonk belangrijk.

Tinnenbaum en Doris glimlachten zwijgend naar elkaar om hun kijkers de kans te geven het programma eventueel uit te schakelen. Toen knikte Tinnenbaum naar iemand buiten het beeld, alsof hij een seintje had gekregen dat hij verder mocht gaan.

'We hebben een speciale verrassing voor u,' zei hij. 'Het hoofd van TopBestemmingen is hier om een belangrijke aankondiging te doen.'

Madison ging rechtop zitten. 'We hebben hem nog nooit gezien.'

Dat is hem, Callie, klonk Helena's stem in mijn hoofd. *De Ouweheer zelf.*

Ik keek strak naar het luchtscherm. Een andere camera nam het over. Op een andere plek, misschien wel op een heel andere locatie, zoomde de camera in op een donkere cabine met ramen op een verhoging. Binnen was een man in driekwart silhouet te zien.

'Het lijkt erop dat we hem nog steeds niet te zien krijgen,' merkte ik op.

De camera zoomde verder in op het gezicht van de man en de verlichting van de cabine ging aan. Het gezicht dat we te zien kregen was echter niet dat van een honderdvijftigjarige Ender; het flakkerde op een vreemde, elektronische manier, alsof er duizenden pixels over de gelaatstrekken gleden. Sommige delen van het gezicht waren vrouwelijk, andere mannelijk, sommige jong, andere oud. Ze waren allemaal continu in beweging, alsof ze elkaar opjoegen en achternazaten.

Het was een griezelig effect, maar ik moest wel blijven kijken.
Het was een techniek die ik nooit eerder had gezien.

'Dank je, Chad en Doris.' De stem van de Ouweheer werd ook elektronisch vervormd en ik kon de klank alleen maar beschrijven als vloeibaar metaal.

Vloeiende tonen met een metalig randje.

'Mijn trouwe Titanium Premium leden, jullie zijn de bijzondere leden die ons van het begin af aan hebben gesteund. Daarom willen we jullie als eerste op de hoogte brengen van onze nieuwste dienst. Ten eerste gaan we de productlijn uitbreiden, zodat we meer nationaliteiten kunnen aanbieden om uw specifieke jeugdfantasieën te verwezenlijken.'

'O, dat wordt leuk,' zei Madison. 'Ik zou graag eens iets Chinees willen proberen.'

Het maakte me misselijk. Madison liet een hele nationaliteit zo onbelangrijk klinken als de keuze van een gerecht.

Het gezicht van de Ouweheer bleef vervormen en zinderen alsof hij een 3D-masker op had. Ik zag zijn trekken doorschemeren, maar hoe hij er echt uitzag bleef een raadsel. De camera zoomde in ten teken dat er een gewichtige mededeling kwam. 'Maar bovendien zal de meest revolutionaire verbetering veel sneller beschikbaar komen dan we ooit hadden kunnen denken.' Hij zweeg even om zich van onze onverdeelde aandacht te verzekeren. 'Bestendiging.'

Madison snakte naar adem en sloeg een hand voor haar mond.

'In plaats van huurder zult u eigenaar kunnen worden,' zei de Ouweheer.

Nee!

Dat was Helena. Ze schreeuwde het uit in mijn hoofd.

De Ouweheer vervolgde: 'U kunt een lichaam uitkiezen, compleet met een set specialistische vaardigheden, en dat lichaam de rest van uw leven houden. In feite wórdt u die nieuwe, bruisende persoon. U kunt duurzame relaties opbouwen. In de fantasie blijven leven.'

Mijn hart ging zo tekeer dat ik het in mijn oren hoorde bonken. 'Naarmate we allemaal voortgang boeken op het terrein van de levensverlenging, zal uw ervaring langer kunnen duren. We kunnen het lichaam waarin u bent geboren nu al in die stoel houden tot het de tweehonderd bereikt. Binnenkort wordt dat tweehonderdvijftig. Zoals een van mijn medewerkers graag zegt: "Tweehonderdvijftig is het nieuwe honderd."'

Tinnenbaum en Doris kwamen even in beeld. Ze keken naar beneden, alsof ze de Ouweheer op een monitor volgden. Ze lachten beleefd en de Ouweheer kwam weer in beeld.

'U kunt van de beste jaren van het leven genieten in uw nieuwe lichaam, dat zonder slijtage twintig, dertig en nog ouder wordt,' zei de Ouweheer. 'Bij TopBestemmingen kennen onze visioenen voor u geen grenzen.'

De lampen in de cabine werden langzaam gedoofd en de camera zwenkte weer naar Tinnenbaum en Doris.

'Wij zullen zoals altijd de strengste regels ten aanzien van de privacy hanteren,' zei Tinnenbaum, 'en dat vragen we ook van u. Wij breiden de keuzemogelijkheden uit, en intussen hebben we een wachtlijst van Titanium Premium leden die maar wat graag de proef op de som willen nemen.'

Doris glimlachte. 'U kunt een van die leden zijn, dus aarzel niet. Kom naar ons toe om de mogelijkheden voor een blijvend jeugdige toekomst te bespreken.'

Het beeld werd zwart en er rolde een eindeloze lijst waarschuwingen en disclaimers over het scherm, compleet met een vrouwelijke voice-over die de lijst zo snel voorlas dat het bijna lach-wekkend was.

Madison zette het geluid zacht. 'Dat geloof je toch niet?'

'Nee.' Mijn borst verkrampte alsof een vuist zich om mijn hart sloot.

'Ik kan niet wachten.' Haar ogen lichtten op. 'Die man is een visionair.'

Ik schoot van de bank. 'Wat zeg je daar? Zou je het doen?'

'Waarom niet? Het is natuurlijk leuk om verschillende lichamen uit te proberen, maar het zou fijn zijn om in plaats van al dat heen-en-weer- en in-en-uitgedoe eens vastigheid te hebben, dan is het maar geregeld.'

'Madison, hoor je jezelf wel? Het is niet alsof je een nieuwe jurk uitkiest, of een auto, of een huis. Het gaat om mensen. Levende, ademende tieners die hun hele leven nog voor zich hebben. Maar niet als jij het van ze afpakt.'

Ze pruilde.

'Wil je echt de rest van je leven in het lichaam van een ander blijven?'

Ze dacht even na. 'Toen ik voor het eerst huurde en in dat jonge lijf zat, voelde het alsof ik weer thuiskwam. Ik voelde me méér mezelf, zoals ik vroeger was, gezond en fit en energiek. Heb jij dat niet ook?'

Ik sloeg mijn armen over elkaar. 'Nee. Dit was maar een uitstapje. Iets tijdelijks. Maar als je permanent het lichaam van een ander meisje in beslag neemt, kan zij nooit meer terug. Ze kan haar leven niet na een maand weer oppakken. Ze zal nooit weten hoe het is om te studeren, verliefd te worden, te trouwen en kinderen te krijgen. Jij beleeft die dingen wel, voor de tweede keer, maar zij niet. Haar brein slaapt – voorgoed.'

'O, hemel.' Madison zakte terug op de bank. 'Dat klinkt afschuwelijk inhumaan.'

'Je berooft dat meisje van haar kostbaarste bezit – haar leven.' Ik keek om me heen en ontdekte mijn weekendtas tegen een muur. 'Als je het zo stelt... klinkt het als ontvoering.'

'Het is nog erger.' Ik pakte mijn tas. 'Het is moord.'

19

IK WAS zo woest dat ik amper nog kon denken. Ik zette mijn weekendtas in mijn auto, reed Madisons oprit af, parkeerde langs de stoeprand bij de haag tussen haar huis en dat van de buren, waar ze me niet kon zien, en vergrendelde de portieren.

Het was inmiddels halfnegen en het was donker buiten.

Ik leunde met mijn hoofd tegen de leren hoofdsteun. 'Je had gelijk, Helena. Wat Harrison betreft. Ik geloofde je niet, maar het is allemaal waar.'

Het is nog erger dan ik dacht.

'Ons behandelen als hun eigendom. Slaven. Het is niet onze schuld, het komt allemaal door die stomme oorlog waar we nooit om hebben gevraagd.'

Je hebt gelijk.

'Ik heb gezien wat ze met huurlichamen doen. Joyriding noemen ze het. Ze springen van bruggen, halen stomme stunts uit. Ze zijn zuiniger op hun auto's dan op ons. En die arme Emma van jou...'

Ik kreeg een inval die me de adem benam en sloeg een hand voor mijn mond.

'Helena. Misschien is Emma wel niet dood.'

Wat... Wat zeg je daar?

Ik keek door de voorruit van de auto. De straatverlichting wierp harde schaduwen waarin de bomen en struiken hyperecht leken. 'Misschien,' zei ik bedachtzaam, 'is ze permanent overgenomen.'

Mijn god.

'Ze moeten het hebben uitgeprobeerd voordat ze de leden op de hoogte stelden. Ze zou nog in leven kunnen zijn. Misschien zijn de vermiste kinderen dáár.'

O, Callie, als dat zou kunnen...

'Je had gelijk, Helena. Harrison moet een slecht mens zijn om alle niet-opgeëiste minderjarigen dit aan te doen. En de Ouweheer die erachter zit is nog tien keer zo erg. Toen ik naar het luchtscherm keek en zijn vermomde gezicht zag en zijn vervormde stem hoorde... Het was alsof er tarantula's over mijn ruggengraat kropen.' Ik wreef over mijn armen en huiverde.

We maken wel een plan...

Ze brak haar zin zomaar af. Ik wachtte even.

'Ja?' zei ik uiteindelijk.

Het bleef stil. Toen zei ze weer iets, en voor het eerst klonk haar stem doodsbang.

Nee. Nee. Niet doen.

Ik ging rechtop zitten. 'Helena? Helena, wat is er?'

Alsjeblieft... Nee... Haar stem klonk verstikt en werd zachter.

'Wat gebeurt er?' riep ik.

Ik voelde haar krachten afnemen. Ik probeerde haar met mijn geest te bereiken, haar iets van mijn kracht te geven.

Ik wachtte lang op een reactie. Toen die kwam was het maar een fluistering.

Wegwezen!

Dat was haar laatste woord. Toen werd het stil. Het geluid in mijn hoofd verstomde.

Onze verbinding was verbroken. Ik wist het. Ik voelde het.

Een kille angst nam bezit van mijn lichaam en ik rilde. Ik kon er niet mee ophouden.

Ze was weg. Helena was dood. Ik voelde het in mijn botten.

Ik was alleen.

Opeens hoorde ik een geluidje, een hoog ping, gevolgd door gekraak. Ik keek naar rechts, maar zag geen vijanden. Ik keek naar links en zag een logge suv in de nacht verdwijnen.

Toen zag ik het gaatje in mijn zijraam. Terwijl ik keek werd het web van barstjes eromheen groter.

Mijn nekharen gingen overeind staan. Ik keek op en zag de rode remlichten van de suv. Hij was gestopt.

Hij keerde. Hij kwam terug.

Ik startte mijn auto en reed weg. De suv scheurde over het midden van de weg recht op me af. Ik remde, drukte de achteruittoets in, gaf plankgas en vluchtte voor de suv. Die haalde me in. Het grootlicht floepte aan en de felwitte lichtbundels verblindden me, zodat ik niet kon zien wie er achter het stuur zat.

Onze motorkappen raakten elkaar bijna. Ik keek in de achteruitkijkspiegel, bang ergens tegenop te rijden. Het zweet stond me in de handen, waardoor ze telkens van het stuur gleden. Ik verstevigde mijn greep terwijl ik achteruit racete. Huizen, gazons en heggen flitsten links en rechts voorbij. Er reden tenminste geen andere auto's op de weg.

De suv raakte mijn motorkap. Ik draaide het stuur heen en weer, trapte het gaspedaal nog verder in en maakte me los van de suv, die me echter weer inhaalde en raakte.

Ik zag in de spiegel een kruispunt naderen en nam snel een besluit. Ik gaf een ruk aan het stuur en dook de zijstraat in. De suv schoof over het kruispunt en reed door. Ik zette de auto in zijn vooruit en stak het kruispunt recht over. Ik wist dat het de suv tijd zou kosten om te keren en de bocht te nemen.

Ik nam een bocht naar links en toen een naar rechts om te ontsnappen. Toen deed ik de verlichting uit en zocht een verstopplek. Ik zag een open hek, reed de oprijlaan erachter op en parkeerde de auto achter een hoge haag. Ik zette de motor uit en spitste mijn oren. Even later hoorde ik de suv met gierende banden door de straat jakkeren. Het geluid stierf weg in de avondstilte die bij villabuurten hoort.

Er sprongen lampen aan in het huis aan het eind van de oprijlaan die ik had geleend, dus startte ik weer en reed weg. Ik vroeg me af waar ik naartoe kon. Mijn broertje zat in het hotel, Blake zat in Washington en Joost mocht weten waar Michael uithing. Madison kon ik niet in vertrouwen nemen.

Ik wilde het liefst bij mijn broertje en Florina onderduiken, maar er had iemand op me geschoten. Het laatste wat ik wilde was Tyler in gevaar brengen.

Wegwezen, had Helena gezegd, maar waar kon ik heen? Voordat ik ergens naartoe ging moest ik naar Helena's huis.

Om het wapen te pakken.

Ik liep Helena's huis in en ging regelrecht naar haar slaapkamer. Ik trok de laden open en wroette in de sjaaltjes op zoek naar het pistool dat Helena in het Muziekcentrum voor me had verstopt. Het was weg.

Had Eugenia het ergens anders opgeborgen?

Ik liep de gang in en riep haar. 'Eugenia!'

Haar zware schoenen klepperden over de trap. 'Ik kom al.'

Ze klonk verveeld. Toen ze boven aan de trap was, liep ze op haar dooie akkertje naar me toe.

'Heb je iets uit mijn la gepakt?' riep ik voordat ze bij me was.

Ze wachtte met antwoorden tot ze voor me stond. Haar gezicht stond perplex. 'U weet dat ik nooit, maar dan ook nooit in uw laden kijk.'

'Je hebt het gepakt. Je hebt mijn pistool gepakt, hè?'

Ze sloeg een hand voor haar mond. 'Een pistool? Nee, dat zou ik nooit aanraken.'

'Een kat in nood maakt rare sprongen.'

'Het lag in uw slaapkamer?'

Ik draaide me om en keek de kamer in. Toen kromp ik in elkaar. Ik herinnerde me weer wat ik met het pistool had gedaan. Ik liep naar de kast, trok hem open en zag het avondtasje. Eugenia stond in de deuropening. Ik pakte het tasje en voelde eraan, met mijn rug naar haar toe.

Het pistool zat erin.

Ik draaide me om. 'Het spijt me vreselijk.'

Ze kneep haar ogen tot spleetjes. Toen deed ze haar mond open om iets te zeggen, maar ik was haar voor.

'Ik ben mezelf niet. Ik heb steeds hoofdpijn. Ik wilde naar mijn technicus gaan om hem naar mijn chip te laten kijken.' Het was een gok; ik hoopte uit alle macht dat ze wist wie Helena's technicus was.

'Waarom gaat u niet gewoon terug naar de mensen die hem erin hebben gestopt? U hebt er genoeg voor betaald, dat staat vast.'

Ze was nog boos, maar dat was niets vergeleken bij hoe ze zich zou voelen als ze wist dat ze mogelijk gevaar liep. Helena had haar alleen verteld over de huur, verder niets.

'Eugenia, luister goed. Doe voor niemand de deur open. Als er iemand belt weet je niet waar ik ben.'

Eugenia keek me aan met haar lange, ernstige gezicht. 'Net als anders, bedoelt u?'

Helena was dus voorzichtig geweest. Alleen was het nog nooit zo gevaarlijk geweest als nu. Elke minuut dat ik bleef stond mijn leven op het spel. Dat Eugenia niets wist zou haar beschermen. 'Ik moet weg,' zei ik. 'Pas alsjeblieft goed op.'

Ik stapte in Helena's sportwagen en startte de motor. Toen riep ik de historie van haar navigator op. De lijst was zo lang dat ik het wilde opgeven, maar toen herkende ik een naam. Redmond. Eugenia had hem op mijn eerste avond in het huis genoemd. Ze had gezegd dat hij Helena had gebeld.

'Redmond,' zei ik tegen de navigator.

'Redmond. Daar gaan we,' tjirpte de navigator.

De navigator leidde me naar een pakuis in een industriegebied in de San Fernando Valley. Het was niet bepaald een buurt die ik zelf zou hebben uitgekozen voor een avondritje. Ik kwam langs rasterhekken die honden binnenhielden die me waarschuwden dat ik moest blijven rijden. Het adres verscheen op het scherm van de navigator. Het was een complex pakhuizen met lampen op de daken die plassen licht op de grond wierpen. Ik parkeerde op het binnenterrein, zodat mijn auto niet zichtbaar was voor vogelvrijen op straat.

Redmonds adres was dat van het achterste pakhuis. De deur zat op slot. Ik drukte op een ouderwetse metalen zoemer. Erboven zat een gaatje met een glimmend middelpunt, de lens van een camera, vermoedelijk. Redmond had de buitenkant van het gebouw listig een oud, haveloos uiterlijk gegeven. De deur sprong met een harde dreun open.

Binnen was het kaal, het soort ruimte waarvan je verwacht dat er een beeldhouwer woont en werkt. Een betonnen vloer en een kale witte tussenwand om een smalle gang te creëren. Aan het eind van de gang zag ik het kille schijnsel van tl-lampen. Ik pakte mijn pistool.

Mijn hart bonsde. Was het een val? Had ik Helena nog maar in mijn hoofd. Zij had het wel geweten; zij had het me wel verteld. Ik had haar meer over Redmond moeten vragen toen ik haar nog had.

Aan het eind van de gang liep ik naar links en stapte een grote ruimte in met rijen tafels en werkbladen met elektronische onderdelen, computers en beeldschermen, sommige nog werkend, andere ontmanteld. Er hingen zelfs onderdelen aan stangen aan het hoge plafond. Ik rook een chemische lucht.

Op een luchtscherm boven een rommelige werkbank was de buitendeur te zien waar ik had aangebeld. Eronder zat een man met zilvergrijs haar en een kromme rug voor een batterij computerschermen. Een Ender.

Ik kon niet zien of hij dood was of levend. Ik besloop hem van achteren, het pistool met twee handen vasthoudend. De man verroerde zich niet.

'Redmond?' zei ik.

'Helena,' mummelde hij met een Brits accent. 'Je deed er zo lang over om binnen te komen dat ik bijna in slaap was gesukkeld.'

Hij hief zijn hoofd. Ik zag zijn gezicht weerspiegeld in twee zwarte beeldschermen. Hij keek naar mijn spiegelbeeld en vroeg zonder zich om te draaien: 'Helena, waar is dat goed voor?'

'Ik moet je iets vragen.'

'Dat doe je meestal zonder een pistool op mijn hoofd te richten.'

Hij wilde zich op zijn stoel omdraaien, maar ik zette mijn voet op de metalen ring om hem tegen te houden.

'Leg je handen op je hoofd,' zei ik.

Alles wat ik deed had ik óf van mijn vader geleerd, óf van holo's afgekeken. Het werkte, en hij gehoorzaamde.

Een van de monitoren piepte op de maat van een pulserende rode stip op een kaart van de stad. De stip leek samen te vallen met de plek waar we waren.

'Wat is dat?' ik wees ernaar.

'Dat ben jij. Je zendertje. Maar dat weet je best.' Hij kneep zijn ogen tot spleetjes.

Hij was mager en slungelig, met de verwilderde haardos van een krankzinnige geleerde. Hij had een goede botstructuur; je kon zien dat hij een aantrekkelijke man was geweest in zijn jeugd.

'Iedereen weet meer van mijn lichaam dan ik,' zei ik. 'En nu wil ik dat je de chip verwijdert. Ik ben klaar.'

'Hoe is het gegaan?'

'Wat?'

'Je grootse plan.'

'Al die schermen en je kunt het nieuws niet eens ontvangen?'

Hij keek me aan en rolde op zijn stoel naar voren, met zijn handen nog op zijn hoofd. Hij tastte me af, onderzoekend, speurend naar wie er echt binnen in me zat.

'Mijn god.' Hij liet zijn handen zakken en kwam zo dichtbij dat ik zijn adem kon ruiken. Hij had pepermunt gegeten. 'Dat is Helena niet daarbinnen, hè?'

Het pistool beefde in mijn handen. 'Nee. Ze is dood.'

Hij fronste zijn voorhoofd. 'Wat is er gebeurd?'

Ik schudde mijn hoofd. 'Ik weet het niet, maar ik hoorde het gebeuren. Ze zat in mijn hoofd. Ik denk dat ze is vermoord.'

Redmond hing aan mijn lippen. Hij zette grote ogen op.

'We begonnen een band te krijgen,' zei ik. 'Ik dacht dat ik haar nog eens zou ontmoeten, oog in oog.'

'Helena was een dondersteen.' Redmonds gezicht kreeg een verdrietige uitdrukking. 'We hebben elkaar tijdens de studie leren kennen, dat moet nu meer dan honderd jaar geleden zijn.'

'Hoeveel weet je van de bodybank?'

'Ik weet wat ik moet weten.'

'Dan zal ik je de versie voor dummy's geven. De bodybank heeft haar vermoord. Ze heeft me gewaarschuwd dat ze mij ook zouden vermoorden.' Ik richtte het pistool weer op zijn hoofd. 'Je moet die chip weghalen.'

'Ik begrijp dat je niet wilt dat ze je traceren. Je bent ooggetuige van Helena's dood geweest.'

'Oorgetuige, in elk geval. Dus haal dat ding eruit, alsjeblieft.'

'Dat kan ik niet.'

'Ik kan je doden.' Ik strekte mijn schietarm. 'Dat zou jij beter moeten weten dan wie ook. Jij hebt tenslotte mijn stop-moord-schakeling omgezet.'

'De vraag blijft of Helena's plan had gewerkt,' zei hij. 'Was je ertoe in staat geweest? Het is niet duidelijk of ik ben geslaagd of ook in dat opzicht heb gefaald.'

'Wil jij je echt als proefkonijn opwerpen? Voor de laatste keer, ik smeek je om die chip eruit te halen.'

'Ik wil het wel. Echt wel. Ik ben namelijk bang dat ze er een valdoodcommando in hebben ingebouwd.'

'En dat is?'

'Ze kunnen een signaal naar de chip sturen waardoor hij explodeert.'

Ik kneep mijn ogen even dicht. Daar had ik nog niet aan gedacht.

'Wees maar niet bang. Het is waarschijnlijker dat ze de chip willen blijven gebruiken – voor een andere senior, iemand anders daar bij de bodybank die er net zo mee wordt verbonden als Helena was.'

Ik wist niet wat beangstigender was: iemand anders die mijn lichaam overnam of een ontploft hoofd. 'Maar sinds je de chip hebt aangepast, heb ik geen black-outs meer gehad. Helena kon me niet overnemen.'

'Nee, maar iemand anders zou het niveau kunnen bereiken dat Helena op het laatst met jou had bereikt – die verbinding tussen twee geesten.'

'Haal hem er dan uit!'

'Als ik het kon deed ik het wel, maar het is onmogelijk. Hij zit in je brein.'

'Maar je hebt hem bijgesteld. Twee keer.'

'En dat was geen makkie. Maar ik kan hem niet weghalen. Ze hebben hem in een ingewikkeld webpatroon in je hersenen ingebed, zodat hij zichzelf vernietigt als iemand probeert hem eruit te halen. In het gunstigste geval zou je vrijwel zeker een hersenbloeding krijgen, en in het ongunstigste zou je uit elkaar knallen. Zie het als een tijdbommetje in je hoofd.'

'Een bom? In mijn hoofd? Dat meen je niet.'

'Sorry.'

Hersenbloeding. Een ontploffend hoofd. Ik stond te tollen op mijn benen.

'Het is verschrikkelijk.' Ik liet het pistool zakken. 'Waarom doen ze me dit aan?'

'Waarschijnlijk doen ze dat met alle donors. Als veiligheidsmaatregel. Op die manier kan niemand een donor vermoorden en de waardevolle technologie stelen.'

'Ik zit dus voor de rest van mijn leven opgescheept met een stukje metaal in mijn hoofd dat me met de bodybank verbindt?'

'Ik ben bang van wel.'

Ik zou nooit meer hetzelfde zijn. Me nooit meer veilig kunnen voelen. Het meisje dat de bodybank binnen was gelopen, was voorgoed verdwenen.

Redmond schraapte zijn keel. 'Er is ook goed nieuws.'

'Wat dan?'

'Jij bent de enige met een aangepaste chip. Dat maakt jou een uniek object.'

Ik stootte een verbitterde lach uit. 'Wat is daar zo geweldig aan?'

Hij keek me strak aan. 'De bodybank wil je waarschijnlijk in leven houden.'

Redmond fabriceerde een magnetisch plaatje dat hij ter hoogte van de chip op mijn hoofd bevestigde. Ik voelde er niets van, dankzij een plaatselijke verdoving. Liggend op een operatietafel in zijn steriele achterkamertje moest ik zijn precisie wel bewonderen. Ik had het gevoel dat Redmond een jonge ziel in een oud lichaam was. Ik vertrouwde hem. Ik wilde zelfs helemaal niet weg uit zijn lab. Het gaf me een diep gevoel van veiligheid dat ik bij iemand was die zo goed wist hoe ik vanbinnen functioneerde. Hij vertelde me dat hij neurochirurg was geweest, maar na zijn pensioen was teruggekeerd naar zijn eerste liefde: computers. Hij zei dat het werken met hardware was als het opereren van een patiënt die nooit klaagde. En als er iets fout ging kon hij altijd opnieuw beginnen.

Ik voelde me veilig in zijn handen, maar voor hem was ik een gevaar. Hij deed dit niet voor de goede zaak. Hij deed het voor het geld, omdat de nieuwe technologie hem fascineerde en misschien omdat Helena een oude vriendin van hem was.

Maar mij kende hij niet en ik wist dat hij me zo snel mogelijk weg wilde hebben.

'Goed, ik waarschuw je dat dit geen permanente oplossing is. Meer kan ik zo snel niet doen. De lijm die ik gebruik wordt afgebroken door het contact met het plaatje, maar als ik iets sterkers gebruik brandt het door je hoofdhuid.'

'Hoe lang houdt het?' vroeg ik.

'Ik weet het niet. Een week, misschien.'

Terwijl hij praatte bracht hij gel op de metalen randen van het plaatje aan.

'Wat weet je van de Ouweheer?' vroeg ik.

'Het enige wat iedereen weet is dat hij zijn identiteit geheimhoudt. Geen mens heeft zijn gezicht ooit gezien. De wildste geruchten doen de ronde... Hij zou een softwaregenie zijn geweest, hij zou tijdens de oorlog de leiding hebben gehad over *Dark Ops* en een verwonding hebben opgelopen... Wie weet wat ervan waar is?'

Ik dacht aan Helena en Emma en slikte. 'Ik wil hem vinden.'

'Dat willen zo veel mensen. Daarom leidt hij zo'n teruggetrokken bestaan.'

'Ik weet dat hij wel eens bij de bodybank komt. Ik heb hem daar een keer gezien.'

Redmond boog zich over me heen zodat ik hem kon zien. 'Ga niet achter hem aan. Je bent jong en mooi. Als je uit de buurt van die lui blijft, heb je je hele leven nog voor je bij wijze van beloning. De Ouweheer is een door en door slecht mens.'

Redmond hielp me overeind, gaf me een spiegel en liet me als een kapper zijn werk bewonderen via een tweede spiegel aan de muur.

'Er is niets van te zien,' zei ik.

Hij pakte mijn hand en legde hem op mijn achterhoofd. 'Voorzichtig,' zei hij.

Onder mijn haar voelde ik een hard metalen plaatje dat de vorm van mijn schedel volgde.

'Ik heb het haar eronder moeten afscheren, maar het wordt bedekt door de rest van je haar. Zolang het niet te hard waait zie je er niets van,' zei hij.

'En dit voorkomt dat ze me kunnen traceren? Een week lang?'

'Ja. En ik kan je ook niet meer volgen. Je staat er alleen voor.'

'Geeft niet.' Ik legde de spiegel weg en ging staan. 'Ik sta er al heel lang alleen voor.'

Zijn gezicht werd nog ernstiger. 'Kom mee.'

Ik liep met hem mee terug naar zijn lab. Hij drukte zijn vingers op een paneel op een archiefla in zijn bureau, die met een klik opensprong. Hij haalde er een metalen kistje uit dat precies in zijn hand paste. HELENA, stond erop.

'Goed, mocht me iets overkomen, haal dit kistje dan op.'

'Hoe maak ik het open?'

'Het is al gecodeerd op je vingerafdruk, dat heeft Helena nog gedaan.'

Ik keek naar mijn vingertoppen. Had ik nog iets van mezelf? Het kistje zag er niet bijzonder uit. Was het een harddisk?

'Wat zit erin?' vroeg ik.

'De sleutel tot de informatie met betrekking tot mijn aanpassingen aan je chip.' Zijn blik werd mild en zijn mond glimlachte bijna. 'Je zou kunnen zeggen dat het je geboorteakte is.'

20

UIT HET feit dat ze me niet meer konden traceren, moesten ze bij de bodybank afleiden dat ik de chip op de een of andere manier te slim af was geweest. We konden hem niet weghalen, dus Redmond kon hem niet gebruiken om de bodybank op een dwaalspoor te brengen. Tot nu toe hadden ze bij TopBestemmingen kunnen denken dat ik was overgeleverd aan de genade van Helena en haar listen, maar die vlieger ging nu niet meer op.

Ik zat in mijn auto bij Redmonds pakhuis en pakte de nieuwe telefoon die hij me had gegeven – hij was bang dat die van Helena getraceerd kon worden. Ik zette de hare aan om Laurens nummer te kunnen zien en klapte hem dicht. Toen ik Lauren belde, kreeg ik haar voicemail. Ik sprak in dat ze me moest bellen – nou ja, niet mij, mij kende ze niet, maar Helena – en gaf mijn nieuwe nummer door.

Net toen ik Madison wilde bellen, kwam er een oproep binnen op Helena's toestel. Ik zag dat het Blake was.

Blake.

Mijn hart klopte in mijn keel. De laatste keer dat ik zijn gezicht had gezien was op het luchtscherm geweest, toen hij mijn walvisspeldje had gedragen. Had zijn grootvader geprobeerd hem tegen me op te zetten, maar was Blake er niet ingetuind? Of had de senator helemaal niets tegen Blake gezegd?

Ik haalde diep adem en gebruikte de nieuwe telefoon om hem terug te bellen.

'Blake?'

'Callie.'

Bij het horen van zijn stem moest ik al bijna huilen. 'Je bent er weer.'

'Eindelijk.' Hij zweeg even. Ik hoorde hem diep ademhalen.

'Hoor eens Blake, over laatst...'

'Ik weet het. Ik heb je gemist.'

'Ik heb jou ook heel erg gemist,' zei ik.

'Gelukkig maar. Het zou niet best zijn als ik de enige was.'

Het maakte me aan het lachen, een beetje.

'Heb je honger?' vroeg hij.

'Verschrikkelijk.'

Hij zepte me het adres van een ouderwets nachtrestaurant, de Drive-In. Toen ik er aankwam zag ik dat het terrein gelukkig werd bewaakt door gewapende Enders. Ze waren niet langer de vijand. Ik zag ze als mogelijke beschermers.

Dure auto's stonden in de rij om te bestellen. Kosten noch moeite waren gespaard voor dit restaurant, dat in neonletters aan de muren werd aangeprezen als TERUG NAAR TOEN. Fitte Enders rolschaatsten met dienbladen met hamburgers, milkshakes en ijs die ze boven hun hoofd hielden naar de auto's, begeleid door ouderwetse rock-'n-roll uit luidsprekers. Op luchtschermen werden films uit de jaren vijftig geprojecteerd, zonder geluid, om de echte sensa-round retro-ervaring nog te versterken.

Ik zette de auto op een parkeerplaats langs de rand van het terrein, ver van de kassa, en liep naar de wc's. Toen ik weer naar buiten kwam zag ik Blake nog nergens, dus ging ik in mijn auto zitten wachten. Een paar minuten later stopte hij naast me en glimlachte. Ik had niets liever willen zien. Zijn portier aan de passagierskant klikte en ging gonzend open, en ik stapte in.

Zodra ik zat, boog Blake zich naar me toe en gaf me een zoen op mijn wang. 'Hoi.'

Het voelde goed om bij hem te zijn, in zijn auto.

'Wat zie je er goed uit,' zei hij.

Hij vond een plekje bij het restaurant, tussen twee andere auto's in. Een sportieve Ender met een zilvergrijze paardenstaart rol-schaatste naar ons toe en nam onze bestelling op.

Toen ze weg was pakte Blake mijn handen.

'Het spijt me,' zei ik.

'Hoeft niet.'

Ik snoof zijn geur op en koesterde me even in zijn vertrouwde gezicht, maar ik wist dat ik zou gaan huilen als ik me ontspande. Ik moest sterk zijn om te kunnen zeggen wat ik moest zeggen.

Hij trok me naar zich toe.

'Ik moet je iets vertellen,' zei ik.

'Ik weet het.' Hij ging weer rechtop zitten. 'Ik jou ook. Ik wilde je vanuit Washington bellen, maar mijn grootvader pakte mijn telefoon af. Ik heb hem nog maar net terug.'

'Het lijkt of je een eeuwigheid weg bent geweest, zoveel is er gebeurd.'

'Ik heb de hele tijd aan je gedacht,' zei hij. ''s Nachts was het het ergst vlak voordat ik in slaap viel. Overdag was er genoeg af-leiding, maar 's nachts dacht ik alleen aan jou.'

Er schitterde iets op zijn leren jack. De walvisspeld van mijn schoen. Ik raakte hem aan.

'Ik zou de mijne ook moeten opdoen,' zei ik. 'Dan zijn we een paar.'

'We zijn al een paar.'

Hij keek me zo intens aan dat ik bang was dat er rook uit zijn ogen zou komen. Toen boog hij zich naar me toe, legde zijn hand in mijn nek en bracht mijn gezicht naar het zijne. Ik voelde zijn adem op mijn wang – er liep een rilling over mijn rug – en toen kuste hij me.

Ik deed mijn ogen dicht en liet de kus door mijn hele lijf zinderen. Zijn geur – iets van hout, en van gras – kalmeerde me, maar wond me ook op. Zijn haar was heel zacht, bijna te zacht voor een jongen. Zijn handen streken over mijn gezicht, mijn hals en mijn haar, alsof hij me verkende, alsof ik het eerste meisje was dat hij aanraakte. Het gaf me het gevoel dat ik heel bijzonder was. Hij streelde mijn haar en hield zijn hand stil... Precies op de plek van het metalen plaatje op mijn achterhoofd.

Hij verstijfde. 'Wat is dat?'

Ik snakte naar adem en maakte me van hem los.

'Sorry,' zei hij. 'Ik was het vergeten. Je had me erover verteld. Dat is van de... operatie?'

De serveerster onderbrak ons gesprek. We wachtten tot ze het blad aan de rand van het raampje had bevestigd. Ze rolschaatste weg. We raakten ons eten niet aan.

'Wat je voelde,' zei ik, 'daar moet ik je over vertellen.'

Hij keek me aan. Afwachtend.

Mijn maag maakte een salto, alsof ik in een snelle lift stond. Waarom was dit zo moeilijk?

Omdat het zo ingewikkeld was.

Hij pakte mijn hand. 'Je kunt het me wel vertellen. Echt.'

'Ik ben niet wie je denkt.'

Er trok een nerveuze halve glimlach over zijn gezicht. 'Wie ben je dan?'

'Haat me niet.'

'Nooit.'

Ik wilde de tijd stilzetten. Hij vond me nog leuk, hij geloofde nog in me. Dat zou allemaal afgelopen kunnen zijn.

Hij legde zijn hand op mijn wang. 'Het is goed, Callie. Het heeft iets te maken met die operatie waarover je me hebt verteld, hè? Wat je ook zegt, ik zou je nooit kunnen haten.'

'Nou, maar eens zien hoe je je voelt als ik je alles heb verteld.' Ik haalde diep adem, blies uit en stak van wal. 'Ik heb tegen je gelogen. Ik heet niet Callie Winterhill, maar Callie Woodland. Ik ben niet rijk, deze kleren zijn niet van mij, die auto is niet van mij en dat huis is niet van mij.'

Hij keek me even aan en schudde toen zijn hoofd. 'Of jij rijk of arm bent boeit me totaal niet.'

'Ik ben niet alleen maar arm, ik ben een niet-opgeëiste minderjarige. Ik leef op straat, in lege gebouwen. Ik eet uit vuilnisbakken.'

Ik keek niet naar zijn gezicht; het hoefde niet. Ik voelde de spanning als gifgas de auto in stromen. Ik praatte verder voordat de angst me het zwijgen op kon leggen.

'Ik had geld nodig voor mijn zieke broertje. Hij is pas zeven. Ik ging dus naar dat bedrijf, TopBestemmingen. We noemen het allemaal de bodybank. Ik werd donor en verhuurde mijn lichaam aan een senior die Helena Winterhill heette. Het is haar huis, haar auto en haar leven. Zij wilde je grootvader ervan weerhouden de deal met TopBestemmingen door te zetten. Ik dacht dat ze krankzinnig was, maar ze bleek gelijk te hebben. Het plan is nog erger dan ze dacht.'

Ik ratelde maar door en vertelde hem alles, waarschijnlijk veel te snel. Hij liet me praten zonder me ook maar één keer in de rede te vallen. Ik liet één ding weg: Helena's plan zijn grootvader dood te schieten. Nu ze er niet meer was, was ik niet van plan hem daarmee te belasten. Hij werd toch al overladen met informatie. Waarom zou ik hem laten tobben over iets wat niet meer speelde?

Toen ik klaar was keek ik hem aan. Hij keek nog steeds naar me, en niet vol walging, zoals ik had verwacht. Hij keek ernstig en zei niets. Het wachten was een marteling. Mijn keel werd kurkdroog. Toen zei hij eindelijk iets.

'Dit is zo... Ik heb er geen woorden voor.'

'Geloof je me?' vroeg ik.

'Ik zou het graag willen.'

'Maar je gelooft me niet.'

'Het is een beetje een schok, snap je?'

Ik streek het haar van mijn achterhoofd en liet hem het plaatje zien dat Redmond had aangebracht. Het voelde als het intiemste deel van mijn lichaam dat ik kon laten zien, nog intiemer dan mijn geslachtsdelen. Dit ben ik, zei ik tegen hem. Dit is wie ik ben geworden.

'Onder dat plaatje zit mijn chip.'

Hij zei niets. Ik tilde mijn hoofd op en streek mijn haar glad.

'Als je je grootvader zou kunnen overhalen terug te komen op de overeenkomst tussen de regering en TopBestemmingen... Als je hem duidelijk kunt maken hoe verschrikkelijk het is, dat al die niet-opgeëiste minderjarigen de dood in worden gejaagd, zou hij zich dan niet willen bedenken?' flapte ik eruit in de gewaagde hoop dat ik het allemaal kon krijgen, zowel de waarheid als Blake.

Er was een klein kansje dat de senator niet doorzag wat Top-Bestemmingen van plan was. Misschien wist hij niets van het blijvende karakter.

Blake zei niets. Hij leek op te gaan in zijn zorgelijke gedachten.

'Blake?'

Hij haalde een hand over zijn gezicht. 'Ik zal met hem praten. Nee, wacht, praat jij maar met hem. Jij kunt het beter uitleggen dan ik.'

'Echt waar?'

'Morgen. Dan is het zaterdag, dan is hij op de ranch. Kom voor de lunch. Hij is daar veel aanspreekbaarder. Het is zijn lievelings-plek.'

'Hij zal niet naar me willen luisteren. Hij heeft de pest aan me.'

'We doen het samen. Naar mij luistert hij wel. Ik ben zijn klein-zoon.' Hij wreef over mijn hand. 'We kunnen het alleen maar proberen.' Hij keek peinzend. Ik zag aan hem dat hij de nieuwe manier waarop hij naar me moest kijken nog steeds niet had verwerkt.

We aten zwijgend, en toen reed Blake me naar mijn eigen auto aan de rand van het terrein.

'Tot morgen,' zei hij.

'Tot morgen.'

Hij gaf me een afscheidskus, maar het was niet meer zoals vroe-ger. Zijn kus droeg de last van mijn leugens, die onze lippen van elkaar scheidden als een laagje was. Ik stapte uit en hij reed weg. Het voelde alsof een gewicht van duizend kilo mijn voeten de grond in drukte.

Ik stapte in mijn auto en vergrendelde de portieren. Toen ik naar de wc ging, voor het eten, had ik daar een bewaker gesproken. Ik had tegen hem gezegd dat ik een dutje wilde doen in mijn auto en dat ik het op prijs zou stellen als hij er een oogje op wilde houden. Toen ik hem een paar bankbiljetten toestopte, zei hij dat hij het met alle plezier zou doen.

Om een uur of zes 's ochtends werd ik wakker met de zon in mijn ogen. Ik zette de stoel weer in de normale stand om te rijden en likte langs mijn tanden. Ik voelde aan het plaatje in mijn achterhoofd. Het bonsde als een akelige herinnering aan hoe het me aan Blake had verraden. Ik slikte twee van Redmonds pijnstillers. De nieuwe telefoon knipperde. Ik had een zep van Lauren gekregen.

Lauren zat nog in het fantastische lichaam van Reece. Haar lange rode haar glansde in de ochtendzon. 'Zeg dat je goed nieuws voor me hebt, Helena. Ik heb niets over Kevin gehoord.'
Ze stopte een kaartje in het hek om ons in het kleine privépark bij haar huis in Beverly Hills te laten. Ik vond het griezelig om zo dicht bij de bodybank af te spreken, maar het park was niet alleen omheind, maar ook bewaakt.
'Hij is door mensen gezien en een paar mensen hebben hem zelfs gesproken, maar de afgelopen maand is hij nergens meer gesignaleerd,' vertelde ze.
Ik wist dat ik nu meteen moest zeggen wie ik was. Ik wilde die kwellende besluiteloosheid niet nog eens meemaken.
'Ik ben Helena niet,' zei ik.
Lauren praatte gewoon door, alsof mijn woorden niet tot haar doordrongen. Ik moest haar onderbreken.
'Luister naar me. Ik ben Helena niet.'
Haar mond zakte open. Ze sloeg haar armen over elkaar. 'Wat zeg je?'

'Ik ben de donor. Het lichaam dat Helena heeft gehuurd. Ik ben pas zestien.'

'Wacht even. Toen ik Helena sprak zat ze in dat lichaam.' Ze gebaarde naar me.

'Je praatte met mij. Ik was in Club Rune en in dat Thaise restaurant.'

'Was jij dat?' Haar ogen schoten vuur. 'Wat is er met Helena gebeurd?'

Ik was gedwongen me haar laatste momenten voor de geest te halen. 'Ze is weg,' zei ik verdrietig.

'Dood? Is Helena dood?' Ze pakte mijn schouders en rammelde me door elkaar. 'Wat heb je met haar gedaan?'

'Rustig maar, ik heb niets gedaan.' De gewapende bewaker keek onze kant op. 'Het was iemand van de bodybank, van Top-Bestemmingen.'

'Wie?'

'Dat weet ik niet.'

'Hoe weet je dan dat ze dood is?'

'Ik hoorde haar schreeuwen in mijn hoofd.'

'Wát?'

'Helena had de chip laten aanpassen. Tegen het eind kon ik haar gedachten in mijn hoofd horen. We hadden contact met elkaar.'

Lauren gaf me een duw en liet me los. 'Ongelooflijk. Ik heb haar vijfentachtig jaar gekend.' Ze pakte een zakdoek en veegde tranen van boosheid weg. 'En nu is ze er niet meer.'

'Het spijt me. Ik leerde haar zelf net kennen.'

'Hoe durf je het te zeggen?'

'Ze heeft me veel verteld,' zei ik.

'Zoals?'

'Over de senator. De Ouweheer.'

Ze wendde zich af. 'Ik kan dit niet. Ik kan je niet aankijken. Je hebt gelogen. Je hebt me in de waan gelaten dat je haar was, en nu vertel je me dat ze al die tijd dood was.'

'Nee, zo is het niet. Het is nog maar net gebeurd.'

'Waarom is niemand meer wie hij lijkt?' zei ze knarsetandend.

Ik keek naar haar, verstopt in dat tienerlichaam. Ik durfde haar er niet op te wijzen dat ik haar hetzelfde kon verwijten.

'Maar,' zei ik, 'ik denk dat Kevin nog leeft.' Ik hoopte dat goed nieuws over haar kleinzoon haar iets milder zou maken.

'Hoe kun jij dat weten?'

'Ik weet dat de Ouweheer leden meer wil laten doen dan huren. Binnenkort kunnen ze een lichaam kopen. Ik vermoed dat ze er al proeven mee hebben gedaan. Dat zou de vermiste tieners verklaren, zonder sporen van een worsteling, zonder lichamen.'

Ik zag hoop in haar ogen flakkeren. Toen keek ze me minachtend aan.

'Jij weet helemaal niets. Hoe kan ik jou vertrouwen? Je draagt Helena's sieraden, je rijdt in haar auto. Ken je dan geen schaamte?'

'Ik wil haar helpen.'

'Je kunt een dode vrouw niet helpen. Jij kunt niemand helpen.'

Ze draaide zich om en liep weg.

'Lauren.' Ze keek niet om. 'Of moet ik Reece zeggen?' riep ik.

Ze liep door.

Ik stond te trillen op mijn benen. Ik had gedacht dat ze me zou helpen; ze was Helena's vriendin. Ze was de enige met wie ik over de vermiste tieners kon praten.

De bewaker keek naar me. Hij legde zijn hand op het wapen op zijn heup en liep op me af. Ik was Laurens gast geweest in dit privépark, en nu zij weg was had ik geen reden – of recht – meer om er te zijn.

Ik liep naar het hek.

Ik duwde het open, rende erdoor en liet het achter me dicht-slaan. Net toen ik in mijn auto wilde stappen, keek ik naar de overkant van de straat en zag iemand die ik herkende.

Michael.

21

IK RENDE de straat over, auto's en fietsen ontwijkend en met twee handen zwaaiend, maar hij zag me niet.

'Michael!' riep ik hem na. 'Michael, wacht!' Ik haalde hem in en porde hem in zijn rug. 'Ik ben het.'

Hij draaide zich om. De aanblik van zijn gezicht was hartverwarmend. Ik had niet beseft hoe erg ik dat lange blonde haar had gemist, die zachte ogen. Toen hij glimlachte trok alle spanning uit mijn schouders.

'Wauw, wat zie je er goed uit,' zei ik, en ik voelde aan zijn bruine, duur uitziende jack.

'Jij ook.' Hij liet zijn blik over me heen glijden alsof hij me met zijn ogen wilde uitkleden. 'Hoe heet je?'

Het was de stem van Michael, maar het waren niet zijn woorden. Ik keek naar zijn volmaakte gezicht, zijn mond, zijn ogen en zijn neus. Geen sproeten van de zon of moedervlekken, geen littekens van straatgevechten. Alleen een smetteloos gave huid en prijzige kleren.

Het bloed stolde in mijn aderen.

Dit was Michael niet. Het was een huurder.

Een of andere Ender had zijn lichaam gehuurd. Hij had niet gewacht, zoals hij had beloofd. Hij had zich verhuurd voordat ik klaar was.

'Wie ben jij?' vroeg ik beverig.

'Hé, ik ben een jongen van zestien. Bevalt het je?' Hij stak zijn armen uit en draaide een pirouette. 'Wel een lekker ding, hè?'

Ik begon te hijgen. Ik kon er niets aan doen. Ik pakte hem bij zijn dure jack.

'Hé, kalm aan,' zei hij. 'Dat is echte Russische alpaca.'

'Voor mijn part komt het van Mars. Hoe lang heb je dat lichaam al?'

'Waar heb je het over?'

Ik trok hem naar me toe tilde hem aan zijn jack op, zodat hij bijna geen lucht meer kreeg. 'Als je liegt, doe het dan met je eigen gerimpelde mond. Hoe lang?'

'Ik heb het net,' zei hij met verstikte stem. 'Ik kom net uit Top-Bestemmingen.'

Ik liet hem los. Het was te gevaarlijk om zo de aandacht te trekken. Ik zag al Enders omkijken.

Hij trok zijn jack recht. 'En ik heb genoeg voor dit lichaam betaald,' zei hij zacht. 'Het is dus van mij.'

De bewaker in het park aan de overkant keek naar ons door het hek.

'Als je er maar voorzichtig mee bent,' zei ik.

'Hoezo, ken je die gast soms?' Hij gebaarde naar zijn lichaam. 'Schat, ik ga me er kostelijk mee vermaken. Waarom denk je dat ik dit heb gedaan? Ik ga me uitleven. Niets houdt me tegen.' Hij brulde van het lachen.

Ik hijgde zo hard dat ik bang was dat er steekvlammen uit mijn neus zouden komen.

Het stuk tuig grinnikte er alleen maar om. Wie het ook was.

'Je bent echt een schatje. Ben je zijn vriendin?' vroeg hij. 'Dan heb ik misschien een bonus bij dit lichaam gekregen, hm?'

Hij sloeg zijn arm om mijn schouder. Ik duwde hem weg.

'Blijf van me af,' zei ik. 'Want ik wil dat lichaam graag heel houden.'

Passerende Enders gaapten ons aan. Toen deed die griezel iets onvoorstelbaars. Hij boog zich naar me toe, stak zijn tong uit en gaf een lange lik over mijn wang, van mijn kaaklijn tot aan mijn oog. Ik duwde hem hard van me af en veegde zijn slijmerige speeksel van mijn gezicht.

'Laat dat,' beet ik hem toe. Ik wilde niets liever dan hem een harde stomp geven, maar het was Michaels lichaam.

'Nou, leuk elkaar weer te zien en zo, maar ik moet ervandoor,' zei hij. 'Al die opwinding, al dat leven dat wacht... op mij.'

Hij knipoogde, zette een stap achteruit, draaide zich om en rende weg. De bewaker keek nog naar me vanaf de overkant van de straat.

Ik had Michael gevonden, maar ik had hem helemaal niet gevonden. De jongen op wie ik altijd kon rekenen, die attente, gevoelige jongen, was er niet meer. Een slijmerige, stomme oude Ender van misschien wel tweehonderd jaar oud met een lichaam dat in het echt naar schimmelkaas rook, leefde nu in Michaels huid.

Hij had Michael gehuurd. Maar dat had hij niet gezegd. 'Het is van mij,' had hij gezegd.

Stel dat hij Michael had *gekocht*? Was hij een van de eerste officiële blijvers?

Nee. Alsjeblieft niet.

Ik tuurde de straat in, maar zag hem niet meer. Ik zette het op een rennen, pompend met mijn armen. Toen ik bij de hoek was, keek ik naar links en naar rechts. Zag ik zijn jack daar links? Terwijl ik tussen de Enders door zigzagde maakte ik mijn tas open, stak mijn rechterhand erin en pakte het pistool.

Toen ik hem had ingehaald drukte ik de loop van het pistool in zijn rug. Ik liep zo dicht achter hem dat niemand het kon zien.

'Blijf staan,' fluisterde ik in zijn oor.

Ik pakte zijn arm om hem te dwingen te gehoorzamen. Hij keek over zijn schouder.

'Alsjeblieft, doe me niets. Ik geef je mijn geld.' Zijn stem was te hoog.

Ik draaide hem om en zag een gezicht met acnelittekens. Het was een gewone Starter en hij huilde bijna.

'Sorry,' zei ik, en ik liet hem los.

Hij bleef als aan de grond genageld staan, zo geschrokken was hij.

'Rennen,' zei ik, en dat deed hij.

Ik draaide rond en keek naar de gezichten om me heen, maar het was zinloos. Ik was Michael kwijt. Ik had één kostbare kans gekregen om hem te beschermen toen zijn lichaam uit de bodybank kwam, maar ik had hem laten glippen.

Ik wilde wel huilen, maar kon alleen maar panisch hijgen.

Dit was erger dan wanneer ik hem helemaal niet had gevonden.

Ik stond verdwaasd in de zee van zilvergrijze Enders.

Waar stond mijn auto? Ik was gedesoriënteerd geraakt. Het laatste wat ik wilde was nog dichter bij de bodybank komen. Ik bepaalde mijn positie en liep toen terug naar mijn auto. Verderop in de massa Enders zag ik drie bekende jonge gezichten mijn kant op komen.

Briona, Lee en Raj, beladen met glanzende winkeltassen.

'Callie!' Briona wuifde naar me.

Ze droegen de nieuwste mode, van hun ultrahippe zonnebrillen tot en met hun puntige designlaarzen.

'Briona,' zei ik zo normaal als ik kon. 'Wat een toeval.'

'Hoezo, toeval?' zei Raj. 'Iedereen weet dat je nergens beter kunt shoppen dan in Beverly Hills.'

Briona lachte vrolijk naar Raj. 'We zijn even bij TopBestemmingen binnen gewipt,' zei ze.

'Om naar de nieuwe diensten te informeren.'

'We zagen je nummer net oplichten,' zei Lee, die zijn telefoon naar me opstak.

'Mijn telefoon staat niet aan,' zei ik.

'Jawel, toch wel,' zei Lee.

Ik draaide me opzij voordat ik mijn tas openmaakte, zodat ze het pistool niet konden zien. Het scherm van mijn oude telefoon was verlicht.

'Hoe kan dat nou? Ik had hem uitgezet.'

'Tasgesprek, gebeurt zo vaak,' zei Briona.

Ik zette de telefoon uit.

'Zag ik nou twee telefoons in je tas?' vroeg Raj.

'Ja, een van mij en een van de donor,' zei ik terwijl ik mijn tas dichtdeed.

'Kom, laten we even gaan zitten,' zei Briona.

Voordat ik kon tegenstribbelen, had ze me al bij mijn elleboog gepakt en naar een caféterras geloodst. Wij waren de enige klanten.

'Raj, ga eens een paar *lattes* halen binnen,' zei ze, en hij gehoorzaamde.

'Ik heb geen tijd,' zei ik.

'Even maar.' Lee ging te dicht bij me aan mijn andere kant zitten.

Er flitsten nerveuze blikken over de tafel. Wat was er aan de hand?

Briona trommelde met haar nagels op het tafelblad. Lee keek haar aan en ze hield ermee op.

'Zo, heb je het nieuws gehoord?' Briona boog zich naar me toe.

'Van TopBestemmingen?'

'Ja. Wat vind je ervan?' vroeg ik.

'Ik popel om permanent te gaan,' zei Lee. 'Ophouden met dollen, settelen en me richten op het opbouwen van een nieuw leven.'

'Heb je al iemand op het oog?' vroeg Briona.

'Nee,' zei ik. 'Jij?'

'Ik heb een schattig blondje van zestien op het oog,' zei Briona. 'Ik zou haar lichaam veel beter kunnen gebruiken dan zij, en ik ben een stuk slimmer.' Ze liet haar kin in haar hand steunen.

Lee's benen wipten nerveus op en neer. Het deed me aan iemand denken. Ik probeerde me te herinneren wie.

'Het is net dat oude gezegde, "de jeugd is verspild aan de jeugdigen",' zei Lee. 'En jij, Callie, ga jij permanent? Met dit lichaam of een ander?'

'Wat is er mis met dit lichaam?' vroeg ik.

'Niets, voor zover ik het kan zien,' zei hij. Zijn benen bleven op en neer wippen.

'Ik vind het eng klinken, permanent gaan,' zei ik.

'Als je niet tevreden bent mag je vast wel ruilen,' zei hij.

'Maar hoe moet het dan met de donor?' vroeg Briona. 'Ik bedoel, je kunt dat blondje niet na drie maanden nog eens wakker laten worden. Dan heeft ze iets van: "Wat is er gebeurd?"'

'Misschien merkt ze het niet,' zei ik.

'Zodra ze in haar agenda kijkt en ziet dat ze geen dagen kwijt is, maar maanden, weet ze het,' zei Lee.

'Het voordeel van huren is dat je nieuwe dingen kunt proberen,' zei Briona. 'Als ik een permanent lichaam had, zou ik niets gevaarlijks durven doen, zoals boksen bijvoorbeeld, maar met een huurlichaam doet het er niet zoveel toe.'

'Afgezien van die krankzinnige boetes,' zei Lee.

'Daar heb je een huurverzekering voor,' zei Briona met een knipoog.

'Maar zo'n permanent lichaam is een koopje,' zei Lee. 'Een enorme besparing ten opzichte van huren.'

Ik werd gek van die Enders. Hoe konden ze zo over ons praten? We waren alleen maar een middel voor ze om hun pleziertjes na te jagen, hun stomme fantasieën te verwezenlijken. En als we doodgingen, wat dan nog? De verzekering dekte de schade.

Ze zwegen. Lee's benen wipten op en neer en Briona trommelde met haar lange nagels op tafel. Waar had ik die zenuwtrekjes eerder gezien?

Lee zag me naar Briona's handen staren. Nerveuze blikken flitsten als laserstralen heen en weer. Ik drukte mijn tas tegen me aan.

Er liep een rilling over mijn rug. Nu wist ik wie ze waren. Dit waren niet zomaar een paar Enders.

Er stopte een suv langs de stoep. Raj zat achter het stuur. Vandaar dat geklets. Ze hadden op de auto gewacht.

'We zullen onze koffie moeten meenemen,' zei Briona, die opstond.

Lee ging ook staan. Hij gaf me een arm. 'Ben je zover, Callie?'

Ik rukte me los en maakte mijn tas open. 'Nee.'

'Kom met ons mee.' Briona kwam op me af.

Ik pakte het pistool en drukte het in haar zij. 'Ik dacht het niet, Doris.'

'Pas op,' zei Lee zacht. 'Doe geen domme dingen.'

'Waar maak je je druk om? Het is niet jouw lichaam, Tinnenbaum,' zei ik.

Raj keek vanuit de suv naar ons. Hij kon het wapen niet zien en deed nog steeds alsof er niets aan de hand was. Hij hield uitnodigend een beker koffie naar me op.

'Jullie hebben je al die tijd in die lichamen verborgen gehouden,' zei ik. 'Om me te bespioneren.'

Lee kwam voor me staan. Briona versperde me aan de andere kant de weg.

'Stap nou maar in, Callie,' zei ze.

'Ik hoef geen koffie,' zei ik. 'Ik ben al opgefokt genoeg.'

Ik duwde Briona weg. Ze struikelde en viel in Lee's armen. Ik rende het café in en vluchtte door de achterdeur naar buiten.

22

IK KEEK niet om om te zien of Lee of Briona me achtervolgde. Nee, ik kon beter Tinnenbaum of Doris zeggen, nu ik wist wie ze in werkelijkheid waren. Wie ze de hele tijd al waren geweest. Raj, achter het stuur, was waarschijnlijk Rodney, de Ender die me naar Tyler en Michael had gebracht. Waarom zou de body-bank me zo laten bespioneren, door zogenaamd normale huur-ders? Hadden ze de hele tijd geweten van Helena's plan? Of was het begonnen nadat ze de chip had laten aanpassen?

Ik vond mijn auto en stapte in. Net toen ik wegreed zag ik een zwarte SUV keren en achter me aankomen. Waren ze dat? Ik kon het niet zien, want er kwam een vrachtwagen tussen.

Ik pakte de nieuwe telefoon en belde naar Tylers hotel. Ik wilde Florina over Michael vertellen. 'Kamer 1509, alstublieft.'

'Die gasten zijn vanochtend vertrokken,' zei de receptioniste.

'Wat? Nee, dat bestaat niet. De Winterhills.'

'Dat klopt, ze zijn vanochtend vertrokken.'

Het voelde alsof ik in een lift stond waarvan de kabel plotseling brak.

Ik vroeg de bedrijfsleidster te spreken die ons had ingecheckt. Ze kwam aan de lijn en bevestigde het verhaal van de receptioniste. Mijn broertje en Florina hadden geen adres achtergelaten. De bedrijfsleidster zei ook dat ze hen in de auto had zien stappen bij een man, een senior, die had gezegd dat hij de grootvader van Florina was.

Ik werd overspoeld door een gevoel van verdoving. Florina had geen grootvader. Anders had ze niet op straat geleefd. En ze zou een briefje voor me hebben achtergelaten.

Ze waren door iemand meegenomen. Wie? Het werd zwart voor mijn ogen. Ik had gehoord over kinderen die werden ontvoerd voor losgeld. Hadden de auto en het chique hotel Florina op ideeën gebracht? Was haar vriendelijkheid toneelspel geweest? Een wanhopige Starter was tot alles in staat, vandaag de dag. Of was de senior een politieman in burger geweest? Een Ender in het hotel, een gast of zelfs een personeelslid dat iets wilde bijverdienen, had de arme niet-opgeëiste minderjarigen misschien gezien en verraden.

Als dat het was zouden ze nu opgesloten zitten in een gesticht. Het kon niet waar zijn.

Stel dat de bodybank erachter zat?

Ze zouden Tyler natuurlijk niet verhuren, want hij was te jong en ziekelijk, maar ze zouden hem als lokaas kunnen gebruiken om mij binnen te halen. Ik balde mijn vuisten.

Ik voelde de drang er met getrokken pistool naar binnen te stormen en te eisen dat ze me mijn broertje teruggaven, maar hoe vurig ik me ook voelde, ik wist dat het niet mogelijk was iemand uit de bodybank te redden. Ze hadden bewakers. En grote, dikke deuren met sloten erop. En ik zou ze in de kaart spelen. Bovendien zou het een gok zijn, want eerlijk gezegd wist ik niet waar Tyler was. Ik voelde alleen intuïtief aan dat het niet goed zat.

Toch moest ik iets doen.

Ik reed over het grind langs de omheining van de ranch van Blakes familie en keerde de auto, zodat de neus de goede kant op wees wanneer ik wegging. Ik kon me maar beter voorbereiden op een overhaast vertrek. Toen ik de hendel van het portier pakte om uit te stappen merkte ik dat mijn hand beefde.

Ik haastte me over het knerpende grindpad naar de voordeur. Mijn tas hing over mijn schouder, met de band schuin voor mijn lichaam langs. Ik moest makkelijk bij mijn pistool kunnen.

De huishoudster liet me binnen en ging me voor naar de woonkamer in een voorname boerenstijl, met een hoog plafond en donkere balken. De geur van koffie en tabak, die anders uitnodigend zou overkomen, maakte onder deze omstandigheden dat ik in elkaar kromp. Hij was een en al geld en macht, senator Harrison.

Blake en zijn grootvader zaten in grote, roodbruine leren armstoelen – tot ze mij zagen.

'Wat doet zij hier?' De senator stond op en wees naar me.

'Het is al goed, grootvader. Ik heb haar uitgenodigd.' Blake kwam uit zijn stoel.

'Waarom in vredesnaam?'

'Omdat ze je iets wil zeggen.' Blake kwam naar me toe en pakte mijn hand. Ik vroeg me af of hij zijn grootvader al iets had verteld.

'Haal haar hier weg, nu!' riep de senator.

Mijn hart ging zo tekeer dat ik het in mijn oren hoorde bonken.

'Toe maar, Callie.' Blake liet mijn hand los. 'Zeg het maar.'

'Wat heeft ze te zeggen?'

'Weet u wel dat u zich schuldig maakt aan moord?' zei ik.

Hij werd rood van woede. 'Hoe durf je zo tegen me te praten, oud kreng.'

Ik pakte het pistool en richtte het op hem. 'Ik ben niet oud. Ik ben zestien. Ik ben de donor.'

Ik zag vanuit mijn ooghoek dat Blakes mond open zakte, maar ik concentreerde me op het pistool. Ik moest een vaste hand hebben. Ik ging achter een bank staan om steun voor mijn arm te hebben. Ik schatte de afstand tussen de senator en mij. Ongeveer drieënhalve meter.

Ik zag de verbazing op zijn gezicht. 'Waarom wil je me dan vermoorden?'

'Uw deal met de regering en TopBestemmingen houdt in dat onschuldige, niet-opgeëiste minderjarigen verkocht worden aan de bodybank. En de bodybank laat senioren hun lichaam kopen, zodat ze er tot hun dood in kunnen blijven.'

De senator was moeilijk te doorgronden. Zijn gezicht drukte afkeer uit, maar het was me niet duidelijk of mijn informatie nieuw voor hem was.

'Dit is jouw schuld.' Hij wees naar Blake. 'Doe iets.'

'Het klinkt aannemelijk, grootvader. Is het waar?' vroeg Blake.

'Is het waar?' bauwde de senator hem honend na.

'Ik wil dat u me naar de man achter TopBestemmingen brengt,' zei ik tegen de senator. 'De Ouweheer.'

Zijn mond viel open. 'Nee. Dat kan ik niet doen.'

Ik was zo zenuwachtig dat het zweet me in de handen stond. De kolf van het pistool dreigde weg te glippen.

'Zit me niet dwars, senator Harrison, niet nu. Mijn beste vriend is net gekocht en mijn broertje gaat hem achterna. Waarschijnlijk wordt hij straks geopereerd, als een hond bij de dierenarts. Mijn enige hoop is een gesprek met de Ouweheer, en als u me niet naar hem toe kunt brengen, heb ik niets meer te verliezen.'

'Ik kan het niet,' zei hij. 'Dat kan ik niet doen.'

'U hebt geen keus.'

'Doe het nou maar, grootvader,' zei Blake. 'U weet waar hij werkt.'

'Laat ik het zo stellen,' zei de senator. 'Als ik je naar hem toe breng vermoordt hij me.'

'En anders vermoord ik u.' Ik probeerde weer greep op het pistool te krijgen. 'Ik waarschuw u, mijn armen worden moe, dus ik tel tot drie. Dat doen ze toch in de holo's? U loopt nu naar de deur, of ik schiet. Eén.'

Hij likte langs zijn lippen.

'Twee.'

Hij slikte zo krampachtig dat ik zijn adamsappel op en neer zag wippen.

'Drie.' Hij kwam niet in beweging.

Ik moest schieten, maar ik wilde het niet. Ik stelde me voor dat de kogel zijn huid openreet, die zich als een bloem opende voor het bloed dat er als een fontein uitspoot, de kamer in. Mijn vinger sidderde en ik haalde de trekker over. Het was alsof ik probeerde los te laten, de trekker terug te laten veren, maar zo werkte het natuurlijk niet, dus schoot ik op hem. Misschien wilde ik het toch.

Het pistool ging af met een hoog, blikkerig geluid.

Op hetzelfde moment, of misschien eerder, ik weet het niet, dook Blake op zijn grootvader af en gaf hem een harde zet.

'Blake!' riep ik.

Ze belandden allebei op de vloer. Een bloedvlek verspreidde zich over het roomkleurige met zwarte Navajo-kleed. Het bloed kwam uit de arm van de senator.

Ik keek naar het tweetal. De senator kreunde. Blake trok het jasje van zijn grootvader uit en gebruikte het als drukverband.

Hij keek naar me op en ik zag ontzetting en ongeloof op zijn gezicht. 'Je hebt op hem geschoten! Je had hem kunnen vermoorden.'

Daar had ik niet van terug. Hij had gelijk. Als hij niet had ingegrepen, had ik zijn grootvader doodgeschoten.

'Hij had moeten doen wat ik zei.'

'Ik dacht niet... dat je het zou doen,' zei de senator met een door pijn verstikte stem.

Ik had het zelf ook niet gedacht. Mijn hart bonsde. Ik richtte het pistool weer op de senator. 'Help hem overeind.'

'Wat zeg je?' zei Blake.

'Het is maar een vleeswond in zijn arm. Help hem overeind.'

Blake hielp zijn grootvader naar een stoel. De senator zakte erin en leunde achterover, kreunend van de pijn.

'Ik wilde het niet. U hebt me ertoe gedwongen.' Ik gebaarde met het pistool. 'Laat het niet voor niets zijn geweest. Breng me naar de Ouweheer.'

De senator, die bleek zag, reed met zijn goede hand. Ik zat naast hem en hield hem onder schot, en Blake zat achter hem.

'Waar gaan we naartoe?' vroeg ik.

'Naar het centrum,' antwoordde de senator met een van pijn vertrokken gezicht.

We hadden hem zijn jasje weer aangetrokken, zodat de wond en het bloed niet opvielen.

'Ik ben hier niet de slechterik,' zei ik. 'Mijn broertje is ziek. Ik moet uitzoeken wie hem heeft meegenomen.'

'Hij kan overal zijn,' bracht de senator moeizaam uit.

'U hebt gelijk. Ik weet niet waar hij is, dus moet ik hem zoeken. Ik denk dat de Ouweheer me meer kan vertellen.'

'Je lijkt me een slimme jongedame. Vindingrijk. Ik doe je een voorstel. Ik stop hier en laat je uitstappen, en ik doe geen aangifte.'

'Denkt u dat ik gek ben?' vroeg ik.

Hij keek via de binnenspiegel naar Blake. Opeens drong het tot me door dat die erg weinig had gezegd. Helemaal niets, zelfs. Wat ging er in hem om? Ik nam aan dat ik hem in een situatie had gebracht die hem niets goeds kon opleveren. Ik keek over mijn schouder naar hem. Net op dat moment gaf de senator plankgas en zwenkte over de rijstroken naar de overkant van de straat. We knalden op een lege bank.

De airbags werden geactiveerd, en mijn hand met het pistool erin werd tegen mijn hoofd geduwd. Met kracht.

Toen alles stilstond liep de airbag leeg. Ik was duizelig en zag wazig. De senator maakte het achterportier open en trok Blake met zijn goede arm de auto uit. Ik kon niet zien of hij gewond was.

Mijn bewegingen waren traag. Ik voelde aan de zijkant van mijn hoofd. Die was nat – bloed. Ik zag de senator samen met Blake wegrennen. Blake probeerde zich om te draaien en stak zijn arm uit, maar zijn grootvader dwong hem door te lopen.

Ik moest uit de auto zien te komen. Waar zat de hendel van het portier? Mijn hand vond hem en duwde hem naar beneden. Ik viel uit de auto op de stoep. Alles was een waas. Vormen, mensen, renden naar de auto toe. Het laatste wat ik zag voordat alles zwart werd was een man in uniform.

Een politieman.

23

TOEN IK bijkwam lag ik op mijn rug onder een batterij felle lampen. Ik moest mijn ogen dichtknijpen, zo fel was het licht. Er kronkelde een infuusslangetje over mijn arm.

'Ze komt bij,' zei de stem van een vrouw op leeftijd.

'Hallo? Kun je me horen?' De stem van een man, ook een Ender, kwam dichterbij.

'Ik hoor u wel,' kraste ik, 'maar ik zie u niet.'

'Dat is niet erg,' zei hij. 'Dat is normaal. Doe maar kalm aan. Hou je ogen dicht als dat prettiger is. We willen je alleen een paar vragen stellen, goed?'

Ik knikte. Mijn hoofd voelde zwaar aan. Mistig. Ik vroeg me af wat voor verdovende middelen ze door dat infuus mijn lichaam in pompten.

'Hoe heet je?' vroeg de vrouw.

'Callie.'

'Achternaam?'

'Woodland.'

'Hoe oud ben je?'

'Zestien.'

'Leven je ouders nog?'

Haar stem kwam me bekend voor.

'Nee.'

'Heb je grootouders of andere voogden?'

'Nee.'

'Ben je een niet-opgeëiste minderjarige?'

Mijn hoofd deed zeer. 'Hoe lang ben ik bewusteloos geweest?'

'Niet zo lang. Geef nou maar antwoord,' zei de vrouw. 'Ben je een niet-opgeëiste minderjarige?'

Ik had de kracht niet om te liegen. 'Ja.'

De vragen hielden op. Ik hoorde dat ze haar rug rechtte.

Ik deed langzaam mijn ogen open. Ik zag nog steeds niet scherp.

Ik kon wel zien dat de man een groen operatieschort droeg, als een arts. Ik verwachtte dat de vrouw verpleegkundige zou zijn, maar haar uniform was grijs, niet wit. Ze hield een metalen knoopje in haar ene hand. Een recordertje.

'Wil je wat water?' vroeg de arts.

Ik knikte. Hij hield me een beker met een rietje voor. Ik zoog aan het rietje.

'Ik heb die snee opzij van je hoofd moeten hechten. Je houdt er geen litteken aan over, het zat allemaal onder je haar.'

'Het plaatje,' zei de vrouw.

'Ja, waarom zit er een plaatje op je hoofd?'

Ik keek om me heen. Langzamerhand kon ik alles weer onderscheiden. Ik was niet in een geavanceerd medisch instituut; het vertrek was kaal en armetierig. De wanden waren grijs.

'In welk ziekenhuis ben ik?' vroeg ik.

'Dit is geen ziekenhuis,' zei de arts. 'Je bent in de ziekenboeg.'

'Van de inrichting,' zei de vrouw. 'Vertel nu maar eens over dat plaatje.'

Nu wist ik het weer. Het was mevrouw Beatty, het hoofd beveiliging. Ik wilde opstaan, maar iets hield me tegen. Toen zag ik dat mijn armen en benen met riemen aan de operatietafel waren vastgebonden.

'Ik wil hier weg.' De mist in mijn hoofd trok snel op. 'Het is een misverstand. Ik heb een legitimatiebewijs. In mijn tas. Ik ben eigenlijk Callie Winterhill. U kent me nog wel.'

Ze keken elkaar aan.

'Er is geen tas in de auto gevonden,' zei Beatty. 'Maar wel een pistool.' Ze tuitte haar gerimpelde lippen. 'Waar jouw DNA en vingerafdrukken op zijn aangetroffen.'

Het ritmische gebons in mijn hoofd werd met de seconde luider. 'En volgens het ballistisch onderzoek was het hetzelfde pistool waarmee senator Harrison was neergeschoten,' vervolgde Beatty. Hij had me aangegeven. Blake had hem blijkbaar niet kunnen tegenhouden. Of misschien haatte hij me wel nu ik zijn grootvader bijna had vermoord.

Beatty stopte het recordertje in haar zak en knikte naar de arts, die iets aan mijn infuuszak toevoegde. Ik zag iets verdrietigs op zijn gezicht voordat hij wegliep. Beatty wachtte tot hij de deur achter zich had gesloten en boog zich toen naar me toe.

'Ik heb een pesthekel aan leugenaars,' siste ze in mijn oor. Ze keek me aan met ogen die werden omkranst door moedervlekken.

Ik rook haar eeuwenoude stank, een mengeling van mottenballen en schimmel, en voelde weer een dikke mist over me neerdalen. Paniek borrelde op vanuit mijn binnenste, maar kon de oppervlakte niet bereiken.

'Wat... hebben... jullie... me... gegeven?' Ik stootte de woorden een voor een uit.

Beatty richtte zich op en glimlachte vals naar me.

'Welkom in de speciale privéclub van Inrichting 37,' zei ze. 'De gesloten afdeling.'

24

DE VOLGENDE ochtend werd ik wakker op de koude betonnen vloer van een cel die naar schimmel en pies stonk. Ik richtte me op. Mijn rechterslaap bonsde van de pijn. Ik raakte hem aan en voelde verband. Toen herinnerde ik het me weer: de arts, de hechtingen en het auto-ongeluk.

Ik droeg een slobberige grijze overall. Een gevangeniskloffie.

Het was donker. Het enige licht viel door een raampje vlak onder het plafond. Er was niets om op te zitten. De kleine cel was leeg. Ik ging staan en leunde tegen de muur. Een gat in de vloer in de hoek maakte een aanhoudend, zuigend geluid. In de metalen deur zat een roostertje dat waarschijnlijk diende om eten door aan te geven. Zeg dat dit niet de rest van mijn leven is.

Ik keek naar de groezelige muren en vroeg me af of dit zoiets was als de quarantaine-instelling waar mijn vader naartoe was gestuurd om dood te gaan. Ik wist niet beter of ze hadden de patiënten gebruikt voor experimenten. Het was verschrikkelijk, zoals de zieken uit hun huizen waren gehaald om uit het zicht te sterven en vervolgens gecremeerd te worden, of in een massagraf te belanden. We hadden de geruchten allemaal gehoord.

Hoe vreselijk het ook voor mijn moeder moest zijn geweest om thuis te sterven, het moest erger zijn om in zo'n cel aan je eind te komen.

Bedenken wat de ergste plek was om dood te gaan. Hoe had het zover kunnen komen?

Ik was die dag bij haar geweest. We liepen net van onze auto naar de supermarkt toen we de explosie in de lucht zagen. Het leek op een reusachtige paardenbloem die zijn pluizen verloor, vuurwerk midden op de dag dat zich verspreidde en toen naar beneden regende. Op ons.

'Naar de auto!' riep mijn moeder.

We draaiden ons om en zetten het op een rennen. De auto leek kilometers ver weg te staan, aan het eind van het parkeerterrein. We hadden naar de winkel moeten vluchten, maar het was te laat om ons te bedenken.

Achter ons schreeuwde iemand. Ik draaide me om en zag een Ender naar ons toe rennen. Ze hield haar handen voor haar neus en mond om geen sporen in te ademen. Ik wist niet of ze door sporen was geraakt of ze had ingeademd. Misschien was ze alleen in paniek.

Ik was gevaccineerd, maar er gingen geruchten dat sommige Starters een massale aanval niet zouden overleven.

'Blijven rennen!' riep mijn moeder, die vlak achter me liep.

Ze richtte haar afstandsbediening alsof het een degen was en ik hoorde het heerlijke geluid van onze portieren die opensprongen. Onze auto, onze veilige haven, die op ons wachtte. Ik trok het dichtstbijzijnde portier open, schoof op de achterbank en stak mijn hand uit naar mijn moeder.

'Mam!'

Een opgeluchte glimlach trok over haar gezicht toen ze mijn hand pakte. Haar wangen gloeiden, haar ogen straalden.

We hadden het gered.

'Stil maar, lieverd, het is al goed.'

Ze zette al een voet in de auto, maar voordat ze kon instappen zweefde er een enkele witte spore naar beneden.

Hij landde op haar onderarm. Ze keek er sprakeloos naar. Wij allebei.

Een week later overleed ze.

De ziekenhuizen hadden hun deuren gesloten voor sporenpatiënten en de hospitiums zaten overvol.

Kort na haar dood kwam de politie mijn vader halen, hoewel hij geen symptomen had, geen ademhalingsproblemen. Ze kenden de statistieken. Maar hij zou ons dagelijks een zep sturen vanuit zijn quarantaine, om ons te laten weten dat het goed met hem ging.

Op een dag kreeg ik het bericht: *Wanneer de havik roept, is het tijd om te vliegen.*

Het was een geheime boodschap die hij voor zijn vertrek met me had afgesproken om me te laten weten dat ik met Tyler moest vluchten. De politie zou ons komen halen. Ik wilde meer weten.

Pap, zepte ik terug, *ben je ziek? Weten ze het?*

Hij herhaalde het bericht alleen maar.

Ik had gedacht dat ik hem terug zou zien. Ik had gedacht dat hij thuis zou komen. Ik keek naar de vlekkerige muur van mijn cel.

Een gedempte stem vanuit de gang drong mijn cel binnen. Even later naderden er voetstappen. De deur schoof mechanisch zoemend open. Beatty stapte mijn cel in. Ze liet de deur open, maar ik zag de schoenen van een bewaker.

'Voel je je al wat beter?' Haat sijpelde als talg uit haar poriën.

Ik keek naar haar gezicht vol moedervlekken. Het was nog erger dan ik me herinnerde. Ze leek wel een miljoen jaar oud.

'Haal je me hieruit?'

Ze kon er wel om lachen. 'Je had een bed op de slaapzaal kunnen krijgen, maar je hebt geprobeerd een senator te vermoorden, weet je nog?'

'Krijg ik een proces?' Ik had processen in holo's gezien.

Ze glimlachte. 'Je weet toch dat niet-opgeëiste minderjarigen geen rechten hebben?'

'We hebben wel een paar rechten. Wij zijn ook mensen, hoor.'

'Nee, jullie zijn wetsovertreders die panden kraken die niet van jullie zijn. De staat is zo royaal niet-opgeëiste minderjarigen onderdak te bieden, maar je bent nu een crimineel, dus je blijft hier opgesloten, midden in de buik van het beest, en daar blijf je tot je meerderjarig wordt.'

'Negentien?' Dat zou hier een eeuwigheid duren.

Ze knikte en ik zag pretlichtjes in haar ogen. 'Dan krijg je een staatsadvocaat toegewezen. Die zijn natuurlijk allemaal over-werkt en hebben geen tijd om echt te pleiten voor criminelen zoals jij. Je komt vrijwel zeker in een gevangenis voor volwasse-nen terecht.'

'De gevangenis, levenslang?' Ze loog. Ik hapte naar adem, maar kreeg alleen bedorven lucht binnen.

'Aangenomen dat je de komende drie jaar hier in je cel overleeft.' Ze sloeg haar armen over elkaar en glimlachte. 'Wat zelden voor-komt.'

Ik verborg mijn gevoelens zo goed mogelijk. Ik wilde haar niet het plezier gunnen haar te laten zien wat die informatie met me deed. Ik was niet van plan naar mijn broertje te vragen, al was ik nog zo benieuwd of hij ook in een inrichting was geplaatst.

Alsof ze mijn gedachten kon lezen vroeg Beatty: 'Waar is je broertje?'

'Geen idee.' Hoe kon ze weten dat ik zelfs maar een broertje hád?

'Misschien moet ik het eens nagaan. Als hij niet al is opgenomen, zouden we hem moeten vangen.'

Ik deed mijn best om mijn gezicht in de plooi te houden.

'Ik kom er ook nog wel achter wat je voor plaatje je op je hoofd hebt. We hebben hier geen geheimen.'

Ze liep weg en de deur schoof dicht. Was ik hier helemaal alleen? Hoe zat het met de andere cellen – zaten daar meisjes zoals ik? Of waren ze leeg? Ik hoorde niemand. Misschien waren ze zo verstandig zich koest te houden.

Ik balde mijn vuisten. Hoe kon dit legaal zijn? Ik had geen bed; ik had geen deken. Ik draaide rond in de cel en keek naar de vier muren. Op een ervan zag ik een metalen knop. Ik drukte hem in en er kwam een buisje naar buiten. Water. Ik had in elk geval water. Ik haalde diep adem. Ik draaide mijn hoofd, hield mijn mond onder het buisje en dronk. Het water smaakte metalig en chemisch, maar het was nat.

Na drie seconden hield de stroom op. Ik drukte nog eens op de knop, maar er gebeurde niets.

Hier zou ik de komende drie jaar blijven. Als ik het overleefde. Ik sloeg met mijn vlakke handen tegen de muur, telkens weer, tot ik niet meer kon.

De volgende ochtend deed mijn lichaam pijn van het slapen op de kale betonnen vloer. Mijn hoofd deed nog zeer van het auto-ongeluk en niemand overwoog me pijnstillers te geven. Ik werd wel gelucht, zoals ze het noemden: op een afgezet lapje grond in een hoek van het terrein. Om drie uur 's middags mocht ik me twintig minuten bewegen. De andere meisjes mochten een uur naar buiten, tenzij ze buiten de poort werkten.

De luchtplaats vulde zich met een stuk of honderd meiden. Sommigen speelden met een bal of stokjes, maar de meesten liepen in groepjes van twee of drie en praatten op gedempte toon met elkaar. Ik zocht naar een bekend gezicht in de massa toen iemand me op mijn rug tikte.

Ik dacht dat het mevrouw Beatty was, maar het was Sara, het meisje dat ik de trui had willen geven.

'Callie, wat doe jij hier?' Ze keek me bezorgd aan.

'Ik ben opgepakt.'

'O, nee toch. Wat heb je gedaan?'

'Niets.' Ik was nu een ordinaire boef en ik ontkende mijn misdrijf. Dat was makkelijker dan alles uitleggen aan een kind van twaalf.

'Dus het is een vergissing?'

'Een grote vergissing.'

Ze wierp een blik op een van de gewapende bewakers langs de omheining en gaf me een arm. 'We kunnen beter in beweging blijven. Is het heel erg op de gesloten afdeling? Kan het eten daar nog erger zijn dan wat wij krijgen?'

'Is jouw eten zwart en vloeibaar?' vroeg ik. Mijn maag knorde. Ze schudde haar hoofd.

'Hoor eens, Sara, ik ben op zoek naar mijn broertje. Hij heet Tyler en hij is zeven. Zie je de jongens ooit?'

'Soms laten ze ons bij elkaar komen voor een lezing. Of om ons uit te foeteren. Zit hij hier, in 37?'

'Ik weet het niet. Het zou kunnen.'

'Ik zal het de anderen vragen, maar ik beloof niets.'

Een paar meiden botsten zogenaamd per ongeluk tegen ons op. Ik bleef staan om naar ze te kijken. Het meisje het dichtst bij me was de pestkop die me vlak bij huis had besprongen en een supertruffel van me had afgepakt. Op haar rechterhand zag ik de littekens van toen ze ermee tegen de stoep had gestompt in plaats van in mijn gezicht. Er was veel veranderd sinds die avond van mijn eerste bezoek aan TopBestemmingen, maar zij was nog net zo agressief.

Ze herkende mijn nieuwe, verbeterde gezicht niet meteen, maar toen schrok ze.

'Jij,' zei ze. 'Pas maar goed op dat knappe smoeltje.'

'Niet op ingaan, Callie,' zei Sara, die me wegtrok.

'Toedeloe, Callie.' De pestkop, die nu wist hoe ik heette, sprak mijn naam zangerig uit.

Onze vriendinnen trokken ons uit elkaar. Sara nam me mee naar de muur, waar we met onze rug tegenaan gingen staan.

'Vergeet haar toch. Laten we over iets leuks praten,' zei Sara.

Het bleef even stil.

'Heb je een vriendje?' vroeg ze.

Mijn gezicht begon te gloeien. 'Ik had er een. Zo'n beetje.'

'Heb je nou wel of geen vriendje?'

Ik zuchtte. 'Wist ik het maar.'

'Hoe heet hij?' Haar ogen twinkelden.

'Blake.'

'Blake. Dat klinkt leuk.' Ze grinnikte. 'Hij zal je wel missen.' Ze kneep in mijn arm. 'Wedden dat hij met je foto onder zijn kussen slaapt?'

Ik keek om me heen. Het laatste wat ik wilde was de pestkoppen nog iets geven om me mee te treiteren. 'Ik geloof niet dat hij een foto van me heeft,' zei ik zacht.

'Zelfs niet in zijn telefoon?'

Ik keek op. Sara had gelijk. Blake had een foto van me gemaakt met zijn telefoon, die eerste keer op de ranch.

'Ja, dat wel.' Ik glimlachte.

'Zie je nou?' Sara stak haar hand uit en gaf een kneepje in mijn neus. 'Ik zei het toch.' Toen leek haar iets te binnen te schieten. 'Hoe zie ik eruit?'

'Hoezo?'

'O, zomaar.'

Ik schudde mijn hoofd. 'Sara, heeft dit iets te maken met wat je me de vorige keer vertelde? Over een man die hier zou komen?'

'Misschien.'

'Heb je de naam TopBestemmingen gehoord?'

'Ik zeg niets.' Maar ze glimlachte.

'Sara...' Ik sloeg mijn handen voor mijn gezicht.

'Ik hoop echt dat hij mij kiest,' fluisterde ze.

Mijn keel werd dichtgeknepen. 'Wanneer komt hij?'

'Binnenkort. Is het echt waar dat niemand zijn gezicht ooit heeft gezien? Echt nooit?'

Ik knikte.

'Wat doet hij dan, trekt hij een zak over zijn hoofd?'

'Misschien draagt hij een masker.'

'Zoals met carnaval?'

Ik pakte haar bij haar schouders. 'Wat is hier de beste plek om je te verstoppen?'

'In de inrichting? Eitje. De wasruimte. Dit zit in een rare hoek van de kelder, achter de nooduitgang. Ik heb me er een keer verstopt om onder mijn vuilniscorvee uit te komen.'

'Wat zou je zeggen als ik je vertelde dat ik TopBestemmingen ken, dat ik er ben geweest en dat het een akelige plek is? Je zou je lichaam voorgoed kwijt kunnen raken.'

Ze tuurde naar me alsof ik haar hoofdpijn bezorgde. 'Waar heb je het over?'

'Vertrouw me nou maar. Wanneer ze de meisjes komen uitzoeken, moet je je verstoppen.'

'Verstoppen? Waarom zou ik? Het is mijn beste kans om hier weg te komen.'

Net toen ik haar wilde vertellen dat ze me aan mijn hersenen hadden geopereerd klonk er een bel. Mevrouw Beatty stond bij de poort naar me te kijken alsof ze me wel kon vermoorden.

'Alsjeblieft, denk erover na. Ik moet nu weg.'

'Nu al?'

'Ik heb maar twintig minuten. Ik ben een slechterik, weet je nog?'

'Wacht.' Ze haalde een tissue uit haar zak met iets donkers erin.

'Wat is dat?'

'Het restje van die supertruffel die je me had gegeven.' Ze bood het me glimlachend aan.

Het was dagen geleden. De truffel was droog en hard geworden. Ik herinnerde me dat hij was gevallen. Ze moest hem hebben opgeraapt en er zo nu en dan genietend een klein hapje van hebben genomen, en nu wilde ze hem aan mij geven.

Ze legde hem in mijn hand. Ik keek ernaar.

'Toe maar, niet zo bescheiden,' zei ze.

'Wil jij hem niet?' Ik gebaarde ernaar.

'Nee, jij mag alles hebben.'

Ik beet voorzichtig in de uitgedroogde supertruffel. Ik hoopte dat ik mijn tanden er niet op zou breken. 'Krokant.'

Ze straalde. Toen sloeg ze haar armen om mijn nek en gaf me een knuffel.

'Is het egoïstisch als ik zeg dat ik blij ben dat je er bent?' zei ze. 'Want ik ben er blij om. Ik was bang dat ik je nooit meer zou zien en nu ben je er toch. Mijn vriendin.'

Ik glimlachte zo goed als ik kon met mijn mond vol harde kruimels.

Sara was het enige lichtpuntje van mijn dag; de rest was een marteling. Ik lag op de koude vloer aan Tyler te denken. Ik vroeg me af waar hij was en hoe ziek hij was. Ik kon het wel aan, zonder dekens en zo, maar hij niet. Zat hij opgesloten in zo'n inrichting als deze? Of was hij bij de Ouweheer?
Ik dacht ook aan Blake en onze tijd samen, en of hij het ooit zou kunnen opbrengen me te vergeven, maar de prinses was haar mooie kleren kwijt, en haar koets, en ze zat levenslang opgesloten in een kerker. Het sprookje was voorbij. Geen prins zou ooit een prinses komen redden die had geprobeerd zijn grootvader te vermoorden.

De volgende dag telde ik de uren tot ik naar buiten mocht. Toen ik door een bewaker werd opgehaald, zag ik de ZipTaser in een holster op zijn heup en stelde me voor dat ik hem het wapen ontfutselde, maar zelfs als het lukte, zou ik een zwerm andere bewakers over me heen krijgen, met nog veel meer ZipTasers. En het was ver naar de uitgang, waar ook een bewaker stond. De kans dat ik zou ontsnappen was zo klein dat er waarschijnlijk niet eens een percentage te noemen was.
En ik wilde ook niet uit 37 weg, niet tot ik zeker wist dat Tyler ergens anders was.
Eenmaal op de luchtplaats keek ik zoekend naar Sara om me heen. Er liepen meiden tegen me op en ik kreeg zelfs een harde klap op mijn rug. Ik ging in het hoekje staan waar ik Sara de vorige dag had ontdekt, en al snel kwam ze naar me toe.
'Ben je iets over mijn broertje te weten gekomen?' vroeg ik.

Ze schudde haar hoofd. 'Nee, sorry, maar misschien is hij hier wel. Ze zouden hem een andere naam gegeven kunnen hebben.'

Die gedachte maakte me laaiend. Zijn naam veranderd. Konden ze hem verder nog iets afpakken? Waar was hij? Bij wie?

'Niet zo somber, Callie. Ik wil je iets laten zien.'

Ze pakte mijn hand en nam me mee naar een getraliede opening in de muur. Ze keek om zich heen om zich ervan te verzekeren dat we niet werden bespioneerd, hurkte en trok me mee naar beneden.

'Kijk,' fluisterde ze.

We gluurden door de opening naar een helikopter die als een zwart insect op het gras voor het hoofdgebouw stond. Achter de heli stond een hoge metalen ladder tegen de muur tussen de inrichting en de buitenwereld. Een seconde, een heerlijke seconde lang, stelde ik me voor dat ik langs die ladder kon ontsnappen, maar op de dikke muur stond een Ender die het prikkeldraad langs de bovenrand repareerde.

Sara zag een bewaker vanaf de andere kant van de luchtplaats naar ons kijken en trok me overeind.

'Dat is de heli van de Ouweheer,' zei ze.

De Ouweheer. Hier. Mijn hart ging sneller slaan. Had hij mijn broertje?

'Weet je dat zeker?' vroeg ik.

'Ik heb de bewakers horen praten,' zei ze. 'Ze zeiden dat niemand zijn gezicht kon zien. Hij droeg een hoed die het bedekte. Zo.' Ze spreidde haar dunne vingers en hield ze voor haar gezicht.

Ze glimlachte. Het idee maakte me misselijk. 'Je gaat met hem mee, hè? Kan ik het je niet uit je hoofd praten?'

'Maak je een grapje? Ik heb er alles voor over om hier weg te

komen. En jij moet ook mee. Je bent in elk geval knap genoeg.'
Ze legde haar hand op mijn wang.

'Sara, zou het gevaarlijk zijn als iemand je een stomp gaf, tegen je
kin bijvoorbeeld? Of tegen je neus? Vanwege je hart, bedoel ik?'
Ze fronste haar wenkbrauwen. 'Nee.' Haar ogen namen me onderzoekend op. 'Hoezo?'

Ik haalde diep adem. 'Ik mag je heel graag. Vergeet dat alsjeblieft
niet. Wat ik ook doe, je moet begrijpen dat ik het doe om je te beschermen.'

Ze hield haar hoofd schuin en keek me vragend aan. Haar onbe-
vangenheid maakte het nog moeilijker om te doen wat ik wist
dat ik moest doen. Ik haalde mijn arm naar achteren, balde mijn
vuist en stompte haar midden in haar gezicht.

'Au!' riep ze uit. Ze viel achterover op de grond. 'Waarom doe je
dat?'

Ze stond op en drukte haar hand tegen haar neus. Er sijpelde
bloed onderdoor.

'Het spijt me echt,' fluisterde ik.

En ik gaf haar nog een stomp, voor de zekerheid.

Deze keer viel ze niet. De tranen stroomden over haar wangen.
Ze zag er zo gekwetst uit, zo in de steek gelaten, dat het me door
merg en been ging. Een paar meisjes bleven staan kijken. Ze
vroegen wat er was gebeurd.

'Ik heb haar gestompt,' zei ik zo hard als ik kon zonder te
schreeuwen.

Iemand riep: 'Vechten!' De pestkop met de gehavende hand
drong zich tussen de toeschouwers door. Ik keek haar aan en
zette me schrap.

Toe maar, maar doe het snel, dacht ik.

Ik deed geen poging om haar tegen te houden. Ze stak haar

hand in haar zak en maakte een vuist. Ik zag iets glinsteren in de zon. Toen gaf ze me een harde stomp op mijn rechterwang.

Het stak. Ik wankelde achteruit, maar wist me in evenwicht te houden. Ik keek snel over mijn schouder om te zien of ik niet in de rug werd aangevallen – ik wilde geen klap op mijn achterhoofd krijgen – en stapte weer naar voren. De pestkop keek me wantrouwend aan, maar sloeg me nog eens, nu tegen mijn kaak, zo hard dat er een kies losliet.

De pijn trok op tot in mijn oogkassen.

Toen zag ik dat ze een soort boksbeugel om haar vingers had. Mooi zo, dat moest de nodige schade hebben aangericht. Een paar meiden waarschuwden dat de bewakers er aankwamen. De pestkop stopte de boksbeugel weer in haar zak.

Sara stond een stukje verderop te huilen. Het bloed droop over haar gezicht. Ik was blij te zien dat haar ogen al dik werden. Mijn gezicht voelde aan alsof ik een klap met een gietijzeren koekenpan had gekregen. De pestkop kwam weer op me af, trok aan mijn haar en probeerde me op de grond te gooien. De bewakers kwamen aangerend, met hun knuppels zwaaiend naar iedereen die in de weg stond. Ze sloegen de pestkop op haar rug en sleurden haar van me af. Een van de bewakers raakte mij in mijn maag.

Ik kreeg geen lucht meer en zakte op mijn knieën.

Een metalige smaak vulde mijn mond.

Mevrouw Beatty baande zich een weg door de menigte. Ik had niet gedacht dat haar gezicht nog lelijker zou kunnen worden, maar toen ze het bloed zag werd het een en al rimpels en fronslijnen.

'Meisjes. Niet nu,' zei ze. 'Net nu we bezoek hebben.'

25

EEN BEWAKER bracht Sara en mij naar de ziekenboeg. Als ik wilde ontsnappen zou dit een gunstig moment zijn, met maar één bewaker voor twee meisjes, maar Sara was waarschijnlijk niet in de stemming om me met wat dan ook te helpen.

Ze hield een nat washandje tegen haar gezicht. 'Ik dacht dat we vriendinnen waren,' zei ze door haar tranen heen. 'Wat heb ik je misdaan?'

Ik kon niets zeggen waar de bewaker bij was. Toen de arts me weer zag toonde hij geen emotie; ik zag alleen heel even herkenning in zijn ogen oplichten.

Hij wees naar een roestvrijstalen onderzoekstafel en de bewaker zette Sara erop. Ik ging op de tafel ernaast zitten. De bewaker vertelde wat er was gebeurd en zei dat hij zou blijven om te zorgen dat de situatie niet weer uit de hand liep.

'Dat is niet nodig,' zei de arts.

De bewaker hield vol dat mevrouw Beatty wilde dat hij erbij bleef en de arts haalde zijn schouders op alsof het hem niets uitmaakte, maar ik had de indruk dat het hem dwarszat.

'Laat me maar eens naar je kijken,' zei hij tegen Sara.

'Ze heeft me gestompt. Hard.'

'Ik zie het. En ze is groter dan jij.' Hij voelde behoedzaam met zijn duim en wijsvinger aan haar neus.

'Kunt u me oplappen?' vroeg Sara.

'Ik zal mijn best doen.' Hij liep naar mij en draaide mijn gezicht naar zich toe. 'Die snee in je lip moet gehecht worden. Je hebt een flinke klap tegen je kaak gehad, maar je achterhoofd is nog heel.' Ik onderdrukte een glimlach. Dat was precies wat ik wilde horen.

'Dokter,' zei Sara, 'kunt u mij eerst helpen? Er is hier een man, en ik moet mooi zijn.' Ze wierp me een blik vol onversneden haat toe.

De arts moest zich behelpen met de beperkte middelen die hij had. Een uur later was ik gehecht en had hij Sara's neus getapet. Onze verwondingen waren gevoelloos gemaakt met iets uit een spuitbus. Sara was helemaal overstuur en bleef maar zeggen dat ze naar die man van TopBestemmingen toe moest. Er was geen spiegel te bekennen, dus ze wist niet dat ze niet alleen een gekneusde, bloedige neus had, maar dat de opgezwollen huid onder haar ogen ook nog eens werd gesierd door een glanzende paars met zwarte regenboog.

Ik hoopte dat de Ouweheer alweer weg was. Beatty kwam binnen en ik las van haar gezicht hoe beroerd Sara en ik eruit moesten zien.

'Moet je die gezichten zien. Het is gewoon triest,' zei ze.

De arts maakte Sara's gezicht schoon met natte watten.

'Laat haar maar even,' zei Beatty. 'Maak die andere eerst maar af.' Ze wees naar mij.

De arts keek haar verwonderd aan.

'Ik moet met haar naar de gymzaal.'

'En ik dan?' zei Sara. 'Ik wil ook mee.'

De arts draaide zich naar mij om en Beatty pakte Sara bij haar schouder. 'Jij doet wat ik zeg.' Sara wurmde zich onder haar greep uit en sprong van de onderzoekstafel. 'U kunt me niet tegenhouden.'

Beatty pakte haar bij haar arm en duwde haar op een stoel. 'Dat had je gedacht, Sara.'

Beatty nam me mee naar de grote gymzaal. Een Ender plakte een stuk papier met een nummer erop op mijn borst. Aan een kant van de zaal stonden meisjes in rijen opgesteld. De jongens stonden ertegenover. Iedereen droeg een nummer. Toen ik binnenkwam keek ik naar de gezichten. Dit was mijn kans om Tyler te vinden. De kinderen keken angstig naar mijn gezicht. Ik werd aan het eind van de voorste rij gezet.

Ik zag Tyler niet, maar een groot deel van de jongens stond buiten mijn gezichtsveld. De Ouweheer liep langs de achterste rij jongens, met zijn handen op zijn rug. De spanning was om te snijden. Ik dacht dat het de opwinding van de kinderen was, die dachten dat ze gered konden worden, maar het was de aanwezigheid van de Ouweheer zelf. Dat effect had hij gewoon, voelde ik. Hij had zijn jas nog aan en zijn hoed op. Ik zag alleen zijn rug. Net toen ik me afvroeg hoe hij eruit zou zien, draaide hij zich om naar de meisjes en kreeg ik zijn gezicht te zien.

Zijn vermomde gezicht, natuurlijk. Hij droeg een masker van een metalige stof die over zijn huid was gemodelleerd. Het masker verborg niet alleen zijn identiteit, maar werkte ook als een soort scherm of monitor waarop andere gezichten werden geprojecteerd. Het ene moment had hij het gezicht van een populaire ster van rond de eeuwwisseling, het volgende leek hij op een dichter van tientallen jaren geleden of een volslagen onbekende. Het beeld was driedimensionaal en dat maakte het griezelig, niet grappig, zoals een plat masker. Toch leken de gezichten niet helemaal echt. De projecties waren iets ertussenin, kunstmatig maar fascinerend. En doordat het beeld continu bewoog en versprong leek het bijna te leven, op een beangstigende manier. Het was als de techniek die hij in de uitzending had gebruikt om zijn gezicht te maskeren, maar dan in het echt.

Het biologeerde me op een onprettige manier, zoals wanneer je naar een auto-ongeluk blijft kijken zonder het te willen.

Hij inspecteerde sommige meisjes aandachtig en keurde andere op het eerste gezicht af. Een vrouwelijke Ender liep achter hem aan met een elektronisch notitieblok waarop ze de nummers noteerde van de kinderen die hem interesseerden en aantekeningen maakte. Hij kwam bij mijn rij aan, en ik hoorde hem de meisjes vragen stellen over wat ze allemaal konden.

Hoe dichter hij me naderde, hoe sterker het hypnotiserende effect van de gezichtsvervormer werd. Opeens sprak hij het meisje naast me aan, maar ik kon zijn woorden niet volgen. Hij praatte met de elektronische stem van de besloten uitzending. Ik nam aan dat de metalige tonen werden voortgebracht door een apparaatje onder zijn wollen sjaal.

Het was mijn beurt. Hij keek me aan. Had hij me ooit echt gezien bij TopBestemmingen? Nee. Alleen mijn spiegelbeeld, misschien. En nu ik een gekneusd, gezwollen gezicht had, wist ik zeker dat ik mezelf niet eens zou herkennen.

Ik zag dat niet alleen zijn gezicht telkens veranderde, maar ook de uitdrukking. Hij kreeg het gezicht van een beroemde voetballer en nam me verbaasd op.

'Wat is er met jou gebeurd, nummer 205?' vroeg hij.

Ik sloeg mijn ogen neer. 'Gevochten, meneer.'

'Hoe ziet de tegenpartij eruit?'

'Geen schrammetje. Ik zal wel niet zo'n vechtersbaas zijn.'

Hij kreeg het gezicht van een acteur uit de tijd van de stomme films en lachte fijntjes. 'Dat betwijfel ik.'

Hij liep naar de volgende rij en ik haalde opgelucht adem. Hij was steeds van plan geweest hier nieuwe kinderen te komen uitzoeken. Hij was niet speciaal voor mij gekomen.

Toen hij iedereen had gezien liep hij de gymzaal uit met zijn assistente. Wij moesten blijven staan. De assistente kwam terug en fluisterde iets tegen de directeur. Hij knikte naar haar en ze las de nummers van haar lijst op.

Telkens wanneer er een nummer werd genoemd, juichte de drager ervan alsof hij of zij een wedstrijd had gewonnen. Een paar meisjes waren zo overweldigd door blijdschap dat ze in tranen uitbarstten. Ik keek reikhalzend om me heen om te zien of Tyler tot de 'winnaars' behoorde, maar het waren allemaal oudere kinderen. Toen het laatste nummer werd afgeroepen kwam er geen reactie. Iedereen keek om zich heen tot het meisje naast me me een por gaf.

Het was mijn nummer.

Ik keek naar de 205 op mijn borst. Daar ging mijn fantastische, pijnlijke plan. Ik was erin geslaagd mezelf te verwonden en mijn gezicht te beschadigen, maar toch was ik om de een of andere reden geselecteerd voor de bodybank.

De directeur deelde mee dat iedereen die niet was gekozen naar zijn of haar slaapzaal moest gaan. De 'winnaars' moesten wachten op hun bezittingen, de schamele inhoud van hun houten kistjes. Ik zag de anderen in rijen de zaal uit lopen, gevolgd door de bewakers en de directeur. Ik zocht naar Tyler, maar hij liep er niet tussen.

Wij, de uitverkorenen – tien jongens en zeventien meisjes – stonden als standbeelden verspreid in de spelonkachtige gymzaal. Er bleef een bewaker bij de deur achter.

We keken om ons heen en namen elkaar taxerend op. Het meisje uit mijn rij moest zijn gekozen vanwege haar blonde haar; die jongen verderop vanwege zijn spieren. Ze straalden allemaal, trots dat ze tot de aantrekkelijkste of vaardigste bewoners van de inrichting waren uitgeroepen. Toen een jongen in de rij tegenover de mijne oogcontact met me maakte zag ik verbazing op zijn gezicht. Waarom was ik, het meisje met twee blauwe ogen en hechtingen in haar kaak, uitverkoren? Toen gaf hij een begrijpend knikje en wendde zijn blik af. Misschien had het nieuws over de vechtpartij de ronde gedaan en veronderstelde hij dat ik was gekozen om mijn moordenaarsinstinct.

Misschien was dat ook wel zo.

Ik wilde naar de anderen schreeuwen dat ze moesten rennen, zich in een kast verstoppen, onder hun bed, waar dan ook. Ze hadden geen idee wat dit werkelijk betekende, dat het eind van hun leven nabij was. Dat ze nooit zouden weten hoe het is om volwassen te zijn.

En toen drong de vraag zich aan me op: waarom luisterde ik niet naar mijn eigen raad? Wat stond ik daar te wachten tot ik werd meegenomen?

Ik draaide me om en liep naar een nooduitgang aan het eind van de gymzaal. Ik hoorde de bewaker bij de deur roepen.

'Hé, minderjarige. Blijf staan!'

'Ik ga alleen maar even naar de wc,' riep ik over mijn schouder.

Ik hoorde hem over de vloer van de gymzaal draven. 'Niet door die deur!' riep hij.

'Het is dringend.' Ik rende in zijn tempo naar de nooduitgang.

'Blijf staan of ik schiet.' Ik hoorde zijn voetstappen niet meer. Ik wist dat hij zijn ZipTaser op me richtte en bleef staan, maar draaide me niet om.

'En de kostbare koopwaar beschadigen?' Ik stak mijn armen uit.

'Dan ben je nog niet jarig.'

Ik drukte mijn hakken in de vloer, rende naar de deur en duwde hem zo hard open dat hij tegen de muur sloeg. Terwijl ik door de lege gang holde hoorde ik de bewaker, die niet van zijn post mocht wijken, in zijn communicator om versterking roepen.

Aan het eind van de gang duwde ik de deur naar het trappenhuis open. Terwijl ik de trap af liep hoorde ik voetstappen boven me naar beneden komen. Misschien was het de versterking voor de bewaker. Onder aan de trap was de kelder.

Langs de kale bakstenen muren liepen leidingen. Aan het eind van de gang hing een kaal peertje en daar rende ik naartoe. Ik sloeg de hoek om en zag drie donkere loopbruggen voor me. Ik nam die het dichtst bij de buitenmuur en rende naar het eind. Ik keek naar rechts en zag de nooduitgang die Sara had genoemd. Ik hoopte dat het de goede was, die zonder alarminstallatie.

Ik duwde de deur open en liep erdoor. Er ging geen alarm af. De gang liep door tot aan een deur met een raam erin. Er had ooit een opschrift op de deur gestaan; ik onderscheidde een 'w'.

Ik keek door het raampje in de deur en zag de wasruimte, waar niemand leek te zijn. Ik ging naar binnen.

De ruimte was gevuld met uniformen, van vies tot schoon. Links stonden karren op wielen met bergen vuile was. Rechts stonden manden vol schoon goed te wachten. Er lagen stapels op vouwtafels en er hingen overhemden en blouses aan een systeem met katrollen aan het hoge plafond.

De wasmachines stonden links achter een deur die het geluid

moest dempen. Ik liep naar rechts, waar een kamertje met nog meer manden vol schoon wasgoed was. Voordat ik de deur opendeed hoorde ik iemand kuchen.

Ik keek naar links en zag een meisje dat met haar rug naar me toe wasgoed op een vouwtafel tilde. Ze was zwaargebouwd en ik vermoedde dat niemand haar daarom naar boven had laten komen om zich te laten keuren voor de bodybank.

'Kom je me aflossen?' riep ze.

'Ja,' antwoordde ik met mijn hoofd gebogen.

'Dat werd tijd ook.' Ze haalde haar mouw langs haar voorhoofd en liep weg.

Ik gluurde door het raam in de deur naar het zijkamertje, maar zag alleen duisternis. Ik glipte naar binnen en sloot de deur achter me. Ik knipte het licht net lang genoeg aan om te bepalen waar ik me wilde verstoppen, liep op de tast naar de achterste wasmand, klom erin en begroef me in het schone wasgoed. Ik had geen plan; ik hoopte alleen maar dat ik me zo lang verborgen kon houden dat de Ouweheer niet langer kon wachten tot ze me hadden gevonden en vertrok.

Ik ging op mijn zij liggen en trok mijn knieën hoog op. Als mijn hart niet zo tekeer was gegaan, had ik misschien kunnen slapen. Ik dacht aan de tieners die op hun vervoer naar de bodybank wachtten. Waren ze al onderweg terwijl de bewakers naar mij zochten? Hoe lang zou het duren voordat ze in werkruimtes als deze gingen zoeken?

Het duurde niet lang of ik hoorde een deur opengaan. Er kwam iemand de wasruimte binnen. Voetstappen. Misschien was het degene die het vorige meisje kwam aflossen. Ik hoorde de deur van mijn kamertje opengaan. Het licht ging aan. Door het linnen van de mand heen zag ik de omtrekken van een meisje.

Ik hield mijn adem in. Het meisje kwam dichterbij. Nog dichterbij. Ze was vlak bij mijn mand. Toen bleef ze staan.

Haar handen wroetten in het wasgoed, pakten mijn armen en hesen me omhoog.

Kleine handen.

Ik had me kunnen verzetten, maar ik stond op en liet het wasgoed van me af vallen.

Ik kende dat meisje.

'Sara,' fluisterde ik.

Ze hield mijn armen nog steeds vast. Haar gezicht was vlak bij het mijne. Ik kon haar gezichtsuitdrukking niet goed zien, want haar linkerwang was zo opgezwollen dat haar linkeroog dicht zat, maar ik vond dat ze er fantastisch uitzag.

'Callie.' Ze glimlachte half met haar verwrongen gezicht. 'Mooie verstopplek. Ik zag je wel, helemaal opgekruld in die mand.'

'Stil,' zei ik.

'Ik zeg wat ik wil.' Ze kneep in mijn armen. 'Ik dacht dat je mijn vriendin was.'

'Dat ben ik ook.'

'Liegbeest. Je hebt de mooiste kans van mijn leven verpest. Ik vergeef het je nooit.'

'Alsjeblieft.' Ik stak smekend mijn handen op. 'Straks horen ze je nog.'

'Ze zullen me zeker horen. Omdat ik je uitlever.' Haar piepstem klonk opstandig.

Ik had me makkelijk uit haar greep kunnen bevrijden. Ik was ouder, groter en sterker. Maar ik was bang dat ze het op een schreeuwen zou zetten.

'Ik hoorde dat je was uitgekozen, Callie. Het werd omgeroepen. Degene die je vindt krijgt een beloning.' Haar ene oog werd groot. 'Misschien geven ze me jouw plekje bij TopBestemmingen wel.'

'Je bent te jong. Er is niemand van onder de vijftien gekozen.'

Ze keek me kwaad aan. 'Je liegt.'

'Je hebt gehoord wie er zijn uitgekozen. Zat er iemand bij die jonger was?'

'Nee.' Ik zag haar onderlip trillen.

'Alsjeblieft, Sara, verraad me niet. Ik weet dat je boos bent, maar ik heb het voor je eigen bestwil gedaan. Ik heb je geslagen omdat ze je dan niet zouden willen hebben.'

'Waarom wilden ze jou dan wel? Je zou jezelf eens moeten zien.' Ze trok een gezicht alsof ze rotte eieren rook.

'Ik weet het niet, omdat ze weten dat ik al donor ben, misschien? Het doet er niet toe. Waar het om gaat is dat ze me vermoorden als ik terugga. Ze hebben mijn huurder ook al vermoord. En dan heeft mijn broertje geen schijn van kans meer.'

'Waar heb je het over?' Haar gezicht werd vervormd door onbegrip.

Ze kon nauwelijks bevatten dat zij niet in mijn plaats gekozen zou worden, en nu vertelde ik haar ook nog eens dat ze me indirect zou vermoorden als ze me uitleverde.

'Ik kan je niet volgen, maar ik weet dat je nergens bang voor bent,' zei ze. 'En jij bent bang voor TopBestemmingen?'

'Omdat ik heb ontdekt dat ze mensen vermoorden. Starters. Het is moeilijk uit te leggen, maar ze scheiden je lichaam van je hersenen en dan schakelen ze je hersenen voorgoed uit.'

Ze leek erover na te denken. Ik merkte dat ik mijn adem inhield terwijl ik naar de deur keek en probeerde te schatten hoe ver weg die was, hoe lang ik erover zou doen om uit de wasmand te springen en hoe snel Sara's kreten anderen zouden lokken.

'Nou, dat is niet zo mooi,' zei ze.

Ze liet mijn armen los. Ik liet mijn adem ontsnappen.

Sara hielp me een vermomming bij elkaar te zoeken ter vervanging van mijn gevangeniskloffie. Ze vertelde dat de minderjarigen zelf al het werk in de inrichting deden, maar dat de tuin rond de hoofdingang en het administratiegebouw werd bijgehouden door Enders, om een goede indruk te maken op bezoekers. Om zich van de minderjarigen te onderscheiden, vooral van een afstandje, droegen ze een zwart overhemd, een zwarte broek en een grote hoed tegen de zon. Sara slaagde erin een schoon uniform voor me bij elkaar te scharrelen.

Ik maakte een paardenstaart in mijn haar, zodat het niet onder de hoed uit kon piepen.

'Misschien moeten we een paar rimpels op je gezicht tekenen,' zei Sara toen ze me inspecteerde.

'Ik vind dat we beter zo snel mogelijk kunnen maken dat we wegkomen.'

'Je kunt niet zonder schoenen naar buiten.' Ze wees naar mijn voeten.

Mijn grijze gevangenisgympen zouden me meteen verraden. Ik schopte ze onder een berg kleren terwijl Sara een paar schone zwarte sloffen voor me ging zoeken.

'Dit is het enige paar dat ik kon vinden,' zei ze toen ze terugkwam. Ik stapte in de sloffen, die minstens twee maten te groot waren.

'Perfect,' zei ik. 'Kom mee.'

Ik vond een paar elastiekjes die ik gebruikte om de pantoffels niet kwijt te raken. We hadden een plan bedacht om me de inrichting uit te krijgen. We waren bang dat de Ouweheer net zo lang zou blijven zoeken tot hij me had gevonden, dus me verstoppen was geen optie. Hij zou me willen vinden om zijn reputatie te redden, om te laten zien dat zijn bevelen niet zomaar door een of andere Starter genegeerd konden worden.

Sara vertelde dat ze had gehoord over een Starter die was ontsnapt door aan de onderkant van een vrachtwagen te gaan hangen. Sindsdien controleerden de bewakers de vrachtwagens snel voordat ze door de poort naar buiten reden, maar de auto's van belangrijke bezoekers werden nooit gecontroleerd. We namen aan dat de Ouweheer met zijn helikopter zo machtig was dat de inrichting het risico niet zou willen nemen hem te beledigen door zijn vertrek op te houden. De manier waarop de inrichting met hem meewerkte deed vermoeden dat er geld aan te pas was gekomen.

Het bleef riskant.

'Weet je zeker dat die Starter is weggekomen?' vroeg ik. 'En dat hij niet gewond is geraakt?'

'Dat heb ik niet gezegd,' zei Sara. 'Ik heb alleen gehoord dat hij was ontsnapt.'

'Je weet het niet zeker omdat je nooit meer iets van hem hebt gehoord.'

'Luister, er is nog iets, die dikke bewaker bij de poort. Iedereen noemt hem Blok. Hij kan zich niet diep genoeg bukken om onder de vrachtauto's te kijken.'

'Nou en?'

'Hij heeft vandaag dienst,' zei Sara.

Dat trok me over de streep. De bewakers zouden niet alleen het belangrijke transport naar TopBestemmingen niet zo snel willen ophouden, ik had ook nog eens het voordeel van Bloks beperkte lenigheid.

Ik was sterk en licht. Ik hoefde me alleen maar lang genoeg vast te houden om de poort door te komen. Dan kon ik loslaten en de chauffeur zou doorrijden zonder ooit te weten dat ik als een bloedzuiger aan de buik van de bus had gehangen. Dat was ons plan. Het zou een stuk moeilijker worden dan die eerste keer, toen ik gewoon naar buiten was gehuppeld, maar ik had een kans. En die zou ik grijpen, want wanneer de bus naar Top-Bestemmingen eenmaal was vertrokken, zouden de bewakers weer overgaan tot hun gebruikelijke inspecties.

We liepen de buitenlucht in, ik in mijn tuinmansvermomming, Sara als mijn minderjarige hulpje. Ze had ook een hoed opgezet, om haar gehavende gezicht te verbergen, en ze had een afvalzak en een emmer met tuingereedschap bij zich. Toen we over het pad naar het administratiegebouw liepen kromde ik mijn schouders en ging langzamer lopen om meer op een Ender te lijken, hoewel ik het liefst zo hard mogelijk had gerend. Niet dat dat had gekund, op die bovenmaatse pantoffels.

We zagen twee Starters onze kant op komen. Sara gaf me een seintje. We bogen allebei ons hoofd, zodat onze gezichten schuilgingen achter onze hoeden.

Toen we het grasveld voor het administratiegebouw bereikten, zagen we de zwarte helikopter van de Ouweheer staan. De piloot liep ernaast zijn benen te strekken, maar er zat niemand in. De bus die de uitverkorenen zou wegbrengen stond dichter bij ons, op de weg tussen het administratiegebouw en de bewaakte poort naar de vrijheid.

'Daar staat je lift,' fluisterde Sara.

'Het zou de jouwe ook kunnen zijn.' Ik keek haar aan.

Ze schudde haar hoofd. 'Jij moet je broertje zoeken. Ik heb tijd genoeg.'

'Je wilt mij gewoon als proefkonijn gebruiken.'

Ze glimlachte erom. 'Ik zal je missen,' zei ze.

Ik zou haar ook missen. 'We komen elkaar wel weer tegen. Op een betere plek.' Ik geloofde het niet, maar ik wist dat het haar zou opvrolijken.

'Natuurlijk. We zijn vriendinnen.'

Haar ernstige gezichtje straalde naar me. Zo te zien stond ze op het punt me een afscheidsknuffel te geven, wat gevaarlijk was, maar toen ging de deur van het gebouw open.

Een bewaker loodste tien jongens en zestien meisjes naar de bus.

'Ze stappen al in,' zei Sara. 'We zijn te laat.'

We hadden gehoopt er eerder te zijn dan de anderen. 'Pak mijn arm. Leid me erdoorheen.'

We moesten de rij doorbreken om aan de andere kant van de bus te komen, waar de bewaker bij de poort ons niet kon zien, maar als iemand onze bont en blauwe gezichten zag waren we er gloeiend bij.

We hielden ons hoofd gebogen.

De tieners in de rij waren zo opgewonden dat ze waren uitgekozen, dat ze in een bus mochten rijden en dat ze de inrichting voorgoed achter zich zouden laten, dat ze totaal geen oog voor ons hadden.

We kwamen aan de andere kant van de bus, waar we niet zichtbaar waren voor de bewaker bij de poort. De piloot van de heli stond met zijn rug naar ons toe. Ik liet me op de grond vallen en kroop onder de bus. Sara bukte zich en pakte mijn hoed.

'Succes,' fluisterde ze.

Ik bedankte haar geluidloos en schoof over het grind naar het midden van de bus. Ik zag een stang waar ik mijn voeten achter kon haken, maar voordat ik me kon bewegen knielde Sara naast me.

'Callie,' fluisterde ze angstig kijkend. 'Hij is er niet.'

'Wie?'

'Blok, de bewaker.'

De moed zonk me in de schoenen. We hadden op hem gerekend.

'Kom terug.' Ze stak haar hand uit.

Ik wuifde haar weg. Ze fronste haar voorhoofd. Ik keek naar het onderstel van de bus en ze liep weg.

Ik pakte een stang boven mijn borst. Hij voelde heet en vettig aan. Ik pakte de tuinhandschoenen uit mijn zakken en trok ze aan. Ik greep de stang en hees eerst mijn ene arm en toen de andere op tot ik stevig hing. Ik voelde de hitte van de stang door mijn blouse heen.

Ik keek opzij en zag Sara's voeten een meter of drie bij me vandaan. Het aantal schuifelende voeten aan mijn andere kant was afgenomen. Bijna alle tieners waren ingestapt.

'Wacht!' Ik herkende Beatty's stem en hoorde haar zware voetstappen op het grind. 'Jullie missen nog een meisje.'

Ik hield mijn adem in. De chauffeur zei dat hij zich aan zijn schema moest houden. De laatste tieners stapten in.

Toen startte de bus. Door het trillen werd het moeilijker om me vast te houden. Het metaal van de stang straalde hitte uit en er druppelde zweet over mijn gezicht. Ik had gedacht dat ik sterk was, maar dit was moeilijker dan ik me had voorgesteld.

De bus kwam in beweging. Het rumoer van de motor, het schakelen, de draaiende wielen – zelfs bij deze lage snelheid voelde het alsof ik mijn hoofd in een gehaktmolen had gestopt. Mijn tanden kletterden, mijn botten rammelden. Ik wist zeker dat mijn hechtingen zouden springen.

Ik was bang dat ik de poort niet door zou komen. Wat had ons bezield? Wie had dit krankzinnige plan bedacht? En Blok had geen dienst. Ik kon alleen maar hopen dat ze de dure bus van TopBestemmingen ongezien zouden laten passeren.

We kwamen bij de poort. Ik zag de laars van de bewaker vanuit mijn omgekeerde perspectief. De bus minderde vaart. Ik probeerde de chauffeur in gedachten te dwingen door te rijden. We kropen vooruit. Ik klampte me vast aan de stang en hoorde de poort openschuiven. Mijn armen deden pijn, maar ik hield mezelf voor dat ik het nog even moest volhouden. Voor Tyler.

Toen kwam de bus tot stilstand. Ik omklemde de stang nog steviger en hield mijn adem in.

Er naderden voetstappen. Toen hoorde ik iemand een andere kant op rennen. Geroezemoes ging over in kreten.

'Hou haar tegen!' riep een vrouwenstem. Het was Beatty.

Had ze het over mij? Ik hees mijn lichaam zo hoog mogelijk op tegen het onderstel van de bus.

'Schieten!' riep een mannenstem.

Een scherp, elektronisch geknetter doorkliefde de lucht als een bliksemschicht.

Een ZipTaser.

Maar de kreet van pijn die altijd op dat geluid volgde bleef uit. Er viel een stilte.

'Mis!' riep een man.

Het ging niet over mij; ik had de lichtende boog niet eens gezien.

Toen schreeuwde iedereen door elkaar heen en hoorde ik rennende voeten. De bus rolde weer naar voren. Ik klemde mijn kiezen op elkaar en hield me vast. We reden door de poort, de poort voorbij, de poort lag achter ons!

De chauffeur reed hard om de verloren tijd in te halen en maakte een scherpe bocht. Het werd mijn vermoeide armen te veel. Mijn spieren gaven het op.

Ik viel. Mijn rug raakte het asfalt hard, hoewel ik nog geen meter boven de grond had gehangen. Ik trok snel mijn armen en benen in en maakte me zo plat als een plank. De immense bus denderde over me heen. De grote wielen reden rakelings langs mijn hoofd; mijn haar waaide op. Toen de bus me voorbij was lag ik in de felle zon. Ik rolde naar de stoeprand, dook achter een boom weg en keek naar de inrichting.

Boven op de dikke betonnen muur, afgetekend tegen de blauwe lucht met schapenwolkjes, hing een meisje over het prikkeldraad. Sara.

Het hoofd van een bewaker dook op. Hij moest de ladder beklimmen die zij ook had gebruikt. Hij stapte op de muur.

Sara keek naar beneden en zag dat ik de inrichting uit was gekomen. Ze bracht haar rechterhand naar haar borst en drukte haar vuist tegen haar hart.

Ze had niet willen ontsnappen, maar voor afleiding willen zorgen. Om mij te beschermen.

Ik drukte mijn vuist ook tegen mijn hart.

Volhouden, Sara.

Haar gekneusde gezicht stond gepijnigd en afgetobd, maar er trok een verrukte glimlach over, zo aanstekelijk dat mijn mondhoeken ook opkrulden. Ze stelde me gerust.

Ze zette haar voet op het prikkeldraad en hees zich omhoog. Ze wilde over de muur klimmen. Nee! Waar kon ze naartoe? Ze kon over de muur rennen, maar ze zouden haar te pakken krijgen.

De bewaker verstijfde op een paar meter bij haar vandaan. Hij riep dat ze moest blijven staan, maar ze bleef klimmen.

Hij pakte zijn ZipTaser en nam haar onder schot. Hij was te dichtbij.

Ik zag de boog van blauw licht haar lichaam doorboren. Ze vertrok haar gezicht en kronkelde van de pijn. Haar hartverscheurende kreet overstemde het metalige geknetter van de ZipTaser. Mijn maag verkrampte en ik sloeg een hand voor mijn mond om het niet uit te schreeuwen.

De bewaker kon me niet zien, tussen de bomen. Hij liep naar Sara toe.

Haar hals en de zijkant van haar gezicht waren zwart van de ZipTaser. Ze deed haar ogen open en keek naar me. Toen kreeg haar gezicht een verbaasde uitdrukking, alsof iemand een wrede grap met haar had uitgehaald. Haar ogen werden glazig en vielen dicht.

Haar hoofd knakte naar voren en haar lichaam verslapte. Alleen het prikkeldraad hield haar nog overeind.

Sara, nee! Blijf hier!

Maar haar lichaam leek opeens leeg. Hol.

De bewaker drukte zijn vingers in haar hals, keek naar een andere bewaker, die boven aan de ladder stond, en schudde zijn hoofd. Toen sloeg hij behoedzaam zijn armen om Sara heen en tilde haar van het prikkeldraad. Hij bracht haar naar zijn collega, die met haar de ladder afdaalde.

Ik keek haar van achter de boom na tot ze achter de muur verdween.

26

EEN VERDOOFD gevoel straalde uit naar mijn benen, borst en gezicht. Sara was dood. Kleine Sara. Weg. Ik stond als aan de grond genageld, alsof ik nooit meer een voet zou verzetten, tot er een onheilspellend geluid door me heen trilde: de schroef-bladen van een opstijgende helikopter. Mijn haar waaide op toen de heli tot hoog boven de schutting klom en ik de onderkant van het zwarte insect zag.

Mijn overlevingsinstinct nam het van me over. Ik draaide me om en rende weg, langs een dichtgetimmerd huis een achteraf-straatje in, waar ik mijn rug tegen een verweerde garagedeur drukte om uit te hijgen. De heli van de Ouweheer dook weer boven me op.

Had hij me gezien? Moest ik vluchten of blijven waar ik was?

Ik wist dat zijn piloot hier niet kon landen, maar stel dat ze de bewakers hadden gewaarschuwd?

Ik besloot te vluchten. Ik rende door stegen en zijstraten. Ik werd wel door andere mensen gezien, maar ik was tenminste vermomd als tuinman, dankzij Sara. Arme Sara. Ik rende nog sneller, zo ver mogelijk weg van de inrichting. Zolang mijn voe-ten bewogen leefde ik nog.

Het gonzen kwam weer dichterbij, als van een hardnekkig insect. Ik bleef rennen, zo dicht mogelijk langs muren, bomen en elke andere dekking die ik kon vinden. Ik keek omhoog. De helikopter bleef me volgen.

Ik zag draden in de lucht, een paar straten verderop. Ik rende erheen, me zo goed mogelijk verborgen houdend. Het zwarte insect zat me op de hielen. Toen ik bij de bron van de draden kwam, een verdeelstation van het elektriciteitsnet, dook ik onder een pick-uptruck. Ik haalde mijn handpalmen open aan het asfalt. Ik wist dat de heli hier niet kon vliegen vanwege de gevaarlijke hoogspanningskabels.

Hij gaf het op, een wesp die niemand kon vinden om te steken. Ik liet mijn ingehouden adem ontsnappen, krabbelde onder de pick-up uit en zag de heli in de verte verdwijnen.

Ik liep en liep tot de sloffen uit elkaar vielen. Ik trok ze uit en liep door. Bij elke stap moest ik aan Sara denken.

Ik veegde mijn tranen weg. Wat was er gebeurd terwijl ik onder de bus hing? Mijn maag verkrampte toen ik het probeerde te reconstrueren. Sara moest hebben gezien dat de bewaker bij de poort aan kwam lopen om onder de bus te kijken. Daarom had ze die dappere poging gedaan om de aandacht af te leiden. Ze was naar de ladder gerend, in het volle zicht van de bewakers en Beatty. Dat had ze voor mij gedaan. Ze had zich voor me opgeofferd omdat ze wist dat ik mijn broertje moest zoeken.

Toen hadden ze haar doodgeschoten.

Toen ik bij Madison aankwam belde ik lang aan, maar ze was er niet. Ik had die hele tocht gemaakt en ze was er niet. De pijnspray was uitgewerkt en de hechtingen in mijn gezicht bonsden.

299

Ik glipte door de poort en zakte in elkaar op de veranda, waar ik in slaap viel. Toen Madison thuiskwam en me wekte begon het al donker te worden.

'Callie, wat doe jij hier?' Madison boog zich over me heen en haar blonde bob viel voor haar gezicht. 'Ik had je auto niet gezien.' Ze hielp me overeind en keek naar mijn zwarte kleren. 'Wat heb je aan? Is dat een nieuwe tienerrage?'

Ze deed de voordeur open en ik liep haar felverlichte hal in. Toen zag ze mijn gehavende gezicht, met hechtingen en al.

'O, mijn god, wat is er met jou gebeurd?'

'Madison, ik moet eerlijk tegen je zijn. Ik ben geen huurder. Ik ben een echte tiener. Een donor. En ik heb je veel te vertellen over TopBestemmingen.'

'Ben jij... een tiener?'

'Ja.'

'Je bent niet oud vanbinnen, zoals ik?'

Ik schudde mijn hoofd. Ze keek me even wezenloos aan.

'Dus al die tijd...'

'Sinds onze eerste ontmoeting, die avond in Club Rune,' zei ik zwakjes.

'Geen wonder dat je zo jong klonk. Je bént gewoon jong. Maar waarom heb je je in vredesnaam voor een huurder uitgegeven?'

Ik voelde me afgepeigerd. Er was geen plekje van mijn gezicht dat geen zeer deed. Mijn voeten deden pijn. Het enige wat ik wilde was een miljoen jaar slapen.

'Omdat ik niet anders kon.'

Ze gaf me een arm en liet me op haar leunen. 'Kom, eerst een paar pijnstillers en een warme douche. Daarna moet je er maar eens voor gaan zitten en me alles vertellen.'

Een uur later had ik Madison verteld wat er was gebeurd. We waren het erover eens dat ik contact moest opnemen met Lauren. Pas daarna nam ik een douche en trok de schone kleren aan die Madison voor me had neergelegd. Ik was nog bont en blauw, mijn gezicht was gezwollen en ik miste een kies, maar ik voelde me bijna weer menselijk. Kort daarna werd er gebeld en Madison liet een slanke, elegante vrouw binnen. Ze droeg een zacht broekpak en parels.

'Hallo, Callie.' De vrouw reikte me de hand. 'Je kent me alleen in Reece, maar dit ben ik echt.'

'Lauren.' Ik gaf haar een hand. Ze was ongeveer honderdvijftig en net zo gracieus als ik me had voorgesteld.

Ze werd gevolgd door een heer op leeftijd in pak.

'Dit is mijn notaris, meester Crais. Hij was ook de notaris van Helena.'

Madison, die het tweetal voor het eerst zag, knikte en verontschuldigde zich. 'Ik ga iets te drinken halen.'

We gingen in de woonkamer zitten. Lauren keek geschrokken naar mijn gezicht. 'Wat is er met jou gebeurd?'

'Het was maar een vechtpartij.'

'Gaat het er zo ruw aan toe in die inrichtingen?' vroeg ze.

'Nee,' zei ik. 'Het is nog veel erger.' Ik keek van de een naar de ander. Ik kon het met geen mogelijkheid allemaal uitleggen. 'Laat ik het zo stellen: ik ga liever dood dan dat ik terugga.'

'Wees maar niet bang, je gaat niet terug. Ik ben blij dat je me hebt gebeld,' zei Lauren. 'We zochten je al.'

'O?'

'Het spijt me van de laatste keer dat we elkaar spraken. Je moet begrijpen dat ik nog van streek was door het nieuws over Helena.'

'Ik weet het.'

'Ik mag nog niet alles vertellen...' – ze wisselde een blik met haar notaris – '... maar Helena was mijn liefste vriendin. En ik zocht je omdat ik inmiddels weet dat ze je geloofde.'

Ik vroeg me af wat dat betekende. Had Helena haar een boodschap kunnen brengen tijdens een black-out?

'We hebben dus een plan bedacht,' zei ze.

'Wij voeren aan dat Lauren bezig was je op te eisen toen je in de inrichting werd geplaatst,' zei de notaris. 'Je bent dus niet van de inrichting, en die heeft dan ook niet het recht je weer toe te wijzen aan TopBestemmingen.'

'Ook al was je betrokken bij een misdrijf...'

'Naar wordt beweerd,' onderbrak de notaris haar.

'Naar wordt beweerd,' herhaalde Lauren. 'Als je op dat moment was opgeëist had mijn advocaat je bijgestaan. Die hulp is je onthouden.'

'Dit houdt je juridisch uit de klauwen van de inrichting en de bodybank,' zei de notaris.

'Dus jij wordt mijn wettige voogd?' vroeg ik aan Lauren.

'Je bent zo vrij als een vogel. Ik zet alleen mijn handtekening.'

Het stelde me teleur, stom genoeg. Waarom zou Lauren de last van de echte voogdij op zich nemen? Ze kende me amper. Het was al heel wat dat ze in naam mijn voogd wilde zijn.

'Waar het om gaat is dat we je uit de inrichting houden, zodat je kunt doen wat je wilt,' zei de notaris.

'Wat ik wil is mijn broertje redden,' zei ik. 'Ik denk dat dat me alleen lukt als ik het tegen de bodybank opneem.'

'We hoopten al dat je dat zou zeggen,' zei Lauren.

We gingen aan de slag, Lauren en haar notaris, Madison en ik. Ik had bedacht dat we een verklaring konden opstellen op basis van die van TopBestemmingen. We zouden niet proberen de Ouweheer na te bootsen, maar we konden wel de gezichten van Tinnenbaum en Doris digitaal kopiëren van het origineel. Vervolgens zouden we die twee de woorden in de mond leggen die wij kwijt wilden.

Madison bood aan haar vaardigheden als productiemanager van tientallen jaren terug in te zetten om de uitzending te maken. Ze belde wat mensen en stelde een audiovisueel team van deskundige Enders samen die haar garage voor vijf auto's inrichtten als studio. Ze huurde ook twee nerds in, ook Enders, om het systeem van TopBestemmingen te hacken, zodat de mededeling kon worden uitgezonden via het betaalkanaal van de onderneming. Het was geen geringe prestatie, maar Madison had genoeg geld om de mankracht en de apparatuur te kunnen betalen. Ze wilde iets terugdoen voor alle keren dat ze via de bodybank een lichaam had gehuurd. Het was een kleine genoegdoening, zei ze.

Ik ontdekte een heel nieuwe kant van de onnozele Madison die ik had leren kennen.

Intussen belden Lauren en de notaris hun hele netwerk af. De notaris kende een zekere senator Bohn, en hij hoopte hem aan onze kant te krijgen. Hij was Harrisons politieke rivaal.

Die avond zat de woonkamer vol grootouders van vermiste donors van de bodybank, maar ze zover krijgen dat ze allemaal instemden met ons plan was moeilijker dan het plan zelf.

'We hebben een weelde aan kennis in deze kamer,' zei Lauren. 'Samen hebben we duizenden jaren ervaring: artsen, juristen, een bodybuilder en zelfs een voormalig politieman. En we beschikken over een heel kapitaal. Nu Callie alle informatie heeft verzameld, hebben we eindelijk een kans om onze kleinkinderen terug te krijgen.'

Een bejaarde man stond op. 'We willen geen ruzie. Onze kleinzoon loopt nog ergens rond. Hij is kwetsbaar.'

De magere vrouw naast hem nam het woord. 'Als ik nog een maand moet wachten voordat we hem terugkrijgen, doe ik dat liever. We moeten met TopBestemmingen samenwerken om onze kleinkinderen te zoeken.'

Ik ging voor Lauren staan. 'U begrijpt het niet. Ik heb de uitzending van TopBestemmingen gezien. Ze gaan de mogelijkheid bieden een donorlichaam te houden. Uw kleinkinderen worden straks gekocht, niet meer verhuurd. Als we dit geen halt toeroepen ziet u ze nooit meer terug.'

De notaris nam het van me over. 'Doordat we ingewijden hebben als Lauren, hebben we die uitzending voor leden kunnen zien. In die uitzending werd het voornemen bekendgemaakt donorlichamen te verkopen. Lauren heeft de uitzending opgenomen en we hebben een kopie aan senator Bohn gestuurd. Als hij die kan gebruiken om een rechter te overtuigen, wordt de overeenkomst tussen de president en TopBestemmingen nietig verklaard. Als de rechter beslist dat er levensgevaar dreigt kunnen we het bedrijf laten sluiten.'

'En anders?' vroeg de magere vrouw. 'Stel dat TopBestemmingen beweert dat er met de oorspronkelijke uitzending is geknoeid, net als met die die jullie nu maken?'

Op dat moment kwam Madison de kamer in. De senioren waren verontwaardigd over haar volmaakte tienerlichaam.

'Ze is een huurder!' riep er een, en hij wees naar Madison.

'Klopt, snoes.' Madison schudde haar blonde bob naar achteren. 'Ik ben een huurder – geen koper.'

Ik liep naar haar toe en sloeg een arm om haar schouders. 'Zij staat aan onze kant en ze geeft een fortuin uit om TopBestemmingen tegen te houden.'

Het gemor hield aan. Lauren stak haar handen op.

'Alstublieft,' zei ze. 'We willen geen ruzie met huurders. Als we een kans willen hebben om TopBestemmingen te sluiten, zullen we de handen ineen moeten slaan, want als we uw kleinkinderen terug willen krijgen, zullen we snel moeten zijn, vanwege het verrassingselement.'

'Ik heb een idee,' zei ik, kijkend naar de magere vrouw. 'De technisch expert die mijn chip heeft aangepast zou kunnen getuigen. Hij heeft mijn chip bekeken en hij zei dat die nooit meer verwijderd zou kunnen worden, dat hij permanent was. Dat wijst erop dat ze altijd al van plan waren lichamen voor onbepaalde tijd te verhuren of te verkopen.'

De notaris sloeg zijn armen over elkaar en knikte. 'Dat zou beslist gunstig zijn.'

Laurens telefoon ging. Ze keek naar het scherm. 'Dat is senator Bohn.'

Ze legde het toestel bij een klein luchtscherm op een bijzettafel, zodat we de senator allemaal konden zien. Hij was het tegendeel van de dynamische senator Harrison, met zijn vriendelijke gezicht en zachtaardige glimlach.

'Senator Bohn, ik heb u op het luchtscherm,' zei Lauren. 'Zoals u kunt zien zitten we hier met een groep bezorgde grootouders.'

'Dank je, Lauren, dat je me op de hoogte houdt van jullie vorderingen. En ik wil jullie dappere donor, Callie Woodland, bedanken voor het aan de kaak stellen van TopBestemmingen.'

Ik glimlachte beleefd, maar we waren er nog lang niet.

'Alle aanwezige grootouders, dank u wel. Samen kunnen we het bedrijf sluiten en uw kleinkinderen terugkrijgen, allemaal.'

Ik keek naar de gezichten van de grootouders. De aanwezigheid van de senator, al was het maar op het luchtscherm, leek te helpen een eenheid te smeden. De kracht van een charismatische politicus.

'Ik sta voor honderd procent achter jullie,' vervolgde de senator. 'We kunnen het. Laten we onze kleinkinderen terughalen.'

Een grootvader die nog niets had gezegd, herhaalde de woorden van de senator. 'Laten we ze terughalen,' zei hij plechtig.

Een vrouw aan de andere kant van de kamer stond op. 'We gaan onze kleinkinderen terughalen.'

Er ging een instemmend gemompel door de kamer.

Madison, Lauren en ik keken elkaar hoopvol aan. Misschien zou het ons lukken.

De grootouders vertrokken met hun instructies. Senator Bohn zei dat hij de volgende ochtend zou weten hoe de rechter had geoordeeld. Ik keek toe terwijl het productieteam Tinnenbaums mond bewerkte, zodat hij zijn nieuwe tekst zelf leek uit te spreken. Het was moeilijker dan verwacht om zijn lippen synchroon te laten bewegen.

'Het is anders dan wanneer je een baby laat praten, of een hond. Dit moet naadloos aansluiten,' zei Madison tegen haar team. 'Het werkt alleen als het geloofwaardig is.'

Haar team hackers dat probeerde in het systeem van TopBestemmingen te komen had het nog zwaarder. Ik begreep het niet, maar ze stuitten op een grote technische kink in de kabel in de vorm van een vulkaanwall die een deel van hun apparatuur liet crashen. Madison zei dat het er allemaal niets toe deed, als ze er maar voor zorgden dat we onze uitzending bij de leden konden krijgen.

We lieten ze het zelf uitzoeken, want ik moest met Lauren en de notaris naar Redmonds laboratorium. Ik had zijn telefoonnummer niet, dus we konden onze komst niet aankondigen, en het liep al tegen middernacht.

In Laurens limo zocht ik in de tas die Madison me had gegeven naar een klapspiegeltje, maar tevergeefs. Ik vroeg Lauren om een spiegel. Ze aarzelde even voordat ze me er een gaf.

Ik activeerde een lamp achter me. Zodra ik mezelf zag begreep ik waarom ze had geaarzeld. Ik zag er bizar uit. Mijn gezicht was nog gedeeltelijk volmaakt, dankzij het werk van het make-overteam van de bodybank, maar ik had een blauw oog, wat kneuzingen en een grote jaap met hechtingen erin van mijn kaak tot aan mijn wang, en als ik mijn wang opzij trok zag ik het gat van de kies.

'Wil je een kam lenen?' bood Lauren aan.

'Waarom zou ik?' Ik klapte het spiegeltje dicht en gaf het haar terug.

'We kunnen je wel opkalefateren,' zei ze.

'Laten we eerst de belangrijke dingen maar in orde maken,' zei ik.

Alles viel op zijn plaats en dat kwam doordat we allemaal een doel hadden. Lauren wilde haar vermiste kleinzoon vinden; ik wilde Tyler vinden en Michael zijn lichaam teruggeven. Senator Bohn wilde senator Harrison in een kwaad daglicht stellen door zijn dealtje tussen de bodybank en de regering te openbaren, en de notaris deed mee vanwege het geld.

Ik wist niet of het zou lukken. Als er ook maar iets misging, als de uitzending niet geloofwaardig was of als de hackers niet in het systeem van TopBestemmingen konden komen, viel ons hele plan in duigen, maar er stond zoveel op het spel voor Lauren, de grootouders en mij dat we geen keus hadden.

Toen we bij het complex met Redmonds laboratorium aankwamen, zagen we meteen dat er iets niet in de haak was. Het gebouw werd fel verlicht door schijnwerpers, de ingang werd versperd door twee politieauto's en er stonden mensen te kijken. Ik sprong uit de limo, op de voet gevolgd door Lauren en de notaris. Ik zag een rookpluim in de lucht, maar vanaf de plek waar ik stond kon ik het gebouw niet zien. Een politieman met kort wit haar hield ons tegen.

'Verboden toegang, mensen,' zei hij.

'Wat is er gebeurd?' vroeg Lauren.

'Dat proberen we uit te zoeken,' zei hij. 'Achteruit, alstublieft.'

Een Ender in overall met een hond aan een ketting kwam naar ons toe. 'De boel is ontploft,' zei hij. 'Die jongeren hebben niets beters te doen dan alles kapotmaken wat wij opbouwen.'

Terwijl de politieman werd afgeleid door de Ender, rende ik naar Redmonds gebouw.

'Hé, blijf staan!' riep de politieman me na.

Ik rende de hoek om en bleef verbijsterd staan. Het gebouw was veranderd in een verkoold skelet. Een hoek van het dak was compleet weg, alsof een monster er een hap uit had genomen. Brandweerlieden zochten in de smeulende resten.

Ik hoorde stemmen binnen en rende het gebouw in.

'Hé, wegwezen. Het is hier niet veilig,' riep een brandweerman me toe.

Alles binnen was verbrand: alle schermen en computers, zelfs die aan het plafond. De stank van de gesmolten computeronderdelen was niet te harden. Ik hield mijn mouw voor mijn mond. Redmonds verbrande, verwrongen stoel droop van het water, als een conceptueel kunstwerk. Het was één verschrikkelijke, drassige zwarte troep.

'Waar is Redmond?' vroeg ik. 'De man die hier woont?'

'We hebben geen lichaam gevonden,' zei een brandweerman. Hij keek om zich heen en stak machteloos zijn handen op. 'Nog niet.'

Redmond was te waardevol om te vermoorden. En te slim om zich te laten vangen. Ik durfde te wedden dat hij was ontsnapt en ergens was ondergedoken. We zouden het zonder zijn getuigenverklaring moeten redden.

Toen schoot het kistje me te binnen.

De brandweermannen waren aan de andere kant druk bezig met hittemetingen. Ik leunde iets naar voren en legde mijn vingers op het paneeltje op de archiefla. Ik kuchte om het klikje te maskeren waarmee de la opensprong. Ik gluurde erin en pakte het metalen kistje met mijn mouw over mijn hand. Het voelde licht en koel aan. Ik zag dat Redmond de naam HELENA op het etiket had veranderd in CALLIE.

Ik stopte het kistje in mijn zak.

Voordat een van de brandweermannen me eruit kon zetten, liep ik zelf naar de deur. Daar bleef ik staan om een laatste blik op het lab te werpen. Ik had Redmond maar één keer gezien en kende hem dus niet goed, maar hij was min of meer mijn schepper, als je het zo kon stellen. Hij was belangrijk voor me. Het deed me pijn om al zijn werk verwoest te zien.

Ik voegde me bij Lauren en de notaris, die aan de rand van het terrein stonden, in het rode licht van een politieauto. 'Ze zeiden dat iemand had gezien dat een jonge jongen het had gedaan,' vertelde de notaris me.

'Ja, een jonge jongen met een moordlustige senior in zijn lijf,' zei ik. 'Dit riekt naar de bodybank.'

Laurens gezicht werd vertroebeld door angst. Ik hoopte maar dat dit incident haar niet op andere gedachten zou brengen ten aanzien van onze plannen.

'Is er iets weg?' vroeg de notaris me.

'Ik weet het niet, maar ik heb iets wat ons kan helpen.' Ik klopte op mijn zak.

'Wat dan?' vroeg Lauren.

'Een computerbestand met Redmonds aantekeningen over mijn chip, hoe hij heeft vastgesteld dat die permanent is geïmplanteerd.'

'Uitstekend,' zei de notaris. 'Goed gedaan.'

Hij was blij, maar ik vond het verschrikkelijk voor Redmond. Had ik TopBestemmingen op zijn spoor gezet? Was het allemaal mijn schuld? Eerst Sara, nu Redmond. Wie zou er nog meer door mijn toedoen moeten lijden voordat dit voorbij was?

27

TOEN IK de volgende dag naar de bodybank liep was het alsof ik een nachtmerrie opnieuw beleefde. Ik had er vaak aan gedacht, vervuld met angst en afschuw, en ik had me afgevraagd of Helena daarbinnen was, of mijn broertje er was, of de Ouweheer er was. Ik was bang geweest. Helena had me gewaarschuwd dat ze me zouden doden en dus was ik er uit de buurt gebleven.

Deze keer was het anders. Nu was ik er klaar voor. Nu had ik versterking.

Maar mijn helpers hielden zich op afstand, zoals afgesproken. In mijn zak was een waarschuwingszendertje genaaid, half zo groot als een rijstkorrel. We hadden een benaderingsplan in drie stappen opgesteld, en de eerste stap zou worden gezet door één iemand: ik.

Toen ik naar de hoge dubbele deur liep bestierf de glimlach de portier op de lippen. Hoe dichter ik bij hem kwam, hoe verder zijn mondhoeken naar beneden trokken. Hij leek bang te zijn, maar ik wist niet of het door mijn gehavende gezicht vol hechtingen kwam of doordat hij me herkende.

Misschien was ik berucht. Ik schoot bijna in de lach.

Ik moest de deur zelf openduwen, want de portier gaapte me

alleen maar aan. Ik keek terug, ook toen ik naar binnen liep. Ik was de drempel nog niet over of er kwam een bewaker naar me toe die met een wapendetector langs mijn lichaam streek. Mijn waarschuwingszendertje zou deze test moeten doorstaan.

'Ik heb geen wapens,' zei ik. 'Alleen mijn grote mond.'

De bewaker leek er genoegen mee te nemen.

Meneer Tinnenbaum rende zijn kamer uit en riep: 'Pak haar!'

De bewaker draaide mijn armen op mijn rug en hield me vast.

'Je bent dus van lichaam veranderd,' zei ik tegen Tinnenbaum. 'Waarom, was je op dat van Lee uitgekeken?'

Hij keek me kwaad aan.

Ik zette grote, verbaasde ogen op. 'Weet je, de eerste keer dat ik hier was, was iedereen blij me te zien.'

Doris kwam haar kamer uit. 'Wat kom je hier doen?'

'Ha, Doris. Dat gezicht past veel beter bij je dan dat van Briona,' zei ik.

'Over gezichten gesproken.' Ze kneep met haar duim en wijsvinger mijn wangen naar elkaar toe. 'Al dat werk dat we aan je hebben gehad. Allemaal voor niets.'

Ik trok mijn hoofd los. 'Nu alleen Rodney nog, dan is het trio compleet.'

Tinnenbaum bracht zijn gezicht dicht bij het mijne. 'Je ziet er vreselijk uit. Wat kom je doen?'

'Ik kom voor hem,' zei ik. 'De Ouweheer.'

Doris en Tinnenbaum keken elkaar aan. Doris schudde haar hoofd. Uit hun reactie, en de lichte aarzeling, leidde ik af dat hij er inderdaad was. Ik wist wat zij niet wisten: dat de Ouweheer me dolgraag wilde zien.

'Ik wacht wel,' zei ik.

Een kwartier later stapte ik begeleid door de bewaker en Tinnenbaum in een lift die uitkwam op een lange, bochtige gang. Ik had niet het idee dat we op weg waren naar het kantoor van een directeur en bleef staan.

'Waar brengen jullie me naartoe?' vroeg ik.

'Je wilde hem toch zien?' zei Tinnenbaum.

'Zit zijn kantoor hier?'

'Hij doet alles graag op zijn eigen manier.'

Het stond me niet aan. Uiteindelijk kwamen we bij een metalen deur. Tinnenbaum richtte zich tot een onzichtbaar paneel in de muur.

'We hebben haar hier, meneer.'

De deur schoof open, de muur in. Binnen was het donker, bijna helemaal zwart, maar een kleine plafondlamp bescheen ons in de deuropening.

'Kom binnen,' zei de metalige, vervormde stem van de Ouweheer.

'Meneer?' zei Tinnenbaum vragend.

'Laat haar los.'

De bewaker gehoorzaamde.

'We staan vlak achter de deur,' zei Tinnenbaum.

De deur gleed dicht en het werd nog donkerder. Ik hoorde voetstappen. Ze leken van heel ver weg te komen. De kamer moest heel groot zijn, groter dan een gewone kantoorkamer of zelfs een vergaderruimte. Het eerste wat ik zag was een lichtpuntje, een spookachtig baken aan de andere kant van de ruimte. Toen ik dichterbij kwam zag ik dat het het elektronische masker van de Ouweheer was. Het gezicht dat erop werd geprojecteerd had niets menselijks.

Het was een slangenkop met glanzende schubben en grote, donkere ogen. Een rood met zwarte, gevorkte tong flitste tevoorschijn.

Mijn hart bonkte pijnlijk in mijn borst. Ik stopte mijn hand in mijn zak en drukte op het zendertje om de anderen te waarschuwen dat ik de Ouweheer had gevonden. Nu hoefde ik alleen nog maar tijd te winnen.

'Waarom kom je nu?' vroeg hij. 'Je had gewoon met de andere jongens en meisjes in de bus kunnen stappen.'

'Ik wil een deal met u sluiten.'

'Een deal? Wat voor deal?' De slang opende zijn bek en ik zag zijn giftanden.

De beelden waren gekozen om me bang te maken. Ik deed mijn best om mijn stem vast te laten klinken. 'Mijn leven in ruil voor dat van mijn broertje.'

'Tyler?'

'Ja.' Ik wachtte op een reactie die kon bevestigen dat Tyler hier ergens was, zoals ik vermoedde.

'Ik weet niet of dat wel zo'n goed idee is. Hoe weet ik of je niet wegloopt?'

'U kunt vast wel een manier verzinnen om me hier te houden.'

De slangenkop veranderde opeens in het gezicht van een vrouw, verwrongen van verdriet. Ik snakte naar adem. De Ouweheer lachte.

'Wie is dat?' vroeg ik. De vrouw huilde en jammerde.

'Gewoon een heel bedroefde dame. Ik denk dat iemand haar kinderen heeft vermoord,' zei hij. 'Haar man, misschien.'

'Wat gruwelijk,' fluisterde ik.

'Maar we hadden het niet over haar, we hadden het over Tyler.'

Ik huiverde toen ik de metalige stem de naam van mijn broertje weer hoorde zeggen. 'Als u hem laat komen en ik hem kan zien, geef ik mijn leven in ruil voor het zijne.'

'Jouw lichaam voor het zijne?'

'Ja.'

'Dat lijkt me niet helemaal eerlijk. Hij is jonger.'

'Maar hij is niet gezond.'

'Daar zeg je iets.'

Het gezicht veranderde in dat van een vrouw die in het nieuws was geweest omdat ze haar man en kinderen had vergiftigd.

'Wilt u daarmee ophouden?' vroeg ik.

'Je lef bevalt me wel, Callie. Ik neem je aanbod aan.'

'Echt waar?'

'Ja. Maar ik laat hem niet hier komen. Je zult me op mijn woord moeten geloven.'

Nu was het mijn beurt. 'Dat lijkt me niet helemaal eerlijk.'

'Ik geloof niet dat het woord "eerlijk" van toepassing is op dit gesprek.'

'Toch wel,' zei ik. 'U hebt het als eerste genoemd.'

'Je bent bijdehand. Petje af.'

'U zult me iets moeten geven.'

'Wat?' vroeg hij. 'Wat lijkt jou eerlijk?'

'Zet uw masker af,' zei ik bedaard.

Hij zweeg even. Het gezicht van de vrouw bewoog niet meer.

'Mijn masker afzetten?'

'Ja,' zei ik met stemverheffing. 'Laat me uw ware gezicht zien.'

Hij veranderde het gezicht van de vrouw in dat van een beroemde, dik geschminkte mimespeler. 'Hier heb je het.'

'Ik dacht het niet.'

'Meer krijg je niet.'

'Dan hebben we geen deal.'

Hij zweeg even. Toen zei hij zelfverzekerder dan tevoren: 'Ik hoef geen deal met je te sluiten.'

'Het verschil tussen ons is dat ik me wél aan mijn woord hou.

Als we het eens kunnen worden, blijf ik hier dus uit vrije wil. Definitief. U krijgt mij, in ruil voor een broertje dat ik niet kan zien, als ik één blik op uw gezicht mag werpen. Meer vraag ik niet.'

'Je begrijpt nog steeds niet dat je hier in het nadeel bent, in mijn gebouw, met mijn mensen.' Hij zweeg weer even en keek naar beneden. 'Hou je zoveel van hem dat je dit voor hem wilt doen?' vroeg hij toen.

'Hij heeft alleen mij.'

Alle gezichten die ik al had gezien flitsten over zijn masker, in een snelle opeenvolging, eerst van links naar rechts en toen van beneden naar boven. Toen liepen alle stukjes in elkaar over en zag ik de gezichten voorbijflitsten: een oorlogsmisdadiger, een seriemoordenaar, een slachtoffer van verbranding en een vrouw die snikte om een onuitsprekelijk verdriet.

Het masker splitste zich in vier delen en uiteindelijk wervelden de gezichten door elkaar heen tot ik alleen nog maar een verschrikkelijke mengelmoes van ellende zag, die des te afschuwelijker werd door de holle stilte in de ruimte. Het enige wat ik hoorde was mijn eigen gejaagde ademhaling.

'Is dit wat je wilt, Callie? Wil je mijn ware gezicht zien?'

'Uw ware gezicht, geen elektronische collage.'

'Mijn ware gezicht.' Zijn stem klonk kalm. Berustend.

'Ja.' Het klonk als een zucht.

'Goed dan.'

Er klonk een metalige klik. Het elektronische gezicht werd schemerig en ten slotte zwart.

Ik wachtte in de duisternis.

28

IK HOORDE de voetstappen van de Ouweheer naderen, maar hij zei niets. Stond hij naast me? Ik hoorde hem niet ademen. Toen snapte ik het. Het waren geen echte voetstappen, maar elektronische, gesynthetiseerde geluiden, net zoals zijn stem. Dit was een man die speelde met illusies; hij kwam niet naar me toe.

Hij was weggelopen.

Ik was alleen met de doodse stilte in het pikdonker. Ik tastte achter me naar een lichtsensor die ik eerder had gezien en legde mijn handpalm erop. Spots floepten aan en wierpen plassen licht op lege plekken; ik was inderdaad alleen in een grote, lege ruimte.

Ik draaide me om en zag een monitor hoog aan de muur hangen waarop de chaos in de lobby te zien was. Een groep politiemensen sloeg werknemers van de bodybank in de boeien.

Fase twee. Ik drukte weer op mijn zakalarm.

'Hij is weg!' riep ik.

De twee politiemannen die me van een afstandje hadden bewaakt stormden het vertrek binnen.

'Waar is hij naartoe?' vroeg de grootste.

'Ik weet het niet, ik kon het niet zien.'

Het vertrek had nog drie deuren, afgezien van die waardoor ik binnen was gekomen, en de Ouweheer kon door alle vier zijn gevlucht. De politiemannen en ik kozen alle drie een deur. De mijne kwam uit op een korte gang met twee liften aan het eind. Ik hoorde ze allebei zoemen, maar wist niet of ze naar boven of naar beneden op weg waren. Ik drukte op het paneel, stapte in de eerste die stopte en ging naar de parkeergarage beneden.

De garage was schemerig verlicht. Dicht bij de liften stonden de duurdere auto's, en de goedkopere, van het personeel, stonden verderop. Ik bukte om onder de auto's te kijken, maar vond niemand. Ik wilde de Ouweheer vinden en dat masker van zijn gezicht rukken, hem naakt zien.

Ik bleef staan en luisterde. Misschien had hij zich verstopt. Ik hield mijn adem in en hoorde schuifelende voetstappen. Ik draaide me om en zag iemand in de schaduw tegen de muur staan, weggedoken achter een suv.

Ik rende erheen. Dit deel van de garage was donker. De gestalte vluchtte, maar hij kon geen kant op. Toen hij bij de achterste muur aankwam zakte hij door zijn knieën en bleef zitten.

Het was Terry, de broeder met eyeliner. Hij huilde.

'Snoezepoes, zorg dat ze me niet arresteren,' zei hij. 'Ik hou het niet uit in de gevangenis.'

'Help me, dan zal ik zien wat ik voor je kan doen.' Ik pakte zijn elleboog en hielp hem overeind. 'Waar zou de Ouweheer zich verstoppen?'

'Hij zou zich helemaal niet verstoppen. Hij zou gewoon weggaan.'

'Waar staat zijn auto?'

'Hij zou niet met de auto gaan.' Zijn opgemaakte ogen keken naar boven. 'Hij zou de heli nemen.'

Terry en ik spurtten de trappen op naar het dak. Ik was kwaad op mezelf omdat ik niet meteen aan de heli had gedacht.

'Ik wist gewoon dat het een keer moest gebeuren,' zei Terry. Zijn wangen zaten vol vegen zwarte oogmake-up.

'Dan had je misschien ontslag moeten nemen.'

We stormden door de deur naar het dak en renden de kou in.

Het ronken van de schroefbladen en een windvlaag sloegen ons in het gezicht. Ik keek door het haar dat voor mijn ogen zwiepte en zag de heli een meter of vijf verderop op een platform staan. Hij vloog nog niet.

Door het gebogen raam zag ik de Ouweheer achter de piloot zitten. Hij keek de andere kant op. Ik rende erheen en bukte me om de schroefbladen te ontwijken. De piloot gebaarde naar de Ouweheer, die zijn hoofd mijn kant op draaide.

Zijn gezicht was dat van een mummie uit een horrorholo.

Ik ging op het landingsgestel staan, pakte de hendel van het portier en rukte het open. Toen de Ouweheer naar het portier reikte om het weer dicht te trekken pakte ik zijn arm.

Ik trok aan zijn mouw en hield me met mijn andere hand vast aan de portierstijl. Naast de Ouweheer lag iemand in een zak. Ik kon niet zien hoe groot hij of zij was, en of hij of zij nog wel leefde. Terry stond achter me, maar kon niet dichterbij komen. Ik vocht alleen tegen de Ouweheer.

Het lukte me hem half uit de helikopter te trekken. Ik reikte naar de rand van zijn masker.

'Wat heb je te verbergen?' riep ik boven het geronk van de schroefbladen uit.

319

Hij klampte zich met een hand vast aan de heli en probeerde me met de andere van zich af te duwen.

'Waar is mijn broertje?' schreeuwde ik, en ik zette mijn vingers in zijn wang.

Hij zette zijn voet op mijn maag en duwde. Ik liet hem niet los. De piloot trok een wapen en richtte het op me. Ik kon niets beginnen. Ik was er geweest.

De Ouweheer duwde de arm van de piloot opzij. Ik wist niet waarom. Toen hij me losliet verstijfde ik. Hij riep iets naar de piloot, die de heli liet opstijgen terwijl ik nog op het landingsgestel stond. Vanuit mijn ooghoek zag ik Terry naar me gebaren dat ik moest springen.

We kwamen van de grond. Als ik nu niet sprong, zou ik de helikopter in moeten klauteren. Ik gaf een laatste ruk aan het masker en sprong. Het masker scheurde, maar bleef zitten. Toen ik achteroverviel zag ik de Ouweheer het masker tegen zijn gezicht drukken en het portier sluiten.

Ik landde op mijn rug. Terry rende op me af om me te helpen, maar ik wuifde hem weg. Ik was niet gewond – alleen boos en gefrustreerd omdat de Ouweheer zoals altijd was ontsnapt.

Lauren, de notaris en de twee politiemannen voegden zich bij ons, maar het was al te laat. Ik keek naar de heli van de Ouweheer, die via de lucht ontsnapte, gekweld door die ene vraag: had Tyler in die zak gezeten?

We gingen terug naar de begane grond, waar de politie de medewerkers van TopBestemmingen tegen de muur had gezet. Tinnenbaum, Doris en Rodney stribbelden tegen en eisten hun telefoons terug, zodat ze hun advocaten konden bellen. De bewakers, de receptioniste en een paar anderen zaten berustend op de vloer. Een paar mensen huilden. Trax, de technicus, zat met zijn hoofd in zijn handen. Een verpleegster gilde tegen een politieman. Intussen praatte senator Bohn recht in een camera. Een geluidsman hield hem een microfoon voor.

Ik liep naar Tinnenbaum. 'Waar is mijn broertje?'

Hij schudde zijn hoofd. Ik wilde hem aanvliegen, maar de notaris hield me tegen.

'Je weet dat de Ouweheer niets loslaat,' zei Doris. 'Als we het wisten zouden we je het wel vertellen.'

Een politieman kwam tussenbeide. Ik wilde aandringen, maar iedereen had alleen nog maar oog voor de hoofdingang. Er kwam een aantal adembenemende tieners binnen. Hun oogverblindend mooie gezichten stonden verbaasd.

Fase drie.

'Wat gebeurt hier?' vroeg een lange blondine. 'We hoorden dat we hierheen moesten komen.'

'Wie heeft dat gezegd?' De senator hield de microfoon onder haar neus.

'Hij.' Een donkere jongen wees. 'Tinnenbaum.'

'Absoluut niet,' zei Tinnenbaum.

De huurder in het lichaam van de jongen knikte. 'O, toch wel, man. Je hebt in een besloten uitzending van TopBestemmingen gezegd dat we allemaal terug moesten komen naar de bodybank, dat er iets met onze chip was.'

'Ik heb geen fortuin betaald om mijn jeugdavontuur voortijdig te laten afbreken,' zei de blondine, 'maar als er iets mis is, kunnen we het maar beter snel in orde maken, hè?'

Ik keek naar Lauren. Ze glimlachte. Onze oproep had gewerkt. Er stroomden steeds meer huurders de lobby in, allemaal met dezelfde verbaasde uitdrukking op hun gezicht. Het rumoer van de bevoorrechte Enders in tienerlichamen die antwoorden eisten begon ondraaglijk te worden.

Iemand met een bekend gezicht baande zich een weg tussen de anderen door. Haar lange oorbellen bungelden onder haar blonde bob. Toen ze ons had bereikt sloeg ik een arm om haar schouders en keek senator Bohn aan.

'Dit is Madison,' zei ik tegen hem. 'Zij heeft die uitzending geproduceerd.'

De senator gaf haar een hand.

'Waar is Trax?' vroeg Madison.

De lange Ender met de dikke bos woest, wit haar en handboeien om stond op.

'Kom op, lekker ding, breng me naar mijn lichaam,' zei Madison.

Een politieman maakte Trax' boeien los, pakte zijn arm en bleef die vasthouden. Trax leidde Madison, Lauren en haar notaris, senator Bohn en mij door de gangen naar het hart van de bodybank. De cameraman en de geluidstechnicus liepen met ons mee en namen alles op. We werden gevolgd door het grootste deel van de grootouders en een grote, rumoerige groep huurders in tienerlichaam. Ten slotte kwamen we bij een ruimte die ik nooit eerder had gezien, Trax noemde het de wachtkamer. Het was een grote ruimte die aan een intensive care deed denken, met in het midden een ronde zusterspost. Rond de post waaierden de ligstoelen uit als bloemblaadjes, en op allemaal lag een huurder. Het moesten er meer dan honderd zijn, allemaal met hun ogen dicht en snoertjes op hun achterhoofd waarmee ze verbonden waren aan een computer.

De verpleegkundigen schrokken van onze komst, maar deden wat we zeiden, mogelijk omdat de senator erbij was en ze werden gefilmd. Sommige huurders leken er al maanden te liggen, te oordelen naar hun haar- en baardgroei. Ze varieerden in leeftijd van rond de tachtig tot honderdvijftig.

Madison schreed op haar lange benen naar een stevige vrouw van een jaar of honderdvijfentwintig die, net als de andere huurders, een ziekenhuispon droeg en tot aan haar middel was bedekt met een deken.

Madison wees naar de forse vrouw en zei tegen Trax: 'Help me even en stop me terug in mijn ouwe, dikke lijf. Het stelt misschien niet veel voor, maar het is wel van mij.'

Trax bood Madison een stoel aan, liep naar de zusterspost en legde zijn handen op een verticaal toetsenbord. Hij sloeg een reeks toetsen aan die zachte tonen voortbrachten. Ik volgde zijn omhoog gerichte blik en zag een ronde computermodule onder het plafond hangen. De lichtjes flikkerden om beurten. Toen hielden de lichtjes en de geluiden op.

Iedereen leek zijn adem in te houden, zo stil was het. Toen deed de dikke vrouw op de ligstoel haar ogen open. Trax liep naar haar toe en legde een hand op haar schouder.

'Alles goed?' vroeg hij.

De vrouw schudde haar hoofd alsof ze lang had geslapen. 'Het kon niet beter.' Ze wachtte tot hij de snoertjes van haar hoofd had gehaald en ging toen rechtop zitten. 'Hallo, Callie,' zei ze. 'Dit ben ik echt. Rhiannon.'

Ik glimlachte naar haar.

De echte Madison, de tienerdonor, hing met haar ogen dicht in de stoel. Haar spieren trokken als die van een kat met een nachtmerrie. Toen deed ze haar ogen open. Haar blonde bob hing voor haar gezicht. Ze ging rechtop zitten.

'Waar ben ik?' vroeg ze met een zachte, verlegen stem. Ze keek om zich heen. 'Wie zijn al die mensen?'

Haar stem was herkenbaar, maar toch anders.

Rhiannon boog zich naar Madison toe en legde een hand op haar schouder. 'Stil maar, lieverd, je bent weer bij TopBestemmingen. Je verhuurtermijn zit erop.'

Sommige huurders waren niet blij met het idee dat hun huurtermijn voortijdig zou worden afgebroken en protesteerden luidkeels. De senator, de voormalige politieman, de notaris en Trax staken de koppen bij elkaar en besloten dat gewoon de stekker eruit trekken de beste en eenvoudigste oplossing was.

'Oké, allemaal op de vloer gaan zitten,' zei de senator. 'Nu.'

Maar een paar van de morrende senioren in hun gehuurde tienerlichaam gehoorzaamden. Trax werkte dezelfde procedure af waarmee hij Madison had afgesloten en de tieners die niet op de vloer waren gaan zitten, lagen er al snel. De senioren op de ligstoelen kwamen in beweging. We deden ons best om de arme tienerdonors, die geen idee hadden waarom ze op de vloer wakker werden, gerust te stellen.

Ik keek om me heen. In de verte zag ik iemand die ik kende. Michael.

Hij was veilig. Ik knielde naast hem.

'Michael?'

Hij keek me versuft aan. 'Cal?' Hij hees zich op zijn ene elleboog op. 'Wat is er met je gezicht gebeurd?'

Ik voelde aan mijn kaak. 'Een paar heftige onwelgezinden.'

'Doet het veel pijn?'

'Ik kan er wel tegen.'

'Waar ben ik?' Hij ging rechtop zitten en wreef over zijn hoofd.

'Bij de bodybank.'

Hij liet het even op zich inwerken. 'De bodybank. Is mijn verhuurtermijn voorbij?'

'Helemaal voorbij.' Ik sloeg mijn armen om hem heen en hield hem vast.

Hij omhelsde mij ook, en ik herinnerde me weer hoe veilig ik me altijd bij hem voelde. Ik drukte mijn neus in zijn shirt. Ik had wel altijd zo kunnen blijven zitten, maar ik moest aan Tyler denken. Als hij hier was zou ik hem vinden. Ik hielp Michael overeind. Alle donors stonden nu bij te komen.

Lauren kwam met senator Bohn naar me toe. Ze maakten een gespannen indruk.

'We weten het niet zeker, dus verwacht er niet te veel van, maar we zouden kunnen weten waar je broertje is,' zei de senator.

De senator en ik haastten ons met Trax en een politieman door een lange gang.

'Ik wist niet dat hij je broertje was,' zei Trax hoofdschuddend.

'En Florina?' vroeg ik. 'Is er een meisje bij hem?'

'Nee, hij is alleen,' zei Trax.

Onder het lopen vertelde hij me dat de Ouweheer eerder die dag bij hem was geweest. Hij had gevraagd of de procedure ook werkte op een prepuberaal brein. Die vraag had geleid tot de vraag hoe groot het brein in kwestie was, en Trax had Tyler onderzocht.

'Maar ik weet niet of hij er nog is.' Trax fronste zijn wenkbrauwen. 'Ik heb hem vanochtend om halfacht voor het laatst gezien. De Ouweheer sleepte hem overal mee naartoe.'

'Wie zorgde er voor hem?' vroeg ik.

Trax haalde zijn schouders op.

'Laten we dan maar opschieten.' Ik pakte zijn arm en trok hem mee.

We renden door een deur met het opschrift VERBODEN TOEGANG

en namen nog een paar bochten tot we bij een korte gang kwamen met aan het eind een afgesloten deur.

Trax haalde zijn handpalm langs een leespaneel en de deur sprong open. Ik rende zo haastig naar binnen dat ik Trax bijna omver gooide.

Ik stond in een kantoorkamer zonder ramen met weinig meer dan een archiefkast en een paar tafels erin. Tegen een muur stond een smal bed met een slordige hoop dekens erop. Ik trok ze weg.

Er lag niemand onder.

Ik plofte op het bed en rook aan de lakens. Tyler was hier geweest. Ik zag de afdruk van zijn lichaam nog in het onderlaken. 'Hij is weg,' zei ik. 'Hij heeft hem meegenomen. De Ouweheer heeft hem meegenomen.'

De politieman inspecteerde de kast en de aangrenzende wc. Hij trok zelfs de laden open, al wisten we allemaal dat het geen zin had.

Ik barstte in huilen uit. Ik kon er niets aan doen. De tranen stroomden over mijn wangen. Ik had al het mogelijke voor hem gedaan, alles, en nu was hij weg. Ik wist waar hij was. Bij de Ouweheer in die heli. Ik was vlak bij hem geweest. En ik was hem kwijtgeraakt.

'Hij is hier wel geweest. Echt waar,' zei Trax.

Senator Bohn en hij keken voor zich uit. Ik zakte op de rand van het smalle bed. Het maakte niet uit wat ze van me vonden of hoe stom ik eruitzag met mijn snotneus. Het was compleet hopeloos. Ik was door de modder gehaald, ik had alles gedaan wat ik kon, en toch had ik mijn broertje niet gevonden.

Pap, ik weet dat ik het je heb beloofd. Ik heb mijn best gedaan. Echt.

Ik voelde me leeg vanbinnen. Tyler was alleen en bang, opgesloten in een zak. Bij de Ouweheer. Mijn lichaam schokte en ik begon harder te snikken.

Trax stak zijn arm naar me uit om me te troosten. 'Ik vind het heel erg voor je.'

'Blijf van me af,' zei ik, en ik sloeg zijn hand weg. Ik stond op en haalde zwoegend adem. 'Je kunt niets zeggen waar ik iets aan heb. Jullie van de bodybank zijn hier verantwoordelijk voor. Hoe kon je hem dit aandoen? Hij is nog maar een jochie. Een jochie dat nooit de kans heeft gehad om kind te zijn.' Ik draaide me om naar senator Bohn. 'Jullie Enders, het is allemaal jullie schuld. Waarom hebben jullie niet iedereen ingeënt? Als jullie niet zo gierig waren geweest, hadden we nu niet met deze puinhoop gezeten.'

De senator keek gekweld. Hij vouwde zijn handen in zijn nek.

De politieman, die op inspectie was geweest, kwam terug. Hij schudde zijn hoofd naar senator Bohn. 'Hij is er niet.'

Iets aan die woorden, uit de mond van een politieman... Ik had me vaak voor de politie verstopt. Dan hoopte ik dat ze mij, mijn vrienden of welke andere Starter dan ook niet zouden vinden. Nu hoopte ik juist dat mijn broertje wél gevonden zou worden.

Het probleem, besefte ik, was dat Tyler niet tevoorschijn zou komen als hij een politieman zag. Hij zou doodsbang zijn en zich verstoppen.

We verstopten ons altijd op plekken waar de politie nooit zou kijken. Tussen muren. In het volle zicht. Op een hoge plek.

Ik keek om me heen.

De Enders keken wantrouwig toe, alsof ze bang waren voor wat ik zou kunnen doen. Ik keek naar het plafond. Als Tyler wel de politieman had gezien, maar mij niet... en als hij me niet had gehoord...

Ik ging naar de wc en keek omhoog. De Enders liepen achter me aan en verdrongen zich in de deuropening. Het deksel van de wc-bril was dicht. Dat was mijn eerste aanwijzing.

Ik ging erop staan.

De mannen stapten naar voren en staken hun armen uit alsof ik elk moment zou kunnen vallen en zij me moesten vangen. Ik klom op het fonteintje. Ik zag vingerafdrukken op een plafondtegel en drukte ertegen.

'Kom maar, Tyler,' riep ik naar het plafond. 'Ik ben het.'

Ik tilde de tegel op en schoof hem opzij. Tyler gluurde als een schuw vosje naar buiten.

'Callie?'

Mijn hart bonkte in mijn keel. 'Tyler. Kom hier, jij.'

Ik trok hem uit zijn verstopplek en de politieman ving hem op. Toen sprong ik van het fonteintje en drukte Tyler zo dicht mogelijk tegen me aan. Ik kuste hem op zijn kruin en snoof de zoete geur van zijn babyzachte haar op. Mijn borst voelde zo licht aan dat het was alsof er een vrachtwagen van af was getild. Tyler huilde. Ik huilde. De mannen huilden.

En ik liet niet los.

Na veel knuffels en zoenen, en nadat we hadden vastgesteld dat Tyler niets ernstigs mankeerde, brachten de Enders ons terug naar de lobby, waar het geluidsniveau van een tien naar een vijf was gezakt. We stelden Tyler aan Lauren voor. Senator Bohn pakte een deken van een ligstoel en wikkelde mijn broertje erin.

'Maakt hij het goed?' vroeg Lauren aan mij.

'Hij heeft me eten gegeven, de Ouweheer, en medicijnen,' zei Tyler. Ik betwijfelde of hij het uit menslievendheid had gedaan, maar dat zei ik niet tegen Tyler. Toen schoot Florina me te binnen. Ze had met Tyler in het hotel gezeten.

'Tyler, waar is Florina gebleven?' vroeg ik.

'Ze hebben haar uit de auto gezet.'

'Wat?'

'Ze namen ons mee, reden een stukje en duwden haar toen de auto uit.'

'Ik hoop dat het goed met haar gaat.'

Tyler knikte. 'Ik heb haar zien opstaan.' Hij dacht even na. 'Wist je dat ze een oudtante had? In Santa Rosa?'

Ik schudde mijn hoofd.

'Ze heeft me over haar verteld. Misschien is ze daarheen gegaan,' zei Tyler.

De senator aaide hem over zijn bol. Een politieman gaf de senator een lijst van huurders, gekoppeld aan hun donor, en ze kwamen allemaal binnen. De senator vroeg ze in paren te gaan staan: Madison naast Rhiannon, Lee naast Tinnenbaum, Raj naast Rodney en Briona naast Doris. Michael stond naast een afgeleefde Ender met een grote neus en een bolle buik. Hij moest minstens tweehonderd zijn. Dus die had me bepoteld terwijl hij in Michaels lichaam zat? Het maakte me misselijk.

De rij Starters en Enders kronkelde door de gang. Lauren, Tyler en ik liepen erlangs en tuurden naar alle gezichten, maar ik vond niemand die op Emma leek en Lauren zag haar Kevin nergens.

'Ik wist dat het een schot voor de boeg was,' zei Lauren, 'maar je blijft altijd hopen.'

'We blijven zoeken.' Ik legde een hand op haar schouder. 'We zullen niet rusten tot we ze hebben gevonden.'

Tegen de tijd dat alles was opgelost, was de lange nacht al overgegaan in de ochtend. Grootouders kwamen hun kleinkinderen ophalen. Ze waren verbaasd toen ze de niet-opgeëiste minderjarigen in de ochtendschemering zagen verdwijnen, maar ik snapte het wel. Ze vertrouwden de Enders niet.

Tyler lag op een bank in Doris' kamer te slapen. Michael en ik hingen onderuitgezakt op de stoelen bij haar bureau. We voelden ons afgepeigerd en sliepen zelf ook half. Dat was tenminste mijn manier om Michaels afstandelijkheid goed te praten.

'Zo, dus Florina heeft een oudtante in Santa Rosa,' zei ik.

'Ja. Ze zei dat die haar voogd wel zou willen worden.'

'Ze boft maar.'

'Ze had gezegd dat ik met haar mee mocht. Niet als opgeëiste, natuurlijk.'

'Waarom heb je het niet gedaan?'

Hij haalde zijn schouders op. 'Het is me daar te koud.'

Ik knikte.

'We zullen ons geld wel niet krijgen, hè?' zei hij.

'Ik zou er maar niet op rekenen.'

'Al die toestanden.' Hij schudde zijn hoofd. 'We hebben ons leven op het spel gezet... voor niets.'

'Hé, het is niet helemaal voor niets geweest. We hebben er wel een hypermoderne chip in ons hoofd aan overgehouden.' Ik lachte. Wat konden we anders doen? Ik was blij dat ik mijn kleine clan weer bij elkaar had, al konden we nergens heen. Toedeloe, matrassen en douches; hallo, harde betonnen vloeren en emmers koud water.

Lauren kwam binnen.

'Callie, kan ik je even spreken?'

Ik keek naar de slapende Tyler. Michael knikte en zei dat hij op hem zou passen.

'Dit wil je vast graag horen,' zei Lauren met een glimlach.

Ze nam me mee naar Tinnenbaums kamer, waar haar notaris nu

achter het bureau zat. Toen ik de fontein zag die me die eerste keer zo had geïmponeerd, liepen de rillingen me over de rug.

'Mevrouw Winterhill had een testament. Jij staat erin.'

Ik keek naar Lauren, die naar een stoel tegenover het bureau wees en zelf in de andere ging zitten.

'Maar wanneer heeft ze...?' vroeg ik.

'Ze heeft je in haar testament opgenomen voordat ze je huurde. Ze vond dat ze het verplicht was aan haar donor, omdat ze haar lichaam op het spel zette,' zei de notaris.

'Ze heeft je de helft van haar vermogen nagelaten,' zei Lauren, 'compleet met het huis hier en een vakantiewoning.'

Een huis.

Ik kon geen woord uitbrengen.

De notaris las voor. 'Ze schrijft: "Ik ken je wel niet, maar het spijt me dat ik je op deze manier moet gebruiken, en het spijt me dat we de wereld in deze staat voor je hebben achtergelaten."'

Een huis? Ik was uitgeput. Het moest een droom zijn. Ik bracht een hand naar mijn wang en voelde de hechtingen, die maar al te echt waren.

Lauren en de notaris zagen dat ik het niet geloofde en herhaalden het nog eens. Vervolgens legde de notaris me de verdere details uit, maar ik hoorde maar één woord: huis.

Helena had dus woord gehouden.

Ik keek naar Lauren, die knikte: ja, het was allemaal waar. Ik zag glanzende tranen in haar ogen opwellen. Ik deed de mijne dicht, maar op de een of andere manier rolden er toch tranen uit.

Een huis.

29

DIE OCHTEND bracht ik Tyler naar zijn nieuwe onderkomen. Toen we de villa in liepen, samen met Lauren en haar notaris, wist ik dat ik nooit zou vergeten hoe Tyler op dat moment keek. Terwijl de volwassenen Eugenia apart namen om haar over de bepalingen in het testament te vertellen, keek Tyler met grote ogen naar alle meubelstukken en de rest van de inrichting.

Hij bleef staan bij een bronzen hondje op een bijzettafel. 'Mag ik hem aanraken?'

Ik knikte. 'Je mag doen waar je zin in hebt. Het is allemaal van jou.'

Hij pakte het hondje en drukte het tegen zich aan. Het moest zwaar zijn, maar hij wilde het per se bij zich houden. Toen ik hem die avond in de grote slaapkamer in bed stopte, had hij het nog steeds bij zich en hij was vastbesloten ermee te slapen. Ik zette het op het nachtkastje, vlak bij zijn gezicht.

'Waar is Michael?' vroeg Tyler, die zijn ogen bijna niet meer open kon houden. Hij aaide de bronzen hond over zijn kop.

'Die is zijn spullen aan het ophalen.'

'Hij komt hier wonen, hè?'

Ik glimlachte. 'Ja. Hij gaat een atelier inrichten in het gastenverblijf.'

'Wat zou hij nu gaan tekenen? Nu we niet meer op straat wonen?' Tylers stem werd traag.

Toen deed hij zijn ogen dicht en viel als een blok in slaap.

De dagen daarna bouwden we een nieuw leven op.

Met Lauren als mijn wettige voogd kon niemand het testament
aanvechten op grond van het feit dat ik een niet-opgeëiste minderjarige was. De helft van Helena's vermogen en haar twee
huizen waren definitief van mij. De andere helft zat in een trust-
fonds voor Emma, mocht ik haar ooit vinden. En ik zou haar vinden. Dat was ik aan Helena verplicht.

Ik had veel meer geld geërfd dan ik ooit had hopen te verdienen
bij de bodybank, en ik was er innig dankbaar voor. Tyler kreeg
de beste medische zorg die er te koop was en werd met de dag
fitter. Ik liet mijn kies vervangen en mijn kneuzingen zouden
vanzelf genezen.

Michael trok in het gastenverblijf, maar ging er meteen weer
vandoor, zonder te zeggen waarom. Ik ging in het gastenverblijf
kijken of hij zijn bezittingen had achtergelaten. Toen ik zag dat
hij de muren had behangen met de tekeningen die hij in ons jaar
op straat had gemaakt, wist ik dat hij terug zou komen. Starters
en vogelvrijen, triest, vals en hongerig, ze hingen er allemaal in
zijn unieke stijl. Al die emotie, en hij had het allemaal vastge-
legd. Ik keek naar de muren en zag mijn leven na de Oorlogen
van de Sporen. Mijn vorige leven.

Ik nam aan dat Michael naar Florina was gegaan. Ik voelde me
teleurgesteld, al had ik het recht niet. Blake had een grote leegte
achtergelaten in mijn hart. Pas toen ik weer wat rust in mijn leven
kreeg, besefte ik hoe groot.

Een week nadat we in Helena's huis waren getrokken, hoorde ik op het nieuws dat senator Harrison herstellende was van een 'jachtongeval'. De nasleep van het schandaal rond TopBestemmingen zou nog maanden duren. De verkiezingen zouden uitwijzen of de Enders iemand wilden herbenoemen die er niet voor terugdeinsde tieners te veroordelen tot een levende dood. De senator hield Blake kort. Ik probeerde hem berichtjes te sturen en op te bellen, maar hij reageerde niet. Ik besloot hem pas op te geven nadat ik hem onder vier ogen had gesproken. Als ik alles kon uitleggen, kon ik hem misschien overhalen me nog een kans te geven. Zo niet, dan zou ik verdergaan met mijn leven.

Het huis van de senator was niet moeilijk te vinden. Ik reed er elke dag een paar keer langs, net zo lang tot ik Blakes sportwagen zag staan. Toen ik hem eindelijk zag sloeg mijn hart op hol en moest ik eerst tot bedaren komen voordat ik uit de gele raket stapte.

Ik keek op naar het voorname landhuis in gotische stijl en volgde het lange, met rozen omzoomde pad van de stoep naar de voordeur. Toen ik op de veranda stapte liet een sensor de bel overgaan voordat ik me kon bedenken. De voordeur ging open.

Een ijzige bejaarde lijfwacht in uniform trok zijn wapen en richtte het op mijn hoofd.

'Bel de politie,' riep hij over zijn schouder.

'Ik kom geen moeilijkheden maken.' Ik stak mijn handen op. 'Ik wil alleen Blake even spreken.'

Blake kwam naar de deur. De bewaker ging tussen ons in staan. 'Blijf daar.'

'Kalm maar, ik praat wel met haar,' zei Blake.

De lijfwacht drukte een hand tegen zijn oortje en luisterde. 'Ja, meneer,' zei hij. Blake en ik keken elkaar aan. Hij haalde zijn schouders op.

De lijfwacht draaide bij. 'Het schijnt je geluksdag te zijn,' zei hij. 'Ik fouilleer je even, als je het goedvindt.'

Hij borg zijn wapen op en beklopte me. Toen haalde hij een wapendetector uit een holster op zijn dij en streek ermee langs mijn lichaam. Uiteindelijk stapte hij achteruit en liep het huis in, Blake en mij bij de voordeur achterlatend.

'Hoi,' zei Blake, en hij glimlachte.

'Blake.' Ik glimlachte terug. Het was heerlijk om zijn gezicht weer te zien. En hij glimlachte ook nog eens naar me. Het gaf me hoop.

'Wat kom je doen?' vroeg hij.

'Ik wil graag met je praten.'

'Waarover?'

'Alles wat er is gebeurd. Ik heb veel uit te leggen.'

'Neem je me in de maling?'

Mijn hart sloeg over. 'Blake?'

Hij hield zijn hoofd schuin. 'Wie ben jij?'

'Doe nou niet alsof je me niet kent.'

Hij wreef in zijn nek. 'Heeft een van mijn vrienden je gestuurd?'

'O, op zo'n manier.' Ik sloeg mijn armen over elkaar. 'Je bent nog boos op me.'

Hij keek me alleen maar aan. Niet bereid ook maar iets toe te geven.

'Ik dacht dat je het misschien zou begrijpen,' zei ik. 'Nu alles aan het licht is gekomen.'

Zijn gezicht werd ernstig. 'Sorry, ik...' Hij haalde zijn schouders op. 'Ik ken je niet.'

Mijn handen werden koud. Zien hoe het gezicht dat ik zo goed kende me zo uitdrukkingsloos aankeek... Het ging me door merg en been. Wat was er gebeurd?

'Blake? Weet je het echt niet meer? Helemaal niets?'

Hij schudde zijn hoofd.

'Het paardrijden? Het park... Het Muziekcentrum?'

Hij bleef zijn hoofd schudden. Hij leek medelijden met me te hebben.

'Ik ben toch niet gek? Kijk maar in je telefoon. Er zit een foto van ons in.'

Hij kneep zijn ogen tot spleetjes alsof hij in zijn geheugen tastte, maar niets kon vinden. Hij kende me niet meer.

Ik weet niet of iets pijnlijker had kunnen zijn.

Ik was onzichtbaar voor hem.

Senator Harrison kwam naar de deur. Hij had een mitella om.

'Callie.'

Ik deinsde achteruit.

'Kent u haar?' vroeg Blake.

De senator kwam op me af. Ik zette nog een stap achteruit. Hij gaf een klopje op mijn schouder. 'Wees maar niet bang, Callie. Kom binnen.'

Hij sloeg zijn goede arm om mijn schouders en loodste me de grote hal in. De lijfwacht stond stram tegen de muur. Ik zag de woonkamer achter een boogportaal. Er brandde vuur in de open haard.

De senator wendde zich tot Blake. 'Ik wil mijn gast onder vier ogen spreken.'

Blake knikte en liep weg. Hij keek nog een keer over zijn schouder. Ik hoopte alsnog een sprankje herkenning in zijn ogen te zien, hoe klein ook, maar ik zag aan zijn gezicht dat ik alleen zijn nieuwsgierigheid wekte.

Senator Harrison pakte mijn arm en nam me mee naar zijn werkkamer. Hij bood me een leren fauteuil aan en deed de deur dicht. Ik bleef achter de stoel staan, want ik wist niet of ik de senator kon vertrouwen. Ik keek om me heen in de kamer, die vol antiek stond.

'Dus nu heb je mijn kleinzoon gezien,' zei hij.

'Wat is er met hem gebeurd?' Ik voelde mijn onderlip trillen.

Hij wees naar de deur. 'Dat was mijn echte kleinzoon. De echte Blake Harrison.' Hij ging met een van pijn vertrokken gezicht aan zijn bureau zitten en verschikte zijn mitella.

Ik hoorde wat hij zei, maar ik begreep het niet. 'De echte Blake?'

Toen, alsof iemand aan een knop had gedraaid, werd het doodstil. Ik hoorde alleen de antieke pendule onder een glazen stolp op het bureau nog. Die tikte terwijl drie gouden balletjes onder het glas heen en weer bewogen, heen en weer. Het was duizeligmakend, misselijkmakend, hoe snel de balletjes bewogen, alsof ze niet wisten welke kant ze op moesten.

Ik hoorde iemand naar adem snakken. Ik was het zelf.

De senator kneep zijn ogen tot spleetjes. Hij knikte.

'Was hij het dan eerst niet?' vroeg ik.

Hij schudde zijn hoofd. 'Alleen zijn lichaam.'

Ik sloeg een hand voor mijn mond.

De senator knikte weer.

Ik leunde op de rugleuning van de stoel. 'Dus er zat iemand anders in Blake... die zijn lichaam gebruikte.'

'Inderdaad.' De senator wachtte tot ik het had laten bezinken.

Wie? Wie had Blakes lichaam al die tijd gebruikt? Toen drong het met een schok tot me door. Nee. Er trok een rilling door mijn hele lichaam. De gedachte was te verschrikkelijk om uit te spreken.

'De Ouweheer,' zei de senator.

Ik sloeg mijn handen voor mijn gezicht. Nee. Niet hij. In Blake? Het duizelde me. Mijn hoofd tolde sneller dan de gouden balletjes van de pendule.

'Maar ik heb de Ouweheer in de inrichting gezien,' zei ik. 'Hij kan niet op twee plaatsten tegelijk zijn geweest.'

'Toen was de deal met de regering al rond. Hij was al uit Blake weg.'

'En die uitzending op het luchtscherm dan? Die was van daarvoor.'

'Die was van tevoren opgenomen.'

Ik haalde even diep adem. 'En dat vond u goed?'

'Hij had mijn kleinzoon gegijzeld, al heeft Blake het zelf nooit geweten. Alleen zijn grootmoeder en ik wisten ervan. Zo wilde hij me dwingen de overeenkomst tussen TopBestemmingen en de regering erdoor te krijgen.'

'Blake had zich nooit bij TopBestemmingen aangemeld?'

De senator schudde zijn hoofd. 'De Ouweheer heeft hem laten ontvoeren en een chip laten implanteren. Blake weet er niets van. Hij denkt dat hij een paar weken ziek is geweest.'

Ik haalde een hand door mijn haar. Ik had al die tijd gedacht dat ík de bedrieger was, de dienstmeid die zich uitgaf voor een prinses, maar de prins was degene geweest die zich had vermomd. Hij was de boeman. In mijn wereldje was niets wat het leek, en ik wist niet of ik ooit nog iemand zou kunnen vertrouwen.

'Callie, ik wil je zeggen dat ik er bij het Openbaar Ministerie op heb aangedrongen dat de aanklacht tegen jou wordt ingetrokken,' vervolgde de senator.

Ik was het helemaal vergeten. 'Dank u.'

'En ik moet je om een gunst vragen.'

'Wat?' Ik kon me niet voorstellen wat ik voor hem zou kunnen doen.

Hij bracht zijn gezicht dicht bij het mijne. Zijn adem rook naar sigaren. 'Vertel mijn kleinzoon hier niets over, nooit.'

Ik ging weg zonder Blake nog te zien. Ik liep het pad af met de rozen die me bij elke stap leken te bespotten. Domme meid. Waarom heb je het niet gezien?

Mijn knieën begaven het en ik viel op de grond. Er opende zich een afgrijselijke afgrond in mijn maag. Ik drukte mijn handen erop om de pijn te laten ophouden. Ik zou nooit herenigd worden met Blake. Hij was niet echt geweest. Niets van wat we hadden gedaan of gevoeld was echt geweest.

Gloeiende tranen stroomden uit mijn ogen.

Hij was voor altijd weg. Net als mam en pap.

Pap.

O, pappie, ik mis je zo.

De hele avond nam ik in gedachten alles door wat Blake en ik hadden gezegd en gedaan, maar nu in het besef dat het de Ouweheer was geweest. Club Rune, de ranch, de uitreiking. Nadat ik al die momenten opnieuw en opnieuw aan me voorbij had laten trekken, wilde ik er zo ver mogelijk bij vandaan zien te komen. Daarom ging ik de volgende ochtend met Tyler naar ons nieuwe vakantiehuis in de bergen van San Bernardino. We kleedden ons dik aan en gingen op weg naar het noorden.

Helena's tweede huis was een groot chalet op een hectare grond met aan de achterkant een weids uitzicht over het meer. Hier was, in tegenstelling tot in de villa, weinig wat aan Helena of Emma deed denken: geen portretten of hololijstjes. Niet dat ik ze wilde vergeten, maar doordat we hun gezichten niet zagen, kregen we het gevoel dat het huis echt van ons was.

Tyler oefende met het uitwerpen van zijn hengel in het meer terwijl ik op een rotsblok nadacht over alles wat ik had gewonnen en verloren.

Het was begonnen toen de Ouweheer senator Harrison had gebruikt om de deal tussen de bodybank en de regering erdoor te drukken. Om de senator te laten meewerken, had de Ouweheer Blake ontvoerd en zijn lichaam gegijzeld. Dat had Helena allemaal niet geweten, maar ze wist dat de senator van plan was de overeenkomst aan te gaan. Daarom had ze mijn lichaam gehuurd om de senator te vermoorden. Ze wilde de deal voorkomen en TopBestemmingen aan de kaak stellen, op de ergst denkbare manier, door aan te tonen dat een huurlichaam gebruikt kon worden om een moord te plegen. Toen ze Redmond de stop-moordschakeling in onze chip had laten omzetten, had de Ouweheer gemerkt dat het signaal was veranderd en ontdekt dat ze iets in haar schild voerde. Hij was toen al in Blake, dus had hij Blakes lichaam gebruikt om meer over Helena's plan aan de weet te komen.

Toen was hij haar gevolgd naar Club Rune, waar hij haar had aangesproken en de afspraak op de ranch had gemaakt. Maar de chip was instabiel geworden door Redmonds geknoei. Daardoor had Helena een black-out gekregen in de club, en de Ouweheer, die in Blake zat, had het zien gebeuren.

Vervolgens had ik hem ontmoet. Hij had met me aangepapt om Helena in de gaten te kunnen houden, om ervoor te zorgen dat we de senator niet vermoordden voordat hij de president had gesproken. En om te zien hoe ik reageerde op de aanpassing van de stop-moordschakeling. Toen Helena en ik contact met elkaar kregen in mijn hoofd, moest hij hebben ingezien hoe waardevol dat zou kunnen zijn, zeker voor de regering.

Alles wat hij had gedaan was toneelspel geweest. Hij had zich uitgegeven voor een echte tiener op bezoek bij zijn overgroot-moeder, en hij had gedaan alsof hij me leuk vond om mijn ver-trouwen te winnen. De tijd die we samen hadden doorgebracht op de ranch en in zijn auto – het was allemaal een leugen. Hij had beter geacteerd dan welke superster met een Oscar ook. Hij had gedaan alsof hij mijn wang wilde strelen, mijn hand wilde vasthouden, me wilde kussen.

Ik bracht mijn hand naar mijn mond, maar ik kon de herinnering met geen mogelijkheid wegvegen.

Ik voelde me misselijk. Ik had genoten van mijn tijd met Blake, maar ik had het gevoel dat ik die tijd moest vervloeken nu ik wist dat het de Ouweheer was geweest die een spelletje met me speelde. Het ene moment wilde ik mijn herinneringen aan Blake in een doosje opbergen en koesteren, het andere wilde ik ze ver-branden.

Ik keek naar Tyler die zijn hengel uitwierp. Hij ging vooruit. Wat Tyler betrof kon ik in elk geval gerust zijn. Het was een hele troost om te weten dat hij nooit honger hoefde te lijden, dat hij nooit meer op een koude, vuile vloer hoefde te slapen en dat hij niet jong dood zou gaan. Ik snoof de frisse dennenlucht op. Het voelde hier heel zuiver. Ik mocht blij zijn dat ik hier was, dank-baar zijn voor mijn twee huizen. Ik probeerde alleen nog maar te denken aan hoe mooi het hier was.

'Tyler!' riep ik. 'Ik ga warme chocolademelk maken. Blijf daar, oké? Niet weglopen.'

Hij knikte.

Ik liep de houten treden naar het achterterras op en stapte de warme keuken in. Ik zag Tyler door het raam boven het aanrecht. Ik trok mijn jas uit en hing hem over een stoel. Ik pakte de cacao en twee mokken. Ik schepte cacao in de mokken en zette de kraan met gefilterd warm water open. Eindeloos water. Tot in de eeuwigheid.

Ik schonk de mokken vol en zette ze op het aanrecht. Toen viel me iets vreemds op. Er lag iets wat er niet hoorde op het aanrecht, rechts van de spoelbak.

Een tak gele orchideeën. Met paarse luipaardvlekken.

Mijn borst verkrampte. Zulke orchideeën had Blake – de Ouweheer – me gegeven toen we aan het picknicken waren op de ranch.

Hoe was die tak hier gekomen? Hoe lang lag hij hier al?

Ik keek door het raam. Tyler was weg. Zijn hengel lag op de grond. Mijn keel werd dichtgeknepen van paniek. Net toen ik wilde schreeuwen, draaide ik mijn hoofd naar rechts en zag hem. Hij bukte zich om aas uit een emmertje te pakken.

Ik slaakte een zucht van verlichting.

Toen hoorde ik een stem in mijn hoofd.

Hallo daar, Callie.

Het was net zoals toen Helena met me praatte, maar dit was de stem van een man: de Ouweheer. Die griezelige elektronische stem die me zo op mijn zenuwen werkte.

Er liep een rilling over mijn rug.

Je bent een daverend succes, Callie. TopBestemmingen is gesloten en het gebouw wordt gesloopt.

'Waar ben je?' Ik keek naar het meer en Tyler. 'Hoe kun je in mijn hoofd zitten?'

Ik heb een reserve, uiteraard.

'Een reserve?'

Op een andere plek.

Ik vroeg me af of hij naar me toe was gekomen. Was hij hier in de buurt? 'Waar?'

Wil je een rondleiding? Ik kan het je laten zien.

'Wat doe je in mijn hoofd?' Ik zag hem niet buiten. Ik begon stilletjes de keukenlades open te trekken.

Ga met me mee, Callie.

'Met jou? Wat wil je van me? Ik ben maar een tiener.'

Niet meer. Die chip in je hoofd is uniek, aangepast door een van de besten. Ik bied je een topsalaris om bij mijn team te komen.

'Ik heb nu alles wat ik wil.' Ik probeerde sterk te klinken, maar mijn stem verried me door nerveus over te slaan.

Je weet niet wat je wilt.

Ik pakte een groot vleesmes uit een la. Mijn hand beefde.

Wacht maar tot je macht proeft.

'Ik wil niets proeven met jou.'

Ik geef niet zo makkelijk op. Je bent heel bijzonder voor me, zoals ik je al eerder heb gezegd.

Ik lachte zacht, maar de woorden beten als zoutzuur. 'Het enige wat jij wilt, is mijn hoofd opentrekken om te zien hoe hij de chip heeft veranderd.' Tyler was nog aan het vissen. Ik glipte door de keukendeur de gang in, zoekend naar de plek waar de Ouweheer zich had verstopt.

Ik wil je in mijn team hebben. En jij hebt een missie nodig. Je zou in goed gezelschap zijn.

'Denk je dat ik in je team zou passen?'

Je vriend Redmond zit er ook in.

Toen begreep ik het. 'Je had hem bij je in de heli.'

Je bent op hem gesteld.

'Ja, ik mag hem graag. Hij gebruikt zijn intelligentie om mensen

343

te helpen, niet om ze pijn te doen.' Ik wilde hem aan de praat houden. Intussen sloop ik door de gang. 'Al die dingen die je tegen me hebt gezegd al die tijd, meende je er iets van?'

Veel van wat ik tegen je heb gezegd was waar, maar niet alles. Als je erachter wilt komen wat waar was, sluit je dan bij me aan.

'Je hebt tegen me gelogen. Je hebt de hele tijd gedaan alsof je iemand anders was.' Ik keek in de woonkamer; daar was hij niet. Ik keek door het grote raam en zag dat Tyler nog aan het vissen was.

Is dat niet precies wat jij ook hebt gedaan?

Ik schrok. Hij had gelijk. 'Ik moest wel.'

Nee, je had ervoor weg kunnen lopen. Maar dan had je het geld verspeeld.

'Ik had het nodig voor mijn broertje.' Ik omklemde het mes en liep naar een kast. Ik trok hem open. Geen Ouweheer.

Als je hem echt wilt beschermen, sluit je je bij me aan. Ik garandeer je dat geen kind de komende maanden veilig zal zijn zonder bescherming. Je leven kan van het ene moment op het andere op zijn kop worden gezet. Een aardbeving kan je huis met de grond gelijk maken. Of een brand. Je wettige voogd kan omkomen bij een auto-ongeluk, en dan legt de overheid beslag op je erfenis. Je kunt alles in een oogwenk kwijt zijn. Je kunt nergens op rekenen — behalve op macht. Die kan ik je geven.

Ik rende de gang in en de trap op. Ik wilde naar hem schreeuwen dat hij zijn kop moest houden. Hoe bedoelde hij, 'geen kind zal veilig zijn'? Ik liep langs Tylers kamer. Daar was de Ouweheer niet.

Je denkt dat je het voor het geld hebt gedaan, maar ik ken je beter dan je jezelf kent. Je hebt het ook gedaan om als iemand anders te kunnen leven.

'O, hou op, zeg.'

Geef een man een masker en hij zegt je de waarheid. Wie heeft dat gezegd?

'Jij.' Ik keek in de andere slaapkamers.

Je bent niet teruggegaan naar TopBestemmingen toen bleek dat er iets mis was met de verbinding. Je wilde Helena zijn.

'Iemand dreigde dat ik vermoord zou worden als ik terugging.'

En dat geloofde jij maar wat graag, omdat je dan kon leven als iemand die rijk was, al was het maar even.

Ik dacht erover na. Ik moest tot mijn schaamte bekennen dat er een zekere waarheid in school.

Ik zou je die ervaring opnieuw kunnen bieden, Callie. Een veel opwindender leven dan dat van Helena.

Wilde ik een nieuw leven? Ja. Een andere plaats, een andere tijd. Niet met hem.

'Nee,' zei ik. 'Ik wil niemand anders zijn, alleen mezelf. Wat je ook van me wilt, ik zal het nooit doen.'

Je nieuwsgierigheid zal de overhand krijgen. Ik wacht wel.

'Dan zul je lang moeten wachten.' Ik keek in weer een lage kamer. Ik hield het mes laag, langs mijn been.

O, Callie, je moest eens weten. Je ziet het helemaal verkeerd. Ik ben juist de goede in dit verhaal.

Wat? Hoe durfde hij het te zeggen? Ik hoopte nu dat hij in het huis was. Ik wilde de confrontatie met hem aangaan, zijn masker van zijn gezicht trekken en hier een eind aan maken, nu meteen. De laatste deur was dicht. Het was die van mijn slaapkamer. Ik herinnerde me niet dat ik hem had gesloten.

Ik sloop naar de deur, legde mijn hand op de klink en maakte de deur open.

De vitrages deinden op de bries. Of was er net iemand langs gelopen? De deuren erachter stonden open. Ik liep er doorheen, stapte op het grote balkon en keek uit over het grasveld, het meer en Tyler. Het schemerde en zelfs de vogels zwegen.

Hoewel hij niets meer zei, voelde ik de aanwezigheid van de

Ouweheer nog in mijn hoofd. Ik wachtte. Wij tweeën hadden elkaar in de tang, we waren tot elkaar verdoemd. De stilte werd alleen verstoord door mijn ademhaling, en door mijn hartslag. Toen voelde ik hem verdwijnen.

30

EEN WEEK later stond ik bij de bodybank te kijken hoe de slopers de voorbereidingen troffen voor het neerhalen van het spiegelpaleis dat onderdak had geboden aan TopBestemmingen. Het publiek bestond voornamelijk uit laagopgeleide Enders, bewakers en winkelbediendes, die niet wisten wat de bestemming van het gebouw was geweest. Er waren een paar bemiddelde senioren, de meesten ex-huurders, en een paar rijke, opgeëiste minderjarigen. De niet-opgeëiste Starters, onder wie een aantal ex-donors, zoals ik, hielden zich in de marges op. Sommigen van hen wilden maar wat graag zien hoe de sloopkogel zijn werk deed.

Ik zag de nodige bekende gezichten. Lee was erbij, evenals Raj en Briona. Ze waren niet langer een onafscheidelijk trio. Ze drentelden alleen rond, zonder elkaar zelfs maar te herkennen. Madison, de tiener met de korte blonde bob, stond links van me, een paar meter verderop. Onze ogen vonden elkaar. Ik glimlachte onwillekeurig, zo blij was ik haar te zien. Ze keek me even niet-begrijpend aan en wendde haar blik af. Ik moest mezelf eraan herinneren dat ze me maar één keer had gezien, op de avond van de ontknoping in de bodybank. Misschien wist ze niet meer wie ik was. Of juist wel.

Ik zag haar tegenhanger, Rhiannon, rechts van me, in haar eigen gezellig dikke lichaam. Ze liet haar rollator even los om naar me te wuiven. Ik wuifde terug en wilde net naar haar toe lopen toen ik Michael zag, helemaal achter in de massa. Hij keek afwachtend naar het gebouw, zoals iedereen. Hij was alleen.

'Michael!' riep ik.

Hij was te ver weg om me te kunnen horen en hij keek recht voor zich uit. Ik fleurde op. Hij moest weer terug zijn gekomen. Ik draaide me om en begon me een weg naar hem toe te banen, maar toen zag ik iemand links van me tussen de grijze hoofden door lopen. Blake.

Mijn keel werd dichtgeknepen. Wat kwam hij hier doen? Hij hoorde niets van de bodybank te weten. Ik had hem niet meer gezien sinds ik naar zijn huis was gegaan, iets meer dan een week tevoren. Ik keek naar Michael. Nu zag hij me, en zijn gezicht lichtte op. Hij zag er geweldig uit. Hij wenkte me.

Ik keek naar Blake. Onze ogen vonden elkaar en hij glimlachte verkrampt naar me. Hij probeerde door de menigte heen naar me toe te komen.

Ik slikte. Ik wist niet wat ik moest doen. Blake was zo dichtbij dat ik niet zomaar weg kon lopen. Ik keek weer naar Michael. Hij zag wat er gebeurde, en het was alsof er een grijze wolk voor zijn gezicht trok. Zijn glimlach vervaagde en zijn schouders zakten. Het brak mijn hart, maar ik stond klem tussen de mensen, te ver weg om het hem uit te leggen, als ik dat al had gekund.

Blake was nu vlak bij me. Ik had zijn grootvader beloofd hem niets over ons gezamenlijke verleden te vertellen, dus wat kon ik tegen hem zeggen?

Ik had geen tijd meer om erover na te denken. Hij was er al.

'Callie.' Hij knikte. 'Je huishoudster heeft me verteld waar ik je kon vinden.' Hij duwde zijn handen in zijn zakken en wendde zijn blik af. 'Mijn vrienden vinden me te ernstig. Misschien komt het doordat ik de kleinzoon van een senator ben.' Hij haalde zijn schouders op. 'Mijn vader was het ernstige type. Mijn moeder wist hoe je plezier maakt.' Hij glimlachte weemoedig.

Waar had hij het over? Het klonk alsof hij een toespraak had voorbereid.

'Maar goed, iedereen zegt dat ik een boekenwurm ben, dat ik alleen uitga als mijn vrienden me meeslepen.' Hij schuifelde met zijn voeten, zijn ogen neergeslagen. 'Wat ik wil zeggen, is dit.' Hij haalde zijn telefoon tevoorschijn en liet me het scherm zien. 'Ik heb de foto gevonden.'

Ik keek naar de foto waarover ik hem had verteld. De foto die was gemaakt op de dag dat we samen paard hadden gereden. Alleen was die arme Blake er niet echt bij geweest; het was de Ouweheer. Hij stond achter me, met zijn arm om me heen geslagen, zijn hoofd naast het mijne. Ik hield zijn arm met twee handen vast. We hadden net gereden en we waren vrolijk, warm en bezweet. We straalden allebei van pure blijdschap. Ik vond het moeilijk om ernaar te kijken, maar Blake zou nooit begrijpen waarom.

'Ik herinner me er niets van,' zei hij, 'maar ik sta er heel gelukkig op. Ik heb er nog nooit zo gelukkig uitgezien. Echt nooit.' Zijn ogen vonden de mijne en bleven me aankijken. 'Wat we ook hadden, in die weken die ik kwijt ben en me met geen mogelijkheid meer kan herinneren, ik wil het terug.'

Ik nam hem onderzoekend op. Hij maakte geen grapje. Hij meende het.

'En jij?' vroeg hij. 'Wil jij het ook terug?'

Het maakte me zenuwachtig. Ik wist niet of we iets terug konden krijgen wat om te beginnen nooit van ons was geweest.

'Relax, je hoeft niet meteen te beslissen,' zei hij.

Hij stak zijn hand uit. Ik verstijfde.

'Jij weet wat er is gebeurd, Callie. Je moet me helpen het me te herinneren.'

Hij had het gezicht van een zwevende astronaut die zijn lijn kwijt is en maar één kans heeft om hem te pakken voordat hij voorgoed in het eindeloze duister verdwijnt. Ik kende dat gevoel, de paniek die de tijd tot staan brengt, zodat seconden jaren worden, en de diepe pijn van het gekwetst worden door niet één iemand, maar door velen, een bende pestkoppen die eerst een buurt overnemen en dan een hele gemeenschap, tot je niemand meer durft te vertrouwen. En je laatste gedachte, wanneer je je arm uitstrekt tot je vingers de lijn bijna raken, is dat je, als je het overleeft, een manier zult vinden om wat kapot is te repareren, zodat je kunt zeggen: ja. Ja, ik wil weer deel uitmaken van de wereld.

Het was niet de Blake die ik kende, maar hij zag er zo uit en hij voelde zo. Hij was de weg kwijt, en ik was de enige die hem kon helpen.

We zouden moeten afwachten.

Toen hoorde ik iemand ademen. In mijn hoofd.

Mijn hart ging sneller slaan.

Calliekind.

Ik had die stem al heel lang niet meer gehoord.

Wanneer de havik roept, is het tijd om te vliegen.

Mijn vader? Ik keek vliegensvlug om me heen, al verwachtte ik niet hem te zien. De geluiden om me heen stierven weg.

Blake glimlachte verwonderd naar me. 'Gaat het wel?'

Ik zocht in mezelf. Ik luisterde, maar hoorde niets meer.

Blake gaf een kneepje in mijn hand en de sloopkogel verbrijzelde de spiegelende gevel van de bodybank.

Dankwoord

ALS DIT de Oscaruitreiking was, zou het orkest me waarschijnlijk van het podium moeten spelen, zo veel mensen wil ik bedanken. Allereerst en bovenal degene die het allemaal mogelijk heeft gemaakt, Barbara Poelle. Zij wist precies hoe ze dit boek binnen een week (met feestdagen erin) aan de man kon brengen. Laat je niet misleiden door het feit dat ze mooi is, want ze is een geniale agent. Ik ben dankbaar dat het lot ons samen heeft gebracht.

Barbara vond de ideale redacteur voor me in de persoon van de geweldige Wendy Loggia. Dankzij haar commentaar en steun is dit een beter boek geworden. Bovendien bleef ze altijd vriendelijk en hield ze het leuk. Dank je wel, Wendy. Ik ben iedereen bij Random House innig dankbaar, te beginnen aan de top: Chip Gibson, de charmante grappenmaker, en Beverly Horowitz, de goede toverfee van iedere auteur (als feeën wijs waren en verstand hadden van uitgeven); John Adamo, Judith Haut, Noreen Herits, Casey Lloyd, Adrienne Waintraub en Tracy Lerner; Linda Leonard, Sonia Nash en Mike Herrod van de afdeling sociale media; Joan DeMayo en alle anderen van de afdeling verkoop; Melissa Greenberg en de afdeling vormgeving; Rachel Feld, die mijn bezoek aan de BookExpo America extra leuk maakte; en Enid Chaban die, terwijl de kantoren gesloten waren wegens een verhuizing en een feestdag, als eerste al haar collega's van Random House een e-mail stuurde om te zeggen dat ze dit boek moesten lezen. En ik bedank ook Ruth Knowles en alle anderen bij Random House in het Verenigd Koninkrijk, vooral Bob Lea, de ongelooflijk begaafde kunstenaar die Callies wezen in zijn omslagtekening wist te vangen.

Dank aan mijn agenten voor de buitenlandse rechten, Heather en Danny Baror, die wereldwijd belangstelling voor dit boek wisten te genereren. De getalenteerde Lorin Oberweger, die de Free Expressions workshops geeft, en de praktische Stephanie Mitchell hebben ook een bijdrage geleverd aan dit boek.

Wacht nog even met die muziek!

Het was heel bemoedigend voor me dat de twaalfjarige Emma uit een klein dorp in Nova Scotia van het manuscript had genoten. Ik vond haar via mijn dierbare vriend en medeauteur S.L. Card, die ook een uitstekende proeflezer en standvastige pleitbezorger voor het project is geweest. Dank aan al mijn andere proeflezers: Patti, Mari, auteur Suzanne Gates en mijn lieve vrienden Dawn en Robert, die me hun huis in Oregon aanboden voor het voltooien van de eerste versie. Een speciaal bedankje aan mijn club, mijn fantastische schrijfgroep: Liam Brian Perry en Derek Rogers, allebei ongelooflijk goede schrijvers.

Gedurende het proces tot aan de publicatie heb ik veel gehad aan de steun van mijn vrienden: Lena en Nutschell, Paul en Joan, Luke, Greg, Michael, Marco, Susan, Gene, Paul en Matt, Ray en Marion Sader, Leonard en Alice Maltin, Martin Biro, Golddiggers en mijn schrijvende maatjes Jamie Freveletti, Robert Browne, Brett Battles, Boyd Morrison, Graham Brown, Stephen Jay Schwartz, Sophie Littlefield, James Rollins en de Apocalypsies. Bedankt, ITW, en Robert Crais: ik ben je ontzettend dankbaar dat je mijn speciale schrijversengel wilde zijn!

Ik besluit, over het orkest heen schreeuwend, met een bedankje aan mijn man, die een uitstekende neus voor verhalen heeft, voor zijn aanhoudende steun en bemoediging.